Claude Brouillard
Avril 1986

UNE RUMEUR D'ÉLÉPHANT

DU MÊME AUTEUR
chez le même éditeur

LA COULEUR ORANGE
1975

LE BUFFET DE LA GARE
1976

LE PLAISIR DES SENS
1977

LE FAUBOURG DES COUPS-DE-TRIQUE
1979

UNE SORTE DE BLEU
Prix du roman populiste 1980

LE JADE ET L'OBSIDIENNE
1981

LE LAPIN DE LUNE
1982

LES JOURS DE VIN ET DE ROSES
Grand Prix de la nouvelle 1984
de la Société des Gens de Lettres

ALAIN GERBER

UNE RUMEUR D'ÉLÉPHANT

roman

ÉDITIONS ROBERT LAFFONT
PARIS

ISBN 2-221-04485-1

A Francis Marmande,
prince du rire et des expressions,
qui connaît plusieurs éléphants d'une façon intime
et fut le premier en France
à éditer certains articles de Josef Kansel.

I.

CHAPEAU ET PAROLES D'UN PÈRE

Quand mon père regarde au fond de son chapeau, il ne trouve pas toujours les mots qu'il cherche, bien qu'il fronce les sourcils, plisse le front et mordille sa moustache, le regard fixe. Il essaie de toutes ses forces, mais, parfois, il n'arrive à rien. Alors on l'entend soupirer, on est triste pour lui. On sait l'importance qu'il attache à une phrase bien tournée, à une sentence définitive. Il remet son chapeau et promène ses regards autour de lui, comme quelqu'un qui se réveille. Nous courbons la nuque avec un sentiment de honte.

A table, mon père garde son chapeau sur la tête. Revenant de l'école, un soir, j'ai voulu me rendre à la toilette ; mon père était dans les lieux, mais il avait omis de pousser le verrou. Avant de refermer précipitamment la porte, j'ai eu le temps de l'apercevoir assis sur la cuvette, les jambes largement écartées, le visage levé, les yeux à demi clos et blancs, la bouche entrouverte. Il portait son chapeau devant lui à la hauteur de sa poitrine, d'une manière qui me troubla. Ses coudes étaient décollés du corps, ses paumes tournées vers le plafond et ses doigts écartés les uns des autres. Les bords du chapeau reposaient en équilibre sur l'extrémité de ses doigts. On eût dit une offrande. J'ai ressenti un sentiment de honte et d'impuissance. Plus tard, il m'a fallu prendre sur moi pour terminer mon assiette.

Le chapeau de mon père est de couleur brune, presque fauve. Ma mère l'appelle un melon, mais il la corrige doucement, avec cette patience qu'il lui a toujours témoignée : « Pas un melon, Burulie : un derby. C'est un derby, qu'on doit dire. » Il lève l'index pour souligner son propos. Ma mère s'excuse du mieux qu'elle peut. A présent, elle se méfie. Elle marque un temps avant de prononcer le mot et jette autour d'elle des regards circonspects. Puis elle dit « ton chapeau », ou bien « cette coiffure », d'une façon extrêmement furtive. Si un étranger se trouve à portée de voix, elle emploiera plutôt l'expression « ton couvre-chef », quoique manifestement ce vocable lui écorche la bouche. En de telles circonstances, d'ailleurs, elle ne s'adresse pas directement à lui. Elle se tourne vers nous et articule « le couvre-chef de votre père » d'une voix mourante.

« Un chapeau est un chapeau », lui accorde mon père lorsqu'il est de bonne humeur. Il peut alors se produire la chose suivante : il tire de son gousset un petite boîte de réglisses en carton rouge et l'agite de manière à faire tomber un minuscule bonbon en forme de losange dans le creux de la main de mon grand frère Yagel, de ma main à moi, puis de celle d'Anhla, notre sœur à tous deux. Il respecte toujours cet ordre. Il range la boîte en soupirant, dresse l'index et commande : « Sous la langue ! On ne touche pas avec les dents. » Il ajoute quelquefois : « La gloutonnerie répugne au Seigneur. Elle fait de l'homme un animal, une bête impure. — Tu n'en prends pas un pour toi ? » demande timidement ma mère. Il bat plusieurs fois des paupières. « Tous ne peuvent avoir en même temps, soupire-t-il. Car la terre est un partage. »

Mais mon père n'est pas toujours aussi bien luné. Il lui arrive de garder le silence durant une semaine entière. Ma mère se fait si discrète, en ces périodes-là, qu'elle en devient pour ainsi dire transparente. Elle qui fut, à ce qu'on raconte, la plus belle fille de cette partie de la rue, à deux exceptions près, elle est douée de l'étrange faculté de se confondre avec les meubles et le papier peint des murs. Quant à nous, les enfants, il nous semble que notre père est fâché par notre faute, et nous éprouvons cruellement le sentiment de notre indignité. Jamais l'intention d'outrager notre père ne nous viendrait seulement à l'esprit. Cependant, à la fréquence de ses silences, nous voyons bien que, d'un bout de l'année à l'autre, nous ne cessons guère de l'offenser, — sans toujours être capables de comprendre comment.

Car il est rare qu'il nous reproche précisément ceci ou cela, attitude qui pourtant nous aiderait à nous amender. Il préfère serrer les dents et contempler le vide. A moins qu'il ne laisse tomber sur nous (du moins supposons-nous que c'est sur nous) une prophétie terrible, quoique assez vague. Par exemple : « Beaucoup seront appelés, mais peu seront élus. » Ou bien : « Ceux qui rient dès l'aube se fatigueront avant qu'il soit midi. » Ou encore : « Le méchant a beau croire qu'il est juste, la malédiction de Dieu le frappe quand même de plein fouet. » Entendant ces paroles, notre mère se glisse furtivement dans la cuisine et nous savons qu'elle va y pleurer, ouvrant le robinet de l'évier pour étouffer le bruit de ses sanglots. Son désespoir nous remplit d'un sentiment de honte et d'amertume ; notre désir de nous jeter sur le sol pour implorer le pardon de nos fautes est si violent que nous tremblons de tous nos membres.

Quand notre père quitte son mutisme, il nomme tout ce qu'il honnit d'un certain nom, et c'est : *l'abjection.* Le jour où Yagel, étant sorti pour chercher du travail, revint à la maison hors d'haleine, après la tombée de la nuit, et s'écria, s'oubliant jusqu'au point de ne pas saluer notre mère : « Le boucher Ztalmna, de la rue des Ciseaux, m'accepte pour commis ! », notre père scruta longuement le fond de son derby, avec une expression de mélancolie, et soupira en se recoiffant : « Mes pauvres enfants, prions le

Dieu de toutes les tribus que cela ne finisse pas dans l'abjection... »

L'année suivante, notre sœur quitta l'école à son tour. Quelqu'un dit à ma mère, au marché, que le charbonnier Itchelion était justement en quête d'une jeune fille qui pût aider sa pauvre femme, continuellement travaillée par des fièvres qui laissaient tous les docteurs perplexes, à tenir son ménage. Le salaire qu'il offrait était à peine mieux que rien, mais on n'attend pas d'une première place qu'elle attire à vos pieds les richesses de Babylone. Malheureusement, dès le deuxième jour, la vieille — Zurbaï-la-malportante, ainsi qu'on l'appelait dans tout le quartier — prit Anhla en grippe, pour une histoire d'anse de pot de chambre qu'il fallait orienter d'une certaine façon, faute de quoi les démons faisaient la sarabande autour de votre lit. Zurbaï-la-malportante se mit à sa fenêtre et exprima son intention de chasser notre sœur en hurlant de telle sorte qu'on en fut informé à l'autre bout de la ville.

Humiliée, ma mère dut aller supplier cette femme de se montrer indulgente, alléguant que ma sœur Anhla était plus sotte que véritablement indocile. Mais la vieille ne voulut rien savoir. Itchelion, cependant, avait été en classe avec mon père et occupait une place voisine de la sienne dans les travées de la maison de prière. Eprouvant de la compassion à son égard, il trouva un accommodement. Il promit à Zurbaï que la délinquante, pour le peu d'attention qu'elle avait prêtée à la cruciale orientation de l'anse, serait à tout jamais retirée de sa vue ; dans le même temps, il proposait à mon père de la prendre à son propre service. C'est-à-dire que notre sœur l'aiderait à remplir les sacs et à livrer le charbon, tandis que Kval Lipora, l'employé d'Itchelion (un garçon sans grande envergure, s'il faut dire les choses comme elles sont), resterait à la maison et veillerait à tourner le pot dans un sens congru.

Ma mère pleura beaucoup lorsqu'elle fut instruite de ce compromis. « Ardamet ! Ardamet ! » gémit-elle à l'adresse de notre père. Mais celui-ci resta de marbre, debout non loin du buffet, le chapeau enfoncé au ras des sourcils. Depuis lors, néanmoins, chaque fois que notre sœur rentre le soir de son travail, noire des pieds à la tête comme si elle avait élu domicile dans un conduit de cheminée, nous l'entendons siffler entre ses dents : « Abjection ! Abjection ! », sans savoir si cette condamnation s'applique au traitement dont sa fille est l'objet ou à la déplorable image qu'elle présente d'elle-même.

Il n'a jamais été facile de savoir ce que mon père pense réellement, soit qu'il n'en dît rien, soit que ses dires fussent abscons. Les mots d'« abject » et d'« abjection », je crois, y tenaient une trop grande place. Je me souviens qu'un jour, au terme d'un silence qui avait duré près de deux mois et demi, il m'attira sur ses genoux et me parla avec une éloquence inattendue.

— Vimlo, me dit-il, j'ai grande confiance en toi. Sans doute ai-je tort, mais c'est en ta personne malingre, et probablement sournoise, que j'ai placé tout ce qu'il me reste de confiance en l'avenir. Dieu m'entend et, à mes paroles, juge l'étendue de mes péchés. Et si Dieu m'entend, tu dois m'écouter puisque tu es mon fils. Vimlo, nous ne pouvons plus nous voiler la face : l'abjection est entrée dans cette maison. L'abjection était dans nos âmes et nous ne le savions pas, mais Dieu, en son infinie sagesse, n'a pas voulu que nous jouissions plus longtemps de ce précieux aveuglement. Il nous faut voir les choses en face, et que voyons-nous ? Ton frère croit apprendre l'utile métier de la boucherie, mais ce qui lui est enseigné, à son propre insu et à l'insu de ses maîtres, c'est la polissonnerie. Il finira garnement. Ta sœur — Dieu me brûle la langue pour ce que je vais dire ! —, au lieu de porter modestement sa souillure féminine sous sa robe, l'étale par-dessus afin que moi, son père, je sois montré du doigt par tous les gens honnêtes ! Le Ciel m'est témoin que si je ne craignais de fâcher le Tout-Puissant, qui sait ce qu'Il fait en me dispensant cette épreuve, je songerais sérieusement à déménager. Dans cette affliction extrême, quel espoir me reste-t-il ? Il ne me reste que toi, Vim, malheureux ! Il faut que tu sois l'espérance de ton père. Entends-tu ? Je sais que tu m'entends. Regardons les choses en face. Tu es un écolier médiocre. Je veux dire que tu es médiocre dans le contexte actuel. Autrefois, de mon temps, on t'aurait mis dans la classe des idiots, avec un bavoir autour du cou jusqu'au jour de ta majorité et une sœur de charité pour veiller à ce que tu ne te crèves pas l'œil avec ta plume en traçant des pantins sur les livres de science. Tu n'es pas taillé non plus pour les gros travaux, quoique tu manges comme quatre — et rends-moi cette justice que je ne te l'ai jamais reproché. Je te l'ai dit, j'ai de bonnes raisons de croire que tu es hypocrite ; ce qui me manque, c'est une preuve tangible (Dieu fasse qu'elle ne me soit jamais apportée). Au moins ne mens-tu jamais : le révérend Luudi Schmur a toujours été formel à cet égard. C'est là-dessus que je fonde la grande espérance — folle peut-être, mais le choix m'est-il laissé ? — dont je viens de te parler. Comprends-moi bien, Vimlo, je ne m'attends pas à ce que tu deviennes un érudit, un commentateur des livres saints, un chef de gare nanti d'un petit drapeau, ou même un de ces maîtres d'école qui doivent lire attentivement le recueil de solutions avant de corriger les exercices : tu n'as pas la tête assez forte pour prétendre à ces carrières. Je te demande seulement de faire de ton mieux, encore que ce mieux ne puisse pas être grand-chose. Sois un garçon juste et droit. Sois travailleur et véridique, alors tu ne décevras pas ton père. Je ne demande pas beaucoup, Vim. Epargne-moi seulement de connaître la déception, alors que mes exigences à ton endroit sont si modestes. Viendrais-tu à me décevoir, je saurais que Dieu s'est détourné de moi sans rémission et que tu es le messager de cette infortune...

Emu jusqu'aux larmes, je ne savais que dire. Machinalement, j'élevai la main vers son derby, mais il se hâta de me déposer par terre et toussota nerveusement dans le creux de son poing. Je me sentais anéanti par la mission qu'il venait de me confier. Sans doute, je n'avais pas plus envie de décevoir mon père que de devenir chef de gare ou de consulter fébrilement un recueil de solutions tout le reste de mon existence. Mais je savais aussi, de source sûre, qu'en ce monde aucune entreprise n'était plus hasardeuse que de garder du désenchantement cet homme excessivement porté à la mélancolie. J'étais frêle, peu intelligent (et assez dissimulé, je le reconnais, sinon à proprement parler sournois). Il existait par conséquent un très grand nombre de tâches qu'il eût été pour le moins inopportun de me confier. Celle-ci, cependant, les surpassait toutes en difficulté. Pour être franc, elle me semblait parfaitement irréalisable, à moi qui n'avais jamais pu le moindrement deviner par quels affronts, quels manquements, mes frère et sœur et moi-même provoquions à tout bout de champ la muette réprobation de notre père. C'est par chacun de mes actes que j'avais jusqu'alors eu l'impression de le décevoir, sinon de le désespérer. Par chacun de mes gestes, y compris les mouvements que je devais effectuer en dormant, tandis que lui-même ronflait dans la chambre parentale, avec ou sans son chapeau sur la tête. (Yagel prétendait qu'il le conservait maintenu au moyen d'une ficelle sous le menton ; Anhla soutenait de son côté qu'il le rangeait dans la table de nuit, à la place du pot de chambre. Bref.) Il n'y avait aucune chance pour que, tout à coup, je le satisfasse, alors que quotidiennement, depuis ma naissance, j'avais été pour lui une source de désillusions.

A quelque temps de là, ma mère s'étant rendue aux grands magasins Peszczynski, nous nous retrouvâmes seuls à la maison, mon père et moi. Etrangement, depuis qu'il m'avait chargé d'incarner son dernier espoir, et bien que ma conduite ne fût pas différente de ce qu'elle avait toujours été (peut-être un peu plus gauche, seulement), il n'était plus jamais retombé dans le mutisme. Au contraire, il faisait preuve quelquefois d'une certaine volubilité — en tout cas de ce qui pouvait passer pour de la volubilité chez un homme d'ordinaire aussi taciturne. Il souriait, même. Son regard brillait de contentement lorsqu'il se posait sur moi. Une fois, il fit un calembour et notre mère fut prise d'un tel fou rire que je crus bien qu'elle allait tomber de sa chaise. « Il me suffit de songer à notre petit Vim, déclara mon père avec un orgueil amusé, et l'esprit me vient naturellement aux lèvres. »

J'étais épouvanté. Mon fardeau m'écrasait doublement lorsqu'il me rappelait ainsi l'espoir démesuré qu'il fondait sur moi. « Cela ne peut pas durer, me disais-je, au bord de la panique. Dans un instant, mon imposture va être découverte. » J'avais la sensation d'être un escroc sur le point d'être démasqué. Ou bien un espion parvenu jusqu'aux plans secrets de l'ennemi, mais qui se trouve enfermé avec eux dans le coffre-fort et ne sera délivré que pour être saisi et pendu. Dès que j'étais en présence de mon père, je ne vivais plus. Je n'osais plus le regarder. Et du coup, je m'attendais à tout moment à ce qu'il me désignât de l'index et m'accusât, en hurlant à pleins poumons, de sournoiserie et d'abjection. De même, j'évitais de prononcer le moindre mot, mais redoutais affreusement que cette réserve extrême ne fût considérée comme l'attitude la plus décevante de toutes. Il régnait autour de la table, aux repas, une tension extraordinaire. L'air était chargé d'électricité et chacun d'entre nous rentrait la tête dans les épaules dans l'attente que l'orage éclatât. Les lèvres de ma mère tremblaient perpétuellement. Anhla était perchée tout au bord de sa chaise, le dos aussi droit et aussi raide que si elle avait dissimulé une planche à laver sous sa robe. Quant à Yagel, il s'efforçait maladroitement de glisser des questions graves à notre père, afin que celui-ci détournât de moi son attention. Je lui en aurai toujours une grande reconnaissance, bien qu'aucune de ses tentatives n'eût été couronnée de succès. « Mange, disait seulement notre père, sans se départir de sa belle humeur. Qu'est-ce qu'un lutin comme toi peut comprendre à ces choses ? Converse plutôt avec ta sœur : vous êtes aussi hébétés l'un que l'autre. » Et de m'adresser un clin d'œil. Je me sentais rougir jusqu'aux oreilles. J'étais submergé de honte.

Plus croissaient notre gêne et notre nervosité (au point qu'il nous fallait faire effort pour avaler chaque bouchée de nourriture), plus mon père semblait s'épanouir et gagner en sérénité. Si nous touchions à peine aux plats, il torchait, lui, jusqu'à la dernière trace de sauce et finissait encore les assiettes de sa femme. « Moi, je n'ai pas à m'en faire, n'est-ce pas ? déclara-t-il un soir à la cantonade, mais en gardant fixés sur moi ses yeux luisants de malice. J'ai quelqu'un pour prendre soin de tout. De quoi m'inquiéterais-je ? »

Il se fit servir un schnaps, ce qui ne lui était pas arrivé depuis la noce de notre tante Buzylea à Krazkoch, cinq ans plus tôt. Puis il nous força à jouer aux cartes jusqu'au petit jour, mettant un entrain considérable à perdre toutes les parties les unes après les autres, en dépit de ce que manigançait Yagel pour lui faire toucher les as et les rois. Nous nous jetâmes épuisés sur nos lits, sans avoir la force de nous déshabiller. A peine avions-nous fermé l'œil que nous étions réveillés en sursaut. C'était notre père qui hurlait dans sa chambre : « Dieu est revenu dans cette maison ! Dieu est revenu dans cette maison ! » Il y eut quelques secondes d'un silence oppressant. Nous étions à demi morts de peur. Puis il reprit sur le même ton : « Et si vous allez aux cabinets, n'oubliez pas de refermer la porte, par tous les saints du Ciel ! »

Telle était l'atmosphère de notre foyer transformé en séjour de terreur et de démence, quand je me retrouvai seul avec mon père.

J'essayais de sortir en catimini pour me réfugier dans la rue, où jouaient mes camarades, quand il bondit sur moi, surgissant du placard qui, du plus loin que je me souvienne, n'avait jamais servi qu'à nous enfermer, ma sœur, mon frère et moi, lorsque nous étions tout petits et commettions continuellement des sottises. « Connaissez la ténèbre ! disait mon père d'une voix vibrante d'indignation. Connaissez la noirceur de l'enfer pour le châtiment de vos fautes ! » Et il venait gratter contre la porte, soutenant par la suite que c'étaient les démons qui avaient cherché à nous rendre visite. Que faisait-il là-dedans, ce soir-là ? Le placard ne contenait que les vestiges d'un lit-cage abandonné par les anciens locataires.

— Eh bien ? me dit-il. Tu vois que j'ai eu raison de te faire confiance !

Il était radieux. Et moi, je n'aurais pas été autrement surpris s'il avait sorti une hache de sa poche pour me fendre la tête. Il se contenta d'enlever son chapeau.

— Tu veux l'essayer ? marmonna-t-il d'un air suspicieux.

J'étais si effrayé que j'avais oublié jusqu'aux mots par lesquels on accepte ou décline une offre. Pétrifié, je le regardais avec horreur. Cette contenance parut être de son goût. Il se recoiffa avec un soupir de soulagement et me tapota aimablement l'épaule.

— C'est bon ! C'est bon ! fit-il. Tu comprends : la partie n'est pas encore gagnée. Le Malin a plus d'un tour dans son sac. Il faut bien que je te mette à l'épreuve de temps à autre...

Je hochai vigoureusement la tête pour marquer que ce point de vue rencontrait mon approbation.

— Viens avec moi, dit-il.

Il m'entraîna dans la cour de derrière. Un endroit triste, cerné de hauts murs de brique noircis par les fumées d'usine et tendu de fils de fer zézayants sur lesquels ma mère vient pendre sa lessive. Je vis que dans un coin, la terre battue avait été défoncée et retournée à coups de bêche.

— Vimlo, tu représentes le renouveau, dit mon père. Grâce à toi, quand le Messie reviendra, Il ne passera pas dédaigneusement au large de cette maison. Dans les pires moments, j'ai conservé cet espoir, et je sais à présent que ça n'a pas été en vain. Une dernière chance nous a été accordée, merci Seigneur, je tends les mains vers Toi. Vim, Vim, Vim, mon petit, ne va pas la gâcher ! Tu sais que tout dépend de toi, alors prends garde ! Il te faut préserver cette pureté que tu as recouvrée par miracle. Alors écoute, voici ce que nous allons faire. Dans cette terre qui est là et que j'ai préparée — je la ferai consacrer par le prêtre, dès demain — nous allons planter quelque chose qui sera comme le symbole de ton innocence. Je pense à de l'aubépine, parce que les fleurs sont blanches comme la tunique de Gabriel et odorantes comme la brise du paradis. Tu planteras cet arbuste selon mes instructions et tu seras chargé de son entretien. L'état de l'aubépine te permettra de juger toi-même des progrès de ton âme, et nous en serons avertis également, nous dont le sort est suspendu à la permanence de sa pureté.

J'éclatai en sanglots et mon père, étalant largement sa paume au-dessus de ma tête, récita quelques prières en balançant le haut de son corps.

Ensuite, il m'amena au Grand Café Mordyklow, commanda deux bocks et nous fit traverser la rue pour que le maréchal-ferrant y plongeât un fer rouge. Fermant les yeux, j'avalai ce breuvage pour la première fois de ma vie et faillis vomir sur les chaussures de mon père.

— Aubépine, murmura-t-il. Sois l'aubépin dans le jardin de ton père.

Lorsque la famille fut réunie pour le souper, il ne se contenta pas de réciter l'action de grâces. Il psalmodia :

— Je suis la racine et la branche, et voici Vimlo mon fils : la fleur de cet arbre. Ma fille Anhla représente la feuille, qui n'est pas indispensable et n'a besoin que de se tenir à sa place. Mon fils Yagel figure les épines, car il en faut, si le Seigneur l'a voulu.

Anhla ne put s'empêcher de jeter en direction de notre mère, oubliée dans cette oraison, un coup d'œil qu'il surprit.

— Et votre mère, reprit-il en nous regardant par en

dessous, ma chère épouse Burulie... votre mère... est une bien brave femme.

Ayant dit, il s'empara d'une louche et entassa sur son assiette une vertigineuse portion de knödel.

II.

DES MOYENS ET DES FINS

L'aubépine fut plantée le jeudi suivant, d'une manière fort solennelle, et non moins consternante car je mis un point d'honneur à suivre à la lettre les directives de notre père, qui lui-même était plus ignorant qu'une carpe en matière de jardinage. Il répéta néanmoins, en roulant des yeux affolés, que si d'aventure l'arbuste venait à dépérir, cela signifierait que j'aurais courroucé Dieu, perdu mon innocence et promis toute notre famille aux tourments éternels.

Dire que je connaissais le fond de la détresse serait faire paraître les choses sous un jour trop plaisant. En vérité, je n'imaginais à cette affaire plus d'autre issue que catastrophique ; et quoique je n'en pusse mais, il me fallait par avance endosser la responsabilité du désastre. Ne pas décevoir notre père, déjà, relevait du prodige. Elever dans ce sinistre puits graisseux, où la lumière ne pénétrait qu'à grand-peine une ou deux fois l'an, cette aubépine maudite, constituait une épreuve dont Moïse en personne ne serait pas venu à bout.

J'allai demander conseil à notre maître d'école, mais il me rabroua vertement, grognant qu'en fait de jardin, je ferais mieux de cultiver ma règle de trois et ma division à deux chiffres. Je songeai à me jeter dans le fleuve ; bien qu'on fût en avril, il charriait encore des glaçons et je suis d'un naturel frileux. Je préférai me pendre mais, chez Peszczynski, la corde coûtait beaucoup plus cher que je n'aurais cru. Finalement, j'eus la chance d'être pris en pitié par un condisciple à qui je confiai mon souci. Il me donna l'adresse d'un vieil oncle à lui qui, pendant plus de cinquante ans, avait servi comme jardinier-chef chez le célèbre comte Pirojski, celui-là même qui, autrefois, faisait mettre le feu au derrière de ses paysannes quand elles se refusaient à lui et se délectait d'un boudin spécial, censément fabriqué avec le sang de petits hobereaux chafouins qui l'avaient agacé. L'oncle, me dit mon camarade, avait le cerveau fêlé, du fait qu'il avait été trop souvent pendu par les pieds sur les ordres de son maître, mais nul ne s'y connaissait mieux que lui dans l'art de faire venir les plantes. Et la preuve, c'est qu'il avait été employé tout ce temps par le comte, lequel détestait notoirement les gens de notre peuple, au point de détourner son cheval de sa route pour cravacher ceux qu'il apercevait au loin.

L'adresse était celle d'un faubourg lointain, où la ville commençait insensiblement à se décomposer. On prétendait que, dès la nuit tombée, les bandes de cagoulards y faisaient la loi. Après le terminus du tram, il vous fallait encore marcher plus de trois kilomètres pour atteindre ce sinistre quartier. Je constatai, arrivé là, que la rue où habitait le parent de mon camarade n'était connue de personne, en tout cas par son nom. Les policiers que j'interrogeai se montrèrent plus enclins à me suspecter de toutes sortes de forfaits qu'à me fournir des renseignements. J'étais seul parmi les hérétiques. Si je venais à disparaître, mes parents pourraient-ils même réclamer mon corps ?

Avant de me relâcher, le commissaire fit mesurer mes oreilles et prit un moulage de mon nez au moyen d'une sorte de pâte à modeler. L'homme qui était de garde à la porte me poussa brutalement dans la rue avec la crosse de son fusil. « Fous le camp ! gronda-t-il. Tu pues, sale race ! » J'étais persuadé que je ne reviendrais pas vivant de cette expédition. J'errai au hasard par les rues inconnues, le regard brouillé de larmes. Je ne savais même plus de quel côté se trouvait le fleuve. Et tout à coup, ayant essuyé mes paupières, j'avisai juste au-dessus de moi une plaquc où s'étalait le nom que je cherchais.

La maison de l'ancien jardinier-chef était la dernière de la rue. En fait, elle s'élevait à l'écart des autres, en bordure d'un immense terrain vague transformé en décharge. Je me demandai pour quelle raison le locataire n'avait pas préféré vivre au sein de notre communauté, plutôt qu'en ce milieu hostile et dans ce décor sordide, sur quoi planait une puanteur d'excréments, de végétation pourrie et de bêtes mortes. Mais je n'eus pas le loisir de m'interroger longtemps sur la bizarrerie de ce choix. Un personnage qui ressemblait à un épouvantail parut sur le seuil de la chaumière et m'abreuva d'invectives auxquelles je ne comprenais goutte, tout en frappant rageusement du pied et en battant des coudes comme s'il cherchait à s'envoler.

— Pardon, monsieur, seriez-vous monsieur le jardinier-chef à la retraite Kryla Krylakuri ? balbutiai-je, sentant que j'allais tourner de l'œil d'un instant à l'autre s'il ne cessait de m'apostropher avec cette véhémence

Il vociféra de plus belle, mais cette fois avec plus de clarté.

— Fils de putain, hurlait-il, déchet de trou du cul putréfié, qui t'a permis de venir m'emmerder ici ? Notre Seigneur Dieu aurait-il ôté sa main de moi ? Que la peste noire soit sur toi et sur tous les tiens ! Il a fallu pour te concevoir qu'une chienne soit prise par-derrière par un diable au membre gangrené ! Au large, cancrelat ! Au large où je lance sur toi Son Excellence Pirojski !

Je ne demandais pas mieux que de détaler, mais mes jambes se refusaient à me rendre ce service. Alors il fourra deux doigts de chaque main dans sa bouche édentée et produisit un sifflet strident. De je ne sais où s'élança un chien noir aux yeux de braise qui, autant que je pus en juger dans ma frayeur immonde, était plus haut que moi et sans aucun doute vingt fois plus fort. Sur son perron, le vieux gloussait et dansait sur place en se tenant le bas-ventre à pleines mains.

J'ouvris la bouche pour implorer grâce au moment où le fauve atteignait la clôture branlante qui me séparait de lui. Aucun son n'en sortit : j'avais perdu connaissance.

Je repris conscience dans une pièce aux fenêtres hermétiquement closes où régnait cette fraîcheur terreuse des caveaux. J'étais allongé sur une table étroite et longue. Du coin de l'œil, j'aperçus le vieux, assis à ma droite sur une chaise si basse que le haut de son crâne, qui semblait translucide, arrivait tout juste à ma hauteur. De près, il avait l'air encore plus méchant que de loin. Je me raidis pour m'empêcher de frissonner car je ne voulais pas attirer son attention. Le chien, je ne le voyais pas, mais je pouvais sentir sa présence tout à côté de moi et cela m'incitait à faire le mort. Je refermai doucement les paupières, non sans avoir eu le temps d'enregistrer — avec quelle détresse! — que le vieil épouvantail utilisait pour s'éclairer une bougie de cire noire...

C'est alors que je sentis sur ma figure le contact d'un objet si répugnant que je bondis en poussant des hurlements frénétiques, les yeux exorbités.

— Allons, allons! ricana le vieux. Ce n'est rien. Son Excellence voulait seulement te débarbouiller un peu, jeune goret! Ma foi, on dirait que tu ne lui déplais pas trop.

Dressé sur ses pattes de derrière, les membres antérieurs posés sur le bord de la table, le fauve sautillait en sabrant le vide de larges coups de langue, dans l'espoir d'atteindre mon visage. Ses terribles yeux avaient une expression si énamourée et si suppliante que, pour un peu, je lui aurais tendu la joue.

— J'ai trouvé le papier dans ta poche et j'ai reconnu la débile écriture de mon idiot de neveu, dit le vieux après avoir refermé son livre. Pour quelle raison t'a-t-il envoyé vers moi, jeune cancrelat ?

Le ton était encore bourru. Cependant, une petite flamme dansait au fond de ses yeux, qui me faisait comprendre que c'était seulement là de la colère pour rire. Pour rire ou pour pleurer, car dans ce même regard je lisais aussi une infinie tristesse. Brusquement, je ressentis une immense pitié pour le vieil homme. Mes dernières craintes se dissipèrent. Je lui racontai toute mon histoire, sans omettre un seul détail.

Il m'écouta sans m'interrompre une seule fois, hochant la tête à différentes reprises comme si mon récit, aussi extravagant fût-il, éveillait un écho dans ses propres pensées.

— La pureté ! soupira-t-il lorsque j'eus terminé. Toujours la pureté ! Il y a une question que j'aimerais poser à ton père, mon pauvre ami : selon lui, qu'est-ce qui décidera de la venue du Messie sur la terre ?

Je le considérais bouche bée.

— Evidemment, tu ne peux pas me répondre à sa place. D'ailleurs, quelle importance ! Sa réponse, je la connais, elle m'est livrée par l'aubépine, et l'aubépine m'est chose très familière. Ton père dirait : « Messie viendra quand tout sur cette terre sera absolument pur, car l'Absolu ne se satisfait que d'absolu, n'est-il pas vrai ? » Cela semble plein de bon sens : n'est-ce pas ce qu'on raconte aussi dans les maisons de prière ? Et pourtant, Vimlo, ceci est bien la plus grande blague de tous les temps. Et je vais te livrer les trois thèses de la Secte. En premier lieu, thèse pratique : si le monde était devenu absolument pur, à quoi servirait un Rédempteur ? En deuxième lieu, thèse physique : la pureté ne saurait attirer la pureté, car le plein ne peut accueillir le plein, c'est le vide qui reçoit le plein. En troisième lieu, thèse métaphysique (et celle-ci, pour un jeune garçon tel que toi, est peut-être un peu moins facile à comprendre) : si la nature humaine implique la faculté d'être impur, cette nature participe en quelque chose de l'impureté et ne saurait devenir absolument pure, quels que puissent être les efforts que la créature déploie en ce sens. Tout le reste est blasphème, et c'est pourquoi notre Secte enseigne ceci : s'il est vrai que l'Absolu ne peut sans contradiction se satisfaire du relatif (voire simplement le considérer, mais ceci est un autre problème), s'il est vrai pareillement que ni les hommes ni leur monde ne peuvent mieux faire que de *tendre* à la pureté sans jamais y atteindre, alors Messie ne viendra que lorsque tout sur cette terre sera absolument impur, et la piété, dans ces conditions, consiste à agir de telle sorte que l'impureté croisse et se multiplie.

Malgré mon hébétude, je dus marquer, à ces mots, un mouvement de recul instinctif. Le vieux eut un sourire indulgent.

— Rassure-toi ! fit-il. Je ne te veux pas de mal pour autant. Tu m'es très sympathique, et j'ai bien d'autres péchés à commettre ! Cependant, je te le dis : les temps ne sont plus loin où l'Impureté va déferler sur le monde. Toi-même, Vimlo, tu seras peut-être le témoin de cette atroce apothéose. Tu verras des choses dont l'idée n'est même pas venue aux tyrans les plus fous, dans leurs rêves les plus sanglants. Tu verras naître une race d'ingénieurs et de mathématiciens du massacre. On te contraindra à saluer l'invention de la machine à calculer l'assassinat collectif, et tu devras sacrifier ton esprit et ton âme pour la faire fonctionner. Les villes seront réduites en cendres. Les propriétaires brûleront leurs récoltes avec frénésie afin que leurs serfs ne puissent se nourrir, puis eux-mêmes mourront de faim en se maudissant les uns les autres après avoir dévoré leurs derniers billets de banque dans d'imprenables blockhaus que chacun interdira à ses voisins, à ses propres parents, au moyen d'armes lourdes et légères. On éteindra tous les fourneaux en y précipitant par milliers ceux qui sont chargés de les entretenir contre un salaire à peine suffisant pour ne pas être jeté en prison sous l'accusation de vagabondage. Tu assisteras à l'extermination de notre peuple, de toutes les tribus de notre peuple, de tous les peuples, et tu balbutieras la complainte des orphelins sur une terre devenue nécropole. Mais qui pourra t'entendre? Ah! pauvre garçon, je te jure que lorsque le Rédempteur paraîtra, Il ne se sera pas dérangé pour rien! Aussi, quand toutes ces choses et d'autres cent fois pires sont annoncées, comment pourrais-tu croire que je vais lever la main sur toi? Autant jeter un verre d'eau sur le sol, pendant que le Déluge déferle sur l'univers!

Il prit mes mains dans les siennes avec ferveur.

— Vimlo, vois-tu, tu m'inspires une grande, grande et douloureuse affection, à cause de ce misérable buisson d'aubépine que, ton père et toi, vous espérez maintenir en vie dans la terrible tourmente d'Impureté qui se prépare, qui déjà commence à souffler sur nous. Il n'y a pas la moindre chance que ce symbole de pureté, entretenu vaille que vaille au coin d'une courette à demi aveugle, fasse si peu que ce soit obstacle au triomphe de l'Horreur universelle. Je ne risque donc rien à te venir en aide. Tu vas faire scrupuleusement tout ce que je te dis, et ta plante fleurira. Bon sang, je me ferais fort de la faire fleurir sur la banquise du pôle Nord!

Il faisait nuit noire quand j'arrivai chez nous. Les miens étaient à leur place autour de la table et chacun regardait droit devant lui, les mains posées sur les couverts de chaque côté de son assiette. Je notai que personne n'avait touché au plat; le pain n'était même pas coupé. Les lèvres de ma mère tremblaient mais cela, désormais, ne voulait plus dire grand-chose. Je portai les yeux sur mon père : il évoquait un homme qui se serait endormi en oubliant de fermer les paupières. Avait-il l'air déçu, outragé? Non. A la vérité il n'avait aucun air du tout. Son visage était aussi dénué d'expression que le tabouret sur lequel il était assis. Les traits de ma sœur et de mon frère reflétaient une intelligence obtuse et proche de la conscience végétative.

— Je reviens de chez l'ancien jardinier-chef Kryla Krylakuri, dis-je d'une voix dont le calme et la fermeté me surprirent moi-même. J'ai dû traverser et retraverser le fleuve, aussi vous ai-je fait attendre et vous prie de bien vouloir m'en excuser.

Je répétai toutes les explications que m'avait fournies le vieillard. Je n'avais même pas besoin de me concentrer : ma bouche formulait chaque recommandation dans l'ordre et dans les termes voulus sans que mon cerveau, semblait-il, fût mis à contribution. Ils écoutèrent en silence, immobiles et impénétrables.

Lorsque tout fut dit, je m'inclinai respectueusement devant le chef de notre famille.

Lentement, il se leva. Au moment où il tourna la tête de mon côté, j'eus l'impression d'entendre, très étouffé mais encore perceptible, le bruit grinçant que font certaines girouettes en virant dans le vent.

— Vimlo, déclara-t-il d'une voix blanche, je le confesse à la face du Seigneur Notre Dieu, ce soir ma foi a vacillé. J'ai craint que tu ne m'aies déçu. (Sa voix monta tout à coup de plusieurs tons.) Mais point ! Point, juste Ciel ! Ce soir au contraire, fruit de ma branche, ce soir au contraire tu as fait ce que seul Dieu, Maître des Sacrées Enceintes et de tout l'univers, a pu t'inspirer, écrivant ainsi Son signe sur ton front ! (Il s'écarta brusquement de son tabouret en levant les bras au plafond, comme si le bois dont ce siège était fait eût été bardé de pointes.) Prends cette place, Aubépin-le-Sanctifié, siège désormais au haut bout de la table et veuille, je t'en conjure, faire descendre sur nous ta bénédiction.

D'un seul mouvement, les membres de ma famille tombèrent à genoux, soulevant du plancher une épaisse poussière qui nous fit tous éternuer. J'éprouvais un sentiment de honte et d'indignité tel que je n'en avais encore jamais connu, même quand il m'était arrivé de mentir à ma mère ou d'accepter une pastille de menthe des putains de la rue de l'Homme Rouge. Mais que pouvais-je faire ? Bon gré mal gré, je dus accéder à sa demande. Après quoi le souper se déroula dans une atmosphère d'indicible affliction. Nos parents pleuraient à chaudes larmes. Ma sœur, plus blanche que la nappe, ne pouvait porter quelque chose à ses lèvres sans se piquer le menton ou le nez avec sa fourchette. Yagel avala par mégarde une arête de carpe presque aussi grosse qu'une aiguille à tricoter et ne dut son salut qu'aux claques formidables que nous lui administrâmes entre les omoplates pendant une bonne partie de la nuit. Finalement, mon père voulut me faire cadeau de son derby, mais le bord de celui-ci me tombait au niveau de la bouche. Il résolut, à contrecœur, de le garder tant que mon crâne n'aurait pas les dimensions requises.

III.

YAGEL LÂCHE DES ORDURES

Hier encore, ne pas décevoir mon père m'apparaissait comme une impossible gageure. Aujourd'hui, les choses ont évolué : je *sais* que, quoi que je fasse, sa déconvenue est inévitable. Au moins voudrais-je l'y préparer. L'amener à douter de mon innocence. Dans ce but, je m'évertue à commettre toutes sortes de fautes et de forfaits qui, un mois plus tôt, auraient encore attiré ses foudres sur ma tête. Je me jette sur les plats avant que les grâces ne soient dites ; je réponds effrontément à ma mère dès qu'elle m'adresse la parole, si bien qu'elle ne fait plus guère que sangloter au fond de sa cuisine ; j'emploie devant ma sœur le vocabulaire des proxénètes et des maquerelles qui déambulent en chiquant le long de la rue de l'Homme Rouge ; je traite sans raison mon frère de pus et de meurtrier. Une fois, je suis allé jusqu'à faire sauter d'un coup de canne le chapeau de mon père en m'écriant d'une voix perçante : « Melon vole ! » Mais rien n'y fait. « Que la volonté de Dieu soit accomplie ! » murmure-t-il en réprimant d'horribles grimaces. Je pourrais leur fabriquer à tous un masque avec mes excréments, il n'y trouverait rien à redire et remercierait le Seigneur à sa manière palpitante. Une seule chose l'affligerait vraiment : ce serait que je néglige l'aubépine. Mais je ne puis m'y résoudre. Autant l'étrangler de mes propres mains.

Hier, en sortant de l'école, quelle ne fut pas ma surprise de découvrir sur le trottoir, assis sur son derrière et fixant attentivement la porte d'où s'échappaient les garçons, devinez qui... Son Excellence Pirojski ! Dès qu'il m'aperçut, il se mit à faire aller furieusement son fouet, retroussa les babines comme s'il essayait d'imiter le sourire des humains et, s'étant levé, gambada autour de moi avec toutes les manifestations de la jubilation la plus intense, indifférent à la terreur qu'il répandait parmi mes condisciples.

Je regardai autour de moi, m'attendant à découvrir la silhouette hirsute de l'ancien jardinier-chef. Je ne la vis nulle part. En revanche, je remarquai que notre maître d'école, constatant la présence du chien au pied du perron, effectuait un brusque demi-tour et s'effaçait derrière le panneau de la porte, poussant des élèves au dehors tout en lançant de notre côté des coups d'œil inquiets.

Je me hâtai de tourner le dos à l'école, afin que M. Kbol pût opérer une sortie conforme à la dignité de sa fonction. Son Excellence me suivit, ou plutôt dansa joyeusement autour de moi, exécutant, toute une série de bonds et de voltes. Il était impensable que la bête fût venue seule d'aussi loin. Et surtout : un chien ne peut interroger les passants ; comment m'aurait-il retrouvé ? Comment aurait-il pu savoir que je fréquentais cette école ? Qui lui avait appris l'heure à laquelle sortent les petites classes, et par quelle porte (l'établissement en compte deux, distantes l'une de l'autre d'une dizaine de mètres) ? Il fallait que Kryla Krylakuri fût dans les environs. Mais alors, pourquoi ne se montrait-il pas ?

Nous arrivâmes à la maison, Son Excellence et moi. Il me vint tout à coup l'idée que si j'interrogeais ce chien étrange, il me répondrait avec une voix humaine. Cette pensée me communiqua un tel malaise, cependant, que je préférai n'en pas vérifier l'exactitude. Le vieux Kryl était toujours invisible. En revanche, j'aperçus le chapeau de mon père naviguant au-dessus de la foule de midi. Il me fallait rentrer. J'eus les plus grandes peines du monde à empêcher le chien de me suivre. Sitôt la porte entrebâillée, il chercha à se glisser dans l'ouverture. « Non, Excellence ! le suppliai-je. Vous ne pouvez pas venir. Ce n'est pas ma faute, je vous jure. Je vous aime. Je n'ai jamais aimé aucun chien plus que vous. Malheureusement, il ne vous est pas possible d'entrer avec moi. S'il vous plaît, Votre Grâce, je vous en prie ! » Il ne tenait aucun compte de mes paroles. Les yeux plus brasillants que jamais, il se servait de son museau comme d'un boutoir pour forcer le passage. Découragé, je n'eus d'autre solution que de refermer la porte, encore dus-je déployer pour cela des efforts et des ruses considérables. J'étais là, « enfermé dehors », selon l'expression de Yagel. Et mon père qui allait surgir d'un instant à l'autre ! Lui qui avait en horreur les créatures à quatre pattes, comme étant le parangon du mauvais maintien et de la fornication débridée ! Ce fut mon frère qui me sauva, prouvant qu'il ne me tenait pas rigueur des insultes dont je l'avais abreuvé dans le vain espoir de ramener notre père à une plus juste appréciation de la réalité.

A midi, Yagel ne mangeait pas avec nous. La boucherie Ztalmna ne fermait qu'à treize heures. A ce moment-là, le commis devait encore balayer et ranger les quartiers de viande dans la chambre froide, après quoi seulement il était autorisé à gagner l'appartement, au troisième étage du même immeuble, et à se repaître des reliefs que ses patrons avaient bien voulu lui laisser. Il n'y avait pas de couvert pour lui : il finissait tour à tour les assiettes abandonnées sur la table, puis faisait la vaisselle (silencieusement, car il ne fallait pas déranger la sieste des Ztalmna). Une fois, il avait demandé à la patronne s'il ne pourrait pas apporter au moins sa propre assiette, mais cette requête avait été repoussée par la femme qui, en outre, avait traité Yagel de vaniteux et de gandin. Toujours est-il que je venais à peine de faire claquer le pêne dans la gâche, quand mon frère, monté sur le tricycle rouge avec lequel il effectuait les livraisons, s'arrêta au bord du trottoir et me demanda si quelque chose n'allait pas. Je lui expliquai succinctement la situation.

Par les confidences qu'il m'a faites une nuit, je sais que mon frère hésite encore entre trois professions : éventreur de jeunes filles, tromboniste ou dompteur. Toutes ont leur charme à ses yeux, mais il marque une certaine préférence pour la dernière, les deux autres étant, l'une assez monotone et risquée, l'autre quasi fermée à ceux qui ne possèdent pas de trombone ni de connaissances musicales, ce qui, hélas, était son cas. En tant que futur dompteur, Yagel ne ressent aucun effroi au contact des tigres (encore qu'il n'ait pas eu l'occasion d'en rencontrer beaucoup jusqu'ici dans notre quartier). *A fortiori* au contact des chiens, eussent-ils le regard pourpre et étincelant de Son Excellence Pirojski.

Il cala son tricycle contre la bordure du trottoir et, prenant une pose avantageuse, le torse bombé, les pieds joints, il fit claquer un fouet imaginaire (mais je jure que ce fouet, je pouvais le *voir* au bout de son bras !) et hurla au chien, en l'appelant Brutus, quelques mots en allemand. Son Excellence dressa les oreilles, observa mon frère pardessus son épaule, pencha légèrement la tête et, au lieu de lui sauter à la gorge, éternua, me gratifia d'un bref coup de langue et s'en alla au petit trot. Sur quoi mon frère jeta son fouet au loin, se remit en selle dans un mouvement de voltige et repartit à ses affaires en me lançant : « A la revoyure ! Les manchots n'ont pas d'engelures ! », sous le regard réprobateur et éberlué de notre père, qu'il n'avait pas vu.

Désormais, je trouve la bête assise au pied du perron de l'école, chaque fois que je sors de classe, c'est-à-dire à midi moins dix et à six heures moins le quart. J'ai conclu un pacte avec Yagel. Il s'arrange pour passer devant chez nous quelques minutes plus tard, afin d'obliger le chien à s'en retourner (« Parfait ! m'a-t-il dit d'un ton protecteur.

Ça m' donne de l'entraînement. Un dompteur ne doit jamais s' rouiller, tu piges ? Pasque la bête le sent. La bête a un instinct, Vim, fourre-toi bien ça dans la tête ! C'est l'instinct animal cont'e l'intelligence humaine, y a pas à sortir de là ! » — Vous l'aurez remarqué, mon frère s'exprime d'une façon de plus en plus ordinaire, pour ne pas dire vulgaire). En échange, j'ai fait le serment (il m'a obligé à cracher à l'intérieur d'une petite boîte en fer, qu'il porte dans une cache ménagée par lui dans le talon de sa chaussure droite) que je veillerais sur l'aubépine comme à la prunelle de mes yeux, afin que notre père, je le cite, « nous fout' la paix une bonne fois avec ses sacrées conneries ».

Entre nous, jurer cela ne me coûte pas très cher. En dépit des conditions défavorables qui règnent dans ce semblant de cour, la plante se comporte magnifiquement. Je n'entends rien aux herbes, aux corolles, à l'alchimie fastidieuse des sèves et des saisons. Néanmoins, il m'apparaît clairement que cette aubépine s'apprête à connaître une apothéose horticole.

Yagel est rentré de son travail, aujourd'hui, dans un état d'excitation qui n'est pas exceptionnel chez lui, mais qu'il laisse rarement transparaître en présence de nos parents. Curieux d'en connaître la raison, je pris l'initiative de lui demander, tout de suite après les grâces : « Yagel, Yagel mon cher aîné, envie de toute la jeunesse, n'aurais-tu pas quelque nouvelle à nous annoncer ? Tu dois être témoin de beaucoup d'événements bizarres, lorsque tu parcours la ville au guidon de ton engin... »

Notre père ne put s'empêcher de sursauter.

— Yagel ? protesta-t-il. Ce zigomar ! Assisterait-il à la venue du Messie, il croirait voir passer un colporteur lituanien ! Bien beau encore s'il ne lui criait pas des obscénités ! (Ma sœur rougit violemment sous le hâle grisâtre dont elle ne pouvait plus se défaire.) Voyons, Aubépin, pur enfant, à quoi songes-tu ? Raconte-nous plutôt les choses que, toi, tu as vues sur ton chemin.

— Seigneur Dieu ! gémit ma mère, en se mettant à trembler. J'espère qu'il n'a rien vu de mal !

J'hésitais. En mettant mon frère sur la sellette, en l'exposant aux imprévisibles réactions de notre père, ne risquais-je pas de l'indisposer contre moi ? C'en serait alors fini de notre pacte. Néanmoins, j'articulai avec raideur :

— Mon aîné n'a guère l'occasion de s'exprimer devant la famille. Ce soir, j'aimerais beaucoup l'entendre.

Mon père blêmit.

— Qu'il en soit fait selon ta volonté, fit-il d'une voix épuisée, en se couvrant rapidement les yeux avec sa paume.

— Eh bien, voilà, commença notre frère, non sans m'avoir adressé un clin d'œil complice qui me rassura sur la façon dont il prenait la chose. Tout à l'heure, j'allais porter les saucisses dans le gros bordel à portique qui fait l'angle de la rue de l'Homme Rouge et de l'avenue Polkha Wiecka... (Il marqua une pause.) Figurez-vous, ajouta-t-il comme à regret, que ces femmes-là adorent les saucisses...

— Miséricorde ! sanglota ma mère.

— Et voilà-t'y-pas, reprit Yagel, le regard enflammé, que qu'est-ce que j'apercevois-je ? (Les épaules de mon père s'agitaient spasmodiquement.) Ecoutez-moi ça, vous allez en tomber le cul par terre. (L'orateur abattit sans crier gare son poing au milieu des assiettes.) UNE PARADE DE CIRQUE ! Une sacrée maudite connerie de parade de cirque ! Y avait même, vous allez pas m' croire, un gonze qui jouait du trombone à coulisse en veux-tu en voilà, qu'on aurait dit une armée de démons en train d' faire des pets avec un entonnoir dans le trou du cul ! (Notre mère s'enfuit en faisant tomber sa chaise, ayant rabattu son tablier par-dessus sa tête.) Ce bougre de con-là savait y faire, je vous en fiche mon billet ! (Il cogna de nouveau la table.) C'est exactement comme ça que j' jouerai moi-même, et il faudra pas venir à m'emmerder, bon sang ! Mais abrégeons. C'te bande de zouaves faisait savoir qu'i seront durant trois jours place du Champ de Foire avec des monstres, des moukères avaleuses de serpents, des magiciens, des polichinelles et des bêtes féroces de quoi bouffer les trois quarts d' la ville en un rien de temps. UN CIRQUE, père ! Y a un CIRQUE chez nous ! Ça vous la coupe, non ?

Pareil scandale laissait loin derrière lui les prévisions les plus pessimistes de mes parents, concernant l'avenir de mon frère. Moi-même, qui avais pu observer la sensible évolution du caractère, du langage et des manières de Yagel au cours des dernières semaines, je croyais être victime d'une hallucination. Comment mon frère avait-il pu perdre à ce point le contrôle de lui-même, s'oublier jusqu'à lâcher de telles ordures à la face de notre père et au beau milieu du repas ? Je dois avouer cependant qu'en l'écoutant, j'avais été saisi d'un fou rire, probablement nerveux, que je ne pouvais même plus réprimer maintenant qu'il s'était tu.

Mon père ne réagissait pas. On aurait pu penser qu'une préoccupation intime l'avait empêché fort opportunément d'entendre les propos de son fils aîné. Quant à celui-ci, il finissait tranquillement son croupion de poule bouillie en souriant à notre sœur.

Combien de temps s'écoula de la sorte ? Je ne saurais le dire. A force de m'esclaffer, je ressentais des crampes dans la nuque et le ventre, mais je continuais néanmoins, projetant alentour une pluie de larmes brûlantes. Dans mon agitation maladive, je renversai la soupière de potage aux nouilles dont le contenu atterrit malencontreusement sur les genoux de notre père, le respectable Ardamet Naftali, amateur de coiffures élégantes.

Je l'entendis pousser un soupir à fendre l'âme qui, paradoxalement, me rendit assez d'énergie pour rire une heure de plus.

L'horloge du salon sonna onze heures du soir. Ma mère n'avait pas reparu. Anhla semblait plus morte que vive. Yagel construisait un château de cartes avec des tranches de pain. Enfin, mon père retira sa main de son visage et mon rire mourut instantanément dans ma gorge. Le chef de notre famille se dressa lentement ; on entendit le bruit flasque des nouilles qui s'écrasaient sur ses souliers.

— C'est très bien, déclara-t-il. Puisque l'idée t'amuse, nous assisterons tous à ce spectacle demain soir, mon enfant. Yagel, je vais te confier l'argent : tu iras nous retenir cinq des meilleures places, je te prie.

Plût au ciel qu'il n'eût jamais articulé ces mots ! Le lendemain à midi, mon frère fit bénéficier Son Excellence Pirojski d'une séance de domptage si brillante que les voisins appelèrent la police. Le soir, il m'attendait devant la maison.

— T'as vu ? fit-il en ricanant. Y te bouffe dans la main, le vieux. (Il me décocha un coup de coude dans les côtes.) Dis-donc, tu crois pas qu'on est un peu marles, tous les deux ? On s' pose là, non ? Moi, les tigres et toi, cézigue Ducon-Galurin ! J' te l' dis : c'est nous qu'on fait la loi !

J'acquiesçai pour qu'il me laissât tranquille. Le surnom de Ducon-Galurin, bien qu'il ne fût pas entièrement usurpé, m'avait choqué, et même offensé. C'est sans entrain qu'un peu plus tard, pressé par lui de donner un avis impartial, j'assistai aux tentatives de Yagel pour dompter une panthère noire — en l'espèce notre sœur, qu'il avait contrainte à grimper tout encharbonnée sur un tabouret de cuisine et qui frémit des pieds à la tête lorsqu'il l'invectiva en allemand.

La représentation commençait à huit heures et demie et la place du Champ de Foire n'était pas distante de notre maison de plus de huit ou neuf cents mètres. Dès sept heures et quart, cependant, nous étions dans la rue, revêtus de nos plus beaux habits (Anhla portant cette robe blanche immaculée qui, par contraste, faisait paraître son teint non plus seulement grisâtre, mais couleur de bitume). Comme nous avions déjà nos billets, nous fûmes, à l'exception d'un soldat endormi tout en haut des gradins, les premiers à pénétrer sous la tente.

IV.

L'ABJECTION DES ABJECTIONS (NE MANIPULER QU'AVEC SOIN)

Nos places se trouvaient au premier rang, juste derrière la bordure de bois qui délimite la piste. C'était la première fois que nous allions au cirque et nous nous sentions intimidés, même Yagel. Mes parents, ma sœur et moi, nous conservâmes le silence jusqu'à l'entracte, mais je dois dire que mon frère se déchaîna chaque fois qu'un animal sauvage ou un dresseur quelconque se présenta sur la piste. Il abreuvait la bête de vociférations germaniques et l'homme de conseils probablement oiseux, si j'en juge par les regards incendiaires que ces artistes lui lançaient par-dessus leur sourire professionnel. Je n'en jurerais pas, mais je crois même que si le butor qui enfonce sa tête dans la gueule d'un lion a fait siffler son fouet à nos oreilles, à un certain moment, ce ne fut pas un geste aussi involontaire qu'il tenta de nous en persuader en s'inclinant galamment, son coup fait, devant ma sœur et ma mère. Du reste, je ne saurais le blâmer de ce mouvement d'humeur. J'entends encore Yagel lui crier, debout sur son siège, alors que la moitié du visage de cet homme disparaissait déjà entre les terribles mâchoires : « Eh ! connard, comment veux-tu qu'y t'bouffe, si t'y agrippes la barbichette par en d'sous ? Esbroufe ! Chiqué ! Foutaise ! » Notre mère était livide.

A l'entracte, son époux — qui bien entendu avait gardé son chapeau vissé sur le crâne, au mépris des admonestations de nos voisins — me demanda si je désirais des cacahuètes. Je répondis que non, mais Yagel m'envoya son coude dans le foie et, comprenant aussitôt mon erreur, je fis savoir avec ce qu'il me restait de souffle que j'avais changé d'avis. Mon frère dévora toutes les cacahuètes. Du moins toutes celles que notre mère voulut bien lui laisser car, à la stupéfaction générale, elle se jeta littéralement sur le paquet lorsque le vendeur le tendit et se mit à engloutir ces humbles friandises en roulant des yeux de babouin.

Il y eut ensuite des clowns, race exécrée par mon père à l'égal des quadrupèdes et des trapézistes, qu'il craignait de recevoir sur son derby. Il écrasa de sa morgue ces personnages délurés aux savates excessives, tandis que mon frère vitupérait sans retenue le trombone de l'orchestre, lui indiquant du bras droit quels gestes, selon lui, il aurait dû exécuter pour jouer correctement. Vinrent des otaries, une contorsionniste, des Chinois à l'accent tchèque prononcé qui pénétraient dans des armoires décorées de dragons flamboyants et réapparaissaient au milieu du public, un sabre planté en travers de la tête. Je remarquai que ces momeries, elles aussi, irritaient notre père. Quand les clowns resurgirent, traînant derrière eux une automobile en carton où ronchonnait un sanglier accoutré en juge de paix, je vis qu'il serrait les poings à s'en faire blanchir les jointures. Ce fut ensuite le tour d'une illustre devineresse, qui d'ailleurs ne devinait que des choses inutiles, comme le numéro de votre billet ou l'âge qu'aurait eu quelqu'un qui, en fait, était mort et enterré depuis longtemps. Enfin, pour mon malheur et mon éternelle damnation, on annonça le numéro des éléphants, lequel, d'après les affiches apposées au coin des rues, devait constituer le clou de la soirée.

Inutile de vous dire que mon père haïssait ces animaux à proportion de leur volume (et aussi, je dois le préciser, de la frousse qu'ils lui inspiraient en promenant leurs énormes derrières à deux doigts de ses moustaches). Les éléphants se plièrent à différents exercices dont l'intérêt m'échappa en grande partie, encore que la foule saluât par des acclamations nourries chacune de ces sottises. Alors, l'orchestre se tut, laissant mourir la phrase qu'il venait de commencer. Il y eut un interminable roulement de tambour, encouragé par Yagel d'un vibrant : « Vas-y, la caisse ! La femme-tronc n'a pas d' fesses ! » Des garçons de piste firent leur entrée, roulant devant eux, ainsi que des cerceaux, de grands tabourets rouges. Ils disposèrent un de ces tabourets derrière chacun des éléphants, rangés en demi-cercle. Je compris que la performance étourdissante allait être de faire asseoir les pachydermes sur ces tabourets — une performance qui, devait écrire avec esprit Josef Kansel dans un de nos journaux, « n'avait de sens que pour des éléphants ». Et, caustique, il poursuivait : « On aurait en effet beaucoup de mal à réunir trois mille personnes, par exemple, pour admirer six hommes en train de s'asseoir sur de grands tabourets rouges. »

J'étais consterné par la naïveté de cette exhibition. Je le fus davantage lorsqu'il devint clair que l'éléphant situé juste devant nous, après plusieurs tentatives infructueuses, ne parviendrait pas à réaliser ce que son cornac exigeait de lui (« Il s'escrimait à réussir dans la peine, noterait Kansel avec cette nuance de nostalgie qu'il sait mettre en toute chose, ce qui pour les cinq autres n'était qu'un jeu d'enfant. ») C'est en vain que Yagel, qui bizarrement avait pris son parti, lui cria ses conseils les plus bienveillants (car s'il faut reconnaître une qualité à mon frère, c'est bien une connaissance parfaite de l'art de s'asseoir). Depuis quelques instants déjà, mon père fronçait le sourcil et mordillait sa moustache, la mâchoire contractée, aussi rigide qu'un fer à cheval. Je le sentais exaspéré au-delà de toute expression et lisais dans ses yeux cette offuscation farouche qui lui était habituelle avant l'épisode de l'aubépine mais dont il semblait s'être délivré depuis.

Une musique grandiloquente ponctua la fin du numéro sans que notre éléphant eût trouvé le moyen de s'asseoir avec les autres. Le cornac, un sourire exsangue flottant sur son visage d'étrangleur, donnait déjà le signal du retour aux cages quand mon père se dressa, comme mû par un ressort, le regard fixe et dément, et psalmodia : « Abjection ! Abjection ! Abjection des abjections ! » Dans le fracas des cuivres et le tumulte des bravos, nul à part nous ne put l'entendre. Cependant l'éléphant concerné, qui avait déjà rejoint le milieu de la piste, tourna la tête et porta les yeux sur lui. Ils échangèrent un regard qui me parut durer cent ans.

« Abjection ! » répéta mon père. L'animal inclina le front comme s'il acquiesçait. Tous ses compagnons avaient quitté la piste. Lui-même se dirigea vers l'ouverture tendue de rideaux incarnats mais là, au lieu de s'enfoncer dans le ténébreux mystère de la coulisse, qu'on devinait affairé et grouillant, il obliqua sur sa gauche et trottina le long de la bordure circulaire. « Abjection ! » souffla encore mon père lorsqu'il passa devant nous — on aurait dit un homme hypnotisé. Mais l'éléphant venait de s'arrêter. D'une pirouette incroyablement leste, tandis que la foule hurlait sa joie, il se retrouva face à mon père, balayant l'air de sa trompe en un geste si précis qu'il fit tomber le melon brun au pied de la bordure, côté piste. Pendant ce temps il poursuivait sa volte de manière à nous présenter de nouveau l'arrière de son corps et ceci fut à peine accompli qu'il déposait sans crier gare une copieuse bouse dans le chapeau de mon père, sous les vivats déchaînés du public qui se mit à lui lancer des pièces de monnaie, des écharpes, des mouchoirs parfumés. Alors la bête, la face fendue par ce qui ressemblait furieusement à un sourire, s'assit sans aucune difficulté sur la bordure qui s'effondra sous son poids. Elle se roula dans le sable, les quatre fers en l'air, ainsi qu'un chiot facétieux, prit des morceaux de barrière avec sa trompe et les lança sur l'orchestre, arracha les rideaux, dansa la gigue en barrissant, provoqua, en bref, un tel remue-ménage que les gens s'enfuirent en désordre, y compris les employés du cirque, et qu'on déplora dans cette affaire nombre de jambes cassées et plusieurs morts par asphyxie, sans parler des dégâts matériels et d'un assassinat au pic à glace dans lequel, à première vue, l'éléphant n'était pour rien.

Il ne restait plus sous le chapiteau que les cinq membres de notre famille. Nous avions jailli de nos sièges avec ensemble au moment où le fauve encaquait le précieux derby. Un sacrilège aussi démesuré nous horrifiait bien davantage que le vent de panique qui soufflait sur le cirque, auquel nous ne prêtâmes qu'une attention distraite. Ma mère et ma sœur se mordaient cruellement les lèvres pour ne pas éclater en sanglots et en lamentations. Yagel ne faisait que murmurer avec hébétude : « Bon sang, il a chié dans ton chapeau... Bon sang, tu l'as vu, il a chié dans ton chapeau... »

Quant à Ardamet Naftali, notre père, il m'évoquait par le teint et la rigidité le Golem de Prague, la terrible figure de boue, avant que l'étincelle de vie n'y eût été introduite par son créateur. Une demi-heure plus tard, il fallut que deux pompiers le prissent sous les bras pour le porter dehors. J'avais ramassé le chapeau, invraisemblablement lourd, et la nuit était d'un violet triste et profond que je me rappellerai toute ma vie.

Au début, je pus me bercer de l'illusion que ce choc effroyable allait avoir un effet salutaire sur le comportement du chef de notre famille. Dès le déjeuner du lendemain, il regagna le haut-bout de la table d'un pas si assuré que l'on pouvait croire qu'il ne l'avait jamais quitté. Il exprima à notre sœur sa honte de la voir porter sa souillure féminine d'une manière visible par tous. Yagel fut morigéné pour des peccadilles, enfermé une nuit entière dans la ténèbre comme s'il avait eu quatre ans et non seize. Pour avoir dit « bonté divine », il eut la bouche nettoyée au savon noir et à la brosse à racines par notre père. Ma mère fut conviée à préparer une semaine durant, en quantité généreuse, tous les plats que nous n'aimions pas. (Lui-même se rapportait un repas froid de chez

Mordyklow.) Anhla était au désespoir. Yagel ruminait des idées de révolte et cachait sous son matelas un méchant couteau dérobé à son patron car, dans ses projets d'avenir, il avait momentanément abandonné domptage et trombonage au profit de l'incision des abdomens virginaux. Notre mère se consumait, tâche pour laquelle elle semblait avoir été mise tout spécialement sur la terre.

En ce qui me concerne, je gardais un visage impassible, mais, intérieurement, je jubilais. Je voyais mon existence revenir peu à peu à la normale et cultivais l'espoir qu'à ce train, je finirais par être déchargé de l'impossible mission que mon père, dans un moment d'égarement, avait cru opportun de me confier. Toutefois, je continuais à prendre soin de l'aubépine, au cas où une rechute se produirait, bien que mon père ne m'eût donné aucune consigne à propos de cette plante dont il paraissait avoir oublié l'existence.

En revanche, il avait expliqué avec une précision maniaque ce qu'il convenait de faire du derby profané. Il ordonna que l'éléphantesque étron ne fût ni déversé dans les toilettes, ni essuyé, ni ôté à la petite cuiller ni rien. Nous devions le laisser tel quel, ayant pris soin toutefois d'enrober le couvre-chef dans une triple épaisseur de papier-journal, puis dans un drap neuf lié par une mèche de cheveux naturels ayant appartenu à ma mère du temps qu'elle était fille. Enfin, le tout fut déposé sur un guéridon à trois pieds au fond de notre grenier, avec cette étiquette : *Chapeau « derby » ayant été porté par Ardamet Naftali jusqu'au 7 janvier 1938 et contenant un caca d'éléphant (ne manipuler qu'avec soin).* Le lendemain, mon père parut au déjeuner avec un melon rouge vif, devant lequel notre mère ne put réprimer un petit mouvement de recul.

Etrangement, Son Excellence Pirojski avait cessé de m'attendre à la sortie de l'école, et c'était un grand soulagement pour moi. Mon frère, en effet, m'avait annoncé qu'après ce qui venait de se passer, il se considérait comme délié de son serment, notre père lui semblant incurable. En conséquence, plutôt que d'interdire l'entrée du chien dans notre maison, il serait désormais tenté de la favoriser, avec l'espoir que l'animal « foutrait tout en l'air » et « se farcirait le vieux ». Son Excellence me manquait plus que je ne voulais me l'avouer. Un jeudi, je retournai chez Kryla Krylakuri, ayant pris cette fois la précaution de consulter le plan de la ville dans mon manuel de géographie.

Lorsque j'arrivai, le chien était installé sur une chaise dans la cour, la tête surmontée d'un shako, et le vieux Kryl faisait le beau devant lui en imitant des abois d'une façon assez pitoyable. Tous deux étaient manifestement d'excellente humeur.

V.

OÙ L'ON APPREND À SE MÉFIER DE LA DIVISION À DEUX CHIFFRES ET DES PROUESSES INTELLECTUELLES EN GÉNÉRAL

— Alors, me demanda joyeusement le vieillard après que nous nous fûmes salués, comment la pureté se porte-t-elle ? Son Excellence me dit que l'expérience de ton père n'est pas très concluante...

Je lançai au chien un coup d'œil suspicieux. Ainsi, je ne m'étais pas trompé : il parlait bel et bien. Allez savoir pourquoi, cette constatation refroidit instantanément mes sentiments à son égard. Je crois qu'en fait, j'étais vexé parce qu'à moi, il n'avait jamais dit un mot.

Je me détournai ostensiblement de lui pour conter à son maître l'histoire de l'éléphant.

— Je note, dit le vieillard avec ce gloussement qui lui était particulier, que l'abandon par ton père de sa quête de pureté engendre chez toi une vive satisfaction. Serais-tu en train de devenir un adepte de notre Secte, mon cher garçon ?

Je répondis que, révérence gardée, je m'en défierais bien, étant donné que ma foi m'inclinait à des conceptions diamétralement opposées.

— N'empêche, reprit-il d'une voix raffermie, que ce qui est arrivé à ton père est une aventure exemplaire, je devrais même dire édifiante. Parti, tel un chevalier du vieux temps, pour accroître la pureté dans le monde, il n'est parvenu qu'à grossir l'impureté dans sa propre maison, dans l'âme d'un de ses propres enfants — je parle de ton frère Yagel, qui finira sûrement sur l'échafaud, le pauvre diable ! — et à en recueillir l'ignoble symbole au fond de son propre chapeau. Tu vois, j'avais raison : je ne courais pas grand risque en te livrant les secrets de l'aubépine. L'idée du perfectionnement moral est un leurre, non pas destiné à l'amélioration de l'humanité, mais à la faire régresser plus allègrement vers cet état de barbarie auquel elle aspire de tout son cœur, quoiqu'elle n'en sache rien.

— Comment cela ? Selon vous, Kryla, nous sommes plus sauvages que nos ancêtres qui vivaient dans des cabanes et se nourrissaient de viande assaisonnée de cendres ?

— Je vais te dire une bonne chose, Vim. Si les ancêtres dont tu parles, avec leurs crocs et leur poitrail velu, apercevaient seulement l'aide-comptable des Grands Magasins Peszczynski, en chemise et bonnet de nuit, avec une ombrelle à la main, ils laisseraient tomber leurs gourdins et s'enfuiraient en piaillant d'une manière déchirante, leur appendice caudal renfoncé entre leurs fesses. Le problème, c'est cela. C'est que nous sommes devenus un peuple de comptables. C'est que l'homme d'aujourd'hui préfère de beaucoup les mathématiques à son Dieu...

— Pas moi, dis-je. Je n'y comprends goutte, je vous assure. Même la division à deux chiffres...

— La division à deux chiffres est un blasphème ! m'interrompit-il avec une violence formidable. Ne vois-tu pas que s'il est un bien pour la créature, c'est l'absolue Bêtise ? Tout le reste est sacrilège, canaillerie, fomentation de faux dieux, idolâtrie sordide ! La connaissance, voilà l'impureté, voilà la sauvagerie ! La maîtrise des chiffres ! L'édification des machines ! Horreur et damnation ! Chaque chose qu'on t'enseigne t'éloigne un peu plus du Seigneur ! Dessiner le cours de la Wevra ou d'une autre rivière ? Péché d'orgueil : ce tracé n'appartient qu'à Dieu !

Conjuguer des verbes? Piège démoniaque! Retenir des dates? Avilissement! Débauche! Je te le dis, cher garçon, la science n'apprend aux hommes que le chemin de l'enfer. Le principe d'Archimède indigne le Très-Haut. Les discours sur la dentition du rat musqué confinent à l'hérésie pure et simple!

Je n'y comprenais rien. J'étais au désespoir et je ne comprenais rien non plus à ma propre détresse. Je pris maladroitement congé du jardinier demeuré sur sa chaise en état de prostration. Le chien m'embrassa à son exubérante manière. Sur le chemin du retour, j'étais si désemparé que mon regard glissa sans s'y arrêter sur les affichettes collées un peu partout. Autrement, je n'aurais pu manquer de voir qu'elles représentaient mes oreilles et mon nez, accompagnées d'une exhortation à faire cesser sans plus attendre un tel scandale morphologique.

Le fleuve, quand je passai le pont, était d'un gris d'ardoise (et la circulation sur le pont, à cette heure, était littéralement folle). Je trouvai la maisonnée dans une prodigieuse effervescence. Mon père, Anhla et Yagel venaient tout juste de rentrer. Et qu'avaient-ils appris de la bouche de notre mère, revenant de dépendre son linge? L'aubépine était en fleur!

VI.

CARESSES DE CHIEN

Si je m'étais imaginé que mon père ne s'intéressait plus à la plante depuis sa mésaventure, j'avais fait une lourde erreur. Il était fou de joie et valsait avec Anhla dans le couloir, l'air rajeuni de vingt ans. Tandis que mon frère imitait un accompagnement de trombone avec sa bouche, tout en faisant coulisser son bras droit dans le vide, il chantait *Le Beau Danube Bleu* à tue-tête. Grisée par la danse, ma sœur pâlissait à vue d'œil, mais souriait toujours. Ma mère elle-même ne cessait de tourbillonner sur le carrelage en battant des mains avec un ravissement puéril. Tous coururent m'embrasser dès qu'enfin ils se furent aperçus de ma présence. J'étouffais sous ce quadruple enlacement. « Voici le héros du jour ! », s'égosillait mon père. Yagel hululait.

En un clin d'œil, Dieu ait pitié de moi, tout redevint comme avant. Je veux dire avant le cirque. La place d'honneur me fut restituée, au mépris de mes protestations. A table, mon père se fit le chantre de mes mérites, inventant de toute pièce, à jet continu, les hauts faits qui témoignaient de ces vertus exceptionnelles. Dans l'excès de son enthousiasme, il laissa mon frère déballer toutes les impertinences qu'il voulut, riant même à gorge déployée quand Yagel passa des grivoiseries à faire rougir un singe à la plus répugnante pornographie.

Quant à moi, j'étais plus accablé encore qu'au moment où j'avais quitté le vieux Kryl. Le fardeau dont je m'étais cru débarrassé me retombait sur les épaules, alourdi d'un poids supplémentaire.

De même qu'un beau matin, ces fleurs disparaîtraient, voyant s'installer la saison mauvaise, de même l'exaltation de mon père s'essoufflerait, s'étiolerait, se fanerait. Calmé, il lui faudrait constater que la pureté n'avait accompli aucun progrès dans l'univers ni même dans son propre entourage. Son ressentiment à mon égard serait d'autant plus grand qu'en faisant prospérer cette aubépine contre toute attente, je lui avais donné des raisons d'espérer le contraire.

Nous étions couchés depuis plus d'une heure (que j'avais passée à me tourner et à me retourner dans mon lit, incapable de trouver le sommeil) quand il frappa sauvagement du poing contre la cloison qui sépare nos chambres et rugit : « Fils, notre aubépine est la racine d'un monde nouveau ! »

— V'là Ducon-Galurin qui refait sa crise, marmonna Yagel avant de se rendormir.

Le lendemain, je ne devais pas déjeuner à la maison. Notre maître Mazavdi Nöshgo Kbol, avait décrété qu'il nous donnerait au réfectoire de l'école une leçon de convenances et de bonnes manières. J'admets que pour la plupart d'entre nous une telle initiation n'était pas superflue.

Le premier exercice consistait à dresser gentiment une table de banquet, en prenant bien soin de ranger les couverts dans l'ordre voulu par le savoir-vivre et en attribuant à chaque vin la sorte de verre qui lui convenait. On peut espérer que les résultats auraient été plus concluants si l'opération n'avait pas revêtu un caractère aussi abstrait. En fait de bouteilles de vin, nous ne disposions évidemment que de carafes d'eau et tous les verres du réfectoire — comme d'ailleurs les cuillers, les couteaux, les fourchettes — étaient rigoureusement identiques. L'instituteur Kbol se prenait la tête à deux mains et se sentait devenir chèvre : au bout d'un instant, lui-même ne savait plus s'il n'était pas en train de siffler son porto dans un verre de vin du Rhin.

L'exercice numéro deux portait sur la conversation de bonne compagnie. Nous y mîmes tout notre zèle, mais l'expérience tourna court, notre instructeur n'ayant pu supporter longtemps notre grotesque babil.

Trancher la carpe les coudes au corps et peler dans la même position une pêche juteuse étaient les délicates manœuvres qu'on nous proposa en troisième lieu. Tous mes condisciples convinrent que la chose eût été plus facile si ces deux aliments, la carpe et la pêche, n'avaient été représentés par une portion de purée. Beaucoup d'entre nous en avaient jusque dans les cheveux.

Dernier exercice : saluer le monde. Les garçons-hommes exécutent une courbette ; les garçons-femmes, une révérence. Apparemment, il n'y a rien là d'insurmontable. Mais je dois dire qu'en nous voyant opérer, peu s'en fallut que le pauvre pédagogue n'éclatât en sanglots.

Personnellement, je me montrai dans toutes ces manifestations de fine élégance l'un des moins experts. Ce n'est pas que j'eusse moins de dons que la moyenne de mes camarades. Mais l'unique fenêtre du réfectoire (toujours fermée, de sorte que cet endroit, par son atmosphère irrespirable, rappelait fâcheusement la quatrième classe des trains bulgares), l'unique fenêtre donnait sur la rue. Passant devant elle pour rejoindre ma place à table, j'avais aperçu Son Excellence Pirojski assis sur son derrière au bas du perron. Sans aucun doute, il m'attendait et cette idée ne cessait de me distraire. Jamais je n'avais manqué un de nos rendez-vous. Qu'allait-il penser de moi ? Peut-être s'imaginerait-il que je lui battais froid ? J'aurais voulu pouvoir l'avertir de ce qu'il se passait, attirer son attention d'une manière quelconque. En fait, je n'eus même pas l'occasion de repasser devant la croisée à la fin des exercices, notre maître, en son furieux dépit, ayant ordonné que nous nous rendions immédiatement dans la cour par la porte des cuisines et qu'en file indienne, au rythme de la petite foulée, nous tournions, tournions, tournions, tournions, bande d'abrutis !

Encore ne se jugea-t-il pas suffisamment remboursé avec cela. Une fois de retour en classe, nous dûmes reproduire de mémoire et à main levée les cours fantasques de la Ndrü, de la Pzüldrü et de la Bzündrü, les trois affluents qui ornent la rive gauche de la Wevra. La pénitence me fit aussitôt songer à Kryla Krylakuri — « péché d'orgueil : ce tracé n'appartient qu'à Dieu ! » — et par association d'idées à son chien, que j'avais presque fini par oublier à force de trotter dans la cour, travaillé par l'incoercible nausée du tournis. Cette pensée ne fut pas de nature à soutenir mes doigts, lesquels s'étaient d'ailleurs toujours refusés à exécuter les mouvements que mon cerveau leur commandait.

Pour la Ndrü, je ne dis pas : cette sacrée rivière ne voulait pas m'entrer dans le crâne. Mais la Bzündrü et la Pzüldrü, je les connaissais comme ma poche. Leurs détours s'offraient à mon imagination avec une clarté parfaite. Que Satan m'emporte, cependant, si j'étais capable de les figurer sur le papier, même d'une façon approximative ! Lorsque notre maître passa derrière moi, d'un coup de règle bien appliqué il me fit sauter le cuir chevelu sur trois bons centimètres.

La douleur disparut comme par enchantement lorsque, après l'étude, j'aperçus Son Excellence à sa place habituelle au pied des marches, indifférent au grand vide marqué autour de lui par l'appréhension des mères et des domestiques venus chercher les enfants. Il me réserva un accueil plus pétulant que jamais. Quelles croupades ! Quels gémissements passionnés ! Quels élans ! Il était partout à la fois. C'était comme si j'avais affaire à une meute entière.

Tout au long du chemin, il continua ses sauts, ses danses et ses chansons. Je riais aux éclats, tant j'étais heureux de nos retrouvailles. Nous nous comportions en tout point comme si la rue nous appartenait.

J'applaudis à tout rompre quand le chien se jeta du plus loin qu'il put contre la lourde porte de chêne de notre maison. Il ne s'y serait pas pris autrement pour traverser un cercle de papier ! Ce que je ne pouvais pas deviner, c'est que par une invraisemblable coïncidence, le pêne n'était plus engagé dans la serrure. Ma mère, femme pourtant si attentive à toute chose au sein de son ménage, venait seulement de s'aviser qu'il lui manquait du genièvre, alors que la marmite était déjà sur le fourneau. Elle était donc sortie pour en acheter à l'épicerie voisine. Mais voici qu'elle n'avait plus un sou dans son porte-monnaie. Elle s'en rendit compte sur le seuil de la maison. Repoussant la porte d'entrée sans la fermer tout à fait, puisqu'elle n'en avait que pour deux secondes, elle retourna chercher de l'argent dans la boîte en fer cachée au fond du placard à balais. Ces deux misérables secondes suffirent pour que Son Excellence Pirojski, ayant ébranlé et rabattu vers l'intérieur le panneau de bois, se précipitât dans notre couloir, le traversât comme une flèche et s'engouffrât sous la charmille étique des fils à linges, car il fallait ce jour-là que la porte de la courette, généralement close elle aussi, fût restée béante, par souci d'aérer le logement...

J'ai parlé d'une coïncidence. On voit qu'en réalité, il y en eut un plein sac — d'où sortit le désastre qui devait peser de façon si pathétique sur ma destinée et sur celle de beaucoup d'autres.

VII.

CHUTE INOPINÉE DU DERNIER BASTION DE L'INNOCENCE

Est-il possible d'admettre qu'une combinaison de coïncidences soit elle-même fortuite ? En théorie, rien ne l'interdit. Mais la théorie n'interdit pas non plus, m'a-t-on affirmé, que mon frère interprète sans faute *Le Beau Danube Bleu* en soufflant pour la première fois de sa vie dans un vrai trombone et en agitant la coulisse au petit bonheur la chance... J'ai, quant à moi, la ferme conviction que ni Dieu ni Diable ne se désintéressent de la marche des choses.

Quoi qu'il en soit, lorsque je revis le chien après avoir traversé le couloir à mon tour, Son Excellence s'ébrouait frénétiquement, roulant sur lui-même et se frottant avec volupté les omoplates contre les pitoyables restes de l'aubépine, au milieu de laquelle il était allé faire son lit. « Non ! implorai-je. Non ! » Mais l'irréparable était accompli.

— Pirojski ! fis-je d'une voix brisée. Pourquoi ? N'étais-je pas ton ami ?

J'aurais aussi bien pu tenter « de gonfler un homard avec une pompe à vélo », — comme dit Yagel lorsqu'il veut tourner en dérision les efforts de notre père pour le ramener dans le droit chemin. Le satané mâtin ne m'accordait pas la moindre attention, tout à la béatitude de se vautrer dans son crime. Je détournai les yeux de cet ignoble spectacle, mes ongles plantés dans mes pommettes. Lorsque à nouveau, j'osai diriger mon regard vers l'angle de la cour, la bête avait disparu.

Je dis bien disparu. Elle n'était pas repartie (elle n'aurait pu le faire sans que je m'en aperçusse, placé comme je l'étais) : elle s'était tout bonnement volatilisée.

Ce vieux scélérat de Kryla Krylakuri avait fait mine d'entrer dans mon jeu, m'inculquant d'utiles notions d'horticulture, puis il m'avait dépêché ce démon quadrupède, afin d'anéantir le dernier germe de pureté qui fût sur cette terre — l'ultime chance de salut offerte à l'humanité par un homme rempli d'amour, d'abnégation, de sollicitude, de courage : mon père, Ardamet Naftali...

Sur nos têtes, à présent, planait l'Oiseau du malheur. Le sinistre présage. Ainsi que mon père l'avait compris depuis belle lurette, l'Abjection allait régner sur le monde pour une période de sept fois sept cents ans.

Pauvre, pauvre papa ! De toutes les créatures qui peuplent la terre, lui seul, tel un moderne Moïse, avait reçu du Très-Haut le pouvoir de sauver les peuples, de guider les vrais croyants vers une nouvelle terre promise. Mais il avait commis l'erreur majuscule de se décharger sur moi d'une partie de sa mission sacrée. Moi, le dernier des idiots ! Ou le premier, comme on voudra. Indigne de cette tâche, comme de toute autre qui exigeât quelque astuce (et quelque grandeur d'âme), je ne pouvais que tout gâcher. Mais j'avais fait pis que cela. Je n'avais rien eu de plus pressé que de prendre pour confident le Malin lui-même, déguisé en chien parleur et en jardinier sénile. Je l'avais introduit de mes propres mains au cœur de la forteresse, dans l'ultime refuge de l'Innocence. Telle était mon inexpiable faute. J'en craignais moins le châtiment, cependant, que je ne m'épouvantais du désespoir qu'allait connaître mon père. Moi, j'avais mille fois mérité d'être repoussé dans une ténèbre éternelle, ou accueilli dans la Géhenne par de grimaçantes figures. Mais lui ! Lui ! Dieu était témoin que s'il échouait aujourd'hui, c'était uniquement parce que j'avais trahi sa confiance. Non de propos délibéré, certes. Mais à force de sottise et d'inconséquence. Que faire pour alléger ses tourments ?

Je n'eus pas l'occasion d'y réfléchir longtemps. Une ombre se profilait dans l'encadrement de la porte d'entrée, demeurée grande ouverte à l'autre extrémité du couloir. A la silhouette du chapeau, je reconnus mon père qui s'avançait à contre-jour.

Que se passa-t-il alors en moi ? Quelle perverse inspiration me subjugua-t-elle, profitant du trouble où j'étais ?

Je courus vers lui, haletant, les yeux hors la tête.

— Abjection, père ! Abjection ! m'écriai-je. En votre absence, l'éléphant s'est infiltré ici et a piétiné notre plantation. Il n'en reste rien. Oh, comme vous aviez raison, comme vous aviez raison, mon père, de nous mettre en garde contre cet animal détestable ! Battez-moi, reniez-moi, car j'étais le gardien de ces fleurs, mais je n'ai rien su faire pour l'arrêter !

Je m'adressais à une forme noire ; il m'était impossible de lire sur son visage l'effet de mes paroles.

— Quand ? dit-il seulement d'une voix sans timbre.

Il faut supposer que l'horreur du mensonge que je venais de proférer avait encore accru la confusion de mes sens. Comme je m'apprêtais à revenir sur cette déclaration impudente, je m'entendis couiner :

— Tout de suite ! A l'instant ! Je venais tout juste de rentrer de l'école.

— Alors, fit mon père, il doit encore y être.

« Bien sûr que non ! voulus-je articuler. Il n'y est pas. Il n'y a jamais été. C'est une ignoble et dérisoire invention de ma part ! Punissez-moi, père, punissez-moi impitoyablement, car, avec mes péchés, j'ai voilé la lumière du Ciel ! » Mais au lieu de cela, mes lèvres modelèrent la phrase suivante : « Naturellement ! Il vous attend pour vous narguer et bouffe tranquillement notre aubépine ! »

Avec le recul, je crois être en mesure d'expliquer ce comportement paradoxal. Le choc reçu en découvrant le saccage de l'aubépine m'avait bouleversé au point de me séparer de moi-même. Il y avait en moi un être charnel qui, craignant lâchement pour son cuir, forgeait un boniment désespéré afin de reculer, ne fût-ce que d'une minute, l'instant de l'expiation. Et puis un être spirituel qui, lui, aspirait si ardemment à la pénitence qu'il augmentait délibérément la gravité de sa faute. L'un et l'autre avaient avantage à soutenir cette navrante fable de l'éléphant.

Lentement, mon père passa devant moi et se dirigea vers la courette, où non seulement un éléphant n'eût pas tenu, mais pas même un veau (voire une simple truie de concours). Je fermai instinctivement, les yeux, attendant avec un affreux sentiment d'impuissance que le ciel me dégringolât sur la tête.

J'entendis mon père refermer derrière lui la porte de la cour. Puis le silence. Enorme. Bourdonnant. Terrible. Des siècles s'écoulaient. Je n'arrivais pas à comprendre pourquoi il n'avait pas encore fondu sur moi, les poings levés, en me couvrant d'anathèmes.

D'autres siècles encore défilèrent, muets, majestueux. Enfin, j'entendis la porte se rouvrir et le pas de mon père s'approcher de moi avec lenteur.

Cette fois, j'avais épuisé tout le sursis qu'un Dieu de miséricorde m'avait inespérément accordé. Mon corps se détendit en un spasme où entrait une sombre mais tumultueuse jouissance : j'allais enfin recevoir le salaire de mes fautes.

Et voici que mes paupières, contre ma volonté, s'ouvraient toutes grandes. La première chose que mes yeux découvrirent fut le visage de mon père. Un visage étonnamment neutre. Je dirais même indifférent.

— Occupe-toi de lui, fit-il. Je crois qu'il est affamé.

VIII.

DANS LEQUEL YAGEL AFFIRME UNE CONVICTION SURPRENANTE

Je demeurai dans la cour jusqu'à l'heure du repas. Il n'y avait pas plus d'éléphant entre ces murs hideux, bien entendu, que sur la paume de ma main. L'espace d'un instant, je le confesse, je m'étais laissé prendre à la paisible assurance de mon père. J'avais envisagé qu'un pachyderme se fût effectivement matérialisé sous ses yeux, de la même manière que Son Excellence, un peu plus tôt, s'était évaporé sous les miens. C'était accorder trop de pouvoir à mes désirs.

La tête basse, je gagnai la salle à manger. Notre mère avait confectionné un souper de gruau froid, de morue verte (au genièvre) et de beignets de pommes. Sans un mot de commentaire, mon père reprit sa place patriarcale au bout de la table. Je n'aurais pu supporter de croiser son regard ; pourtant, son visage attirait mes yeux comme un aimant. Incompréhensiblement, nulle déception ne s'y peignait. Ses traits reflétaient même une paix intérieure, tout à fait inhabituelle chez un homme aussi torturé. Il se mit à me parler de la manière la plus aimable. Son discours roulait sur les éléphants.

Vous eussiez dit qu'il s'était pris d'affection, tout à coup, pour cette espèce honnie. La famille s'aperçut avec stupéfaction qu'il possédait sur elle quantité de connaissances extrêmement bizarres, telles que le fait, incontestable selon lui, de la bicornité (si le mot existe ; en tout cas, il l'employait) de l'utérus des femelles. Mon père avait, pour frapper l'imagination, une technique très supérieure à celle de tous les maîtres d'école que j'avais connus, lesquels se contentaient d'entrer dans une fureur noire quand ils ne pouvaient capter l'attention de leur auditoire.

Ma mère ne réagissait pas à ces révélations sensationnelles, ayant probablement épuisé, le jour où l'aubépine avait fleuri, tout son potentiel d'enthousiasme. Elle ne marquait à l'égard de la bicornité et de cent autres détails non moins extravagants, pas plus d'intérêt que d'incrédulité. En cela, elle se conformait à son attitude ordinaire. Je n'aurais pu en dire autant de Yagel et d'Anhla. Mes aînés donnaient l'impression de trouver tout naturel que notre père fît, par-dessus son assiette, avec les intonations du lyrisme le plus vibrant et le brio que confère une intime connaissance du sujet, une conférence sur l'éléphant.

A un certain moment, je crus m'étrangler avec mon gruau. Mon frère venait incidemment de lâcher une remarque d'où il ressortait, sans équivoque possible, qu'il était lui-même convaincu de la présence d'un pachyderme dans notre cour. Dieu du ciel ! Il me sembla que la lumière de la lampe déclinait tout d'un coup et que le plafond s'abaissait sur moi.

Quelques instants plus tard, alors qu'une violente odeur de morue nous saisissait à la gorge, je comprenais que ma mère et ma sœur partageaient la même illusion que Yagel. Grimpant à tour de rôle sur la cuvette, elles étaient allées jeter un coup d'œil dans la cour par la meurtrière de la toilette et, elles aussi, avaient aperçu l'animal. Le plus fort est qu'elles n'en paraissaient pas autrement surprises. Plutôt flattées, si j'interprétais correctement leurs demi-sourires.

A moins que... Mais oui ! Comment n'y avais-je pas songé plus tôt ? C'était une comédie qu'ils étaient en train de me jouer là. En un éclair, j'eus la révélation de ce qui s'était tramé derrière mon dos, tandis que je m'attardais sous les fils à linge. Plutôt que de démolir l'impudent alibi de l'éléphant, mon père avait imaginé de me le renvoyer tel un boomerang. De me plonger le nez dans mon mensonge, comme on fourre dans ses excréments celui du chien malpropre. Avec le concours de la famille (sans doute avait-il promis une récompense à Yagel), il tendait un miroir à mon ignominie, m'obligeait à contempler en face l'énormité de mon forfait. Mon châtiment serait la honte et le remords. Combien j'eusse préféré les coups ! Cette sanction était la plus cruelle de toutes. Un avant-goût de l'enfer qui m'attendait.

— Je m' demande, fit alors Yagel, tout rêveur, si les éléphants aimeraient des fois les beignets comme ceux-là. Y aurait d' l'argent à faire par chez eux, pour un gars un peu marle...

— Pas plus sans doute que tu ne digérerais toi-même les arbustes, répliqua mon père avec beaucoup d'aménité. Tu es la bêtise incarnée, mon pauvre Yagel ! Au fait, savez-vous combien de molaires ils ont ?

Mon frère négligea la question. Il était écarlate et paraissait hors de lui.

— J' pourrais bien bouffer des arbres, grinça-t-il entre ses dents serrées, si ça m' donnait l' droit d' chier du p'tit bois dans l' chapeau des pékins. La bêtise incarnée, j' vous d'mande un peu ! Qu'est-c' que vous y connaissez ? Vous parlez à travers vot' chapeau, voilà tout ! Moi, j'en sais long là-d'sus. Je crois à la réincarnation, affirma-t-il d'une voix qui n'admettait pas la contradiction. D'ailleurs, dans une aut' vie, j'étais Jack l'Eventreur, si vous voulez tout savoir. Y z'ont jamais pu m' trouver. Quand ç'a commencé à sentir un peu trop le roussi pour mes fesses, hop ! zou ! envolé l'oiseau ! Je m' suis t'nu à carreau un p'tit bout d' temps. Où ça ? Mystère et boule de gomme, c'est pas vos oignons. Puis j' suis rev'nu sur terre sous forme de Yagel Naftali.

— Permets-moi de te dire que j'en doute, fit mon père, fronçant le sourcil.

— Moi aussi, dit ma mère. Je le saurais, quand même! J'en suis navrée pour toi, mon cher enfant, mais ta version des faits me semble bien fragile. Quelqu'un ne t'aurait-il pas monté la tête? D'ailleurs...

Elle s'arrêta net, essoufflée par une si longue tirade. Mon père en profita pour remettre, façon de parler, les éléphants sur le tapis. Supplice intolérable! J'étais au bord des larmes lorsque nous montâmes nous coucher. Pour ne pas sombrer dans le marasme, il fallait que je brise le plus tôt possible l'isolement où mon propre mensonge m'avait enfermé. Au lit, Yagel grognait encore contre notre père. Je pensai qu'il ne serait pas très difficile de m'en faire un allié.

— Yagel, chuchotai-je après que la lumière fut éteinte, tu m'entends? Ils se croient très malins, mais ce sont tous des imbéciles! Je sais bien, moi, que tu étais Jack l'Eventreur autrefois. Un jour (mentis-je effrontément), j'ai vu une photographie de lui. L'âge mis à part, il te ressemblait trait pour trait.

— Comment t'aurais pu voir sa photo? bougonna-t-il d'une voix à moitié endormie. Personne n'a jamais su qui qu' c'était! Tu me prends pour une couenne?

Je me mordis la langue. Quel abruti je faisais!

— C'était une photo qu'il avait prise lui-même en déclenchant la poire à distance avec un système de son cru, me hâtai-je d'expliquer. Tu ne me diras pas que, lui, ce vieux Jack, il ne savait pas qui il était!

— J' vais t' la donner, ma photo, ronchonna Yagel. Et après, tu n' pourras plus t'asseoir d'ici la s'maine des quat' jeudis!

Effondré, je pleurai jusqu'à l'aube.

Le petit déjeuner se déroula dans le plus grand calme. Il n'y fut question que du temps, exceptionnellement beau pour la saison. Mon père s'était toujours montré très fier du temps qu'il faisait chez nous. La pureté du ciel lui inspirait de gracieuses épithètes et toutes sortes d'élans poétiques. J'en conclus qu'il s'était résolu à tourner la page. « D'ailleurs, que gagnerait-il à prolonger la plaisanterie? me dis-je, cherchant à me convaincre moi-même. Un pachyderme dans une cour minuscule, tout le monde voit bien que ça n'a ni queue ni tête! »

Ce fut l'instant précis qu'il choisit pour me lancer, tout en rectifiant l'inclinaison de son derby devant le miroir de l'entrée : « Tu feras manger l'éléphant avant de partir pour l'école, n'est-ce pas, Vim ? » Il était, pour reprendre une autre expression de mon frère, « plus sérieux qu'un hareng pendu à une ficelle ». Je compris que l'heure du pardon n'était pas arrivée — si même elle devait arriver un jour.

Morne et morose fut, ce matin-là, le trajet qui me conduisait vers l'école. Je connaissais un sort abominable, dont je n'avais pourtant pas le droit de me plaindre si peu que ce fût. Les damnés ne choisissent pas leur pénitence et aucune peine, si sévère fût-elle, n'était à la mesure de ma faute.

Tout au fond de moi, je cultivais néanmoins l'espoir d'échapper à ce juste châtiment. Yagel, pensais-je, finirait bien par se trahir. Je le connaissais : il n'avait jamais eu beaucoup de constance. Et puis, la fable qu'on lui demandait de cautionner était par trop aberrante. En admettant même qu'il ne dévoilât pas intentionnellement le pot aux roses, à la suite d'un quelconque différend avec notre père, il ne pourrait manquer de se couper un jour ou l'autre.

J'étais quelque peu rasséréné quand j'arrivai à mon école, rue Panelka. Bien que la cloche n'eût pas encore sonné, mes condisciples s'étaient déjà mis en rang (à l'invitation de Mazavdi Kbol, supposai-je, qui devait brûler de nous soumettre à l'interrogation écrite concoctée au cours de la nuit). Je me hâtai de rejoindre la colonne.

Notre maître fondit sur moi. Il n'adorait rien tant que de sermonner les retardataires, détaillant les conséquences apocalyptiques de leur inexactitude d'une voix tonnante qui attirait immanquablement sur les lieux

M. Kuusch, l'irascible directeur de l'établissement. A mi-chemin, toutefois, il ralentit sa course. Il commença même de me sourire. Non pas de ce sourire mielleux dont il y avait tout à redouter (j'étais payé pour le savoir), mais d'un sourire en quelque sorte attendri, que je ne lui avais jamais vu.

J'en ressentis un profond malaise. Les menaces et les cris, auxquels j'étais accoutumé, m'eussent donné moins d'inquiétude. Jusqu'alors, l'instituteur ne m'avait jamais manifesté plus clairement sa sympathie qu'en suspendant parfois sa règle de fer au-dessus de mon crâne au lieu de l'y faire choir. Désemparé par son regard humide d'affection, je cherchais désespérément sur le visage de mes camarades un signe qui pût, sinon dissiper, du moins alléger mon angoisse. Eux, au moins, devaient bien savoir de quoi il retournait. Mais, obéissant à la lettre au règlement de l'école, ils tenaient les yeux obstinément fixés sur la porte de la classe. Et comme nous étions en nombre impair, je me trouvais seul au dernier rang, sans même la chaleur d'une épaule amie contre la mienne.

Enfin, Mazavdi Kbol parvint à ma hauteur. Il plia les genoux pour plonger son terrible regard larmoyant au tréfonds de mes prunelles. « Je suis perdu ! », pensai-je.

IX.

NATHANAËL PROBOSKIPHORE

— Vimlo, commença-t-il (et sa voix était empreinte d'une douceur melliflue qui me fit venir le cœur aux lèvres). C'est une excellente idée que d'avoir amené cet éléphant. (Je sursautai et ne pus retenir un hurlement qu'en enfonçant la moitié d'un de mes poings dans ma bouche.) Seulement voilà — poursuivit-il comme si de rien n'était —, je ne crois pas que nous puissions le faire entrer en classe. La porte n'est pas assez large, pour commencer, et puis le risque est grand que notre vieux parquet, à moitié pourri comme tu sais, ne soutienne pas un poids aussi considérable (note bien que, pour un éléphant, c'est un poids tout à fait normal, je n'y vois vraiment rien à redire). Voici ce que je te propose : puisque le ciel nous est clément aujourd'hui, ton compagnon t'attendra dans la cour. S'il se place entre ces deux marronniers, il suivra aisément tout ce qui se passe dans la classe et toi-même, pour peu que tu changes de banc avec Gédéon Bourbaki, tu ne le quitteras pas des yeux. Nous profiterons de sa présence pour faire une leçon sur les proboscidiens — il y a longtemps que l'idée m'en trotte par la tête. Je vous parlerai de la classification de Lyddeker et nous apprendrons à dessiner l'Afrique à main levée ; l'Afrique est l'un des plus jolis continents, tu verras. Au besoin, puisqu'il fait si beau, nous ouvrirons la fenêtre pour que ton ami puisse entendre : il constatera ainsi que je ne vous raconte pas d'histoire, car si ma nomination d'instituteur de première classe m'a été refusée par deux fois, je n'en conserve pas moins toute ma conscience professionnelle. Tu vois, Vimlo, dans le secret de ton cœur sans doute désespérais-tu d'être un jour le premier de la classe en quelque matière que ce fût. Eh bien, il ne faut jamais perdre courage, en voici la preuve : si nous faisons une composition de zoologie, axée sur la morphologie et les mœurs des grands mammifères ongulés, il est probable que ta copie surpassera de très loin celle de tous tes camarades, y compris ce pauvre Gédéon Bourbaki, qui est très fort en robinets, je te l'accorde, mais qui ne distinguerait pas un éléphant d'un parapluie, et cependant la différence est saisissante, ce n'est pas toi qui me contrediras. Vous vous retrouverez à la récréation, la bête et toi. Ma foi, je n'ai pas de conseil à te donner, c'est ton éléphant après tout — mais peut-être pourrais-tu permettre aux autres de jouer un peu avec lui ? Ce sont des enfants de la ville, de petits citadins, comme on dit ; la plupart d'entre eux savent par les livres ou par le témoignage de leurs proches qu'il existe de par le vaste monde d'autres animaux que les chiens, les chats, les rats, la vermine corporelle, les chevaux de brasseurs et les poules (encore ne connaissent-ils le plus souvent ce gallinacé — de *gallina,* poule, et *cé,* suffixe — que sous sa forme bouillie qui, certes, a l'avantage d'être plus comestible, mais non celui d'illustrer le plus fidèlement sa véritable nature). Grâce à toi, ils ont la chance extraordinaire de pouvoir, non pas seulement approcher, mais dans une large mesure fréquenter, le représentant d'une espèce fort ancienne et fort intéressante qui n'est plus guère familière, de nos jours, qu'à des négrillons analphabètes. La vie est ainsi faite, mon cher petit : ceux qui ont l'expérience n'ont pas les moyens de la connaissance. Ceux à qui l'on offre — ou du moins l'on impose, car je ne me fais pas d'illusion — les moyens de la connaissance, sont privés d'une expérience enrichissante, parce qu'ils passent leur vie entière entre l'enseigne du bougnat et la vitrine du marchand de crème sure. N'ai-je pas cent fois raison ? Je ne sais, Vimlo Naftali, si ton intention est de devenir instituteur à ton tour (certaines de mes observations m'en ont fait douter, je ne te le cache pas), mais je suis certain d'une chose : si tu le veux, tu peux faire à tes condisciples, à tous les enfants qui fréquentent cette école, grâce à cet éléphant, un don inestimable : la superposition quasi miraculeuse, sur un sujet scientifique de qualité, de l'expérience et de la connaissance. Lyddeker et le mastodonte concret, en soi, *in vivo et in situ*, enfin réconciliés ! Mon rêve, Vimlo ! Un rêve depuis longtemps caressé, mais auquel je m'apprêtais à renoncer... Quand je te disais qu'il ne faut jamais perdre courage ! A propos, comment l'appelles-tu ?

— Nathanaël, soufflai-je, plus mort que vif.

J'avais lâché ce nom sans réfléchir. Je ne savais même pas ce que je disais. J'attendais seulement l'instant où mon cauchemar daignerait prendre fin.

— Nathanaël ! répéta l'instituteur Kbol, comme ébloui par la beauté de ce nom. Nathanaël Proboskiphore ! Dès ce soir, Vimlo, tu seras proposé pour le tableau d'honneur — et nous écrirons son nom entre parenthèses à côté du tien : Nathanaël Proboskiphore ! Ah ! Grand Tout-Puissant, tu n'as pas voulu que Ton serviteur soit jusqu'au terme de sa vie la risée des envieux et des inspecteurs primaires !

A chacun de ses mots, depuis qu'il parlait, j'avais la sensation d'être vidé d'un peu de ma substance. Bientôt, réduit à une enveloppe impondérable, j'allais m'élever dans les airs ainsi qu'un ballon gonflé d'hydrogène et disparaître par-dessus les toits.

L'instituteur Kbol était intarissable. Toutes les autres classes étaient rentrées depuis longtemps, mais il pérorait encore :

— A la récréation, si tu le permets, nous ferons le tour

de Nathanaël. Nous essaierons de deviner son âge, son poids exact d'après une formule que je vous donnerai. Naturellement, ces questions ne s'adressent pas à toi, mon cher ami ! Je suppose que tu as là-dessus des idées encore plus précises que ton vieux maître... Allons, range ta bête comme je t'ai dit, mon garçon : nous t'attendrons pour commencer.

— En avant marche à mon signal ! brailla-t-il tout à coup avant de s'époumoner dans son sifflet à roulette.

Puis il se précipita comme un fou vers l'avant de la colonne, mugissant : « Gédéon Bourbaki, je t'ai vu ! Bavardage dans les rangs ! Au piquet derrière le tableau ! Cent lignes ! " Je ne dois pas énerver le proboskiphore avec mes conversations privées. " » (Il se jeta au milieu d'un groupe, la règle brandie.) » Et toi, Gusto Kolynine, que lui as-tu répondu, hein, petit saligaud ? Ne mens pas : de toute façon, j'ai tout vu ! Vous me prenez donc pour une taupe ? » De ce jour date le surnom de Vieille Taupe, attribué à l'instituteur Kbol par des générations d'écoliers.

X.

PASSION DE VIMLO NAFTALI

Mais revenons aux événements qui marquèrent cette triste matinée. Tiré de ma torpeur par les cris de notre maître, j'avais enfin réalisé à quoi rimaient toutes les folies qui se déployaient sous mes yeux depuis que j'avais mis le pied dans la cour de l'école. Mon père avait soudoyé l'instituteur pour que celui-ci prolongeât mon supplice hors de chez nous. Quand je me rendrais à la maison de prières, il est probable que le révérend Schmur aurait été lui aussi associé à la conjuration et me demanderait, l'air de ne pas y toucher, si l'éléphant était disposé à lire un psaume ou deux.

A ce stade de l'affaire (je veux dire dans la cour de l'école), tout aurait encore pu s'arranger. Par souci de sa dignité, il était exclu que l'instituteur Kbol prétendît longtemps voir des éléphants sous sa fenêtre ; il est d'ailleurs douteux qu'une telle fantaisie fût du goût des inspecteurs primaires qui, déjà, semblaient ne pas lui témoigner une considération trop grande. Au surplus, le directeur mettrait vite le holà à ce jeu stupide. Il n'était pas homme à tolérer le moindre désordre dans son établissement.

Bref, je me serais certainement tiré de ce mauvais pas si notre maître ne s'en était pris aussi vivement à Gédéon Bourbaki et à Gusto Kolynine. Le premier, collectionneur de prix d'excellence et joueur d'échecs renommé en dépit de son jeune âge, était la mascotte de l'école ; je ne dis pas que nous l'aimions, ni même que nous ne fuyions pas sa compagnie dans la mesure du possible, mais il était notre fierté, l'honneur du cours élémentaire. Le second était une sombre brute. Il avait quatre ans de plus que nous, était aussi grand que l'instituteur et plus vicieux que mon frère Yagel. Tout le monde le détestait, mais comme on le craignait, il était entouré d'une cour nombreuse, servile par-delà toute mesure. Quand Gusto souriait de quelqu'un, il se trouvait toujours au moins vingt garçons pour montrer ce quelqu'un du doigt en se tenant les côtes.

Aux regards qu'ils me lancèrent par-dessous leurs coudes, dès que nous fûmes installés à nos bancs, je compris que nos camarades me rendaient responsable de la punition infligée à Gédéon Bourbaki. Que le chouchou du maître eût été contraint d'abandonner sa position privilégiée au premier rang, cela avait plutôt mis du baume sur la jalousie qu'ils portaient en secret à ce trop bon élève. Mais que celui-ci fût soumis à l'humiliation du piquet et surtout condamné aux cent lignes comme n'importe lequel d'entre nous, lui qui avait une si jolie écriture et ne faisait jamais de faute d'orthographe, c'était comme une tache immonde sur la réputation de notre classe, de notre école tout entière. Chacun se sentait rabaissé. Mes condisciples auraient pu tourner leurs griefs contre l'instituteur Kbol, mais, compréhensiblement, ils préférèrent s'en prendre à moi.

Qu'aurais-je pu avancer pour ma défense ? Je n'avais pas voulu ce qui était arrivé, mais je ne pouvais nier que cela fût advenu à cause de moi. Au surplus, certains de nos camarades affirmaient que Gédéon, en réalité, n'avait même pas ouvert la bouche. D'aucuns, contre toute vraisemblance, prétendirent même que c'était moi qui m'étais rendu coupable de cette faute.

Gusto Kolynine, lui, savait fort bien à quoi s'en tenir. Cependant, il mettait l'intervention de l'instituteur Kbol (et le bosselage subséquent de son crâne) sur le compte de ce qu'il nommait ma « merdeuserie ». J'appris cette nouvelle par un billet qui me fut passé tandis que notre maître, surexcité, traçait sur le tableau noir les suffocants contours d'une molaire de proboscidien. « On te fera l'appeau », concluait étrangement le message.

Sans ce malheureux concours de circonstances, j'imagine que la classe n'aurait jamais participé à la coalition montée par mon père. Gédéon Bourbaki, notamment, était un garçon trop sérieux, trop ami de la précision scientifique, pour admettre qu'un éléphant fût devant lui quand de toute évidence il n'y avait rien. Pour ce qui est de Gusto Kolynine, qui contestait les règles de grammaire les plus communément admises, du moment où elles étaient présentées par l'instituteur Kbol comme inéluctables, il se fût insurgé plus vigoureusement encore contre les prétentions de notre maître à lui faire voir un mastodonte là où l'on eût été en peine de découvrir un simple cancrelat. Seulement voilà, l'un et l'autre estimaient qu'ils avaient un sérieux compte à régler avec moi, et le reste de la classe partageait ce point de vue. Il s'ensuivit que l'ensemble de mes camarades, devinant avec un sûr instinct où était le défaut de ma cuirasse, adhéra massivement à la ridicule chimère proboscidienne.

En temps ordinaire, j'en aurais été quitte pour une bonne raclée à la récréation. De récréation, hélas, il n'y en eut pas. Sitôt la cloche sonnée, notre maître mit sa menace à exécution et nous traîna en bon ordre devant ce que je ne puis désigner que sous le vocable barbare de *non-éléphant*.

Il se replongea incontinent dans sa transe, foudroyant une fois encore son ancien favori du regard, et reniflant avec dédain :

— Je ne demande même pas à Gédéon Bourbaki si Nathanaël est originaire d'Afrique ou d'Asie ! Que peut-il savoir de ces choses, Gédéon Bourbaki ? Que connaît-il de la vie, Gédéon Bourbaki ? S'est-il jamais intéressé à autre chose qu'aux livres ? A-t-il, Gédéon Bourbaki, l'expérience d'une réalité plus vivante et plus vaste qu'un échiquier de quelques dizaines de centimètres carrés ? Ne cultive-t-il pas l'illusion, Gédéon Bourbaki, que l'Afrique et l'Asie sont interchangeables, selon que Dieu les déplace à sa guise sur l'échiquier du monde ? Et prête-t-il attention, daigne-t-il seulement accorder le moindre égard à autre chose qu'aux règles, principes et définitions qu'il a depuis longtemps assimilés, de telle manière que les connaître sur le bout du doigt ne relève plus pour lui, Gédéon Bourbaki, de la performance, mais du laisser-aller pur et simple ? « Tout ce que je sais, disait un antique philosophe, c'est que je ne sais rien. » Gédéon Bourbaki, lui, sait beaucoup de choses. Verserait-on durant son sommeil l'élixir de vérité dans son oreille droite, il confesserait sans barguigner qu'il en sait plus que moi ! Voilà le genre de type qu'est Gédéon Bourbaki. A sept ans et demi, il s'imagine faire capots tous les philosophes de la terre — Lyddeker lui-même ne trouverait pas grâce à ses yeux ! Oui, mes bons amis ! Socrate ne savait rien. Descartes préférait ne rien savoir et sur cette humble attitude allait bâtir l'un des plus brillants systèmes de la pensée occidentale. Le vieux Kant avançait à pas comptés, torturé par des interrogations dont pas un d'entre vous n'a seulement idée. Hegel faisait son malin mais, au fond, n'en menait pas plus large. Karl Marx, né à Trèves d'une famille bourgeoise en 1818, auteur d'ouvrages âprement controversés, était encore plus roublard qu'Hegel : il posait en dogme qu'il ne pouvait pas se tromper mais n'en croyait pas lui-même le premier mot et riait de la bonne blague avec sa femme, quand les invités étaient partis. Comparez Gédéon Bourbaki à ces esprits universels : eux doutaient, pataugeaient, combattaient l'ignorance, mais lui rendaient hommage parce qu'ils avaient compris qu'elle était plus forte qu'eux ! Gédéon Bourbaki ne s'embarrasse pas de tels scrupules. Regardez-le, tranquille comme Salomon rendant sa justice : il sait, lui ! Il connaît tout. Il ne se trompe jamais. Il me battrait aussi bien aux échecs. Et le directeur. Et l'Inspecteur général ! Même le professeur Freud de Vienne — que Satan lui tire la barbe ! — admet que les dérangés qui s'adressent à lui ont un inconscient, ce qui revient à dire : j'ai beau prétendre m'y connaître et avoir une plaque de cuivre contre ma porte, il y a dans cette affaire bien des choses qui m'échappent. Mais Gédéon Bourbaki, pensez-vous ! A la place de cet hérétique, il ne ferait pas plus de cas de l'inconscient que d'un vulgaire yoyo ! N'empêche que Gédéon Bourbaki, notre joli docteur, s'y connaît en éléphant comme moi en dentelle de Bruges ! Afrique, Asie, il s'en tape ! Peut-être s'imagine-t-il que le berceau des proboscidiens est un immeuble de rapport de la rue Panelka ? Et pourquoi pas mon fond de culotte, pendant qu'il y est ?

On pressent que cette fumante diatribe ne fit qu'aggraver mon cas. J'essayai par tous les moyens, ainsi que je l'avais fait naguère avec mon père, de m'attirer ses fureurs, mais cette tentative n'eut aucun succès. A mes grimaces, à mes réflexions insolentes, il se contentait de répondre par des sourires de connivence, et je m'aperçus bientôt que mon comportement, en raison même de l'impunité qui le couvrait, ne faisait qu'attiser la haine de mes condisciples.

Chaque fois que notre maître détournait de lui ses regards, Gusto Kolynine m'exhibait son énorme poing, avec la promesse tacite, mais facile à entendre, qu'il me le flanquerait en pleine figure dès que l'occasion s'en présenterait. Les membres de sa coterie ne tardèrent pas à imiter son geste. Et Vieille Taupe vaticinait toujours...

Vaticinait mais, d'un œil, sans doute — cet œil invisible que les bons maîtres d'école ont à l'arrière du crâne — il ne cessait de surveiller Gusto. Car soudain son bras se détendit. Il crocheta le cou taurin de la brute, profita de ce que celle-ci suffoquait pour l'attirer vers lui et, là, lui fit déguster la plus mémorable salade de giroflée qui jamais eût été servie dans notre école. Méthodiquement, il l'abrutissait de torgnoles, une fois à droite, une fois à gauche, avec des hans de bûcheron, si bien que le visage de Gusto se trouvait comme pris entre deux portes battant à la volée.

— Aha ! Ahaha ! jubilait l'instituteur Kbol. Ça veut de la bagarre, ce forban-là ? Eh bien, que l'on soit content, monsieur ! Voici pour vous double, triple et quadruple ration ! Et encore ça et encore ça et une de plus, et celle-ci en prime, pour servir de hors-d'œuvre à celle-là ! A la commande ! Service à la carte pour monsieur Kolynine, amateur d'empoignades et de bigorne !

Les genoux du garçon fléchissaient. Son regard devenait vague.

— Retourne-toi, maintenant ! haleta Kbol après avoir mis une dernière main à son ouvrage en abattant sauvagement sa paume ouverte sur l'occiput de sa victime, comme on écrase un pâté de sable d'un grand coup de pelle. Tu peux reprendre ta place, la distribution est terminée !

L'autre obéit, évoluant avec la visqueuse lenteur des somnambules. Notre maître y alla de tout son cœur, hennissant de plaisir.

— Et voilà ! triompha-t-il. Cela, mon cher ami, c'était un coup de pied où je pense. Pour t'apprendre, monsieur le boxeur, que dans un combat, la première règle est de ne jamais tourner le dos à l'adversaire, celui-ci vous en priât-il le plus courtoisement du monde.

La botte avait été si allègrement et si bien appliquée que Gusto Kolynine fut comme soulevé de terre. Il trébucha. Un hurlement déchirant s'éleva de sa bouche tuméfiée :

— Vous l'avez vue ? Vous l'avez vue ? La sale bête de Vimlo Naftali a voulu m'écrabouiller les orteils ! (Trente paires d'yeux étincelants se tournèrent vers moi.) Un peu plus, j'étais infirme jusqu'au restant de mes jours ! M'sieur, m'sieur, vous avez vu ?

Objectivement, je crois pouvoir dire que c'était un spectacle assez écœurant que celui de ce jeune géant en train de pleurnicher et de chercher l'appui d'un individu qui venait de le battre comme plâtre. Et les autres qui ne s'insurgeaient pas contre une telle bassesse ! Qui semblaient même l'approuver !

Les poings sur les hanches, l'instituteur promenait sur Gusto son regard le plus ironique.

— Infirme, toi ? ricana-t-il. Et où serait le malheur, je te demande un peu ? Crois-tu pas que tu l'es déjà, infirme, et gravement — je veux dire de la cervelle ? Excuse-toi plutôt auprès de Vimlo Naftali pour avoir bousculé son éléphant au cours de tes titubations grotesques.

J'entendis les dents de Gusto grincer à l'écoute de cette proposition. Il me dévisagea, les yeux réduits à deux fentes, la bouche tordue en un rictus effroyable.

— Il peut toujours crever ! cracha-t-il entre ses dents.

Je donne à penser ce qui s'ensuivit. La volée que la brute avait déjà reçue n'était qu'une tendre caresse à côté de celle que l'instituteur Kbol lui administra en paiement de sa réplique. Et je ne dis rien de la sanction de mille lignes signées des parents dont ce châtiment fut assorti : « Je ne dois pas exciter les éléphants de mes camarades ni tenir à ceux-ci des propos désobligeants d'un ton peu amène. » Mazavdi Kbol, évidemment, ne pouvait pas savoir que le père de Gusto était tout justement le genre d'homme qui, lorsqu'on le priait de signer quelque chose, demandait si l'on insinuait par là que sa parole n'était pas suffisante et commençait aussitôt à retrousser ses manches.

Nous rentrâmes en classe. J'attendais l'heure de la sortie dans une sorte de stupeur semblable à celle, j'imagine, du condamné pendant que le peloton d'exécution charge ses fusils en échangeant de grossières plaisanteries de troupier. Ce n'était pas la souffrance physique que je craignais ni même l'humiliation. Je n'avais que trop conscience de les avoir méritées, encore que ce fût pour des raisons que ceux qui allaient me les prodiguer ne soupçonnaient même pas. Ce qui me rendait si mélancolique, c'était d'avoir pu déchaîner contre moi, sans rien faire d'autre que de balbutier le nom de Nathanaël, des passions aussi violentes, et que personne au monde ne semblât disposé à me témoigner un peu de commisération. Surtout pas l'instituteur Kbol dont l'attitude faussement bienveillante — me disais-je — ne visait, par son excès même, qu'à me faire mieux sentir la gravité de ma faute.

Implacablement, il avait repris sa leçon sur les proboscidiens et plusieurs des élèves les plus populaires de la classe furent encore punis à cause de cet animal que j'avais prétendument introduit dans la cour, pour avoir hasardé à son sujet des explications qui me paraissaient frappées du plus grand bon sens, mais que notre maître déclarait hautement fantaisistes, et même attentatoires aux efforts désintéressés fournis depuis des siècles par des naturalistes maigrement rétribués.

Ces incidents n'arrangeaient évidemment pas mes affaires ; cependant ils me firent apercevoir pour la première fois une lueur d'espérance. Je m'avisai en effet que si l'instituteur s'obstinait ainsi dans la voie de l'oppression, mes camarades finiraient pas comprendre qu'ils n'avaient aucun intérêt à soutenir la fiction de l'éléphant. Après tout, mon père n'avait pu les stipendier tous. Et le salaire qu'ils recevaient présentement pour leur concours était de nature à rebuter les meilleures volontés. N'est-il pas décourageant, pour le moins, de se faire écraser de lignes et de devoirs supplémentaires à cause d'une illusion que l'on contribue soi-même à entretenir ? Que Kbol continuât de s'acharner sur eux, et ils allaient bientôt se rebiffer et proclamer l'inexistence de Nathanaël. J'étais tout rasséréné par cette perspective.

— Je vois que notre ami, notre jeune bienfaiteur Vimlo Naftali, sourit dans son coin ! s'écria notre maître avec ravissement. Il a des raisons de sourire, lui ! Tout ce que je me tue à faire entrer dans vos crânes épais, tas de fainéants, il le sait déjà ! Et de source sûre. Il ne m'a pas attendu pour dénombrer les pattes, les oreilles, et apprécier de la manière la plus directe, je veux dire la plus expérimentale, la densité moléculaire des défenses, n'est-ce pas, mon petit ? Gédéon Bourbaki, cette baudruche de vanité scolaire, est capable de calculer en dormant, je parie, la densité de n'importe quel solide, car il connaît par cœur, et même davantage, les tables volumiques, ce pont-aux-ânes de la chimie élémentaire. Cependant dis-nous donc, Gédéon, puisque tu es si savant, la densité — approximative, je n'en demande pas plus — de la défense de proboscidien ?

Une onde voluptueuse parcourut les bancs quand, notre camarade s'étant levé, il cita un chiffre à la surprise générale. Il ne s'attendait pas à celle-là, Mazavdi Nöshgo ! Le vieux Géd lui avait remis ses raves dans son panier. Quelle revanche ! Nous aurions tous voulu l'embrasser sur les deux joues, moi le premier. Mais à l'énoncé du chiffre, l'instituteur fit entendre un ricanement qui n'augurait rien de bon. Nous aurions dû nous douter que le premier de la classe, après avoir essuyé depuis le début de la matinée tant de camouflets, n'était plus en possession de tous ses moyens...

— Trois quintaux le décimètre cube, eh bien, eh bien ! s'écria l'autre comme en extase. On peut dire que les joueurs de billard qui traînent des soirées entières dans l'arrière-salle du café Mordyklow sont de fameux gaillards ! Des hercules de foire, à tout le moins ! Goliath et Samson pleureraient de dépit en les voyant ! Et que penser des billards eux-mêmes ! Pour supporter un poids pareil, ils doivent être en platine massif, au bas mot, et je gage que le vieux Mordyklow ferait mieux de les débiter en tranches aux milliardaires, plutôt que de servir des limonades et des demis !

J'enregistrai avec délices qu'un vent de rébellion soufflait sur la classe, après cette nouvelle sortie. Mais je ne fus pas le seul à m'en apercevoir.

— Comment ? glapit Vieille Taupe. Quel est ce murmure ? Vous voulez tous finir au bataillon disciplinaire, ma parole ? Dieu Trépignant, assiste-moi ! Puisqu'il en est ainsi, punition collective. Attendez un peu, je vais vous apprendre, moi ! Vous allez tous me remettre demain, conjugués à tous les temps, tous les modes, toutes les personnes, les verbes vouloir — comme *vouloir* jouer à l'imbécile —, aller — comme *aller* jouer au billard avec des boules de cent kilos —, choir — comme *choir* de son piédestal (dit-il en toisant Gédéon) —, moudre — comme *moudre* des sottises à tour de bras —, et croire — comme *croire* qu'un éléphant pèse moins lourd que ses défenses. Tous ! Excepté Vimlo Naftali, bien entendu, le seul d'entre vous qui ait un tant soit peu le respect de lui-même. Et quand il sera parvenu au faîte de la gloire, Vimlo Naftali, et que vous ramperez à ses pieds parmi la populace ignorante, il sera bien temps de battre votre coulpe et de gémir : « Misère de nous, notre maître Mazavdi Kbol nous avait pourtant prévenus ! »

La classe courba docilement le dos sous l'orage. Si elle ne réagissait pas à une telle provocation, c'est qu'elle ne se révolterait jamais contre Kbol : amère désillusion !

Là-dessus, la cloche sonna.

Je fus le dernier à quitter la salle. D'abord parce que j'avais perdu tout ressort. Ensuite parce que l'instituteur me retint pour me couvrir d'éloges et me vanter les mérites de Nathanaël Proboskiphore, sujet d'observation d'une exemplaire complaisance. J'aurais pu le tuer simplement pour ne plus l'entendre. Peut-être aurais-je dû... Il n'est pas impossible que, sur la conscience, un cadavre réel pèse moins lourd qu'un mastodonte imaginaire.

XI.

LE MESSIE VIENDRA JUCHÉ SUR UN ÂNE BLANC

Dehors, naturellement, rangés en demi-cercle autour d'un Gusto Kolynine blanc de fureur et solennel comme un chef sioux, la classe au grand complet m'attendait bras croisés au pied du perron, à l'endroit même où s'était tenu Son Excellence Pirojski, en ce temps de l'aubépine auquel, par comparaison avec le présent, je songeais désormais avec nostalgie.

Un grondement outragé m'accueillit. Déjà, plusieurs de mes camarades se mettaient en garde. D'un geste rapide, l'un d'eux exhiba une fronde. Un autre tira de son cartable ce qui me parut être un pied de chaise. Gédéon Bourbaki me souriait du coin de la bouche, d'un air hautain.

Mais je n'avais plus du tout peur. J'étais résigné. Sans doute, j'aurais préféré être dispensé de ce qui allait venir. Non parce que je craignais les coups, mais parce que la perspective de les recevoir suscitait en moi un insondable ennui, comme s'il se fût agi d'une obligation plus fastidieuse que pénible.

Ils avancèrent d'un pas : je descendis la première marche. Ils avancèrent encore : je fis la moue et regardai le ciel. (C'était un drôle de ciel, peuplé de formes cotonneuses, évocatrices de scènes étranges.) Allais-je descendre une autre marche ? J'hésitais. Je n'avais décidément de goût à rien. Je m'entendis soupirer. Sous peu, je me mettrais à bâiller.

— Lâche ! hurla quelqu'un.

— Imbécile, murmurai-je. (Ce n'était qu'une constatation : je n'y mettais pas la moindre animosité.)

Ayant prononcé ce mot, je franchis la deuxième marche, non par l'effet de ma volonté, mais parce que j'étais trop languide pour demeurer ferme sur mes jambes.

Ils se précipitèrent en hululant. J'étais déjà entouré, submergé, tiraillé de tous côtés, frappé, battu, meurtri. Assommé. Et puis non. Ils ne m'avaient même pas touché. Je m'aperçus que mes yeux n'avaient pas quitté le ciel, et ce nuage qui figurait un long groupe d'hommes courbés, le torse parallèle au sol, tirant quelque chose d'extraordinairement lourd, que je ne pouvais pas distinguer — et je ne souhaitais plus rien d'autre, pourtant, je ne souhaitais plus que de savoir ce que traînait cette troupe efflanquée, dont je croyais voir les orbites sombres et profondes... Poussant un second soupir, je détournai mon regard de cette énigme et l'abaissai sur mes assaillants.

Bras ballants, ils étaient tous fascinés par quelque chose qui devait se trouver derrière moi, approximativement à la hauteur du fronton surmontant la porte de l'école. Il était peu probable, toutefois, que le plus impressionnant des frontons (et celui auquel je fais allusion ne l'était guère) fût susceptible de provoquer une telle expression d'effarement. Les uns après les autres, ils lâchèrent leurs armes de fortune.

Gusto tenta bien de faire front. Il gonfla ses pectoraux mais, dans cet ultime sursaut, épuisa tout le courage qui lui restait. Ce fut comme un gladiateur de marbre qui tout à coup se fendillerait, s'effriterait, croulerait en poussière. Il se mit à crier grâce pendant que mes autres condisciples détalaient en tous sens. Je descendis machinalement les derniers degrés du perron. Gédéon Bourbaki poussa un couinement pitoyable et, s'étant pris la cheville droite dans le talon gauche, s'étala de tout son long. Ses lunettes lui sautèrent du visage. « Vimlo ! gémissait-il en tapotant désespérément autour de lui pour les retrouver. Je t'en supplie. Dis-lui de ne pas me marcher dessus ! »

Je reçus ces paroles comme un seau d'eau glacée en pleine face. L'éléphant encore une fois ! C'était la punition qu'ils avaient imaginée, plutôt que de me froisser les côtes. Ils voulaient me rendre fou ! J'avais la sensation qu'on m'écorchait tout vif, qu'on versait de l'acide sur mes nerfs. Et je demandais, d'une voix brisée d'angoisse que je ne reconnaissais pas moi-même : « Quoi ? Qui ? Qu'est-ce que tu racontes ? Qui veut t'écraser ? Pourquoi me persécutez-vous ainsi ? », tandis que Gédéon geignait de plus belle et que tous, à vingt pas de là, dissimulés dans des entrées d'immeubles ou derrière les poteaux télégraphiques, faisaient chorus avec lui, mendiaient mon pardon, accusaient Gusto Kolynine de les avoir entraînés malgré eux dans une aventure qu'ils regrettaient de tout leur cœur. Et chacun de me rappeler les occasions dans lesquelles il m'avait rendu service, de me promettre ses jouets préférés, bref, de s'avilir d'une manière ou d'une autre.

— Assez ! m'égosillai-je. Assez ! Vous n'avez pas le droit ! Je ne vous ai rien fait ! C'est le vieux Kbol et mon père qui ont tout manigancé. Je n'y suis pour rien ! Revenez ! Revenez !

Mais ils ne voulaient pas m'entendre.

— Pitié ! Pitié ! larmoyaient-ils de leur côté. Tu n'as pas le droit, on ne t'a rien fait ! C'est le vieux Kbol qui est cause de tout ! Va-t'en ! Dis-lui de s'en aller !

Et je suppliais :

— Revenez ! Revenez !

Et ils imploraient en écho :

— Va-t'en ! Va-t'en ! Dis-lui de s'en aller !

Une irrépressible nausée me venait aux lèvres, et pourtant j'essayais encore de faire cesser ce jeu abominable. Je les adjurais. Je les injuriais. Pour toute réponse, ils se traînaient à deux genoux sur le trottoir, protestant qu'ils étaient mes chers amis et nous couvraient de mille bénédictions, Nathanaël Proboskiphore et moi.

Je vomissais, maintenant. Je vomissais réellement dans le caniveau. Et je pleurais à chaudes larmes. J'aurais voulu leur lancer : « Démons ! Nathanaël est le fils de vos œuvres et de la vengeance de mon père ! Vous voyez bien que cette porte serait trop étroite même pour le plus chétif des éléphanteaux ! Soutiendrez-vous le contraire à la face du Créateur ? » Mais j'étais dans l'incapacité d'articuler un seul mot.

Alors je ramassai leurs pierres, leur pied de chaise et les jetai sur eux. Et quand j'eus retrouvé l'usage de la parole, je balbutiai à travers mes sanglots, tout en continuant à les arroser de projectiles :

— Tuez-moi ! Arrachez-moi le cœur ! Mais dites la vérité ! Reconnaissez qu'il n'y a jamais eu d'éléphant avec moi ! Je rédigerai tous les devoirs supplémentaires ! Je tracerai toutes les lignes ! J'imiterai avec soin toutes les signatures ! Par pitié, renoncez à m'accabler de cette manière !

Mais Gédéon Bourbaki couvrait ma voix de ses clameurs lamentables.

— Vim ! Vim ! Il lève sa patte sur moi ! Pour l'amour du ciel, Vimlo Naftali !

Il grouillait sur le sol d'une façon répugnante. Gusto hurla :

— Le buffant va cylindrer Gédéon Bourbaki comme une vieille merde ! Sauve qui peut !

Je perçus le bruit de leur fuite éperdue. Cependant, j'étais incapable de détacher mes yeux du visage de Gédéon. L'épouvante qui, littéralement, le transfigurait, ne pouvait pas être feinte. Du reste, j'en respirais l'aigre odeur métallique. Elle avait tant de réalité qu'en étendant le bras vers lui, j'aurais presque pu la toucher.

— Gédéon ! suppliai-je. Remets-toi, mon pauvre Gédéon, tu ne cours aucun danger.

Il entrouvrit les lèvres, mais il n'en sortit que des bulles.

Ses yeux basculaient en arrière. Des marbrures verdâtres apparaissaient le long de son nez.

— Allons, Gédéon ! fis-je. C'est moi, Vimlo Naftali. Je ne te toucherai même pas ! T'ai-je jamais fait le moindre mal ? Il ne va rien t'arriver, voyons !

Il ne m'écoutait pas. Il ne devait même pas m'entendre. Rien n'aurait pu le tirer de cette espèce d'agonie. Rien, sauf ce qu'il attendait de moi. — Mais pas cela, non ! Personne au monde ne pouvait exiger cela de moi. J'appelai encore : « Gédéon ! Gédéon ? » Je n'obtins aucune réaction. Il ne respirait plus qu'à peine. Alors, la mort dans l'âme, débordant d'amertume, je me résignai, je cédai, je me poignardai moi-même.

— Paix, Nathanaël ! Paix ! commandai-je. Celui-ci est mon bon ami Gédéon Bourbaki, le joueur d'échecs. Un futur maître d'école. Il faut être bien doux avec lui.

Aussitôt ce sujet d'exception — qu'il soit sept fois maudit ! — se détendit et reprit ses couleurs naturelles. Il ouvrit un œil, puis l'autre, poussa un énorme soupir, s'assit dans la poussière et fondit en larmes sans aucune retenue.

Dès qu'il se fut un peu calmé, il se releva, chaussa ses lunettes qu'il venait de retrouver et m'assura de sa gratitude avec une ferveur solennelle. Par la magnanimité dont j'avais fait preuve à son égard, je m'étais hissé selon lui à la hauteur des plus grands saints. Il ne fallait pas s'en étonner outre mesure. « Les hommes de Dieu, pérora-t-il, sont souvent, comme toi, accompagnés d'un animal. N'est-il pas écrit que le Messie viendra juché sur un âne blanc ? » De toute évidence, il n'était pas loin de me soupçonner d'être le Sauveur en personne, ayant échangé son baudet contre un éléphant pour mieux brouiller les pistes.

Et moi, je me sentais vidé de toute ma substance. Comme mon camarade tombait à genoux et se prosternait devant moi face contre terre, je profitai de ce qu'il ne pouvait plus me voir pour m'éloigner en titubant. Gusto et les autres avaient disparu. La rue Panelka était vide. Un infini de détresse et de solitude s'étendait devant moi.

XII.

ASPECT VAPOREUX DE MADAME ÉGLANTINE ET FLAGRANT PERSIFLAGE DE GLORA BOURBAKI

Il n'était pas loin de midi et demi lorsque je me présentai devant mes parents. Mon père se contenta de m'adresser un sourire complice. « Tu es allé lui faire faire sa promenade apéritive ? » s'enquit-il. J'opinai en silence, l'oreille basse. J'étais maté.

— Bravo ! s'exclama-t-il, radieux. Je vois que tu ne ménages pas ta peine.

Les mâchoires serrées, pour ne pas éclater en sanglots, je jetai un coup d'œil par en dessous à ma mère, espérant d'elle, malgré tout, un peu de réconfort, quelque chose, je ne savais quoi... J'espérais en vain. Ma mère Burulie regardait par la fenêtre ouverte, l'air aussi absent que si elle se fût trouvée seule et loin de nous, dans un monde moins cruel que celui-ci.

Il n'y aurait donc pour moi ni repos ni refuge. Je cessai complètement de lutter. Je renonçai à me débattre puisque chacun de mes soubresauts ne faisait que resserrer davantage le piège où j'étais pris.

Le lendemain, jour de prière, le révérend Luudi Schmur m'accueillit en agitant malicieusement le doigt : « Aha ! Vimlo Naftali ! Tu ne voudrais tout de même pas qu'il assiste au service avec nous ? Notre temple n'est pas assez vaste pour cela. Mais conduis donc ton compagnon entre ces deux marronniers là-bas : sa tête arrivera juste à la hauteur de la fenêtre : il pourra tout observer et nous ne le perdrons pas de vue. Quel superbe animal, dis donc ! Au fait, comment l'appelles-tu ? »

— Nathanaël, soufflai-je la tête basse. Nathanaël Proboskiphore. (Et j'ajoutai intérieurement : « Maintenant, faites de moi ce que vous voulez ! »)

Mon père avait circonvenu Yagel, garçon moralement faible auquel j'avais par avance accordé mon pardon. Il avait circonvenu la malheureuse Anhla, et je ne pouvais pas en vouloir à celle-ci non plus. Puis il avait circonvenu l'instituteur Kbol — un ange l'assiste au jour du Jugement ! — ma classe tout entière, l'exemplaire Luudi Schmur, réputé plus incorruptible que la règle de trois. Tous avaient été entraînés dans la comédie. Circonviendrait-il de même chacun de nos voisins, l'ensemble de notre communauté ? Cela, quand même, me paraissait impossible. Je dus déchanter. Le jour suivant, lorsque je repris le chemin de l'école, ce fut pour constater que toute la rue s'était liguée contre moi.

D'abord, absorbé dans mes lugubres réflexions, je ne prêtai guère attention au fait que les autres passants, à mon approche, se mettaient tous à lever le nez. A la longue, toutefois, la répétition systématique de ce manège finit par m'intriguer. Je regardai autour de moi. Les gens que je croisais sur le trottoir fixaient un point situé au-dessus de ma tête et un peu en arrière. Et aussi les commerçants dans leurs boutiques. Les femmes aux fenêtres. Même le conducteur du tramway derrière sa vitre. Comme si j'étais suivi par quelque chose de grand et d'extraordinaire. Un éléphant, par exemple.

Du plus loin qu'il m'aperçut, l'agent Klëpko, chargé de la circulation au carrefour de la Pendule, fut pris d'une sorte de chorée sauvage. Il se mit à baratter l'air de ses bras et à jouer du sifflet comme un possédé, bondissant de tous côtés au risque de faire choir la petite tribune circulaire (vaguement semblable aux grands tabourets rouges du cirque) sur laquelle il se juche, tant pour être visible des usagers de la voie publique que pour affermir son autorité auprès d'eux.

M'approchant du carrefour, j'entendis qu'il vociférait à pleins poumons des ordres contradictoires, assortis de stridulations démentielles. Le visage ainsi qu'une tomate dans laquelle on eût enfoncé un sifflet nickelé, il braquait un doigt menaçant dans toutes les directions les uns après les autres, tout en exécutant de l'autre bras, pour commander au trafic, une gymnastique d'autant plus indéchiffrable qu'elle se voulait plus impérieuse. Pour résultat de cette agitation, des véhicules se trouvaient immobilisés (et plus ou moins enchevêtrés les uns dans les autres) sur les six tronçons de route qui aboutissent au carrefour, au-dessus duquel s'élevait une assourdissante cacophonie d'avertisseurs, de coups de frein, d'interjections, d'injures, d'abois furieux et de hennissements affolés.

Je passai au milieu de ce capharnaüm la tête droite, faisant celui qui n'est pas concerné. Comment aurais-je pu, cependant, ne pas entendre les lazzis et les rires qui fusaient vers moi de partout, les fines plaisanteries comparant Klëpko et Nathanaël sous le rapport de la trompe, les joyeux conseils de fourrer ma bête dans ma poche pour empêcher qu'elle n'encombrât la chaussée?

Ils s'amusaient considérablement. Seul l'agent suait à grosses gouttes, promenant sur son carrefour ravagé un regard vitreux.

J'allais enfin atteindre le trottoir de la rue Panelka, quand un fou qui fonçait tête baissée au guidon d'un triporteur, la casquette tirée sur les yeux, déboucha en coup de vent de l'impasse du Philosophe Mühl, ignorant les signaux de détresse de Klëpko. Ce fut miracle s'il m'évita. L'instinct seul, je crois, lui fit serrer ses freins, en même temps qu'il donnait un brusque coup de guidon. « Bordel de Babylone! », l'entendis-je hurler d'une voix catastrophée. Pour me contourner, il avait largement la place de se faufiler dans l'espace du non-éléphant, où un camion fût passé à l'aise. Au lieu d'en profiter, il mit sa machine en travers, comme s'il arrivait devant un mur et, sous l'effet de cette manœuvre intempestive, fut jeté avec elle sur le pavé. Ils y mêlèrent leurs éléments respectifs. Alors seulement, je reconnus mon frère Yagel et le tricycle sur les flancs duquel se lisaient la raison sociale et l'adresse de la boucherie Ztalmna.

Le véhicule avait une roue voilée, son phare cassé et le grand coffre métallique contenant les commandes à livrer s'était à ce point déformé sous le choc que le couvercle avait sauté de ses charnières. Les pièces de viande roulaient sur la chaussée en perdant leurs emballages. Mon frère, au centre du désastre, saignait en abondance de la bouche ; l'une des manches de sa veste, à demi arrachée, pendait lamentablement.

— J'ai tout vu ! J'étais là ! s'écria une voix perçante. C'est le triporteur ! Il allait comme un bolide sans s'occuper de rien !

La seconde d'après, nous étions cernés par une foule compacte, impatiente de confirmer que mon frère était seul responsable et de vilipender, non seulement sa conduite sur tricycle, mais encore ses attitudes impertinentes en toute circonstance de la vie. D'aucuns assuraient qu'il était criminel de lâcher par les rues des têtes brûlées de son acabit. L'agent Klëpko avait quitté son promontoire et s'était avancé, se plaçant de manière que son ombre s'étalât sur mon frère, pendant que ce dernier tentait péniblement de s'extraire de la ferraille tordue. Le policier, un sourire dédaigneux au bout des lèvres, reniflait à petits coups et tapotait la paume de sa main gauche avec son bâton.

— Allez-y ! lança quelqu'un. Il n'y a que ce langage-là qu'ils comprennent.

Indifférent aux menaces qui pesaient sur lui (et comme j'admirais son sang-froid !), Yagel achevait de se dépêtrer de l'épave. Il se redressa devant Klëpko, lequel maintenant ricanait et prenait des poses avantageuses. Dans sa chute, il s'était brisé la moitié des dents.

— Quel gadin ! Ah, dis donc ! s'émerveilla-t-il. (Il porta la main à ses lèvres et la retira couverte de sang.) Et que j' te pisse, les merlans n'ont pas d' cuisses ! T'as vu ça, 'Bépin ?

L'agent plissa les yeux et serra le poing sur son bâton.

— Vous connaissez le contrevenant ? me demanda-t-il d'une voix soupçonneuse.

— Ils étaient de mèche, alors ? fit une dame.

— C'est mon p'tit frère, expliqua obligeamment Yagel à la ronde. Aubépin. C'est lui qui nous a ram'né c'te bête-là, qu'a l'utérusque tout bigorné. Not' père vous en f'rait là-d'sus toute une musique. Un peu plus, j'y ratatinais, moi, son utérusque ! C'est qu' j'ai du boulot ! R'gardez-moi seul'ment tous ces paquets d' bidoche. Y' gueulent tous que j' cavale, m'sieur l'agent, fit-il en désignant la foule d'un geste dédaigneux, mais d'mandez-y-leur à tous ces cons-là si y en a un seul qu'accepte d'être livré après les autres ?

Klëpko eut fort à faire pour repousser tous ceux qui se précipitaient dans l'intention de lyncher mon frère, moment de confusion que ce dernier mit tranquillement à profit pour s'esquiver en m'entraînant par le bras. Il décida de m'accompagner jusqu'à l'école. « Y a leurs noms sur la bidoche : y z'auront qu'à s' servir eux-mêmes ! », me confia-t-il en ricanant.

Plus loin, il cracha quelques esquilles de dents. « T' sais qu'avec ça, j' vais avoir mon propre style, que personne pourra m' piquer ? fit-il avec bonne humeur. La forme de la dent, c't' important, pour l' trombone. » Il lança le pouce en arrière par-dessus son épaule. « L' buffant, c'est pire qu'une vache dans un couloir, hein ! Pas moyen d' le rater ! Ah, c'te pelle, merde ! Y m'a bien eu. Comment qu' tu l'appelles, au fait ? »

Je franchis ainsi une nouvelle étape dans la désespérance. Ce n'était pas la dernière.

A la maison, Yagel et mon père passaient leur temps à se faire mutuellement connaître la haute opinion qu'ils avaient de Nathanaël et de moi qui le gardais si propre et ne le laissais manquer de rien. A l'école, c'était pis encore. L'instituteur Kbol nous avait fait ranger tous nos livres. La science proboscidienne était devenue l'unique objet de nos études. J'étais dispensé de devoirs. Jamais plus il ne m'interrogeait. Je n'avais pas le droit de participer aux compositions mensuelles, car la première place m'était attribuée d'office, avec la note de dix sur dix. Au début. Plus tard, notre maître opta pour dix et demi (accablante décision qui fut plébiscitée par la classe entière). « Dix, argumenta Vieille Taupe en dégustant ses propres paroles, cela voudrait dire que notre bienfaiteur Vimlo Naftali a répondu de manière parfaite à mon attente. Mais comment pourrais-je attendre quoi que ce soit de lui, qui en connaît sur la question plus que je n'en pourrai jamais savoir ? Il faut symboliser cette science absolue, ce toujours-un-peu-plus-de-connaissance qui est l'apanage de notre cher camarade : je propose dix et demi sur dix. Que tous ceux qui sont d'accord lèvent le doigt. »

Il me restait assez de naïveté pour croire que le directeur se refuserait à entériner un arrêt aussi scandaleux. Que croyez-vous qu'il arriva ? Ce personnage redoutable me fit venir dans son bureau, pendant des travaux pratiques de mesurage de queue (en principe, j'étais chargé de contrôler le bon déroulement des opérations, veillant à ce que Nathanaël Proboskiphore ne fût pas importuné par mes camarades) et me tint un genre de discours auprès duquel les allocutions délirantes de l'instituteur Kbol pouvaient passer pour des modèles d'équilibre et de retenue. Comme quoi j'avais sauvé l'école, inauguré une ère de prospérité pédagogique dont le monde bénéficierait encore dans un millier d'années. Il me fit servir par sa gouvernante un thé fort boueux et des galettes aux myrtilles pour lesquelles ma mère, tout effacée qu'elle fût, eût giflé le pâtissier dans sa propre boutique. Abasourdi, le mot est faible, j'appris de la bouche de cet homme que j'avais toujours été le meilleur sujet de l'établissement, un modèle pour mes camarades, une consolation pour mes maîtres, un don du ciel pour mes bienheureux parents. En tant que prodige, j'en aurais remontré sur bien des points à Blaise Pascal (écartant ses langes pour construire des machines), voire à Wolfgang Amadeus Mozart (ce petit pommadé qui accédait au clavier de l'épinette familiale au moyen d'une échelle, et y composait des airs grandioses). Quant à Mary Pickford, pour prendre un exemple plus récent, elle n'était auprès de moi qu'une vulgaire poupée de chiffons. Un secrétaire, poursuivit M. Kuusch, était en train de revoir toutes mes notes depuis mon entrée au cours préparatoire. On s'était aperçu en effet que de multiples erreurs avaient été commises à mon détriment lorsqu'on les avait recopiées sur les registres d'archive. Un génie ne peut obtenir des 0,5 en composition de lecture ! Mais on s'employait à rectifier tout cela. Voudrais-je bien ne pas tenir rigueur à l'administration de son étourderie ? Il frappa dans ses mains et la gouvernante courut à une bibliothèque d'où elle sortit plusieurs piles de livres à tranche dorée, maintenus ensemble par des faveurs de soie bleue. « Voici les prix d'excellence que vous avez mérités, Vimlo Naftali, déclara solennellement le directeur. Je suis désolé de vous les remettre si tard, mais le père de Gédéon Bourbaki en avait déjà vendu quelques-uns : il nous a fallu du temps pour tout récupérer chez les brocanteurs. »

Quand je rejoignis — dans l'état qu'on devine — la classe de M. Kbol, mes condisciples, à son signal, me firent une triple ovation. Chacun d'eux avait préparé un petit cadeau à mon intention. Je reçus de Gusto Kolynine, par exemple, un porte-plume pourvu d'un petit hublot à travers lequel on peut voir un portrait de l'anarchiste Sosthène Dego, l'étendard de la révolte flottant au-dessus de sa tête hirsute, parmi la fumée des barricades. Gédéon Bourbaki chuchota près de mon oreille, en me tendant un magnifique échiquier d'ébène et d'ivoire, avec des pièces en argent massif : « C'est demain jeudi. Ma mère t'invite à venir goûter à la maison. »

La visqueuse affection de Gédéon me répugnait plus que tout. Chaque fois qu'il s'adressait à moi pour me témoigner sa dévotion, il me faisait songer à un gros poisson mort flottant dans un bassin de tapioca. Ou à des milliers d'yeux dans un tonneau de saumure, roulant sur eux-mêmes et glougloutant. Tous les autres, entortillés par mon père, par Kbol, Kuusch, Schmur et consort, ne faisaient que jouer leur rôle. Mais lui, hélas ! me vénérait du fond du cœur. Et cette vénération dégageait pour moi le terrible parfum sucré d'une poubelle de huit jours.

Cependant, je ne pouvais faire affront à sa mère. Les Bourbaki n'étaient pas gens que l'on pût traiter par-dessous la jambe. A la suite d'une effarante cascade d'héritages, ils possédaient, seuls ou presque de tout notre quartier, un peu de bien au soleil. Dans le bas de la rue du Grand-Mur, ils habitaient une villa cossue, plantée dans un terrain assez spacieux pour être baptisé du nom de « pampa Bourbaki » par les voisins consumés de jalousie.

Ma mère m'avait fait enfiler mon plus beau costume et ce détail raviva — comme s'il en était besoin ! — le pénible souvenir de la soirée au cirque, origine de tous mes déboires. J'étais dans la rue du Grand-Mur bien avant l'heure du rendez-vous, empestant l'eau de Cologne à vingt pas. Je dus traînasser sur le trottoir, exposé à la curiosité des commères.

A la façon dont Gédéon m'accueillit, dès que j'agitai la cloche de l'entrée, j'eus la nette impression qu'il avait piétiné derrière la grille durant un bon quart d'heure lui aussi. Je ne pus m'empêcher de grincer des dents en le voyant, tout tremblant et bavant d'émotion, ouvrir devant moi les deux battants du portail en fonte, dans le souci manifeste que le non-éléphant pût me suivre à l'intérieur de la propriété.

Mme Bourbaki était une personne extraordinairement

douce à qui une voix murmurante et des cheveux prématurément gris (elle ne devait pas avoir beaucoup plus de trente ans) donnaient un aspect vaporeux. Sur le moment, je me dis seulement qu'elle n'était pas ordinaire. Plus tard, j'apprendrais à préciser mes sensations et, songeant à elle, je me répéterais : « Lileth Bourbaki n'est pas une femme, c'est un nuage. »

Je la saluai avec ce que je croyais être un raffinement de courtoisie et que je définirais aujourd'hui comme de ridicules simagrées. J'ai une vision très claire de cette première rencontre. De même que j'entends encore sonner à mes oreilles les premiers mots qu'elle m'adressa, après m'avoir salué avec une aisance délicieuse :

— Vous pouvez l'installer là-bas, entre les deux marronniers. De cette manière, Nathanaël ne vous perdra pas de l'œil quand nous serons dans le petit salon. Nous ouvrirons la fenêtre, puisque le temps le permet, et il pourra même suivre la conversation. Euh... c'est bien Nathanaël, n'est-ce pas ?

— Nathanaël Proboskiphore ! confirma Gédéon dans une sorte d'extase.

Mes oreilles et ma nuque me brûlaient comme si des fers rouges y eussent été appliqués. Que cette belle, que cette adorable dame participât au complot ne provoquait en moi ni colère, ni dégoût, ni secrète jouissance : seulement un formidable sentiment de honte. J'ignorais que mon camarade eut une sœur. Elle s'appelait Glora. Nous la trouvâmes dans le petit salon où elle disposait des assiettes de biscuits sur la table.

Comme sa mère, elle se déplaçait sans bruit, donnant l'impression de flotter à quelques centimètres au-dessus des tapis. Toutes deux portaient des robes longues jusqu'à terre, bien que la mode en fût passée depuis quelque temps déjà. Mais c'était la dame surtout qui m'impressionnait. Je pourrais dire que je n'avais d'yeux que pour elle, à ceci près que ma timidité maladive m'interdisait de risquer le moindre regard dans sa direction. Lorsqu'elle s'adressait à moi, quitte à paraître manquer de franchise, je fixais son cou, plutôt que son visage. Je devais apprendre par mon père que Mme Bourbaki était issue d'une famille païenne et ne s'était convertie à notre religion qu'en se mariant, changeant alors de prénom en même temps que de nom. Autrefois, elle s'appelait Eglantine. Je ne l'ai jamais dit à personne, mais je préférais de beaucoup Eglantine à Lileth.

Après quelques instants, comme la conversation tombait (occurrence à laquelle mon mutisme opiniâtre n'était pas étranger), elle proposa de faire fonctionner le gramophone.

— Peut-être monsieur Naftali n'aime-t-il pas la musique ? dit Glora, non sans une nuance d'ironie.

Il était clair qu'elle ne partageait pas les sentiments de son frère à mon égard. Que je fusse l'intime d'un éléphant ne paraissait guère l'impressionner. En tout cas, cela ne la rendait pas aveugle à mes défauts. Depuis que j'avais pénétré dans le salon, elle me couvait d'un regard critique et ne manquait pas une occasion de me faire sentir qu'elle n'était pas dupe de ma réputation. Cette attitude soulageait ma conscience mais, en même temps, augmentait mon malaise. C'est pourquoi je me comportai comme un imbécile.

— Mon frère joue du trombone, m'entendis-je répliquer d'une voix pincée.

— C'est très intéressant, fit Mme Bourbaki, laquelle en toute occasion cherchait à donner aux événements un tour aimable.

— L'accompagnez-vous à la grosse caisse ? gazouilla Glora.

— Je ne suis pas musicien, déclarai-je, froid comme la tombe.

— Veux-tu que je t'apprenne le violon ? s'empressa Gédéon.

— Seigneur non ! m'écriai-je avec horreur, sentant déjà

sa main gluante d'attendrissement guider mes doigts sur les cordes.

— Mon frère ne vous propose pas d'aller dévaliser le trésor du temple, vous savez, dit Glora.

J'étais accablé par ma propre balourdise. Une fois de plus, Mme Bourbaki vint à mon secours.

— Quel genre de musique aimez-vous ? me demanda-t-elle.

— *Le Beau Danube Bleu ?* risquai-je à tout hasard.

— Il faut un commencement à tout, déclara-t-elle en me gratifiant de son plus beau sourire.

— Et la *Charge du 37e hussard,* s'enquit Glora, qu'en pensez-vous, monsieur Naftali ?

— Je ne la connais pas, marmonnai-je entre mes dents, l'air sombre.

La fillette lança un coup d'œil malicieux par la fenêtre.

— Alors, *Le Carnaval des Animaux,* peut-être ?

Gédéon foudroyait sa sœur du regard ; je le sentais prêt à exploser. Mais je n'étais qu'un hôte en cette maison. Que pouvais-je faire pour empêcher l'esclandre qui s'annonçait ?

— Oui, bredouillai-je à toute allure, *Le Carnaval des Animaux,* c'est très bien.

Mais il était déjà trop tard. Blême de rage, mon camarade s'arracha d'une violente secousse à son siège.

— Et le carnaval des petites pestes, Glora, qu'en penses-tu ? glapit-il. Honte ! Honte sur toi ! Comment oses-tu poser à notre cher Vimlo Naftali — notre invité, je te le rappelle — des questions aussi... aussi... (Il cherchait vainement un mot assez fort pour traduire son indignation.)

— Allons ! fit Mme Bourbaki sans rien perdre de sa merveilleuse sérénité. Cessez de vous chamailler ! Excusez-les, monsieur Naftali. Il est vrai, Glora, qu'à force de vouloir faire de l'esprit à tout propos, tu passes quelque peu les bornes. Mais toi, Gédéon, tu ne te montres guère galant vis-à-vis de ta sœur. Ce ne sont pas là les règles de conduite que je vous ai inculquées, mes enfants.

— Elle le fait exprès ! grogna Gédéon, le regard mauvais.

— Ce n'est pas impossible, Géd. Mais ce n'est pas ainsi qu'on en use avec les dames. Si tu veux te marier un jour...

— Glora n'est pas une dame ! l'interrompit mon camarade.

— N'insistez pas, maman, dit sa sœur d'un ton badin. Vous voyez bien que Gédéon est déterminé à demander sa main à Nathanaël, comment déjà ? Kronoskimorphe ?

— Oh ! s'égosilla Gédéon. Faire un tel affront à notre cher Vimlo — et dans notre maison, encore ! (Il se tordait les mains.) Jamais je n'aurais cru cela possible ! Jamais !

— J'ai fait erreur, remarqua froidement Glora en examinant ses ongles. Mon frère va demander la main de M. Naftali.

Lileth Bourbaki me tendit une boîte, accompagnant son geste du plus exquis des sourires.

— Reprendrez-vous de ces loukoums ? Ils viennent d'Alexandrie.

Je manifestai une satisfaction bruyante, afin d'épauler de mon mieux cette opération de diversion, et enfournai trois pâtisseries de suite dans ma bouche.

— Où se trouve Alexandrie ? demandai-je le soir à mon père.

— Dans les limbes, me répondit-il énigmatiquement.

Yagel crut bon de ricaner et reçut la louche en pleine figure.

Si vous avez vu les photographies de mon frère dans les journaux américains, sachez que c'est à la suite de cet épisode que son nez s'étale si largement sur ses joues et sa lèvre supérieure. Il est absolument inexact que mon frère eût monté à l'envers la coulisse de son trombone, comme l'ont insinué plus tard les reporters de Chicago.

— L'impureté, commenta mon père, va résister de toutes ses forces. Nous pouvions nous y attendre. Mais je vous fiche mon billet qu'elle ne trouvera aucun appui dans cette demeure — et certainement pas chez un de mes propres enfants, dussé-je pour cela lui arracher la peau des os centimètre par centimètre !

— J'aimerais bien une aut' louche, nasonna Yagel en tendant son assiette. Mais, c'te fois, avec un peu d' soupe dedans...

XIII.

OÙ L'EMBARRAS DU PHILOSOPHE ARISTOTE EST MIS EN ÉVIDENCE

Cette nuit-là, je repassais une fois de plus dans ma tête les événements des derniers jours, quand je sentis tout à coup que quelque chose s'affaissait dans ma poitrine, creusant là au milieu un trou noir et glacé. La vérité venait brusquement de m'apparaître. Quel aveuglement avait été le mien jusqu'ici ! Comment avais-je pu donner de faits auxquels j'avais été intimement mêlé une interprétation aussi fausse ? Tout semblait si lumineux, à présent. C'était à croire que j'avais fait exprès de ne pas comprendre. De ne pas voir ce qui crevait les yeux. Une conjuration, voilà ce que j'étais allé imaginer. Désarmante naïveté ! Bien évidemment, mon père, cet homme superbement coiffé, n'avait soudoyé personne. Pas plus Yagel que quiconque, et certainement pas une dame aussi vaporeuse que Lileth Bourbaki. Allons donc ! A part moi, personne n'avait forgé ni colporté de faux bruits dans cette affaire. Mon père tout le premier, tout le monde *l'*avait réellement vu, tout le monde *le* voyait bel et bien, — qu'il se nommât Nathanaël Proboskiphore ou de tout autre nom ébouriffant.

Et c'était Dieu lui-même qui, depuis son Trône de Gloire, leur avait envoyé ce mirage. Il ne pouvait pas y avoir d'autre explication. Dieu seul était en mesure d'obnubiler tant de gens à la fois. De les maintenir dans une hallucination collective qui contredisait si grossièrement aux données de l'expérience et à la raison la plus élémentaire. Une communauté tout entière y adhérait cependant et admettait sans peine qu'un mastodonte eût franchi une porte d'école, après avoir enfilé un étroit couloir et s'être pavané dans une cour de trois mètres carrés, sous un dais de fils à linge. Mais le Tout-Puissant aurait aussi bien pu le faire passer par un chas d'aiguille, et que nul ne vît rien là que de très naturel ! Dieu m'avait entendu mentir à mon père et S'était indigné : « Ah ! Tu as fait naître un éléphant du mal qui est en toi, Vimlo Naftali ? Eh bien, soit ! Débrouille-toi maintenant avec ta création ! »

Mais Il ne s'en était pas tenu là. Pour mieux m'accabler, Il m'avait élevé, moi si insignifiant, si obscur et méprisable, dans l'admiration d'hommes de mérite tels que mon père, M. Kbol, le directeur et l'exemplaire Luudi Schmur (lequel, à son tour, pensait voir en moi un formidable érudit et m'avait à deux reprises demandé mon avis sur des points épineux d'herméneutique). Ma chute n'en serait que plus retentissante. Je bénéficiais aujourd'hui d'une réputation si usurpée, de privilèges si exorbitants, qu'il me faudrait un jour payer cela fort cher. Car j'étais comptable de toutes ces iniquités devant le Créateur : Il m'en demanderait réparation à l'instant du Jugement dernier (dans l'éventualité où je n'aurais pas réglé ma dette d'ici là).

Sauf...

Sauf si ce qui était en train de se produire n'était qu'une illustration spectaculaire des prophéties de Kryla Krylakuri. Une étape cruciale dans le développement de la Souillure et de la Corruption. Auquel cas le mirage proboscidien serait une fantasmagorie d'inspiration non pas divine, mais satanique. Il faudrait y voir un vilain tour mijoté dans ces bas-fonds de l'univers que hante la maudite cohorte des Asmodée, Lucifer, Belzébut et tutti quanti !

L'ancien jardinier saurait me dire si cette hypothèse était la bonne. J'hésitais cependant à le consulter. Dans quelle mesure pouvais-je encore me fier à lui ? Avec son chien, il trempait jusqu'au cou dans cette méchante affaire d'éléphant, ce n'était que trop certain ! D'abord, Kryla Krylakuri avait été l'instigateur et le soutien de mes espérances horticoles. Après quoi il avait envoyé près de moi Son Excellence qui, promptement, les avait anéanties.

J'aspirais néanmoins à les revoir. J'espérais d'eux un mouvement de sympathie que je n'attendais plus de personne d'autre. Et puis quoi ? Au pire, ils se comporteraient avec moi comme tout un chacun : ils lèveraient les yeux sur le non-éléphant et m'en chanteraient les louanges. Qu'avais-je à y perdre ?

Le ciel, ce jour-là, était un couvercle de fer posé pardessus la ville, au ras des toits. Le fleuve défilait hargneusement sous le pont, comme s'il voulait nous fuir. Ces phénomènes me parurent de sinistre présage.

Dans le lointain faubourg où s'était exilé le vieux, j'éprouvai, comme à ma première incursion, mais avec encore plus d'acuité, l'impression d'aborder un rivage hostile. Cette fois, je ne risquais pas d'ignorer les affiches : les murs des maisons en étaient couverts jusqu'aux étages supérieurs. Certaines d'entre elles étaient hautes de plusieurs mètres. Des groupes, rassemblés au coin des rues, en déchiffraient le texte à voix haute et considéraient avec une visible répugnance la configuration de mes oreilles et de mon nez (encore qu'elle rappelât beaucoup, selon moi, celle des oreilles et des nez qu'ils arboraient eux-mêmes en toute sérénité). Je fis semblant de me moucher jusqu'au domicile de Kryla Krylakuri.

Une menace diffuse (d'autant plus angoissante qu'imprécise) pesait sur moi. Pourtant j'accomplis tout ce trajet le cœur gonflé d'allégresse. C'est qu'en ce quartier païen, pas une des personnes que je rencontrai n'écarquilla les yeux en fixant un point au-dessus de ma tête et un peu en arrière. Nathanaël leur était invisible ! Je n'arrivais pas à croire en mon bonheur. De même que, chez nous, j'avais naguère soupçonné les passants de jouer la surprise, j'étais enclin maintenant à suspecter ceux d'ici d'affecter l'attitude inverse. Plusieurs fois, je me retournai pour vérifier qu'ils ne se mettaient pas à pouffer dans mon dos. Mais je m'inquiétais à tort : ils ne s'occupaient pas de moi. En dernier lieu, j'eus même la bonne fortune de découvrir un vitrier qui me suivait à moins de trois mètres avec tout son fourniment, en plein dans l'espace qu'aurait dû occuper Nathanaël. Et il était bien réel, lui : une petite vieille le héla de sa fenêtre. L'Eternel m'avait-il donc pris en pitié ?

J'arrivai chez l'ancien jardinier dans un état d'excitation et de confusion intime que je laisse à deviner. Le chien vint m'accueillir à la grille et, par une mimique suggestive, me fit comprendre que je devais le suivre à l'intérieur de la maison.

Il me conduisit dans la pièce où j'étais revenu à moi. A son tour, le vieux Kryl reposait sur la table, aux quatre coins de laquelle brûlait une bougie noire dans un chandelier de bronze. Sa bouche béait largement, ses yeux grands ouverts étaient vides et il ne bougeait pas un cil, mais, en dépit de cette macabre mise en scène, je voyais bien qu'il n'était pas mort. Je souris au chien qui observait mes réactions.

— Alors ? me dit le vieillard d'une voix acrimonieuse, lorsqu'il eut compris que je n'étais pas dupe. Voilà que tu t'encombres d'un éléphant, à présent ?

Mais comme je me rembrunissais, il se hâta de me décocher un clin d'œil complice.

— Telle est donc la dernière de ces idiots ! reprit-il en se dressant sur un coude. Il n'est personne comme les justes pour faire proliférer l'impureté sur le terreau même de l'innocence ! Ah, mon pauvre Vimlo ! J'avais cent fois raison ! Je suppose que je devrais me lever et danser la gigue. Eh bien, non, vois-tu ! La victoire est trop facile. C'est comme d'ôter son hochet à un nourrisson ! On dirait que le dogme de notre Secte n'est même pas un dogme, mais le simple enseignement de la réalité quotidienne. Tout cela est écœurant de banalité ! Vim, mon petit, j'en viens à me demander si je n'ai pas gâché mon existence... L'Impureté n'avait besoin ni de moi ni de quiconque pour croître et embellir. On doit prendre soin des lilas et des roses, mais des mauvaises herbes, il n'est nul besoin de se soucier. Le mal est comme le chiendent : il pousse tout seul. Quelle farce que ma vie ! Quelle farce que la vie ! Quelle farce !

Il m'avait agrippé par les revers de mon veston. Ses yeux au blanc strié de rouge jaillissaient de ses orbites.

— Le mal ne mènera pas au bien. Le bien et le mal ne mèneront ni au bien ni au mal. Tout conduit à la mort ! Ma vie, te disais-je ? Quelle vie ? Faribole, vivre, pet de Coucou ! Vivre n'est qu'être en train de mourir, et prétendre le contraire pour épater les voisins ! Lesquels font exactement la même chose de leur côté, histoire de ne pas être en reste ! Ecoute-moi, mon garçon. J'ai parcouru de vieux livres. Les Anciens étaient tout fiers d'affirmer : *l'Etre est.* Ils pensaient que cela au moins était une absolue certitude, encore qu'elle ne les menât pas loin et ne permît pas au dénommé Aristote, tout faraud qu'il fût dans son Lycée, de décider une bonne fois s'il fallait dire de sa coupe d'hydromel qu'elle était à moitié vide ou bien à moitié pleine. Mais qu'importe ! La bonne formule n'est pas *l'Etre est,* non plus d'ailleurs que *l'Etre n'est pas,* mais *l'Etre meurt.* Il se confond avec sa propre éternelle agonie.

Son Excellence se mit à hurler de façon pathétique, le museau pointé vers le plafond. J'aurais sans doute conservé de cette scène un souvenir moins pénible si, à cet instant précis, les quatre bougies noires ne s'étaient éteintes en même temps, plongeant la pièce dans une pénombre sulfureuse. Le vieillard eut un tel sursaut qu'il dégringola de la table, retombant sur le dos de son chien, tandis que le meuble vacillait et culbutait à son tour, me projetant la tête la première dans l'estomac de Kryla Krylakuri.

Alors Satan interpréta un roulement de tambour sur les volets de la maison. Instantanément, nous nous retrouvâmes debout l'un à côté de l'autre, le cœur en chavire, les yeux comme des boules de loto, étranglés de frayeur. Il s'avéra bientôt que le Cornu n'était pour rien dans cette péripétie. C'étaient seulement les gamins du voisinage qui faisaient pleuvoir une grêle de pierres contre les fenêtres de Kryla, heureusement protégées par leurs contrevents.

— Fais le mort ! me souffla le vieux, renonçant à ses belles théories sans autre forme de procès.

— Mais que nous veulent-ils ? bégayai-je.

Leurs voix haineuses allaient me l'apprendre. Ces fils des Infidèles nous reprochaient d'être d'un autre sang qu'eux-mêmes. Et pour cela, ils se proposaient de nous faire souffrir mille morts, si d'aventure nous avions le courage de nous montrer.

— Surtout ne bouge pas, chuchota l'ancien jardinier. J'ai l'habitude. Contrairement à Son Excellence, ils crient plus fort qu'ils ne mordent. Ils s'en iront quand ils en auront assez. L'essentiel est de ne pas se montrer. Si tu as trop peur, enfonce-toi un index dans chaque oreille.

Je suivis ce conseil, mais outrages et menaces me parvenaient quand même, pas moins terrifiants parce qu'ils étaient étouffés. Je me mis à trembler de la tête aux pieds.

— Ce n'est que du bluff, reprit Kryla Krylakuri. Tant que nous parlons bas et que nous restons immobiles, ils ne peuvent pas être sûrs qu'il y a quelqu'un. Quant à pénétrer dans la maison pour s'en assurer, ils ne s'y risqueront pas, de peur de tomber sur le chien. Le tout est de prendre patience. Tiens, tu ne sais pas ce qu'on va faire ? On va discuter pour passer le temps. On va parler de tout autre chose. Comme deux types en canotier sous une tonnelle, un beau jour de mai.

Je fis oui du menton et me mordis violemment les lèvres, car je me sentais sur le point de hurler.

— Bien, fit mon compagnon. De quoi veux-tu que nous parlions ? Est-ce que tu as déjà vu la mer, par exemple ?

Je secouai la tête.

— Non ? Moi non plus ! Tu sais, on en fait toute une tartine : ce n'est jamais que de l'eau. Et si tu me parlais un peu de ta bonne amie ?

L'hébétude qu'il lut sur mon visage le fit doucement ricaner.

— Tu ne veux rien me dire, hein ? gloussait-il. Tu as peur que je te la prenne ! Eh bien, tu as raison, Vimlo, tu as cent fois raison ! Veux-tu connaître un maître séducteur, un expert en galanterie ? Regarde de ce côté ! Eh oui ! Je n'ai plus vingt ans, je n'ai jamais été bien beau, mais tu sais ce qu'elles disent toutes : j'ai du charme ! Le charme, petit, voilà le fond de l'affaire ! On m'a fait voir des Apollons. Ils auraient avantageusement remplacé les plus célèbres sculptures d'Athènes. Eh bien, ils n'intéressaient pas plus les femmes qu'une vieille baleine de parapluie ! Et veux-tu savoir pourquoi ? Parce qu'il n'émanait pas d'eux cette aura que rien n'égale : le charme. Inversement, j'ai su le cas d'une beauté qui a repoussé je ne sais combien de soupirants. Des hommes magnifiques. Des caissiers de banque. Des chanteurs de brasserie. Un représentant en lingerie fine. Tous des garçons de bonne famille — et je ne te parle pas d'un certain capitaine de lanciers, un homme avec de terribles moustaches rousses, qui lui faisait donner l'aubade par la fanfare du régiment, si bien que son repos s'en trouvait précocement interrompu et qu'elle affichait les cernes d'une viveuse du port de Hambourg (et n'en paraissait que plus désirable, soit dit en passant). Les pauvres éconduits se jetaient les uns après les autres dans la Webra ; on aurait pu croire que la municipalité avait fait installer un toboggan par-dessus le parapet ! Le regard de la belle n'en continuait pas moins à traverser les survivants comme s'ils n'eussent pas existé. Et sais-tu qui elle a épousé, sais-tu à qui elle s'est finalement offerte, la malheureuse ? A un petit bossu qui avait une jambe plus courte que l'autre et un tel nez que nos amis là-dehors, pour le coup, en auraient eu le bec cloué ! Ce nez-là, mon cher Vimlo, n'aurait pas tenu sur la plus vaste de leurs affiches ! Et que vas-tu imaginer pour expliquer la chose ? Que la fille était folle ? Ou habitée par le démon de la perversité ? Pas le moins du monde ! Mais elle avait un sixième sens pour détecter le charme des mâles et sous ce rapport, cet être difforme, aussi bizarre que cela puisse te paraître, nous enterrait tous ! Même moi, qui me suis toujours assez bien défendu, même ton père Ardamet Naftali, lequel portait déjà le chapeau comme pas un, nous n'étions à côté de ce bosco qu'une paire de bousiers comparés à une libellule.

— Mais ce charme, monsieur Krylakuri, est-ce un don inné ou bien peut-on l'acquérir ?

Il étouffa l'un de ses abominables gloussements.

— Ah ! je vois ce qui te tracasse ! Ne t'en fais pas. Le charme des hommes, la plupart du temps, ce sont les femmes qui l'inventent. Il s'agit d'une espèce d'illusion, comme ton éléphant. De sorte qu'il s'en trouvera toujours une pour en trouver même à un pantin comme toi !

Je me contraignis à grimacer un sourire, avant de lui poser la question qui me brûlait les lèvres.

— Au cours de votre vie, monsieur Krylakuri, avez-vous connu des femmes qui vous faisaient songer à de la brume, à de la fumée ?

— De la fumée ? (Il se mit à rire sous cape.) Tu veux dire de la braise chaude ! De la lave en fusion ! Si j'en ai connu ? Tu parles !

— Des femmes... impalpables ? risquai-je encore.

— Impalpable ? Tu en as de bonnes ! Les miennes étaient tout ce qu'il y a de plus palpables, ça, je te le jure sur la tombe de ma mère ! Sans me vanter, je ne crois pas que beaucoup d'hommes en aient autant palpé que moi !

— Moi, dis-je d'un air pincé, j'ai rencontré une femme impalpable.

— Tais-toi donc, bougonna-t-il. Tu veux faire le

mariolle et tu n'y connais rien ! Les femmes sont toutes les mêmes, pour la bonne raison que chacune d'elles rassemble tous les genres de femmes à la fois... Et c'est pour cela qu'il faut les aimer, conclua-t-il avec une ferveur inattendue. C'est pour cela que tu dois les aimer de toute ton âme ! Ne t'avise pas de les aimer à moitié, en dilettante, comme certains, ou alors sache bien que nous cesserions d'être amis, tout Vimlo que tu sois ! Ah mais dis donc, écoute un peu : on dirait que nos amis ont levé le siège...

Dans le feu de la discussion, j'avais presque oublié nos assiégeants. Je tendis l'oreille. Effectivement, plus un bruit ne nous parvenait de la cour. Les vilains oiseaux s'étaient envolés. Kryla Krylakuri envoya Son Excellence patrouiller dans la rue, pour le cas où ils auraient tendu une embuscade aux environs : le chien ne remarqua rien de suspect. Il est vrai que c'était l'heure du souper, la nuit tombait déjà.

XIV.

GUET-APENS

Je revins chez nous sans encombre, me hâtant chaque fois que je passais devant une de ces affiches qui me donnaient la chair de poule. Cette fois encore, mon arrivée tardive à la table familiale ne suscita aucun commentaire désobligeant. Notre père était visiblement d'humeur mutine. Il souleva légèrement son derby en tordant sa moustache, à la manière de Charlot-le-vagabond dans ses films. Yagel s'esclaffa bruyamment. Avec son nez aplati, ses dents cassées, sa figure gonflée par les mauvais traitements et parée d'ecchymoses de toutes les couleurs, sa chevelure rasée en diagonale sur une bande large de quatre centimètres et longue d'une douzaine (là où le hachoir du boucher Ztalmna avait effleuré son crâne lorsque ce personnage au sang chaud avait appris de la bouche gouailleuse de mon frère ce qu'il restait de son tricycle et en quel endroit il pouvait fourrer ces vestiges s'il n'était pas content), Yagel présentait une figure de cauchemar et paraissait déterminé à suivre la mauvaise pente. Depuis qu'il avait été chassé de la boucherie, il remplissait les fonctions d'aide-fossoyeur au cimetière, se livrait volontiers à des plaisanteries d'un goût jugé déplorable (comme de remplacer dans le pot-au-feu l'os à moelle par un grand tibia verdâtre) et arborait un collier de dents humaines à deux rangs. Il ne tarderait pas à tremper dans d'immondes combines. En attendant, il faisait frire — me confiait-il — des saucisses à la flamme des feux follets et sifflait du mauvais vin dans un crâne de pendu. Mon frère s'épanouissait dans cette lugubre atmosphère. Il n'était plus que gouaille et jus de chique. Notre père observait sa mutation, le sourcil froncé, puis secouait tristement la tête : « Je ne m'étais pas trompé, Yagel, disait-il. Plus tu prends de l'âge, pire tu deviens. Regarde-toi un peu. Il ne te manque qu'une fourchette dans le nez et le teint mélanique de ta sœur pour ressembler aux sauvages qu'on voit sur les almanachs. Je songe sérieusement à t'offrir, pour ton prochain anniversaire, une couple de pelles à tarte que tu te suspendras aux oreilles. Car je te considère, Yagel, et j'ai beau écarquiller les yeux, je ne parviens pas à reconnaître en toi l'image de ce que je fus à ton âge... Penses-tu qu'une jeune fille convenable s'intéressera à un garçon portant, en guise de cravate, un sautoir de vieilles caries ? Qu'elle accorderait de gaieté de cœur ses baisers à un individu au menton barbouillé de tabac et au nez à demi enfoncé dans la bouche ? Je me ferais scrupule d'assombrir ton bel optimisme, mon cher enfant, mais une telle chose m'étonnerait beaucoup ! Crains, Yagel, de rester vieux garçon, et de moisir dans tes caleçons sales... »

Le lendemain soir, veille de fête, plusieurs camarades se présentèrent à la maison et demandèrent à mon père s'il acceptait que je les accompagnasse au cinéma. La permission fut accordée et j'eus la présence d'esprit de dire que Nathanaël, fatigué, resterait à se reposer dans la cour. J'étais ainsi débarrassé de lui pour quelques heures. Yagel se joignit à nous, faisant valoir que le cinéma était une distraction saine et enrichissante où les méchants sont toujours punis. « Fasse le ciel que tu assimiles la leçon ! » soupira notre père. Mais sitôt que nous eûmes mis le pied dehors, mon frère persuada toute la troupe de se rendre au café-concert, où il nous paya d'ailleurs force demi-panachés avec l'argent que les familles éplorées lui remettaient à la sortie des enterrements. Nos parents nous eussent assommés s'ils nous avaient seulement soupçonnés de fréquenter un tel endroit, mais il était difficile de résister aux arguments de Yagel qui mêlaient adroitement sarcasmes, menaces et promesses. D'ailleurs, si nous n'en menions pas large dans l'établissement, il s'y comportait, lui, comme en terrain conquis.

Vautré sur une chaise, la visière inclinée sur l'œil (de sorte qu'il ne pouvait à peu près rien voir du spectacle), il faisait valser les serveurs, apostrophait la chanteuse réaliste, traitait le prestidigitateur de manche à balai et lançait des piécettes de cuivre dans le pavillon du tuba. Tout portait à croire que l'établissement lui appartenait. Au demeurant, il tutoyait le patron et en usait avec lui de manière arrogante, faisant traverser à cet homme bedonnant toute la salle pour qu'il lui rallumât son mégot (en récompense de quoi, il bourrait un billet crasseux dans une des poches de son frac).

Quand on nous eut flanqués dehors, mon frère expliqua négligemment cet incident par le fait que la direction redoutait d'exposer la suite du programme aux critiques d'un vrai connaisseur. Puis, sous le regard éperdu d'admiration de mes camarades, il rabattit encore un peu plus sa casquette, dégageant ainsi son oreille droite mise en chou-fleur par le père de Gusto Kolynine, colosse obtus que le café-concert, l'ayant revêtu d'une souquenille chamarrée, employait à cette sorte de tâche. « Allez ! fit-il. Restons pas ici. Y f'ront dans leur froc tant qu'y m' sauront dans l' coin ! »

L'agression eut lieu à cinq minutes de là, dans une rue déserte. Trois silhouettes masculines bondirent d'une porte cochère et nous barrèrent le passage en brandissant des gourdins au-dessus de nos têtes. Nous n'offrions en rien pourtant l'apparence de riches noctambules. Il devait s'agir d'une erreur. Ou alors d'une mauvaise plaisanterie. L'idée m'effleura que notre père, informé de notre escapade, avait imaginé ce moyen de nous donner une leçon dont même l'irréductible Yagel se souviendrait longtemps. Le visage des trois hommes ne révélait rien de leurs sentiments : il se dissimulait sous un masque de taffetas noir.

— C'est que des gosses ! bougonna une voix déçue.

— T'en fais pas ! ricana celui qui se tenait au milieu du groupe. Ils grandiront bien assez vite !

— Autant écraser la vermine dans l'œuf ! grinça le troisième.

— Et vous aut', s'écria mon frère, qu'est-ce que vous êtes don', sinon qu'un tas de gros connards ?

Sans plus tergiverser, il lança son pied en direction du bas-ventre le plus proche. Il s'ensuivit une échauffourée que je renonce à décrire ; il y faudrait le talent d'un Josef Kansel.

Nous avions la supériorité du nombre, mais seul mon frère était de taille à se mesurer avec des adultes. Encore n'avait-il pas, comme nos assaillants, de matraque sous la main. Il fit bonne figure cependant. Tandis que l'homme qui avait goûté de son soulier dansait la gigue, plié en deux, avec des gémissements à fendre l'âme, il s'emparait d'un couvercle de poubelle et, faisant tournoyer son collier de dents à la façon d'une masse d'arme, repoussait vaillamment l'attaque des deux autres dont, nous, les petits, entravions les mouvements de notre mieux.

Le plus maigre perdit ainsi l'équilibre et Yagel précipita sa chute d'un large revers de bouclier en plein masque. L'homme acheva sa trajectoire sur le dos, au beau milieu d'une verrière qui explosa dans un fracas assourdissant. Ce que voyant, le troisième larron lâcha son gourdin et prit ses jambes à son cou, suivi vaille que vaille par le mutilé de l'entrejambe. L'homme de la verrière semblait s'être endormi sur cette couche inconfortable. Toute l'affaire n'avait pas duré trois minutes : c'était une victoire aussi complète qu'inespérée.

Nous laissâmes éclater notre joie. Yagel, follement acclamé, proposa d'aller fêter notre exploit au Grand Café

Mordyklow. « Qu'y z'y r'viennent seul'ment, ces carnavaux-là ! » rugit-il en frappant sauvagement le mur de son couvercle. Nous nous éloignâmes dans un tumulte de vociférations martiales, abandonnant sans remords l'ennemi abattu parmi les éclats de verre.

Nous étions encore en train de brailler à tue-tête quand, deux rues plus loin, nous perçûmes un bruit de galop qui se rapprochait. L'instant d'après, débouchant à l'extrémité de la rue, un cavalier fondait sur nous. Plus exactement, il s'agissait de deux hommes montés sur le même cheval. Deux hommes affublés de masques : les agresseurs que nous avions laissés fuir et qui revenaient maintenant à la charge. « Le grand à la casquette ! hurla celui qui tenait les rênes. C'est celui-là qu'il nous faut ! » Il lança sa bête sur Yagel qui se mit à détaler en zigzag, tandis que le cagoulard assis en croupe déployait une sorte de lasso. Nous courions de toutes nos forces, mais le cheval nous avait déjà dépassés, bousculant au passage Turlo Wuhkavaï, qui était le plus petit d'entre nous. Mon frère, heureusement, coureur émérite (il s'était entraîné afin d'échapper à la dent des tigres au cas où...), avait pris du champ et décontenançait l'adversaire par ses incessants changements de direction. Le nœud coulant avec lequel on essayait de le cravater glissait sur ses épaules, sa casquette, sa poitrine, sa figure, mais jamais ne se refermait autour de son cou. Et les cavaliers commençaient à s'énerver, s'accusant réciproquement de maladresse et d'imbécillité. « J' te l' fais pas dire ! raillait Yagel. R'gardez-moi ça si c'est empoté ! On dirait une fesse qu'essaie d' dire bonjour à un trou d' nez ! » Les autres, fous furieux, mugissaient de rage impuissante.

Je ne souffrais pas moins qu'eux. La chance de mon frère semblait trop insolente pour durer éternellement. Qu'il ménageât son souffle, au moins ! Mais non, il continuait d'asticoter ses poursuivants. Bouffonnant ainsi, il avait atteint le carrefour de la Pendule, où le promontoir de l'agent Klëpko lui servit à exaspérer davantage encore les cagoulards. Courant autour du refuge, il les faisait littéralement tourner en bourrique. Jusqu'à ce que le cavalier de tête, à bout de nerfs, voulût enlever sa monture par-dessus l'obstacle. Il s'y prit avec un peu trop de brusquerie, toutefois, et, dans le mouvement de bascule qu'effectua l'animal, l'homme qui se tenait en croupe fut éjecté et tomba lourdement assis sur le pavé, non sans lâcher un cri lamentable. Le rire graveleux de mon frère lui fit écho. « C' coup-ci, lança-t-il, c'est plus d' la compote, c'est d' la g'lée d' pruneaux ! »

Il avait déjà repris sa course, et nous trottions vingt mètres en arrière du cheval, à la fois terrorisés et surexcités par le spectacle qui s'offrait à nous. Toute cette cavalcade scandée de hurlements et d'éclats de rire avait fini par attirer les gens aux fenêtres. Quelques personnes à demi vêtues apparaissaient même sur le seuil de leur porte. Ayant obliqué une dernière fois sur la droite, Yagel vira de bord et s'élança du côté gauche, en direction de la cour du temple où il s'engouffra. L'homme se précipita dans son sillage.

Lorsque nous atteignîmes la maison de prière à notre tour, les curieux qui nous avaient précédés emplissaient déjà l'espace compris entre les marronniers. J'aperçus mon père en chemise de nuit, le melon sur la tête, qui vaticinait dans l'indifférence générale contre « les centaures de l'Impureté ».

L'arrivée inopinée de ces renforts avait renversé la situation. Le cagoulard, acculé par la foule contre le mur du sanctuaire, nous traitait de lâches d'une voix chevrotante, tant il claquait des dents. Délivré de mes propres angoisses, j'étais à nouveau maître de mes sens. Et j'avais l'impression que cette voix ne m'était pas tout à fait étrangère.

Les événements, qui se précipitaient, m'empêchèrent de creuser la question.

XV.

L'AUTORITÉ POLICIÈRE ÉPROUVE LA SOLIDITÉ DE LA GOUTTIÈRE DU TEMPLE

D'abord le cavalier, agonisant les nôtres d'injures, arracha un morceau de crépi au mur vétuste et le lança sur mon frère (lequel exhiba pendant plusieurs jours, au-dessus de son arcade sourcilière gauche, une vilaine bosse bleuâtre de la taille d'un œuf de poule). Cependant, ni Yagel ni personne dans la foule — à part moi — ne sembla beaucoup s'émouvoir. La plupart des gens, même, souriaient — sans parler de Gusto Kolynine, que j'aperçus non loin de moi, et qui était franchement hilare. Alors, toujours écumant de haine, de rage et de terreur, l'homme saisit un sabre accroché à sa selle, le brandit au-dessus de sa tête et s'apprêta manifestement à lancer sa monture sur Yagel dans l'intention de le pourfendre. Mon frère ne bougea pas d'un cil. Les autres observaient la scène avec ce qui me parut être une curiosité goguenarde. Etait-il possible qu'ils détestassent Yagel au point de ne pas lui venir en aide au moment où l'on allait le trancher vif sous leurs yeux ?

Mais voici que le sabre échappe à son propriétaire ! Le cagoulard est soulevé de sa selle ! Il voltige dans les airs, cul par-dessus tête, et se retrouve le derrière dans la gouttière du temple, sous les acclamations de la foule ! Et Gusto qui s'écrie, incapable de contenir son enthousiasme : « Misère de misère! Vous avez vu le buffant, comment qu'il l'a fait dinguer? »

Par éléphant interposé, je devins ainsi, après tous mes autres déboires, le héros de la communauté, catastrophe sur laquelle, on le comprendra, je préfère ne pas m'étendre.

Dans sa fantastique cabriole, l'homme avait perdu son masque. Je reconnus le commissaire de police qui, naguère, avait mesuré mes oreilles et pris un moulage de mon nez. « Le gros Weber! » hurlèrent triomphalement les nôtres. J'appris de mes voisins que, depuis des années, il se distinguait par ce que l'on pourrait pudiquement appeler des préjugés confessionnels et raciaux — préjugés quelquefois exprimés de la manière la moins ambiguë, au cours d'expéditions comme celle qui venait de si mal se terminer pour lui. Les jambes dans le vide, les bajoues inondées de larmes amères, il frissonnait si fort qu'il manquait à tout moment de perdre l'équilibre et de choir au pied des marronniers. Son cheval avait pris le large. L'assistance s'en donnait à cœur joie.

— Eh, Weber, qu'est-ce que tu fiches là-haut, feignant? Y a encore plein de métèques à massacrer dans cette cour!

— T'apprends à voler, Weber?

On riait gras autour de mon frère Yagel.

— Vous disiez des choses intéressantes sur nos ancêtres quand vous avez été si malencontreusement interrompu, commissaire. Pourriez-vous reprendre, je vous prie? Je suis personnellement très curieux de mes origines.

Je me retournai pour voir celui qui s'était exprimé de la sorte. Il s'agissait d'un homme que je n'avais jamais rencontré auparavant. Vêtu d'un costume beige très clair, avec un gilet taillé dans le même tissu que la veste, une chemise blanche immaculée et une cravate rayée de bandes bleues et rouges disposées obliquement, il tenait à la main une canne à pommeau d'argent et une paire de gants beurre frais. Un panama flambant neuf à l'arrière du crâne auréolait ses cheveux demi-longs et très fins, aussi blonds que ses yeux étaient bleus. Sa barbe, elle, se nuançait de légers reflets roux. Sous une apparence candide, son sourire n'était que malice. Ce qui émanait de toute sa personne, je suppose que c'était cela que Kryla Krylakuri, l'autre jour, avait appelé « le charme ».

Je voulus demander à Yagel s'il connaissait ce personnage si distingué, mais je fus entouré par un groupe de gens qui, à l'instigation de Gusto Kolynine, s'étaient mis en tête de me porter en triomphe. En dépit de mes protestations, ils me hissèrent sur leurs épaules et me promenèrent à travers la cour au milieu des vivats et des bénédictions. L'homme au panama, son drôle de sourire aux lèvres, m'applaudissait comme seuls les gens raffinés savent le faire : en tapotant le creux de sa paume avec le bout des doigts de l'autre main.

On eût dit que plus personne ne s'intéressait au sort du commissaire. Hagard, celui-ci écoutait les sinistres grincements émis par la vieille gouttière, redoutant probablement, non sans quelque raison, qu'elle finît par se détacher. Sur quoi les pompiers parurent avec leur échelle et s'employèrent à la décrocher. Ils étaient suivis d'une armée d'agents de police qui, sans autre forme de procès, entreprirent de nous caresser de leurs bâtons avant de nous pousser, pantelants, dans une demi-douzaine de paniers à salade garés le long du trottoir.

Je fus relâché le lendemain matin, avec deux ou trois garçons de mon âge. Bien entendu, ils gardèrent Yagel. Jusqu'à l'arrivée du fourgon au commissariat, mon frère n'avait cessé de les engager à baiser l'arrière-train du porc qui, selon lui, avait engrossé leurs mères.

Je trouvai la ville en grande effervescence. Il n'était question que de ce que les journaux qui ne nous aimaient pas avaient bizarrement décoré du nom d'émeute dans leurs manchettes. Je ne dirai pas que leurs articles n'étaient qu'un tissu de mensonges. Les mensonges sont faits pour être crus et seul un idiot de village eût été tenté d'accorder quelque crédit à des narrations aussi évidemment fantaisistes, farcies de contradictions et fondées sur de grossières invraisemblances (ce qui peut-être s'expliquait par le fait qu'aucun des prétendus reporters qui les avaient concoctées n'avait été aperçu dans la cour du temple au moment des faits). L'une de ces feuilles de chou alla même jusqu'à imprimer que le commissaire Weber avait pâti des mauvais traitements « d'une minorité ethnique dont il avait pourtant lutté pour que fût préservée l'identité culturelle ». J'imagine que le journaliste faisait allusion à la proposition, souvent réitérée par le policier, d'enclore nos quartiers par une enceinte militairement gardée, de sorte que nous restassions à l'avenir entre nous, sans risque de contaminer la partie saine de la population.

Dans son style inimitable, Josef Kansel répondit :

« M. le Commissaire de première catégorie F.-W. Weber est à n'en pas douter un protecteur de notre peuple, espèce dont notre pays s'enorgueillit à bon droit. Dans la nuit qui vit se dérouler les regrettables événements dont chacun garde le souvenir, ce philanthrope notoire, tout en prodiguant à la plèbe déchaînée force conseils de modération, trouva encore le moyen d'éprouver personnellement la solidité de la gouttière du temple, tant il s'était ému d'apprendre qu'elle avait besoin d'être remplacée. »

A la suite de ce billet, il fut arrêté sous le premier prétexte venu mais remis en liberté moins de deux heures plus tard, avec les excuses de policiers grinçant des dents et plus verts que leurs uniformes : Josef Kansel bénéficiait de protections en haut lieu. Il commenta l'incident de la manière suivante, pour la plus grande joie de ses lecteurs : « M. le commissaire de première catégorie F.-W. Weber, personnage dont il est à peine besoin de souligner qu'il occupait encore récemment une position élevée, avait été informé que le signataire de ce billet se plaisait à faire nuitamment retentir des chants que la morale réprouve.

Avec son zèle coutumier, il a pris toute mesure pour que cessât ce scandale et, m'ayant convié dans son charmant bureau de l'avenue de Slovaquie, m'a fait les honneurs d'une étonnante collection de nerfs de bœuf aux torsades desquels je ne suis pas resté entièrement insensible. J'ai perdu dans cette affaire une couple d'heures qui eussent été mieux employées au service du public, ainsi qu'une dent à laquelle j'avais la faiblesse de tenir. Mais je n'en garde pas rigueur au commissaire de première catégorie F.-W. Weber : il est évident qu'une fois de plus, ce vaillant défenseur de l'ordre moral et des identités culturelles a été — comment pourrais-je trouver un mot plus adéquat ? — trompé. »

On raconte que le gros Weber, ayant surpris l'un de ses subordonnés à déchiffrer cette prose, obligea le malheureux à manger tout le journal, à genoux sur une règle de fer.

Vint alors le procès des émeutiers — du moins des meneurs présumés, à savoir le cordonnier Mendely (vieillard sénile et parfaitement sourd qui ne cessait, où qu'il se trouvât, de sourire à la ronde en branlant du chef) et mon frère Yagel. Un colonel à la retraite, tout dégoulinant de décorations, vint déclarer à la barre que Mendely, son ordonnance soixante-dix ans plus tôt, était un sujet couard et obéissant, tous traits de caractère qui lui interdisaient de mener les révolutions et de lancer des commissaires sur les toits. Le cordonnier fut acquitté, encore qu'il s'obstinât dans la bévue de ne pas reconnaître son ancien chef et d'accuser le témoin d'imposture.

Yagel, hélas, dont la tournure et la mise n'étaient pas pour impressionner le tribunal en sa faveur, n'allait pas s'en tirer à si bon compte. Nous le comprîmes tout de suite après que mon père et le boucher Ztalmna, cités par la défense, eurent fait des dépositions accablantes pour le prévenu. Mon frère, cependant, ne semblait pas s'apercevoir de la gravité de la situation, non plus que de l'hostilité du procureur et des juges. Il assura avec une alerte désinvolture que l'opinion de son ancien employeur ne présentait pas le moindre intérêt, tout le monde s'accordant à reconnaître qu'il était « encore plus con que ses saucisses ». Quant aux paroles de mon père, il ne fallait pas davantage en tenir compte, car « il travaillait du chapeau depuis qu'un éléphant avait chié d'dans ». Ratatiné sur son banc, l'avocat se cachait la figure dans les mains.

A un certain moment, mon frère fut confronté avec sa victime : l'homme à qui il avait donné son bouclier à embrasser, avant de l'envoyer se faire lacérer les côtes sur une verrière.

— Le reconnaissez-vous, Naftali ? interrogea le président d'une voix qui vibrait d'indignation, car la victime était un de ses propres neveux.

— Comment voulez-vous que j' le r'connaisse ? fit mon frère, goguenard. Il a pas son masque !

Et comme sa réplique soulevait une tempête de rires dans l'assistance, il ajouta sur le même ton, découvrant ses dents ébréchées sous son nez en capilotade :

— Remarquez bien qu'avec c'te gueule qu'il a, il en a pas tell'ment b'soin !

— C'est vous qui l'avez défiguré, voyou ! rugit le procureur.

— Si c'est çui-là qu' j'y ai botté l' cul, ça s' pourrait bien, concéda Yagel sans s'émouvoir.

Le plaignant ne se serait pas oublié au point de lui promettre qu'à la prochaine expédition on lui ferait la peau, ainsi qu'à tous ses fumiers de congénères, mon frère eût certainement écopé d'une lourde peine. Pour avoir manqué de respect au tribunal pendant toute la durée de l'audience, il fut néanmoins condamné à trois mois de détention, « à titre d'avertissement ».

— C'est pas si pire ! commenta-t-il à l'adresse des gendarmes qui l'encadraient. D' ces pingouins-là, j' m'attendais à c' qu'y m' sortent carrément le cul des fesses !

On l'entraîna sans ménagement hors du prétoire.

Un article titré *Yagel Naftali coupable d'être innocent* parut le lendemain sous la plume de Josef Kansel. C'était une relation singulièrement caustique de la comédie judiciaire à laquelle nous avions assisté.

L'intention était excellente, je n'en disconviens pas. Mais pour moi personnellement, je ne puis cacher que le résultat fut désastreux. Comme si le Ciel ne m'avait pas suffisamment accablé, cet éditorial ajouta à mes autres tourments celui d'être le frère d'une sorte de martyr à la verve frondeuse. Les saillies de Yagel étaient inlassablement répétées par les piliers du Grand Café Mordyklow et les putains de la rue de l'Homme Rouge, dont ces plaisantes allusions favorisaient le commerce. Plus un calembour n'était proféré sans que son auteur n'en fît supporter la responsabilité à mon frère. Notre père s'arrachait les cheveux. Et moi, qui ne pouvais plus faire un pas dehors sans être applaudi et fêté, je souhaitais être mort.

XVI.

BIENFAITS DE L'EXPRESSION CORPORELLE ET CLÉMENCE DES CIEUX

Mon père en sous-vêtements de coton, coiffé de son derby vermillon, effectue quelques mouvements de gymnastique dans sa chambre, contraint de n'étendre qu'un bras sur deux, d'arrêter ses flexions à mi-chemin, d'esquisser seulement la plupart des exercices ou d'adopter, pour en venir à bout, des postures à ce point bizarres qu'on peut raisonnablement se demander si elles ne contribuent pas davantage à disloquer son corps qu'à le rendre plus harmonieux.

Souvent, trois minutes de gymnastique matinale suffisent à mon père pour se faire un tour de reins, se déplacer un nerf, se froisser quelque muscle ou s'emboutir un coude, parfois les deux. C'est l'inconvénient lorsqu'on pratique la culture physique coincé entre un lit, une fenêtre, une armoire à glace et une table de nuit, au-dessous d'un lustre à suspension dans lequel rien n'est plus facile que de flanquer les bras chaque fois qu'on les lance à la verticale le long de la tête. De plus, mon père doit prendre garde à la carpette sur laquelle il évolue. Elle est fort traître, ayant une singulière propension à se dérober et à glisser sour le lit ou l'armoire, vous fauchant comme le blé mûr, ce qui ne serait encore que demi-mal si une chute exécutée dans ces conditions ne vous condamnait presque automatiquement à vous déchirer le dos sur la tuyauterie qui passe entre la fenêtre et le plancher, ou à vous planter une narine sur le bouton de la porte de la table de nuit. Alors mon père se redresse, fulminant, remet la carpette en place avec son pied nu, contrôlant son équilibre en levant le bras. Sa main heurte durement la suspension. La rabattant trop précipitamment, il fait tomber son melon sur le sol. Il se baisse pour le ramasser, mais voici que son front entre brutalement en contact avec le rebord de marbre, étonnamment dur et anguleux, de la table de nuit. Celle-ci est ébranlée et mon père n'a pas le temps d'esquisser un mouvement de retraite qu'il a déjà reçu sur son pied nu le volumineux réveille-matin que supporte le meuble. Il danse maintenant en rond sur un pied en se tenant l'autre à deux mains, le genou replié sous le menton — et c'est naturellement le moment précis que choisit la carpette pour se dérober à nouveau et lui jeter les omoplates ou la nuque contre la poignée de la fenêtre. Quand on se tient dans la cuisine, qui se situe exactement sous la chambre de mes parents, on peut suivre, le cou rentré dans les épaules, toutes les péripéties de la gymnastique de mon père aux ondulations du plafond et aux variations (parfois subtiles) qui affectent le bruit roulant composé par la succession des chocs et des chutes. Puis c'est un personnage vacillant, au regard extrêmement mélancolique, qui descend l'escalier tant bien que mal et vient prendre son café au lait avec nous, le nez gonflé, la pommette fendue, l'oreille presque noire. On constate *in petto* que mon frère Yagel a de qui tenir.

Mon père voue à l'entretien de son corps une sorte de culte laïc frisant l'abnégation. Quoiqu'il n'ait rien d'un athlète et évoque par sa silhouette générale davantage une poire un peu blette qu'un lauréat d'exhibitions musculaires, il s'acharne à défendre l'idée que l'âme est d'autant plus belle, l'esprit d'autant plus vif que l'enveloppe charnelle est plus saine et mieux proportionnée.

En fait, il est deux sujets sur lesquels mon père ne supporte pas la discussion : les bienfaits de la gymnastique et ce qu'on pourrait appeler la clémence atmosphérique locale. Il s'agit là d'une théorie, ou plutôt d'un postulat, strictement propre à mon père. Jamais je n'ai rencontré quelqu'un d'autre pour soutenir un point de vue semblable, et surtout pour aborder des considérations aussi futiles avec autant de hargne et de passion.

Le postulat de la clémence atmosphérique locale traduit la conviction farouche, aveugle, irraisonnée, que le temps qu'il fait chez nous, quel qu'il soit, ne saurait être meilleur en aucun autre point du globe. Naturellement, cet optimum climatique se déplace en même temps que mon père, comme si son chapeau marquait le centre intangible de la zone mobile privilégiée par le ciel.

Qu'il fasse beau, mon père se met à la fenêtre, le nez au vent, l'œil humide, et s'attendrit : « Regardez-moi cela, mes enfants ! Avez-vous déjà vu une lumière aussi pure ? Et la température ? Constatez ! Ni trop fraîche ni trop chaude. Juste ce qu'il faut. Réglée au millimètre. Je me demande si vous êtes bien conscients de la chance exceptionnelle que nous avons. Imaginez un peu que vous soyez des nègres d'Afrique, suant à grosses gouttes et tirant la langue au milieu d'une armée de bêtes sauvages qui galopent en tous sens et font voleter une irrespirable poussière. Ou des Lapons, en train de claquer des dents à longueur d'année dans un gourbi de glace tandis que rugit la tourmente alentour. Et sans aller si loin : risquez-vous seulement en Allemagne ou en Hongrie, tiens ! On ne sait jamais le matin s'il va falloir prendre son parapluie ou son ombrelle. En Angleterre, il y a des endroits où il pleut tellement que ceux qui vivent là depuis des générations finissent par naître avec la peau légèrement imperméabilisée, à ce que je me suis laissé dire. Et les Patagons ? Vous y pensez, quelquefois ? Obligés d'aller se jeter toutes les heures dans une fontaine, s'ils ne veulent pas sécher sur place. Quelle vie ! Mais penses-tu ! Le temps qu'ils s'en retournent à leurs humbles occupations, c'est comme s'ils ne s'étaient jamais baignés. Quand je vois ce ciel, vous pouvez dire que je ne les envie pas ! D'ailleurs, même à Krazkoch, ça n'est jamais aussi net, aussi impeccablement net qu'ici. (Il fronce le sourcil et se caresse pensivement le menton, songeant à la disgrâce qui frappe les habitants de Krazkoch.)... Je ne sais pas quel est le problème, dans ce coin-là... L'influence des montagnes, sans doute... Mauvais, les montagnes, pas bon... Les neiges éternelles humidifient le vent au passage : il n'est rien de plus malsain, à part ça, qu'un vent mouillé... »

Cependant, s'il nous a emmenés voir notre tante Buzylea à Krazkoch, à peine a-t-il posé le pied sur le quai de la gare qu'il s'exclame : « Eh bien ! mes enfants, si je m'attendais à ça ! J'ai fait plus de vingt voyages à Krazkoch — pas loin de cinquante, si ça se trouve — et je veux bien être pendu si j'ai jamais eu un temps pareil ! Vous respirez tous ces parfums ? On se croirait plutôt à la campagne qu'à la ville. Quand je pense que chez nous, là-bas, la vilaine petite bruine qui menaçait doit être en train de faire des siennes ! Remarquez : il n'y a pas de miracles. C'est l'air pur des sommets qui lave l'atmosphère. Je l'ai toujours dit : une visite à Krazkoch vaut un bain de jouvence ! »

Admettons maintenant qu'une pluie glaciale et acérée tombe obstinément depuis quatre jours, vers la fin du mois de février, transformant les rues enneigées en un bourbier immonde. Mon père hoche tristement la tête, les paumes appuyées sur les reins, et soupire mélodramatiquement plusieurs fois de suite, de manière à attirer notre attention, avant de déclarer : « Seigneur, je les plains ! Si nous avons ce temps-là ici, qu'est-ce qu'ils doivent essuyer à Bdulië, à Pkrolwric, à Gulish (où tu dois compter en plus avec ces satanés brouillards apportés par le lac !) Et à Krazkoch, donc ! Non mais, vous les voyez à Krazkoch, transis, glacés jusqu'à la moelle des os, et tous ces glaciers qui leur soufflent dessus hardi donc ! Bonté divine, on peut dire que nous sommes vernis ! D'ailleurs, cette petite pluie-là, ça vous ravigote ! Ça vous tient en forme ! Je remarque que mon genou me travaille moins, depuis quelque temps : vous ne me direz tout de même pas que c'est une coïncidence ? Evidemment, il est un peu dommage que ces ondées bienfaisantes fassent fondre la neige — mais on ne peut pas non plus tout avoir ! Estimons-nous déjà heureux, mes enfants, de ne pas être exposés à la bourrasque comme votre tante Buzylea ! »

Ainsi le beau temps, ou du moins le temps plus beau qu'ailleurs, était-il la propriété personnelle de mon père, et il en était férocement jaloux. Sa vie eut bien des aspects, mais elle prit notamment celui d'un combat mené pied à pied contre les voyageurs, les envoyeurs de cartes postales, les géographes, les météorologistes, tous individus enclins à prétendre que le soleil pouvait briller aux antipodes quand un ciel maussade surmontait le derby d'Ardamet Naftali.

Les prévisions de la radio, surtout, avaient le don de le mettre hors de lui. « C'est ça, faisait-il, les dents serrées. Allez-y ! Continuez comme ça ! Vous n'allez pas vous arrêter en si bon chemin ? (Il bondissait tout à coup et fermait le poste avec tant de violence qu'il manquait d'arracher le bouton.) Je vais vous les donner, moi, les prévisions ! hurlait-il. Il fera beau partout, sauf ici ! On se baladera en chemisette d'un bout à l'autre du pays, mais ici, il faudra ressortir les manteaux de fourrure ! Ah ! c'est beau, la radio. C'est tout à fait joli ! Admire, Vim, admire ! Tu glisses la pièce à un de ces bons à rien et vlan ! le soir même, qu'est-ce que tu entends dans le poste ? (Il se pince les narines pour imiter la voix du speaker.) Demain, le soleil se lèvera pour Vimlo Naftali une heure plus tôt que pour tout le monde. Non vraiment, c'est trop facile ! Moi aussi, je peux desserrer ma cravate, retrousser mes manches de chemise, mettre les pieds sur le coin de la table, faire claquer mes bretelles et raconter n'importe quelle ineptie dans une machine parlante. Tiens, tu es le maire de Krazkoch. Que fais-tu ? Pas si bête ! Tu offres à ces messieurs un séjour à l'hôtel Bigorna, tous frais payés s'entend. Ni vu ni connu ! Et c'est pendant six mois que, soir et matin, les honnêtes gens seront obligés d'entendre que Krazkoch, où il est impossible de mettre les pieds sans attraper ou un rhume ou une insolation, jouit du climat le plus tempéré de la planète ! Et ici, parce que nous aurons refusé de marcher dans la combine, nous continuerons d'avoir un petit 17,5 et encore, les jours où le goudron te fond sous les pieds ! »

Mais ce n'est pas du temps, ce matin, que souhaite m'entretenir mon père. Je vois à son visage qu'il a des choses plus graves à me confier.

— Vimlo, commence-t-il tout en enfilant ses vêtements de dessus et en débosselant précautionneusement son derby (car il achève tout juste sa gymnastique), Vimlo, je pensais que ton frère Yagel finirait au bagne. Le voici déjà en prison. Disons qu'il a pris de l'avance sur son programme. Venant de lui, il ne faut pas s'en étonner. Je pensais qu'à ton contact, il s'amenderait. Dieu m'est témoin que j'avais formé cet espoir audacieux. Je divaguais ! Non, ne proteste pas, Vimlo ! (Je n'avais pas ouvert la bouche.) Je divaguais ! Ton frère est un garçon perdu. La brebis égarée qui ne rejoindra jamais le troupeau. Je renonce à lui faire retrouver le droit chemin, car je finirais par le tuer sans avoir pu le corriger si peu que ce fût... Ce n'est pas une raison toutefois pour l'abandonner. Tout au contraire ! Dans les ténèbres où il s'enfonce, il aura de plus en plus besoin de nous. Aussi allons-nous lui rendre une visite en son séjour d'infamie, de façon qu'il soit témoin de notre compassion, à défaut de notre sympathie : retiens la nuance, Vimlo, elle n'est pas si mince qu'il paraît. »

XVII.

LE PÈTE-EN-N'DANS S'ÉTOUFFE

A la prison, Yagel nous explique avec force clins d'œil et ricanements assourdis qu'il passe la moitié de ses journées empaqueté dans une camisole de force, au fond d'une sorte de puisard fangeux où des rats gros comme des lièvres font sans cesse le manège sur son ventre. Il semble tirer orgueil du fait qu'au conseil de discipline de l'établissement, il est aussi connu que le loup blanc, et que son insubordination lui vaut plus de mauvais traitements qu'à tous les autres détenus réunis. A ce propos, il exhibe glorieusement à mon père les plaies purulentes qui sillonnent son crâne rasé, tout en crachotant du coin de la bouche en même temps qu'il désigne le gardien du regard : « T'as r'péré cézigue ? C'est le Pète-en-n'dans, la reine des salopes ! » Notre père frémit sous cet outrage aux règles de la conversation civile et, malgré toutes ses belles résolutions, trépigne et cherche à passer la main à travers le grillage pour gifler Yagel. Mal lui en prend, car le Pète-en-n'dans, qui n'a pas les yeux dans sa poche, aperçoit ce geste strictement interdit par le règlement du parloir et se précipite vers nous en mugissant :

— Eh ! toi là-bas, le pékin ? Qu'est-ce que t'essaies d'y refiler ? Un message ? Une lime ? Ouvre ta grosse patte, et plus vite que ça !

Notre père a un hoquet. Je crois bien que jamais

personne ne s'est adressé à lui de cette façon. Il se désigne d'un index tremblant, le visage livide. « Moi ? », murmure-t-il. « Dis-y qu'y s' touche la nuit ! » fait Yagel entre ses dents. Notre père suffoque, tandis que le Pète-en-n'dans le palpe sur toutes les coutures, visiblement déçu par les résultats de la fouille. « Et d'abord, finit-il par grogner, où que tu te crois ? » Ardamet Naftali ouvre des yeux comme des soucoupes. « Ouais ! poursuit l'autre. La politesse, qu'est-ce t'en fais ? C't' un bâtiment public, ici ! » Mon père, qui ne comprend toujours pas, jette autour de lui des regards affolés. « Le bitos ! s'égosille le gardien. Le bitos, j'ai dit ! Faut que j' cause comment ? Mais peut-être que le respect, tu t' le fous au cul toi aussi, comme l'aut' singe qu'est derrière sa grille ? Tel père, tel fils, hein ? Attends un peu d'être pensionnaire ici, gros sac ! »

Tout irait mieux, bien sûr, si celui qu'on apostrophait ainsi n'ignorait pas le sens du mot « bitos » et était à même de deviner qu'en ces lieux de turpitude, garder son chapeau sur la tête pouvait être considéré comme un affront à la majesté de la Fonction publique.

— Ote c'te machin qu' t'as su' la tête ! s'écrie Yagel exaspéré. Tu vois don' pas qu' le Pète-en-n'dans s'étouffe !

Cette intervention détourne in extremis de la personne paternelle la vindicte du gardien. Celui-ci lance plusieurs coups de sifflet : de l'autre côté du grillage, une nuée d'hommes en casquette, la matraque levée au-dessus de la tête, s'abat sur mon frère qui disparaît entièrement sous cette avalanche. On distingue encore, de temps à autre, les insolences qu'il adresse à tel ou tel des surveillants, avant que ces derniers, sous les yeux horrifiés de notre mère, ne traînent son corps inanimé hors du parloir.

Mon père, cependant, bat des mains et exulte, clamant :

— C'est cela, messieurs, corrigez-le ! Yagel est un mauvais sujet ! Serrez-lui un peu la vis, je vous en serai reconnaissant. Il faudra bien qu'il apprenne à se conduire, à la fin !

Je suis effondré. Mais comment ramener un tel homme à la raison ? Lui expliquer que mon frère l'a empêché de se faire assommer ? Il n'y verrait qu'un charitable mensonge, et entonnerait aussitôt un nouveau chapitre de mon panégyrique. Du reste, bien que j'eusse gardé le silence, il ne se priva pas, sur le chemin du retour, d'échafauder une de ces comparaisons dont il a le secret, surchargée d'images frappantes et incongrues, entre la graduelle déchéance de Yagel et ma propre ascension. Il n'avait même pas remarqué les sanglots de ma mère et d'Anhla. Une fois dans notre quartier, enivré par ses paroles, il oublia tout à fait leur présence, bien qu'elles marchassent juste derrière nous, et m'emmena au Grand Café Mordyklow sans un mot ni un regard pour elles. Il n'oublia pas, en revanche, de vérifier que Nathanaël nous y suivait et de se féliciter du sûr instinct qui guidait cette bête sur les traces de son maître. Toutefois, c'était à moi surtout qu'il en voulait ce jour-là. « Vimlo ! s'écria-t-il en dressant l'index, au beau milieu du carrefour de la Pendule. Tu es le manteau de ceux qui sont nus ! »

Le délirant accueil qu'on me réserva chez Mordyklow acheva de m'anéantir.

XVIII.

PAYSAN DU DANUBE BLEU

Tous s'étaient ligués pour me couvrir d'éloges. Tous sauf Glora Bourbaki. Chère Glora ! Qui saura avec quelle gratitude j'accueillais ses agaceries ? Avec quelle impatience j'attendais le jeudi après-midi ? Je l'entends encore dire : « Monsieur Naftali, pour embrasser Nathanaël, est-ce que vous grimpez sur une chaise ? » Ou bien : « Je constate que, depuis jeudi dernier, l'éléphant vous a enseigné quelques nouveaux pas de danse, monsieur Naftali. » (Car nous dansions !) Sur le moment, je faisais la grimace. J'avais cette absurde fierté de vouloir lui cacher combien son attitude m'était agréable. Mais le soir venu, je riais tout seul chez nous en répétant ces phrases dans ma tête. Je cherchais quelles répliques je lui aurais décochées si j'avais été un tant soit peu doué d'esprit. Naturellement, je ne trouvais rien. Mais le jeudi suivant, j'étais à nouveau invité par sa mère...

A l'école, mes condisciples avaient fondé un Club des Amis de Vimlo Naftali, présidé par Gusto Kolynine. Gédéon, qui en avait eu l'idée, en était à la fois le trésorier, l'éminence grise et l'inflexible doctrinaire. La rédaction des statuts lui avait été confiée, et nul n'aurait pu prétendre que ce n'étaient pas là de beaux statuts, encore qu'ils me plongeassent dans un profond découragement. Je me rappelle notamment un article stipulant qu'à chacun de mes anniversaires je recevrais un plumier neuf, une grande boîte de crayons de couleur, une gomme à deux usages et un pavé de nougat. Je déteste le nougat.

Selon ses mérites, on était, dans cette organisation fortement hiérarchisée, buffanteau, buffant de seconde ou de première classe, natha, grand natha et supernatha. Ces grades étaient décernés au cours d'une cérémonie compliquée, à l'occasion de laquelle tous les Amis étaient affublés d'une manche de tricot enfilée sur le nez et retenue au moyen d'une ficelle nouée derrière la nuque. Chacun s'ingéniait à me complaire. En peu de temps, le logement de ma famille regorgea de cartes postales, d'affiches, de bibelots, de jouets, de pipes fantaisie et d'assiettes murales du plus mauvais goût, qui tous avaient pour point commun de représenter un ou plusieurs éléphants. Pas un jour ne s'écoulait sans qu'une nouvelle pièce vînt ajouter son horreur particulière à cette collection de cauchemar.

Glora, elle, n'entrait pas dans ce jeu lamentable. Tout à l'inverse, elle se gaussait de moi et tournait mes adulateurs en ridicule (son frère tout le premier), bien qu'ils connussent dès le grade de buffant de 1re classe un grand prestige auprès des autres filles. J'en éprouvais beaucoup de soulagement. On me rapporta — non sans indignation — qu'elle m'appelait dans mon dos l'Ours Vimlo, le Paysan du Danube Bleu et même — ce qui était moins subtil de sa part, car nul n'est comptable de son nom — Naftali Naphtaline.

En me rendant un jeudi auprès d'elle — et de sa mère —, je me trouvai nez à nez, à la grille de la propriété, avec ce personnage mystérieux qui m'avait tant intrigué dans la cour du temple, le soir où le gros Weber avait joué les chats de gouttière. Il portait toujours son panama, ses gants beurre frais, sa canne à pommeau d'argent mais, cette fois, avait revêtu un costume entièrement blanc (y compris les mocassins). M'apercevant, il souleva son chapeau, gracieux et gai tel un danseur de claquettes, et me dit : « Je crois qu'on vous attend, monsieur Naftali. Bonjour ! Et amusez-vous bien ! »

J'appris avec stupéfaction que celui que je venais de croiser n'était nul autre que Josef Kansel, le célèbre journaliste et romancier pour dames. Là-dessus, Mme Lileth Eglantine se tenait sur le perron de la villa, blanche et transparente et parfumée ; elle esquissait paresseusement un geste de bienvenue et vous eussiez pu croire, vraiment, que son bras, sa main, n'étaient qu'une fumée flottant dans l'air de mai, du côté ensoleillé de la pampa Bourbaki...

Je rentrais chez moi avec cette image dans la tête. J'avais toute la semaine pour y songer, en particulier les heures de classe, où je pouvais faire — et ne pas faire — tout ce que je voulais. Juin fut un mois d'aubes roses et de longs jours dorés. L'instituteur Kbol, parfois, dispensait son enseignement sous les marronniers, ayant fait asseoir la classe en cercle autour de ce que vous savez. Naturellement, il encourageait et même favorisait, dans les limites de sa fonction, les activités du Club. Cette association lui paraissait de nature à accélérer l'assimilation par mes camarades des rudiments de la science proboscidienne.

Un mercredi soir, me retenant après l'étude, il m'assomma littéralement avec le compte rendu enflammé des progrès accomplis par les moins doués de ses élèves en des domaines aussi épineux que le tracé du Zambèze, le dénombrement des replis cutanés abdominaux du pachyderme *in vivo,* et même le redoutable mesurage de queue où, naguère encore, la plupart de mes condisciples pataugeaient lamentablement, cherchant la naissance de cet appendice dans des endroits qu'il est plus charitable de ne pas nommer. « Mais ils y viennent ! Ils y viennent ! s'écria l'instituteur Kbol. Sais-tu, mon cher Vimlo, que pas plus tard que ce matin, à ma grande stupéfaction, cet Assurbanipal des cancres qu'est Gusto Kolynine, fils d'une brute illettrée, petit-fils d'un monstre de foire, m'a remis une coupe longitudinale de trompe tout à fait acceptable ? »

Un matin, je me levai, juillet était debout dans la rue et passait le bras à travers nos fenêtres, ayant vu des pays de songe avant d'arriver jusqu'à nous. Quatre semaines encore et ce serait la fin des classes. Mon frère sortirait de prison (à moins que sa peine ne fût prolongée). Débarrassé pour quelque temps de Mazavdi Kbol, de ses éloges extravagants, des répugnants croquis dont il couvrait le tableau noir, je voyais s'ouvrir devant moi la perspective de plus fréquentes invitations chez les Bourbaki. Les membres du Club, dispersés à travers tout le pays, au hasard des séjours qu'on leur imposait dans les fermes de la parentèle, relâcheraient leur pression, ceux qui ne quittaient pas le quartier y étant généralement assujettis à de petits emplois, dérisoires mais fort absorbants, où l'on vous laisse peu de loisir pour collecter les effigies d'éléphant. En fait, j'étais l'un des rares avec Gédéon Bourbaki à pouvoir considérer les vacances du mois d'août autrement que sous l'angle d'une peine de travaux forcés, venant couronner onze mois d'incarcération entre les murs de l'école. Gédéon devait ce privilège à l'aisance dans laquelle vivaient les siens, et moi à l'opinion, professée par mon père, que ce repos annuel représentait une nécessité hygiénique, tant pour le corps que pour l'esprit d'un jeune enfant (à condition bien sûr qu'il ne s'agît pas d'une graine de potence comme mon frère Yagel, lequel, pour cette raison, avait trimé les mois d'août, au point de ne plus être en mesure de distinguer sa gauche de sa droite).

Avant d'être en vacances, toutefois, il me faudrait encore traverser l'épreuve de la distribution des prix, rehaussée cette année par une cérémonie d'un lustre exceptionnel. Chacun, à part moi, s'en promettait monts et merveilles. De mon côté, je cherchais fébrilement le prétexte qui me permettrait d'y couper. J'avais appris de la bouche d'un indiscret que les deux autres classes travaillaient en secret à la confection de guirlandes multicolores figurant des processions d'éléphants dont chacun, au moyen de sa trompe, tient par la queue celui qui le précède. Ayant découpé ma silhouette malingre dans la photo de classe, Mazavdi Kbol se proposait d'en commander, sur ses propres appointements, un tirage grandeur nature chez le photographe Goholkha, à l'enseigne de « L'éternel instant ».

XIX.

DU CONTRÔLE DES CONNAISSANCES EN MILIEU PRIMAIRE

Je rêvassais justement à tout cela, un certain vendredi, quand mon attention fut captée par un bond prodigieux qu'effectua notre maître sur son estrade. L'instituteur Kbol était en train de hachurer à grands coups de craie rouge la représentation d'un foie de proboscidien, une chose à vous lever le cœur. Ce fut tout à coup comme si un essaim de guêpes avait fondu sur lui. Il sauta en l'air. Sa main décrivit une terrible embardée et la craie fut réduite en miettes. Livide, les yeux hors la tête, il fixait quelque chose par la fenêtre en bredouillant des paroles incompréhensibles. Nous suivîmes tous la direction de son regard mais, depuis nos places, il nous était impossible ne fût-ce que d'entrevoir ce que lui observait à loisir du haut de sa chaire.

Au demeurant, notre curiosité allait être bientôt satisfaite. Un coup nerveux à la porte — et avant même que notre maître n'eût donné l'autorisation d'entrer, le directeur s'engouffrait dans la classe à la suite d'un petit bonhomme que Mazavdi Kbol, la main en l'air, les doigts encore fermés sur une absence de craie, suivait des yeux avec ce que j'appellerais une fascination horrifiée.

Ils se dirigèrent droit sur lui et tinrent en sa compagnie un bref conciliabule. C'est-à-dire que notre directeur, qui paraissait fort content de lui, murmura une phrase, et que le petit homme, lequel au contraire respirait l'impatience et l'irritation (comme s'il eût été contrarié de se trouver parmi nous), crachota trois mots. Mazavdi Nöshgo, de son côté, demeura muet, quoiqu'il eût la bouche largement ouverte. La main en l'air, il était figé dans l'étrange posture où l'avait surpris l'irruption de nos visiteurs. Je suppose qu'il s'y trouverait encore si le petit homme, du fond de la classe, n'avait hurlé d'une voix possédant le moelleux de la râpe et la suavité de l'acide : « Eh bien, Kbol ? Nous vous écoutons ! »

Ce disant, il prit place avec le directeur au dernier banc de ma rangée, celui que j'avais longtemps occupé avant d'être contraint de le céder à Gédéon Bourbaki (absent depuis plusieurs jours car ses parents l'avaient emmené adoucir les derniers instants d'un oncle dont ils espéraient beaucoup mais qui agonisait hélas d'une manière extrêmement flâneuse et lantiponnante). On aurait pu croire que notre directeur était insensible à l'agressivité dont son voisin — sanglé dans un lourd complet noir lustré par les ans alors qu'une chaleur de canicule s'était abattue sur la ville — rayonnait littéralement. Zohobar Kuusch se rengorgeait et souriait aux anges. La présence de l'éléphant dans sa cour devait lui avoir tourné la tête. Ne fallait-il pas avoir perdu tout son bon sens, en effet, pour ne pas remarquer qu'avec son regard luisant de haine, sa bouche tordue par un mépris proche de la répulsion, le petit bonhomme s'était présenté au cours de Mazavdi Kbol (instituteur de deuxième classe auquel son accession à l'échelon supérieur avait été refusée par deux fois) dans les plus mauvaises intentions du monde ?

Le malheureux pédagogue, commotionné par l'apostrophe de l'inspecteur primaire, titubait au bord de l'estrade.

— Kbol ! rugit l'avorton. Est-ce que par hasard vous seriez saoul comme une bourrique dès neuf heures du matin ?

Pour le coup, notre directeur (que je pouvais observer par-dessous mon coude) se rembrunit quelque peu et crut opportun d'intervenir.

— Allons, mon cher Mazavdi, fit-il d'une voix encourageante, montrez à M. l'inspecteur ce que vous savez faire...

— Certainement, balbutia notre maître, certainement... Nous allons donc...

— Une minute ! l'interrompit brutalement l'inspecteur. Qu'est-ce que je vois là ? Ecartez-vous un peu de ce tableau, empoté, que je juge de l'étendue du désastre !

Kbol chancela en direction de sa table.

— Ah ! Aha ! ! Ahaha ! ! ! explosa le petit homme. Comme c'est gros et puissamment bariolé ! Je présume que c'est le plan de Paris que vous avez massacré là ? Tiens tiens, voici que la Seine s'est enrichie de plusieurs bras, comme c'est original... Et là, en plein milieu, approximativement à l'endroit où s'élève le palais du Louvre, ce serait donc l'arc de triomphe de l'Etoile, hum !... On a dû le bombarder cette nuit... Je vois aussi que la fameuse ceinture rouge ne ceinture plus rien, puisqu'elle recouvre à présent jusqu'aux quartiers de l'élite ! (Il singeait l'admiration.) Intéressant, Kbol. Tout à fait passionnant. Rappelez-moi d'en faire part à ces messieurs des Affaires étrangères : ils seront enchantés de tenir une information pareille. Vous êtes bon pour le Grand Cordon de Saint-Bászil, Kbol ! (Il se remit tout à coup à hurler.) Bon pour le cordon et bon pour la corde ! La corde, et vous ne l'aurez pas volée ! Mettre dans la tête de ces pauvres enfants une telle caricature de Paris, Paris ville lumière, Paris capitale de la... ?

— France, compléta automatiquement notre maître.

L'inspecteur abattit son poing à la volée contre le pupitre, faisant sauter de son logement un encrier dont le contenu se répandit sur le plan incliné, atteignant le pantalon du directeur avant que celui-ci ne fût parvenu à s'extirper du banc.

— Kbol ! fulminait le bonhomme. Kbol ! Kbol ! Kbol ! Tête de Kbol ! Ce n'est pas vous que j'interroge, mais ces nullités hagardes que vous avez formées. Formées, déformées, je ne sais plus ! Mais je vous jure que réformé, c'est vous qui n'allez pas tarder à l'être, espèce de Kbolchevik, aha !

Son rire se termina en hennissement. Gusto Kolynine se tenait immédiatement à la gauche de l'inspecteur, sur le dernier banc de la rangée centrale. Le petit homme le désigna d'un doigt impérieux.

— Toi, dont l'œil reflète l'intelligence et la culture : capitale de Java ?

— Java ? Bâle, répondit Gusto sans hésiter.

L'autre se frottait les mains, sifflant entre ses dents serrées : « Je le savais ! Je le savais ! »

Le directeur écarta largement les bras, dans un geste d'impuissance et de désolation : « Mais, Votre Honneur, celui-ci est un idiot authentique, que nous gardons par charité, sur l'insistance du comité bienfaiteur. Il s'agit d'un cas social. Voyez ses yeux de veau : un demeuré, Votre Honneur ! Puis-je me permettre de vous suggérer d'orienter l'interrogation des élèves sur la zool... »

L'inspecteur l'interrompit avec agacement.

— Paix, Kuusch ! (On eût dit qu'il s'adressait à son chien.) Vous prétendez peut-être m'apprendre mon métier, vous aussi ? Et me soutenir que la Seine a fait des petits depuis l'année dernière et que ces sauteurs de Français ont déplacé leur arc de triomphe rien que pour donner l'occasion à M. Kbol de faire le pitre devant sa classe ? Passons ! Je veux bien admettre que vous êtes troublé par ce que nous voyons dans votre établissement. A votre place je me serais déjà collé un revolver sur la tempe. Donc, ce lascar-là serait le dernier de la classe ? C'est encore une consolation, je dois le reconnaître. Eh bien, montrez-moi le premier, sacrebleu, qu'attendez-vous ? Et le cahier de notes ! Et le journal de classe ! Tout cela devrait déjà m'avoir été soumis ! Est-ce que l'on essaierait de me cacher quelque chose, par hasard, Kuusch ? Si j'en juge d'après ce qu'on m'exhibe triomphalement, ce qu'on me dissimule doit être gratiné ! Je m'en voudrais de rater ça ! Allons, je veux tout voir, Kuusch, tout, vous m'entendez ? Ainsi que vos notes administratives concernant l'instituteur de deuxième classe Kbol. Bonté divine ! Je sens que nous allons nous amuser ! Alors, ce petit génie, où se cache-t-il, lui aussi ?

Trente bras me dénoncèrent.

Vingt-huit appartenaient à mes camarades. Les deux autres à notre maître et au directeur. (J'avais toujours su qu'en dépit de leurs belles phrases, ils me trahiraient sans vergogne à la première occasion.)

— Cahier de notes, j'ai dit ! aboya l'inspecteur.

Mazavdi Kbol ouvrit son tiroir avec tant de précipitation qu'il l'arracha du bureau et, surpris par ce résultat inattendu, se le lâcha sur les orteils. Je me levai lentement, tandis qu'il gagnait le fond de la salle en boitillant, son grand cahier à la main.

Le nabot me lança un coup d'œil acéré.

— C'est donc ça ? marmonna-t-il. Hum ! M'a tout l'air d'une lumière, en effet... On aperçoit les mêmes à la campagne, qui gardent les oies — à moins que ce ne soit le contraire. Son nom ?

— Vimlo Naftali, s'empressa le directeur avec force courbettes. C'est le meilleur élément de toute l'école, Excellence. Le meilleur que nous eussions jamais eu. Le meilleur que nous pourrons jamais avoir. Laissez-moi porter à votre connaissance que cet...

L'inspecteur souriait avec suffisance. Quelque chose semblait l'avoir brusquement déridé.

— S'il est si précieux, Kuusch, il faudra conserver votre Vimlo... dans la naphtaline !

Le directeur, Mazavdi Kbol et la classe entière s'esclaffèrent servilement, mais cela ne fit qu'échauffer à nouveau la bile du personnage.

— Il n'y a pas de quoi rire, Kbol ! tonna-t-il. Il n'y a pas de quoi rire, je vous jure !

Il lui arracha le cahier des mains et se plongea dans sa lecture. Arrivé aux dernières pages, il se mit à hocher vigoureusement la tête ; ses yeux lançaient des éclairs.

J'étais toujours debout à ma place. Offrant, je crois, l'apparence du sang-froid. C'est que j'éprouvais des sentiments contradictoires. D'une part, je mourais de peur à l'idée du tourment que j'allais endurer et du déprimant spectacle qu'il me faudrait offrir à tous ceux qui avaient placé en moi leur confiance. D'autre part, je m'exaltais en songeant que, d'une minute à l'autre, mon imposture serait dévoilée et que, pour la paix de mon âme, je recevrais mon juste châtiment.

Sur le banc de Gédéon Bourbaki, l'inspecteur écumait. Il crépitait d'un affreux rire haut perché tout en martelant le cahier du bout de l'index.

— Vimlo Naftali : dix et demi ! bredouillait-il. Vimlo Naftali : dix et demi, dix et demi, dix et demi, dix et demi, dix et demi, dix et demi ! C'est que notre compère Kbol est un véritable perroquet, en plus ! Oui, oui, oui... Evidemment, ce n'est pas un très bon mathématicien, murmurait-il avec une sorte de passion contenue. Les lois les plus élémentaires de la logique sont plus qu'il n'en peut tolérer. Mais c'est, en revanche, je dois bien l'avouer, un perroquet de premier ordre ! De première classe, en somme, oui, oui, oui ! Et même, dans son système non conformiste, admirable d'audace et de persévérance, de première classe et demie ! Y avait-il songé, le cher homme. Il est vrai qu'on ne saurait penser à tout, notamment lorsqu'on a la tête farcie de la capricieuse circulation des monuments français. Ah ! Mazavdi Kbol, comment pourrais-je jamais vous oublier ? Et ce Vimlo Naftali, quelle pure merveille ! N'est-ce pas un privilège — un rarissime privilège, oui — que d'être admis à consulter, dans l'école la moins bien citée de toute la circonscription, un palmarès aussi réconfortant ? Qui n'en ferait pas ses délices ? Voyez un peu. Composition de dentition : premier, Vimlo Naftali, dix et demi. admirable ! Composition d'ongulation proboscidienne : premier, Vimlo Naftali, dix et demi. Stupéfiant ! Composition de flore africaine : premier, Vimlo Naftali, dix et demi. N'est-ce pas étourdissant ? Tiens, vous ne devineriez jamais, mon cher Kuusch, qui a obtenu la première place en composition de mesurage de queue, et avec quelle note. Allons, ne soyez pas timide ! Dites un nom, pour voir... Mesurage de queue ! (Il était comme en extase.) Mesurage de queue, quel raffinement ! Quelles perspectives grandioses ! Pouvez-vous imaginer, monsieur le directeur, matière d'étude plus exaltante et plus riche, sujet plus propre à ouvrir l'esprit, à susciter la réflexion, à former la mémoire et le sens civique ? Je me suis laissé dire qu'Alexandre le Grand, dont j'aimerais assez connaître, je le confesse, les époustouflantes révélations que le professeur Kbol pourrait nous faire à son sujet, sans parler de l'opinion sûrement peu banale de ce gros cornichon à ma gauche, je me suis laissé dire, donc, qu'Alexandre le Grand ne touchait jamais à son petit déjeuner sans avoir préalablement mesuré quelques queues pour se dégourdir les cellules grises. Napoléon Bonaparte, au sommet de sa gloire, mesurait négligemment des queues dans son cabinet de travail, comme d'autres sucent des pastilles de menthe. Saviez-vous que, plus près de nous, le président Coolidge ne se fût pour rien au monde interrompu de mesurer une queue, le pape lui-même eût-il sonné à la porte de la Maison-Blanche ? Et rappelez-vous l'exclamation pathétique du roi Richard III d'Angleterre à la bataille de Bosworth : « Mon royaume pour une queue à mesurer ! » Kuusch ! Ah, Kuusch, je vous félicite ! continua le petit homme qui avait attiré le directeur par le cou et lui massait un muscle d'une manière qui, à en juger par les mimiques de la victime, devait être extrêmement douloureuse. Naturellement, vous mesurez des queues, vous aussi. C'est bien naturel ! Je m'étonne que le mesurage de queue ne soit pas encore pratiqué dans notre pays sur une plus vaste échelle. Il m'a bien semblé voir en me rendant ici quelques personnes, çà et là, qui se livraient à des occupations puériles, telles que cuire du pain, ressemeler des chaussures ou soigner les maladies.

Dieu ait leur âme ! Mais vous, Kuusch, alors que vous avez sous les yeux l'exemple admirable de l'illustre instituteur de deuxième classe Mazavdi Kbol, ne me dites pas que vous imitez ces êtres frivoles et que vous vous contentez de remplir les ridicules devoirs de directeur d'école pour quoi l'on vous paie ? Je ne pourrais tout simplement pas vous croire. Allons, Kuusch, ne soyez pas modeste ! Vous mesurez, n'est-ce pas ? Dame, je l'aurais parié ! Vous mesurez comme un beau diable, soir et matin. J'espère que vous aurez la charité de me montrer de quelle façon l'on s'y prend. Je dois reconnaître que je n'ai pas encore la main très sûre. Que voulez-vous ! Toute une vie consacrée à des calembredaines, gâchée au service de l'instruction publique et de la pédagogie élémentaire : quels passe-temps dérisoires quand on songe que tant de queues, de par le monde, attendent encore d'être mesurées ! Mais je ne suis pas borné, moi, mon cher Kuusch ! Je ne demande qu'à me racheter ! Allez, où sont-elles, ces fameuses queues ? Choisissez-m'en une belle, tiens, je compte sur vous, mon bon ami ! Pas trop longue, toutefois pour commencer. En pédagogue averti, vous n'ignorez pas qu'il faut graduer les difficultés... Que diriez-vous d'une queue de souriceau ? Kbol ! Ne restez donc pas planté là, génial précurseur ! Qu'attendez-vous pour m'apporter la chaîne d'arpenteur ?

Agrippé des deux mains au bord du pupitre, le visage ravagé de tics, il regarda notre maître s'éloigner à reculons, un pas après l'autre, très lentement, comme s'il cherchait à mettre le plus de distance possible entre lui et un fauve prêt à bondir. L'inspecteur m'aperçut alors, car je n'avais même pas tenté de me rasseoir, et ses yeux s'étrécirent jusqu'à n'être plus que deux meurtrières derrière lesquelles dansait une lumière plus menaçante et plus rouge que celle que j'avais vue dans le regard de Son Excellence Pirojski la première fois que nous avions été mis en présence.

— Ah ! mais c'est vrai ! grinça-t-il. Où avais-je la tête,

décidément ! Nous ne sommes pas au bout de nos découvertes, ce matin ! Il y a encore l'enfant prodige, l'incollable érudit, la perle dénichée, affinée, entretenue et cajolée par l'inestimable instituteur Mazavdi Kbol ! Un garçon d'avenir, il n'y a pas de doute, puisque à l'âge de huit ans, la perfection n'est déjà plus pour lui qu'un pis-aller, un vulgaire tremplin sur lequel il prend appui pour s'élever jusqu'à la perfection et demie, chose que je brûle depuis toujours de contempler, n'en ayant hélas pas eu l'occasion au cours de trente-deux années de carrière. Comment s'appelle-t-il, déjà, ce phénix ? (Il consulta le registre.) Ah ! Naftali, c'est ça. Eh bien, Naftali, en attendant que nous passions à la quadrature du cercle, au sexe des anges et autres broutilles de ton niveau, tu me permettras de barboter quelque temps dans le misérable marais des questions rudimentaires. C'est que je suis une vieille bête, vois-tu : j'ai la curieuse manie de commencer par le commencement ! Donc, tu vas te rendre à ce tableau qui est là-bas, si ce n'est pas trop te demander, effacer soigneusement — je le regrette autant que toi, note bien — le rougeoyant chef-d'œuvre qui s'y trouve, prendre un morceau de craie — ce sont les petits bâtonnets blancs déposés au fond de la boîte près du chiffon, tu ne peux pas te tromper... voilà ! — et tu vas m'écrire... (Il réfléchit un instant, les yeux à demi clos.)... Tu y es ? Ecris : *Le chacal debout sur ses cuissots comme il en avait envie s'est entendu en tout bien tout honneur avec le hibou pour célébrer l'hymne fière de l'orgue fou qu'ils avaient entendue à l'église virgule l'une et l'autre bête répétant à l'envi et à pleine voix deux points sans dilemme virgule voilà un délice honorable et peu banal point nous sommes sur la bonne voie virgule de plain-pied avec cette rôtisserie où l'on vend des cuisseaux aux effluves parfumés point nous en sommes si égayés qu'il vaut mieux ne pas nous égailler point.* Après quoi, si c'est un effet de ta bonté, tu voudras bien mettre tout le paragraphe au pluriel.

Je m'exécutai.

XX.

OÙ L'ON MESURE CE QUI NE SAURAIT ÊTRE NOMMÉ

Un silence sépulcral était tombé sur la classe. Quand je me retournai, je vis que le nabot examinait mon travail d'un air impassible.

— Bien, fit-il avec une sorte de froideur détachée. Ainsi, tu mets deux n à *honneur* et un seul à *honorable ?*

Je me hâtai de corriger.

— Très bien, dit l'inspecteur. Je pense que nous pouvons passer sans regret à autre chose. Efface et note dans un coin les données suivantes : A et B, qui sont amis, se sont fixé rendez-vous sur une route XY longue de 27 kilomètres. A part de X à 7 h 37, sur une bicyclette, et roule uniformément à 11 km/h. B, lui, ne part que 50 minutes plus tard de Y, mais il est monté sur un cheval qui galope à 21,5 km/h. Toutefois, il lui faut s'arrêter quatre minutes et demie en chemin, disons pour réparer un récipient qui fuit. J'aimerais savoir à quelle distance de X, et à quelle heure précise, les deux amis se retrouveront.

Je multipliai et divisai tous ces chiffres entre eux un certain nombre de fois et trouvai 723,213 km pour la distance. Pour l'heure, j'hésitais entre 3 h 2 et 25 h 25. J'optai finalement pour la première solution, je ne sais trop pourquoi.

L'inspecteur accueillit ces résultats d'un glacial : « Parfait ». Je n'arrivais pas à comprendre comment j'avais fait mon compte pour tomber juste du premier coup. Mes condisciples non plus, apparemment, car ils affichaient, en considérant le tableau, un air de profonde hébétude.

— Et si nous revenions maintenant à ce récipient ? proposa le petit homme. J'imagine qu'en quatre minutes et demie, la réparation n'a pu être qu'un rafistolage tout à fait provisoire. Voici donc que ce récipient — cela pourrait être une baignoire, qu'en pensez-vous, Kuusch ? — présente à nouveau une...

Jusqu'ici, notre directeur s'était contenu, quoique j'eusse surpris les regards incendiaires qu'il lançait à son supérieur hiérarchique, profitant du fait qu'il se tenait à présent debout derrière le banc. Il avait supporté sans broncher les apostrophes, les accusations infamantes, les félicitations sarcastiques. C'est seulement quand l'avorton avait commencé à me dicter son histoire de chacal que le sang s'était retiré de son visage. A l'énoncé du problème, il se mit à vibrer des pieds à la tête, tel un homme saisi de fièvre paludique. Malgré tout, il parvint à se contenir. Mais à peine fut-il fait mention de cette baignoire qu'il perdit d'un coup le peu d'empire qu'il possédait encore sur lui-même. Il s'enflamma comme une torche, empoigna le dossier du banc dans l'apparente intention de le réduire en miettes, et se pencha pour hurler à l'oreille de l'inspecteur :

— Comment ? De quoi ? Mais est-ce que ça va durer encore longtemps ? A qui croyez-vous donc vous adresser, à la fin ? C'est Vimlo Naftali que vous avez devant vous ! Est-ce le bon exemple à donner à nos enfants que de bombarder Vimlo Naftali avec vos stupides questions ? Vous ne voyez donc pas qu'il répond n'importe quoi pour se débarrasser de vous ? Ce n'est pas encore assez clair ? Il vous faut d'autres preuves ? Vimlo, dites à M. l'inspecteur que sa foutue baignoire mettra douze siècles à se vider : ça lui laissera largement le temps de se rincer les yeux, de se déboucher les oreilles et de se désencrasser le cerveau !

Dressé sur ses ergots au milieu de l'allée, le petit

bonhomme réussissait tout juste à ouvrir et à refermer la bouche, sans qu'aucun son n'en sortît. Il faisait songer à une carpe en train de suffoquer sur un morceau de journal.

L'instituteur Kbol, alors, entra dans la danse à son tour, frissonnant d'indignation.

— C'est à Vimlo Naftali, hoqueta-t-il, que nous devons Nathanaël Proboskiphore ! Il a plus fait pour cette école, pour la pédagogie et le progrès de la connaissance en général que vous n'en ferez jamais, dussiez-vous vivre encore mille ans, ce qu'à Dieu ne plaise !

— Evidemment, reprenait le directeur avec une lourde ironie, vous n'avez jamais entendu parler du garçon à l'éléphant ! On ne peut pas passer son temps à mitonner des rapports incendiaires tout en restant en contact avec le monde extérieur ! La planète peut bien sauter, du moment que le petit père Lupion distille son fiel !

— Affoler ce cher enfant, le turlupiner avec vos phrases sibyllines et vos excentricités mathématiques ! enchérissait notre maître. Vous n'avez pas honte ? Qu'en a-t-il à faire, Vimlo Naftali, de vos hiboux qui jouent des hymnes, de vos hommes qui galopent dès potron-minet et de tous vos perceurs de baignoires ? Est-ce une image décente de l'humanité que vous lui proposez là ? A-t-on jamais vu un chacal amateur de musique d'orgue, avec ou sans dilemme et au pluriel comme au singulier ? Il y a longtemps que je voulais vous le dire, monsieur, mais cette fois je ne vais pas me gêner, car vous avez passé la mesure. Vous êtes un paltoquet, monsieur ! Un paltoquet ! La chance vous est offerte d'approcher un être délicieux, puits de science par-dessus le marché, comme ses notes en témoignent. Par ces fenêtres vous pouvez voir dans une cour d'école un proboscidien en chair et en os, très propre au demeurant, et ouvert à toutes les expériences *in vivo* et *in situ* (vous en avez déjà vu beaucoup, au cours de vos maudites tournées, des proboscidiens sous les marronniers ?). Et tout ce que vous trouvez à faire, c'est de renouveler les misérables tracasseries qui vous sont coutumières et qui vous mèneraient droit au cabanon si vous prétendiez vous y livrer au Grand Café Mordyklow plutôt qu'entre les quatre murs de cette classe ! Que ces garçons se mettent martel en tête pour des amours, délices et orgues, des rendez-vous sans queue ni tête et des récipients déjà défectueux quand mon arrière-grand-père était au maillot, c'est de leur âge, mais vous, vieille caricature, le rouge ne vous monte-t-il pas au front de vous gargariser avec pareilles sottises ? La baignoire fuit peut-être, mais vous, ma parole, vous êtes complètement bouché ! A l'émeri ! A la colle de bois ! Au ciment armé !

— C'est cela même, Mazavdi ! C'est cela même ! approuvait le directeur. (Et au petit homme :) Jobastre ! Niquedouille !

— Malfaisant ! Démon ! rugissait Kbol.

L'inspecteur, enfin, retrouvait ses esprits et son souffle.

— Et vous ? Vieille Taupe ! ricana-t-il aigrement. C'est Vieille Taupe qu'on vous surnomme dans votre dos ! Ça sera dans mon rapport, en toutes lettres ! Ça l'est déjà ! Je vous jure qu'au ministère, ils n'ont pas fini d'en faire des gorges chaudes ! Vieille Taupe ! Vieille Taupe ! Vieille Taupe !

Continuant ainsi sur l'air des lampions, il dansait une gigue effrénée sous le nez de notre maître, les genoux levés l'un après l'autre en cadence, tandis qu'il pointait alternativement vers le plafond le petit doigt de chaque main.

— Vieille Taupe vous-même, hurla l'instituteur, qui n'êtes même pas fichu de faire la différence entre un foie d'éléphant et un plan de Paris !

Et le directeur :

— Moi aussi, je raconterai tout, n'ayez crainte ! Vous parlez du ministère ? Eh bien, je ferai écrire au ministre en personne par les parents d'élèves, par M. Bourbaki, qui est un notable, par le révérend Schmur ! Il y a des témoins, monsieur, il y a des témoins ! Ah, vous vous croyiez bien à l'abri, hein, espèce de cancrelat ? Finie la comédie ! Finie l'immunité ! Puisque c'est comme ça, toute l'affaire va éclater au grand jour ! Vous serez limogé. Sacqué ! Traîné dans la boue ! Cloué au pilori ! Et je me torcherai le cul sur la place publique avec vos fameux rapports, moi, monsieur l'inspecteur de mes fesses !

— Parfaitement ! s'égosillait Kbol. On va vous la mesurer, la queue, puisque ça vous amuse tant ! Et pas plus tard que tout de suite ! Tenez-le bien, monsieur le directeur ! Faites-lui une clé en vache, à ce corbeau-là ! Pas besoin de chaîne d'arpenteur pour lui : le double-décimètre suffira amplement ! Je vais le chercher. Et rira bien qui rira le dernier !

— Ne me touchez pas ! Enlevez vos sales pattes ! criait d'une voix perçante le nabot aux prises avec M. Kuusch. (Suivirent des invectives démontrant clairement que notre inspecteur primaire partageait avec le gros Weber la haine de notre peuple.) Je vous ferai tous liquider par la Cagoule ! finit-il par nous promettre. Non ! Non ! Pas ça !

Agenouillé devant lui, le double-décimètre à la main, Mazavdi Kbol arrachait les boutons de sa braguette et s'emparait de son fourbi.

La victime se mit à pleurer à chaudes larmes, comme les mauviettes que martyrisait Gusto Kolynine à l'époque où il n'avait pas encore pris la direction du Club des Amis de Vimlo Naftali. J'étais le seul, toutefois, à éprouver pour lui quelque commisération ; tous mes condisciples trépignaient d'allégresse.

— Cinq centimètres et demi ! annonça notre maître d'une voix triomphante. Ou plutôt cinq et quart ! C'est un record. Un record de médiocrité ! Et regardez-moi ça : ça rétrécit encore, dirait-on ! Maîtrisez-le bien, monsieur le directeur, je recommence l'opération ; nous allons voir ! Oui ! Qu'est-ce que je disais ! Quatre virgule sept ! Quatre virgule six ! Tu peux toujours gigoter, canaille : à chaque soubresaut tu perds encore du terrain ! Quatre virgule cinq ! Va l'inscrire au tableau, Vimlo, s'il te plaît. Quatre virgule cinq pour ce bandit-là, en comptant large ! Et dire que c'est venu nous traiter de haut durant des années !

— On croit rêver ! commentait le directeur, médusé. On croit vraiment rêver !

Ce qu'ils firent ensuite au petit bonhomme, je ne saurais le dire car, mettant à profit la commission dont m'avait chargé l'instituteur Kbol, je gagnai la porte et m'esquivai discrètement. Il était temps. Les plaintes du malheureux me levaient les entrailles. Je m'enfuis le plus loin possible de l'école, mais je n'étais pas au bout de mes peines pour autant. La pénible scène à laquelle je venais d'assister, en effet, ne constituait que le prélude à un scandale considérable qui allait mettre la ville et même le pays tout entier en effervescence.

XXI.

EMBARRAS MINISTÉRIEL

Pour commencer, il se passa ceci, que nous apprîmes tout à fait fortuitement par l'un des nôtres, huissier au ministère de l'Enseignement : à peine libéré du mesurage de queue et jeté à la rue sous les quolibets, l'inspecteur Lupion courut élever plainte et clameur sous les plafonds moulés de ce sanctuaire. Mais dans cette atmosphère feutrée, où l'on ne s'exprime que par chuchotements et où chacun peut à tout instant se mirer dans le vernis de ses chaussures, posées sur de moelleux tapis, l'irruption de ce personnage échevelé, à la braguette béante, fit très mauvais effet. On l'entraîna dans les sous-sols, en attendant l'arrivée de police-secours. Et c'est sans bienveillance que les huissiers chargés de sa garde écoutèrent ses divagations. Dans l'excès de son trouble, le bonhomme mélangeait tout. L'arc de triomphe. L'aberration pédagogique que constituaient à ses yeux les compositions de trompe. La vision apocalyptique de villes suisses en déroute dans la jungle de Java. L'impérieuse nécessité de pendre Kbol et son directorial complice au premier lampadaire venu. Le mépris que lui inspirait toute notation sur dix qui fût supérieure à cette note. La prétention de deux ivrognes impénitents à lui faire partager les hallucinations de leur délirium. Les réponses offensantes qu'un dégénéré de la pire espèce (il voulait parler de moi) avait cru bon de faire aux questions de routine. Et de s'époumoner en gesticulant, l'oiseau à la dérive : « Des *chacaux !* Des *hibousses !* Des *dilemnes* en veux-tu en voilà ! Et des *banaux* comme s'il en pleuvait ! Des *cuissots cuisseaux* et des *cuisseaux cuissots !* Des semaines entières pour parcourir quelques kilomètres à cheval et à bicyclette et arriver finalement avant même d'être parti ! Et les baignoires ? (Il avait agrippé l'un des huissiers par sa cravate.) Elles se rebouchent toutes seules, sans doute, hein ? »

On soupira de contentement, au ministère, quand la ronde eut embarqué le forcené. Avec un luxe de détails impressionnant, ils racontèrent comment l'inspecteur Rhodi Lupion, raciste notoire ne craignant pas d'étaler son préjugé en pleine classe, avait délibérément entrepris de nuire à la renommée d'un établissement respectable en sapant le moral des meilleurs élèves et en ruinant la carrière d'un maître excellent, dont il avait fait depuis longtemps sa tête de Turc. Aveuglé par la haine, le dénommé Lupion s'était présenté ce matin-là dans l'unique intention de prendre l'instituteur de deuxième classe Mazavdi Nöshgo Kbol en défaut, quitte à faire preuve pour cela de la mauvaise foi la plus flagrante. Au reste, il ne s'était pas privé puisqu'il avait poussé la perversité jusqu'à reprocher à un sujet d'exception, nommé Vimlo Naftali, d'avoir écrit « honorable » avec un seul n ; jusqu'à faire mine de confondre la coupe transversale d'un organe de proboscidien, que n'importe qui eût identifié du premier coup d'œil, avec un schéma représentant la capitale française ; jusqu'à prétendre, enfin, ne pas voir l'éléphant paisiblement installé dans la cour de l'école.

Ils déposèrent sur le bureau du chef de cabinet un dossier plus épais qu'une banquette du Grand Café Mordyklow. Le texte de la dictée improvisée par l'inspecteur y figurait.

Dès qu'il lut, quelques jours plus tard : « Le chacal debout sur ses cuissots comme il en avait envie... », le ministre fronça le sourcil. Toutefois, il n'arrivait pas à comprendre ce qu'un éléphant fabriquait dans une cour d'école, ayant le souvenir très net d'avoir lui-même signé un décret qui en bannissait les chiens.

Son secrétaire particulier téléphona au directeur :

— Eh bien, heu... M. le ministre voudrait savoir : qu'est-ce que c'est que cet éléphant dans le périmètre de l'établissement que vous dirigez, monsieur, heu... Kuusch ?

— Nathanaël Proboskiphore, répondit sans hésiter son interlocuteur.

— Nathanaël Proboskiphore, répéta le secrétaire au ministre avec un geste d'impuissance.

— Je vois, dit le ministre.

Puis, ayant été se planter devant la porte-fenêtre de son bureau, d'où l'on pouvait suivre des yeux, dans les allées du parc Ghloty, les femmes en robes légères, il déclara sur un ton de contrariété :

— Cette histoire n'est pas claire du tout.

Il convoqua séance tenante ses plus proches collaborateurs, tandis que dans sa cellule capitonnée le petit Rhodi Lupion était cuisiné par trois spécialistes de l'interrogatoire poussé. Il n'y eut pas moyen de l'en faire démordre. De leur côté, Kuusch et Kbol firent valoir que cet acharnement à nier l'évidence était la preuve tangible de la malhonnêteté de l'inspecteur.

Finalement, le ministre lui-même eut une idée.

— Nous allons dépêcher là-bas deux personnes de toute confiance, mais qui rempliront leur mission indépendamment l'une de l'autre, décida-t-il. Monsieur le secrétaire, choisissez des fonctionnaires qui ne se connaissent pas et faites en sorte que chacun d'eux se croie seul sur l'affaire. Nous disposerons ainsi de deux rapports qui se garantiront réciproquement. Nul ne pourra nous accuser de négligence ou de partialité. Dans une affaire comme celle-ci, mieux vaut progresser sur la pointe des pieds.

Le secrétaire fit appel à Jorki Böhm, qui avait donné

toute satisfaction sous huit ministres successifs, et à Luudi Pthoklyno, attaché à l'inspection primaire de Krazkoch, auquel une note confidentielle accordait une réputation de probité à toute épreuve. Le premier se dirigea immédiatement vers notre quartier. Le second sauta dans le train de 12 h 22, afin d'être à pied d'œuvre aux environs de 16 heures.

Ce secrétaire était un homme extraordinairement consciencieux. Il n'avait oublié qu'une chose (qui d'ailleurs n'eût en rien modifié son choix s'il y avait prêté attention) : Luudi Pthoklyno appartenait à notre peuple, l'autre pas.

Au soir de ce jour funeste, avant même la fermeture des bureaux, il fut en possession de deux rapports impeccablement rédigés, aussi péremptoires l'un que l'autre : non, évidemment, il n'y avait pas d'éléphant dans la cour de l'école primaire de la rue Panelka ; oui, bien sûr, il y en avait un. Böhm avait ratissé ladite cour de long en large ; Pthoklyno situait avec précision l'animal entre les troisième et quatrième marronniers, du côté nord — c'est-à-dire sous les fenêtres de la classe de l'instituteur Mazavdi Nöshgo Kbol.

Les traits décomposés, le secrétaire se précipita chez le ministre.

XXII.

LE SCANDALE LUPION

Dans le même temps — comme nous allions en être informés un peu plus tard par les indiscrétions des journalistes — un infirmier membre de la Cagoule reconnaissait dans l'homme mis au secret chez les fous un frère d'armes et se hâtait d'en avertir le responsable régional de l'organisation : F.-W. Weber en personne. Lequel se fit communiquer secrètement une copie du dossier et s'arrangea pour qu'un homme à lui participât aux interrogatoires de Rhodi Lupion.

Le lendemain matin, l'un des journaux qui naguère avaient fustigé l' « émeute » de la maison de prières étala toute l'affaire en première page, sous une cascade de titres tous plus prometteurs les uns que les autres :

LA CHIENLIT N'A PAS D'ÂGE !
SCANDALE DANS UNE ÉCOLE PRIMAIRE
DU QUARTIER CHAUD !
UN INNOCENT JETÉ AU CACHOT !
LES VRAIS COUPABLES PROTÉGÉS
PAR UN MEMBRE DU GOUVERNEMENT !
DES FONCTIONNAIRES VÉREUX IMPLIQUÉS
A TOUS LES NIVEAUX ! ! !
LES PATRIOTES EXIGENT UN COUP DE BALAI !

Le ministre aux abois s'empressa de rendre publics les rapports de ses subordonnés, avec un bref résumé de leurs états de service. Il espérait ainsi dégager sa responsabilité et démontrer qu'il lui était impossible, en l'occurrence, de prendre une position tranchée. Le même journal proclama :

AVEU D'INCOMPÉTENCE DU MINISTRE !

En regard de l'article (au vitriol), un encadré évoquait la personnalité de Rhodi Lupion d'une manière qui donnait à penser que, contrairement à une opinion couramment répandue, les saints et les martyrs avaient leurs entrées dans la Fonction publique.

Ivre de rage, le ministre riposta en confiant à une feuille progouvernementale le texte de dictée concocté par l'inspecteur, assorti des commentaires de deux professeurs en psychiatrie. L'un concluait à la démence précoce ; l'autre penchait en faveur de la paranoïa subaiguë à forme logorrhéique et insinuait que le patient pouvait être dangereux, surtout aux environs des changements de lune. Un hebdomadaire à sensation, ordinairement voué aux crimes crapuleux et aux amours d'altesses détrônées pour de gros marchands de nouilles facétieux, s'empara du document et le soumit à une sorte de mage hindou. Celui-ci affirma sans barguigner que, le Cancer étant entré dans la Cinquième Maison, l'auteur du texte pouvait s'attendre à faire un voyage avant la fin de l'année et à remporter une jolie somme à la loterie à condition que son billet se terminât par 77777 ; qu'il se méfie cependant des refroidissements et, à partir du 7 septembre, se garde de sortir sans avoir placé des boules de coton à l'intérieur de ses oreilles. Pendant une semaine, les ventes de coton hydrophile grimpèrent en flèche dans notre ville et il fallut se casser la voix pour se faire entendre de toutes les personnes qui, par précaution, n'avaient pas attendu la date fatidique pour s'en colmater les tympans.

La Cagoule imprima des tracts où l'opinion qu'on pût être à la fois psychiatre et sain d'esprit se voyait sérieusement contestée. Les deux experts reçurent par téléphone la promesse d'être roulés dans la plume et le goudron. Une brochure nationaliste, se livrant à une gymnastique étymologique des plus acrobatiques, essaya d'établir que le nom de Blytchov, porté par le ministre, était d'origine étrangère. Ce brûlot disparut mystérieusement des kiosques le jour où l'on s'avisa que le principal cagoulard de Pkrolwric s'appelait justement Blytchov. Pour discréditer le corps médical, on fit tenir une conférence de presse par un homme de peine, chassé de l'hôpital sous l'accusation, selon lui fallacieuse, de s'être enivré pendant le service.

— Pas une goutte, que je buvais ! Je vous dis qu'il ne faut pas croire tout ce que racontent les docteurs !

— Depuis quand exactement faites-vous partie d'une ligue de tempérance ? lança Josef Kansel.

— Qui ça ? Moi ? Vous rigolez ! Je n'ai jamais été ennemi d'un petit verre, on n'a pas tant de plaisirs dans la vie ! Le matin, rien de tel pour vous mettre en forme : c'est scientifique ! On retrouve les copains, chacun paie sa tournée. Mais une fois à l'hôpital, plus une goutte, jamais ! Me saouler au boulot, non mais, vous m'avez regardé ? D'ailleurs M. Weber m'a bien dit de vous dire que, des accusations pareilles, c'était ni plus ni moins que de la provocation !

Une partie de l'assistance se mit à chanter l'hymne national à tue-tête pour couvrir ses paroles...

J'emprunte ce qui suit aux souvenirs de Josef Kansel, tels qu'ils furent publiés beaucoup plus tard aux Etats-Unis par les soins de mon frère Yagel.

« Bientôt, le " scandale Lupion " fut au centre d'un inextricable imbroglio politico-racial. Il y avait les défenseurs et les ennemis de notre peuple. Les partisans et les adversaires du gouvernement en place. Les nationalistes et ceux qui rêvaient de l'Internationale. A quoi s'ajoutaient amis et ennemis personnels des protagonistes les plus en vue. Chasseurs de gros gibiers et protecteurs des espèces rares. Tenants de l'éducation traditionnelle et adeptes de la pédagogie d'avant-garde. Neurologistes inflexibles et psychologistes à tout crin. Que sais-je encore ! Chacun avait son mot à dire sur la question. Une querelle s'éleva même entre le syndicat des enseignants de Krazkoch et celui de notre ville à propos des frais de mission de l'inspecteur Pthoklyno. On ne parlait plus que de Rhodi Lupion, élevé au rang de symbole, mais personne ne s'intéressait à son sort concret. On s'invectivait par-dessus sa tête comme s'il n'avait pas été là. D'ailleurs il n'y était plus. On l'avait transféré à l'asile de Hü, au fin fond de la province la plus déshéritée du pays. L'information selon laquelle il s'y prenait pour un éléphant et tentait de déraciner des tilleuls plusieurs fois centenaires en les poussant avec son nez, ne suscita qu'un entrefilet de dernière page, dans les journaux qui daignèrent s'en faire l'écho.

« On n'en continua pas moins, ici de fonder des comités de soutien en sa faveur, là d'exiger sa destitution. L'affaire prenait des proportions gigantesques. On en venait aux mains dans les rues, parfois même au sein des familles. A mesure qu'ils étaient disséqués et redisséqués par la presse, les faits qui avaient donné lieu à ce déchaînement devenaient de plus en plus méconnaissables, au point de baigner dans une lumière irréelle, ainsi que les éléments d'un mythe très ancien. Tout se compliquait encore par le fait que la plupart des gens n'étaient pas seulement ou racistes, ou chasseurs, ou adeptes des théories du professeur Freud, etc. : ils appartenaient à plusieurs de ces groupes à la fois. Or les nôtres et ceux qui s'opposaient à ce qu'on les persécutât — les gouvernementaux, les communistes, les protecteurs de la nature, les pédagogues de choc et tous les diffuseurs d'idées nouvelles — s'étaient globalement prononcés contre l'inspecteur primaire. Les racistes, les opposants, les « patriotes », les amoureux de la chasse, les enseignants traditionalistes et les réactionnaires, de leur côté, penchaient en sa faveur. Seulement voilà : il existait nombre de chasseurs communistes, de racistes gouvernementaux, de réactionnaires en matière d'économie politique cependant attachés aux méthodes de pointe dans le domaine de l'éducation... Toutes les combinaisons étaient possibles, plus complexes encore en certains cas. Si bien qu'à la limite, personne ne savait plus ce qu'il devait penser exactement, situation dont on sait qu'elle est un puissant ferment du fanatisme.

« Une multitude de petits partis se créèrent qui souvent le lendemain, quand ce n'était pas le soir même, se scindaient en plusieurs factions rivales, chacune d'elles bien décidée à faire payer aux autres leur trahison. Le moindre bout de mur ou de palissade accueillait un slogan, un tract, le sigle d'une des innombrables associations qui s'étaient formées dans le but exprès d'ajouter leur confusion singulière à la confusion générale. La nuit, des bandes parcouraient la portion de ville qu'elles avaient élue pour territoire, armées de lames de rasoir emmanchées sur des gourdins, et exigeaient des infortunés noctambules les mots de passe qu'elles venaient de forger fiévreusement dans des arrière-salles de bistrots.

« A l'étranger, on conseillait aux touristes d'éviter notre pays. Plusieurs d'entre eux avaient déjà trouvé une mort lamentable dans des incidents de ce genre. »

Le journaliste aurait pu ajouter qu'en cet été ardent, les abords de notre école avaient été transformés en champ clos pour les partis adverses. On venait de loin, on s'y pressait pour voir l'éléphant ou se conforter dans la conviction qu'il n'y avait rien à voir. Il s'avéra que Nathanaël n'apparaissait pas seulement à mes coreligionnaires, comme je l'avais pensé tout d'abord, mais à tous ceux qui croyaient sincèrement en son existence. Inversement, ceux des nôtres (ils ne furent pas nombreux) qui en doutèrent, cessèrent *ipso facto* de le percevoir. Il y eut quelques personnes cependant, des cœurs purs sans doute, à qui l'évidence fit changer de camp, dans un sens ou dans l'autre. Je dois dire, hélas, qu'ayant éprouvé par leur propre exemple combien l'opinion humaine est relative, elles n'en montrèrent pas plus de tolérance pour autant. Ceci posé, la proportion de gens qui prenaient seulement la peine de vérifier *de visu* la matérialité des faits n'excédait pas un sur dix. C'était assez toutefois pour qu'un beau désordre s'installât sur la voie publique, débordant sur le carrefour de la Pendule au grand désespoir de l'agent Klëpko.

Vint alors le temps des photographies. D'aucuns, qui ne manquaient pas de candeur, rêvèrent, au sein de chaque parti, qu'ils pourraient convaincre les plus intègres de leurs adversaires en produisant des preuves irrécusables. Pas un jour ne passa désormais sans qu'une douzaine de publications diverses montrassent sous tous les angles, y compris vu d'avion, l'espace compris entre les troisième et quatrième marronniers de la cour de l'école, côté nord. Ces témoignages, naturellement, n'apportèrent pas le moindre apaisement. Ceux qui ne voyaient pas Nathanaël dans la réalité ne le distinguaient pas davantage sur les photos. Ceux qui le voyaient, le voyaient dans les deux cas. De part et d'autre, les plus sectaires refusèrent avec la dernière énergie d'être confrontés à ces documents, arguant que, de toute manière, on les avait truqués.

Cette péripétie tourna surtout à la déconfiture des reporters, rédacteurs en chef et directeurs de journaux, accusés tantôt de falsification éhontée et tantôt de provocation impudente. Les gens de presse, après avoir orchestré le conflit, se mirent donc à se déchirer entre eux, publiant côte à côte leur photo, la « vraie », celle qui avait été prise et tirée sous contrôle d'huissier, et l'autre, celle des concurrents sans scrupules. Mais ces derniers s'étaient entourés des mêmes précautions : ainsi les huissiers furent-ils entraînés dans la bataille. Puis les juges devant lesquels ils portèrent leurs différends. Puis les commissions qui eurent à statuer sur les conclusions contradictoires des chambres concernées. Puis les membres de la commission sénatoriale qui enquêta sur les travaux de ces commissions. Puis les particuliers qui visaient le fauteuil des précédents. Puis les jolis cœurs qui convoitaient les femmes et les filles de ces particuliers (les premiers ne trouvaient pas de mots assez durs pour stigmatiser leur forfaiture ; les seconds pas de termes assez fleuris pour louer leur abnégation). Les familles de tous ces personnages eurent à cœur d'épouser leurs disputes. Elles y entraînèrent progressivement amis, voisins, alliés, clients...

On racontait à cette époque que deux ermites, établis dans les solitudes septentrionales depuis plusieurs décennies, coupés du monde extérieur, ne possédant pas de récepteur de T.S.F., n'étant abonnés à aucun journal, ne recevant aucun courrier, et vivant en troglodytes dans des falaises distantes de plusieurs journées de marche, saisirent qui un morceau de branche morte, qui un éclat de rocher, et s'en furent à la rencontre l'un de l'autre ; l'histoire veut qu'ils se fussent entre-tués sans avoir prononcé un seul mot, mais que l'un d'eux, afin que nul n'en ignorât, s'était mutilé l'appendice nasal pour se planter au milieu de la face un vieux morceau de tuyau d'arrosage.

La querelle ne tarda pas à franchir nos frontières. Rhodi Lupion, qui s'était finalement cassé la tête contre le plus vieux des tilleuls de l'asile (cela ne devait être révélé que beaucoup plus tard), était cité par nos voisins, parfois comme un martyr et parfois comme un ennemi du genre humain. Ici l'on donna son nom à des crèches, des associations charitables, des faubourgs ouvriers, des bars fréquentés par des illuminés et des philantropes. Là, on fit surveiller par la police secrète tous les citoyens qu'on soupçonnait d'éprouver quelque sympathie à son endroit. Au cri de « Lupion : lampion », des suspects furent tirés de leur lit par la populace déchaînée, arrosés d'essence et brûlés vifs au son des balalaïkas. A Kovno, l'éléphant du parc zoologique dut être protégé de nuit comme de jour par un cordon d'infanterie de marine. (On suppose que seule la fumée nauséabonde dégagée en épais nuages par les pipes de cette soldatesque fut cause du marasme qui s'empara de la bête et la conduisit au suicide.) Benito Mussolini grimpa sur son balcon et exprima avec force devant trois cent mille personnes éblouies l'idée que quiconque était inapte à voir un éléphant dans une cour ne l'était pas moins à s'apercevoir que l'Italie était une botte, erreur dont il se réveillerait lorsque la botte en question viendrait lui taler le bas du dos. Le camarade Staline, de son côté, grogna dans sa moustache que l'éléphant lui semblait le symbole même du capitalisme hystérique, écrasant le prolétariat sous son talon de fer — déclaration qui, chez nous, sema la consternation parmi les damnés de la terre, jusque-là ennemis déclarés du lupionisme. Pendant ce temps, le camarade Lev Davidovitch Bronstein, dit Trotski, depuis le lieu de son exil, faisait peindre des éléphants rouges dans les endroits les plus inattendus. L'un d'eux apparut, un beau matin, sur le mur de notre maison de prière et fournit à l'exemplaire Luudi Schmur le sujet d'un sermon inspiré. Nathanaël Proboskiphore était en passe de faire le tour du monde, semant partout après lui la discorde et les passions.

C'était une chose terrible, en effet, un mal dont on pouvait mesurer les progrès chaque jour. J'avoue cependant qu'en mon for intérieur, je ne pouvais me défendre d'une certaine satisfaction. D'un point de vue strictement égoïste, cette folie des hommes égarés par l'Eternel offrait au moins l'avantage d'immobiliser le non-éléphant entre les marronniers, au lieu qu'il me collât aux talons partout où j'allais. Quand je marchais dans la rue, certes j'étais encore la cible des regards, mais plus personne ne fixait un point au-dessus et un peu en arrière de moi. C'était une grande délivrance. Nathanaël m'échappait chaque jour davantage : tous ceux qui, de par le vaste monde, se l'appropriaient (ne fût-ce que pour le nier) me soulageaient d'une partie de mon fardeau. Ils étaient de plus en plus nombreux et, dans le secret de mon cœur, je les bénissais, quoique je redoutasse beaucoup leurs débordements.

Mon père, néanmoins, ne me laissait guère oublier la responsabilité que je portais dans l'origine de cette malheureuse affaire. Jamais il ne perdait une occasion de m'accabler de ses louanges et de ses caresses attendries. En outre, lui comme les autres, et sans doute même plus que beaucoup, n'avait que l'éléphant en tête. Il épinglait dans la toilette les photographies de Nathanaël découpées dans les journaux lupionistes (où elles servaient de preuve du parfait néant pachydermique) et me prenait à témoin de l'effronterie de cette presse gangrenée. « Et ça ? Et ça ? s'écriait-il en frappant les coupures du dos de la main, m'ayant entraîné dans les lieux. C'est quoi, ça ? Un moule à gâteau ? » Il accusait ces fourbes d'abjection des heures entières, les vouaient aux foudres divines, et se mettait dans un tel état que, voulant secouer sa boîte de réglisses, il l'envoyait voler à travers la pièce.

Pour le bouleverser davantage, mon frère Yagel, à quelques jours de sa libération, lui fit illégalement passer un billet dans lequel il exprimait le désir d'obtenir une lime et une corde de six mètres dissimulées dans un pâté, le tout dans un style qui eût affecté des âmes mieux trempées. « Dieu magnifique ! gémit le destinataire du message. Non seulement ils ne sont point parvenus à ce que ton frère s'amende si peu que ce soit. Non seulement ils n'ont pas su redresser sa médiocre orthographe. Mais voici qu'à leur barbe, l'animal est en train de perdre les lambeaux de syntaxe et de grammaire qu'il possédait encore ! Regarde ça, Vimlo : il s'exprime à la façon d'un Canaque qui aurait le hoquet ! “ Cinié Kivou Çavé. ” Franchement, j'en viens à me demander si la prison remplit son rôle éducatif. Et je ne serais qu'à moitié surpris si, dans moins d'un an, Yagel n'en venait à communiquer au moyen de cris inarticulés, ou en faisant des grimaces comme les gens qui s'adressent à des sourds ! »

Mon père se précipita comme un fou vers la ténèbre, les deux mains accrochées à son derby. Relisant la prose barbare de Yagel, je m'aperçus qu'un post-scriptum m'était plus spécialement destiné. Il m'invitait à prendre bien soin de Nathanaël et traduisait l'absolue conviction de mon frère qu'un jour, depuis son Trône de Gloire, le Créateur dépêcherait nombre de buffants enchantés, comme était le mien, pour faire s'écrouler le mur lépreux des prisons, alléger l'humanité souffrante de ses chaînes et gratifier le Pète-en-n'dans d'un bon coup dans la gueule.

Ce charabia exalté m'inspira une réflexion amère, qui aurait dû me traverser l'esprit bien plus tôt : tous ceux que j'aimais, ou qui avaient de la considération pour moi (j'introduis cette nuance pour ne pas laisser penser que j'éprouvais la moindre affection à l'égard d'un Kbol ou d'un Kuusch, quoiqu'ils fussent prêts à se jeter pour moi dans les flammes), tous ceux-là étaient persuadés de la réalité du mastodonte. En revanche, parmi ceux qui, *tout comme moi,* restaient aveugles à ce cauchemar, je ne comptais que des ennemis — sinon de ma personne en particulier, en tout cas du peuple auquel j'appartenais par ma naissance. Il n'y avait qu'une exception : Kryla Krylakuri. Aussi, pour me consoler, pour me sentir moins seul dans cet absurde univers, je m'appliquais à penser à lui, et au chien, dès que j'en avais le loisir. A ce régime, toutefois, ils en vinrent très vite à me manquer. Et je me languissais d'eux d'autant plus tristement qu'avec la tournure que les événements avaient prise, il n'était plus du tout question de se risquer dans le quartier qu'ils habitaient, devenu le fief des cagoulards qui maintenant — écrivit avec un mordant humour Josef Kansel dans son billet quotidien — « portaient leur masque à visage découvert ».

Le chancelier du Reich — un petit homme tressautant contraint de marcher le bras tendu devant lui parce que, à l'image de mon frère Yagel, il avait coutume de rabattre la visière de sa casquette sur ses yeux — décréta brusquement (pour le seul plaisir d'embarrasser son bon compère Mussolini, prétendit-on par la suite) que tous ceux qui s'avisaient d'apercevoir des éléphants ailleurs que là où des pancartes officielles stipulaient leur présence en lettres gothiques n'étaient qu'un ramassis de dégénérés, complices des pseudo-esthètes décadents qui dessinaient des femmes aux yeux fâcheusement placés et dissimulaient sous un air lubrique toute une collection de chromosomes suspects. Sur quoi il trépigna pendant quatre heures d'horloge sur un petit banc, à la lueur des torches et dans le claquement des oriflammes, tandis que cent mille jeunes gens aux yeux d'acier interprétaient un opéra wagnérien entièrement retranscrit pour tambour et grosse caisse. Ces curiosités nous furent montrées aux actualités cinématographiques et laissèrent beaucoup de spectateurs perplexes. On projeta néanmoins ces films jusqu'à l'autre bout du monde. Et là, un empereur ressemblant comme deux gouttes d'eau au comptable des Grands Magasins Peszczynski le jour où il maria sa fille, affublé qui plus est du nom d'un jeu d'enfant, trouva fort judicieux les propos du chancelier, jura qu'il aurait l'œil sur les visionnaires d'éléphants et, à titre d'exemple, fit décapiter la moitié de la Chine. Puis il remit son gibus et essuya pensivement son lorgnon.

Les répercussions de ces lointains événements sur notre vie de chaque jour étaient autant d'obstacles élevés entre l'ancien jardinier et moi. Pour comble de malheur, Glora avait suivi sa famille au chevet de l'increvable moribond à héritage. (Hériter était comme une seconde nature chez les Bourbaki.) Plus de jeudis. Plus de cours de polka. Plus de roboratives épigrammes. J'étais abandonné. L'homme au melon semait la réglisse à poignées et ne jaillissait de la toilette que pour aller fulminer au fond du placard.

XXIII.

YAGEL DONNE UNE CONFÉRENCE

Je ne devais pas revoir Glora avant le jour où l'on relâcha mon frère du pénitencier. La gymnastique matinale de notre père lui prit plus de temps qu'à l'ordinaire du fait que — la carpette s'étant déchirée en deux à l'instant où il atterrissait lourdement sur elle à pieds joints après avoir sauté sa paire de savates qui se trouvait là par inadvertance (seule solution pour ne pas tomber à la renverse par la fenêtre) — il éprouva la plus grande peine du monde à se relever du grand écart qu'il venait d'exécuter à son corps défendant, non sans qu'un de ses pieds pénétrât par effraction à l'intérieur du vase de nuit, lequel par la suite devait beaucoup le gêner pour descendre l'escalier. Bref, quand nous arrivâmes en vue de la maison d'arrêt, l'heure de la levée d'écrou était passée et, de plus, un attroupement s'était formé devant le portail, qui nous barrait la route. Ma mère et Anhla, haletantes d'avoir couru derrière le tram, se tordaient les mains de désespoir ; mon père, tout en s'efforçant de fendre la foule, suppliait les badauds d'épargner son pied endolori. Je le secondais de mon mieux, mais au sein de ce grouillement, c'est à peine si l'on pouvait me discerner. Quelqu'un pourtant me saisit par l'épaule. Je me retournai en clignant des yeux, prêt à encaisser le coup : c'était Gédéon, le visage dégoulinant de tendresse. Et les siens étaient avec lui ! Mme Eglantine, plus nébuleuse que jamais, sous une voilette mauve. Mlüka Bourbaki son époux qui, sous le soleil, dans ses habits d'enterrement, évoquait un peu une vieille motte de beurre. Et Glora. Glora qui me considérait avec une ironie charmante... Je retrouvai en rencontrant son regard toute ma gaucherie, tous mes bafouillages, tous mes ridicules : c'était une sensation délicieuse. Mais je n'eus pas le loisir de savourer longtemps mon bonheur. Un mouvement de foule m'entraîna loin d'elle et des Bourbaki. Je ne distinguais plus le chapeau écarlate de mon père (unique dans notre ville et sans doute dans bien d'autres). Ma mère et Anhla étaient invisibles elles aussi, mais cette discrétion, de leur part, semblait moins surprenante.

Mes voisins m'étouffaient. Ils ne faisaient aucun cas de ma personne. Je cherchais désespérément à me dégager de ces ventres malodorants qui m'écrasaient la figure quand s'éleva, par-dessus le tumulte, un cri de surprise, de rage et d'outrage, si puissant et si modulé qu'il ne pouvait avoir été émis que par Ardamet Naftali, procureur de toutes les abjections.

Dans le même temps, une autre vague humaine déferlait dans mon dos, me soulevait, m'emportait avec elle et me rejetait au premier rang du cercle des badauds, tel un naufragé sur la grève. Mon père se tenait miraculeusement à côté de moi, le visage ravagé de tics. Au centre de l'espace laissé libre paradait Yagel, du moins ce que l'on pouvait reconnaître de lui après les caresses appuyées que les surveillants lui avaient généreusement prodiguées, en guise de viatique.

Il s'avéra que mon frère donnait une conférence sur le régime pénitentiaire, illustrée de tableaux vivants dont il interprétait lui-même tous les rôles, sans craindre d'introduire la confusion dans l'esprit du public qui le contemplait avec une hébétude mêlée de dégoût et, chez les personnes les plus exposées, d'une vague appréhension d'être mordues. On ne comprenait pas Yagel, qui s'exprimait dans l'argot abstrus des prisons, en crachotant ses mots du coin des lèvres comme des pépins de pomme, mais on voyait que c'était un individu digne de curiosité. Beaucoup attendaient la fin de son boniment pour savoir ce qu'il avait à vendre. Quelques-uns, jugeant que l'énergumène n'avait vraiment pas l'air commode, ruaient des quatre fers dans l'espoir d'échapper au danger pendant qu'il en était encore temps.

Yagel poursuivait sa pantomime, arrosant la compagnie de postillons chaque fois qu'il articulait — si l'on peut dire — le nom du Pète-en-n'dans. Il enfilait sa veste déchiquetée le devant derrière, pour figurer la camisole. Voulant évoquer les passages à tabac auxquels il avait été soumis, il levait et rabattait plusieurs fois le bras avec violence, puis sortait d'une poche quelques vieux morceaux de dents qu'il exhibait à la ronde dans le creux de sa paume, parmi des brins de tabac, des rognures d'ongle, des boulettes de pain semblables à des billes de goudron. De temps à autre, emporté par l'inspiration, il agitait la coulisse d'un trombone, geste si ample et si peu prévisible qu'à chaque fois, le cercle de ses admirateurs reculait d'un bon mètre. Je n'osais même plus lever les yeux sur mon père, imaginant trop bien sa face ravagée. Nous fûmes sans doute, lui et moi, les seuls à saisir toute la portée de la péroraison, consacrée à l'inéluctable démantèlement des centrales par les éléphants du Bon Dieu.

Chacun, en revanche, interpréta instantanément la mimique de mon frère, lorsqu'il pencha le buste parallèlement au sol et se mit à vaquer lourdement en roulant de la croupe et en balançant avec une majestueuse langueur ses paumes largement ouvertes de chaque côté de sa tête, ramenant par intermittence son bras droit sous son nez, d'où il le faisait pointer vers le bas, le poignet animé d'ondulations paresseuses.

Un silence de mort tomba sur la foule. D'un seul mouvement les badauds se crispèrent, comme si une même fibre innervait tous ces corps. Puis, alors que Yagel imitait un barrissement de son mieux, ils se jetèrent à la gorge les uns des autres parmi d'horribles vociférations.

Mlüka Bourbaki s'abattit devant moi, les jambes fauchées, tel un bœuf recevant le merlin. Plus loin, mon père contenait d'une seule main l'assaut de trois adversaires (de l'autre il maintenait son chapeau sur sa tête), tout en leur faisant remontrance de cette lâcheté — abjecte selon lui. J'entraperçus Gédéon : il mordait une vieille dame avec un enthousiasme que je ne lui connaissais pas pour les exercices physiques. D'Eglantine et de Glora, de ma mère et de ma sœur, en revanche, aucun signe. Etaient-elles engagées dans ce corps à corps, elles aussi ? La poussière soulevée par les combattants me masquait la plus grande partie du champ de bataille. J'espérais seulement qu'elles avaient pu se soustraire à la mêlée, ou du moins qu'on les avait épargnées en raison de leur frêle constitution — hypothèse fort incertaine au demeurant, car le scandale Lupion avait sonné le glas de mœurs et de traditions qu'on croyait éternelles, et l'on eût assommé Vénus sortant de l'onde avec un bock à injection pour peu qu'elle fût suspectée d'appartenir à l'autre camp.

Quant à moi, j'eus la chance d'échapper au carnage. Il est vrai qu'après avoir roulé par terre à trois reprises, je renonçai à la station verticale et m'extirpai de cette pagaille meurtrière en progressant à quatre pattes entre les jambes des belligérants et les corps étendus.

Ce fut pour voir mon frère, superbement indifférent au drame qu'il avait provoqué, en train d'exercer ses talents de dompteur sur un chien. Un chien ? Mais non ! Son Excellence Pirojski en personne !

D'où sortait-il ? Depuis combien de temps était-il là ? Impossible de le savoir. Et que m'importait ? Une seule chose comptait à mes yeux : je n'étais plus perdu au milieu des adorateurs du non-éléphant, et de ceux qui, pour être attachés à la perte des précédents, ne leur cédaient en rien sur le chapitre de la démence et de la nocivité. D'un coup, l'espoir renaissait en moi.

— Excellence ! Excellence ! m'écriai-je d'une voix qu'altérait l'émotion.

Yagel s'efforçait de le faire marcher en équilibre sur les pattes de devant. Et du diable si la bête n'était pas sur le point d'y parvenir ! A mon appel, dresseur et dressé s'interrompirent pour regarder dans ma direction.

— 'Bépin ! fit mon frère. Tu m' donnes de l'Excellence, à présent ?

Je ne pus lui répondre car le chien avait bondi sur moi et, les pattes sur mes épaules, m'embrassait à son ardente manière, balayant la moitié de ma figure à chaque coup de langue. J'avoue que je n'aurais pas hésité à lui rendre la pareille si la nature m'avait équipé pour cela.

— Nous voulions assister à ta libération, expliquai-je un peu plus tard à mon frère, mais on ne s'attendait pas à trouver autant de monde...

Cette remarque amena un sourire épanoui sur son masque de cauchemar.

— Ouais, hein ? ricana-t-il. On dirait que j' les attire comme des mouches sur un étron, t'as r'marqué ? C'est l' don, ça, j'y peux rien. T'imagines c' que ça s'ra quand j'aurai la tunique à brandebourgs, le falzar bouffant, les bottes miroir et trois lit'es eud' gomina su' la tronche ? Il se tut pour palper son front, où venait d'atterrir comme par enchantement une moitié de brique.

— 'S'cuse-moi, bougonna-t-il. Faut qu' j'aille donner mon orthographe à quelqu'un !

En trois bonds, il fut au cœur de la bataille, qui continuait à faire rage près de nous. Il disparut dans un tourbillon de bras, de cannes, de sang, de sueur et de cris.

XXIV.

DÉCOURAGEANTE JUBILATION DE KRYLA KRYLAKURI

J'hésitais à le suivre, songeant qu'il aurait peut-être besoin de moi, mais Son Excellence Pirojski avait saisi l'une de mes manches entre ses mâchoires et s'arc-boutait sur son arrière-train de façon à m'entraîner là où il souhaitait que j'allasse. Je compris — il n'y avait pas d'autre explication possible — qu'il s'était mis en tête de me conduire à son maître. Aurais-je voulu lui résister que je n'en aurais pas eu les moyens.

Et pourtant, si j'éprouvais le plus fervent désir de revoir le vieux Kryl, je n'oubliais pas que sa cabane se trouvait à plus de dix kilomètres de la maison d'arrêt, distance considérable pour un gringalet dans mon genre, ni qu'elle s'élevait au beau milieu du territoire contrôlé par les lupionistes les plus acharnés. Mon angoisse ne fut que passagère. Très vite, il devint évident que ce n'était pas de ce côté-là que nous nous dirigions, mais vers le quartier d'où j'étais parti le matin même en compagnie de ma famille. Après tout, peut-être le chien ne songeait-il qu'à me raccompagner chez moi, comme il avait coutume de le faire avant que Nathanaël Proboskiphore n'eût été enfanté par mon outrecuidance.

Nous traversâmes la ville, où se rencontraient partout les traces du conflit qui la secouait. Affiches, slogans, verre brisé, cendres fumantes, flaques de sang mal lessivées. Les patrouilles de police croisaient des pelotons de civils, en expédition punitive pour le compte de quelque obscur groupuscule (fondé la veille et qui serait dissous avant même qu'ils n'atteignissent l'adversaire, auquel il ne leur resterait plus qu'à se joindre pour aller casser la tête à d'autres, éventuellement leurs alliés avant-hier). C'est tout juste si, dans ces espèces de milice, on prenait la peine de cacher derrière son dos les tuyaux de plomb, les massacrants divers, les tranchoirs à viande, les vieilles baïonnettes à dents de scie, en passant près des sergents de ville. Ceux-ci d'ailleurs n'en menaient pas large, car, pour appartenir à l'une ou l'autre de ces bandes dès qu'ils avaient terminé leur service, ils en connaissaient l'humeur ombrageuse. Pour moi, je me félicitais à chaque instant de jouir d'une protection aussi efficace que celle de Son Excellence Pirojski. (On ne s'étonnera pas que ces féroces croisés tremblassent devant un chien. En fait, d'après mes observations quotidiennes, la plupart avaient peur de leur sous-chef de bureau, individu microscopique sujet aux refroidissements et paraissant le triple de son âge. Ils avaient peur de leur femme, de leur crémière si elle élevait la voix, et même de leur ombre.) Près du musée naval, un commando de quinze hommes nous abandonna toute la largeur du trottoir ; cependant ces gens brandissaient au bout de longues perches — chose que je n'avais encore jamais vue — des oreilles et des nez aux proportions gigantesques, visiblement confectionnés sur le modèle des affiches pour lesquelles j'avais moi-même bien involontairement posé. Leur cri de guerre donnait au public l'assurance qu'ils allaient couper toutes les oreilles et tous les nez ressemblant à ceux-là, mais comme ils sillonnaient le quartier de la basilique, terre profanée où aucun des nôtres n'aurait voulu s'établir, ils ne risquaient guère qu'on les prît au mot.

A vingt minutes de là, alors que nous arrivions en vue du carrefour de la Pendule, des escouades d'allure non moins farouche promenaient des effigies de pachydermes, clamant que tous ceux qui étaient aveugles à Nathanaël seraient conviés, pour leur édification, à lui baiser le cul sept fois. Au carrefour, le chien ne prit pas à gauche, comme je m'y attendais, mais traversa sous le nez de l'agent Klëpko de manière à enfiler la rue Panelka.

Ainsi qu'on l'a vu, aucune partie de la ville ne manquait d'animation. Mais la rue Panelka battait tous les records. On s'y bousculait littéralement, dans le peu d'espace laissé libre par les innombrables échauffourées que déclenchait en permanence la question de l'éléphant. A mesure que nous approchions de mon école, il devenait de plus en plus difficile de progresser. Là encore, heureusement, Son Excellence nous ouvrait le passage en grondant ou en montrant les dents.

On s'écrasait contre la grille. Aux personnes trop faibles pour conquérir une place aux premiers rangs, une vieille femme vendait, comme à la revue, des périscopes de conception sommaire pour un prix exorbitant. La guérite du beignet tanguait à la crête d'une houle de chapeaux, d'ombrelles, de poings levés, de pancartes, d'exclamations hargneuses. Des civières circulaient là-dessus, portées à bout de bras. On diffusait par haut-parleur la liste fastidieuse des bambins égarés. On mettait en garde contre des bandes de pickpockets. On disait qu'une jambe de bois avait été trouvée, ainsi qu'une baignoire en cuivre. Des gens hagards contestaient ces informations.

La violence des passions atteignait un degré vertigineux. J'en titubais. Quand donc le monde serait-il délivré de cette folie ? Alors j'aperçus, agrippé des deux mains à la grille et la secouant frénétiquement, hilare, au comble de l'exultation, Kryla Krylakuri.

Enfin ! Enfin j'allais savourer les paroles réconfortantes du seul homme qui gardât la tête froide au sein de ce pandémonium ! Enfin, un torrent de sarcasmes allait se déverser sur les enragés des deux partis et, pour l'apaisement de mon âme, noyer dans une même dérision le délire des uns et l'insanité des autres ! Déjà, l'ancien jardinier ne se tenait plus de rire à considérer autour de lui toutes ces extravagances, ces beuglements de triomphe que se lançaient réciproquement à la tête, en désignant les marronniers d'un doigt fébrile, ceux qui croyaient en Nathanaël et ceux qui n'y croyaient pas.

Secoué par ses gloussements, le vieux tourna la tête pour reprendre son souffle, remarqua son chien et, aussitôt après, arrêta sur moi son regard inondé de larmes jubilatoires. Je m'apprêtai à lui tomber dans les bras.

— Vimlo ! s'écria-t-il. Qu'est-ce que je te disais ? En trois semaines, le Mal vient d'accomplir plus de progrès que depuis la regrettable cessation des hostilités en novembre 1918 ! L'Impureté tient le haut du pavé ! L'Apocalypse est pour demain ! Et c'est à ton éléphant que nous le devons, mon petit ! Regarde-le, s'il sourit dans sa barbe ! Vois comme il balance la queue avec insolence devant tous ces pécheurs ! Sois béni, Vimlo ! Sois béni pour cet apport inappréciable à l'extermination universelle !

XXV.

LA SOLITUDE CERNE NOTRE HÉROS

« Cerné de solitude. » Connaissez-vous cette éloquente expression ? Pour moi, je devais la découvrir beaucoup plus tard dans un des romans de Josef Kansel. Elle s'applique parfaitement à la situation qui fut la mienne, quant au moral, une fois que Kryla Krylakuri eut cédé à l'illusion commune. Avec le recul, c'est cet isolement qui me paraît expliquer mon attitude dans les semaines qui suivirent. Je cherchais instinctivement à me rapprocher des êtres qui m'aidaient à supporter la malédiction dont j'étais frappé.

L'un d'eux était mon frère Yagel. A la maison, son débraillé de mise, de mœurs et de langage compensait heureusement le rigorisme paternel. Mais j'appréciais surtout que mon aîné, consécutivement à ce qui s'était passé devant la maison d'arrêt le jour de sa libération, fût animé d'un certain ressentiment vis-à-vis de tout ce qui portait trompe et défenses. Il n'oubliait pas qu'il lui avait suffi de faire allusion à cette race pour que la foule se détournât de lui, ignorât son numéro de domptage et, finalement, omît de lancer dans sa casquette les pièces de monnaie qu'il avait honnêtement gagnées par son travail. En bref, mon frère n'était pas éloigné de voir en Nathanaël une sorte de concurrent déloyal, qui faisait peser une lourde hypothèque sur son propre avenir de bateleur d'estrade. Il souhaitait vivement que l'animal disparût de la circulation pour lui laisser le champ libre, vœu qui scandalisait notre père, mais répondait parfaitement à mon propre désir.

Josef Kansel était un autre de mes alliés. A son insu d'ailleurs. Je ne l'avais plus rencontré depuis que nous nous étions bousculés sur le seuil des Bourbaki. Mais je collectionnais ses articles ; j'en savais par cœur des paragraphes entiers. J'aurais donné bien des choses pour qu'il m'accordât son amitié. Je rêvais qu'il m'initiait à la composition littéraire, dont je m'étais jusqu'alors soucié comme un poisson d'une pomme, mais qui m'inspirait soudainement (parce qu'il y excellait) une admiration sans bornes. Si je conservai, à travers mes épreuves, un semblant de dignité, ce fut grâce à lui, car je voulais à toute force mériter son estime.

Mme Lileth Eglantine Bourbaki, elle aussi, exerçait sur moi une influence bénéfique. Par sa seule façon d'être, elle me réconciliait un peu avec un monde hostile. Elle me fascinait et cette fascination avait le pouvoir de me rendre moins vulnérable. C'était un peu comme si, par osmose, je devenais nuage à mon tour. Quand je m'approchais d'elle, traversant la pampa en diagonale, j'avais conscience de quitter l'univers réel pour pénétrer dans celui du songe. Parfois, je me demandais si Mme Bourbaki n'était pas un personnage inventé par Josef Kansel dans un des petits romans qu'il écrivait, m'avait-on dit, et qui lui valaient un franc succès auprès des dames anglaises... Elle se tenait allongée sur une chaise longue, dans une robe de mousseline d'un bleu agonisant. Coiffée d'une grande capeline de paille blanche vernie agrémentée d'un ruban du même bleu que la robe, dont les extrémités flottaient derrière elle. Là où elle avait installé son siège, l'ombre des feuilles à travers lesquelles jouait un rayon de soleil, mouchetait le sol et, comme un vent léger murmurait sur cet été magnifique, on avait de loin la sensation d'un lent et paisible pétillement de lumière.

Gênée par l'aile de son chapeau — et les paupières probablement closes, dans cette attitude familière qu'elle prenait lorsqu'elle se croyait seule ou lorsque la conversation tombait — elle n'avait pu me voir entrer. (Habitué de la pampa, j'avais été prié de ne plus tirer la sonnette.) Ce jour-là, je restai planté près du portail, et je la contemplai. Au bout d'un instant, je ne pouvais tout simplement plus me détacher de cette image. Mais plus je la regardais, plus j'avais honte de mon indiscrétion. Par respect des convenances, j'aurais dû l'avertir de ma présence, toussoter élégamment dans le creux de ma main, mais n'était-il pas déjà trop tard ? En me découvrant, Mme Bourbaki comprendrait aussitôt à mon air emprunté que je l'observais depuis un certain temps déjà. D'un autre côté, si jamais, tournant la tête, elle m'apercevait avant que je ne me fusse manifesté, son impression ne serait-elle pas encore plus défavorable ? Je portai vivement ma main à mes lèvres.

Ma première tentative de toux protocolaire fut si timide que, moi-même, je m'entendis à peine. Comparé au son que j'avais émis, le pépiement des oiseaux semblait une symphonie éclatante. J'hésitais cependant à pousser plus fort sur ma gorge, craignant de déclencher un tonitruant catarrhe qui ferait sursauter Lileth Eglantine et ne plaiderait guère en faveur de mon éducation, lui non plus.

A ce moment, une légère saute de vent lui enleva des mains un feuillet qu'elle tenait négligemment entre deux de ses doigts. Elle porta la main à sa capeline, redressa le buste et se pencha en avant pour le ramasser. Dans ce mouvement, elle poursuivit une tâche que le vent avait commencée et découvrit un assez large morceau de son jupon. Mon cœur me sauta dans la gorge et je cessai de respirer. Eût-elle remarqué ma présence à cette seconde précise, je serais tombé raide mort sur la pelouse. Mais non. Je la vis plier le feuillet, l'effleurer de ses lèvres et le glisser dans son corsage, entre ses seins, détail qui acheva de me foudroyer. Puis elle se leva, rendant du même coup son ordonnance à sa toilette et, tournant le dos à l'endroit où je vacillais, elle se dirigea vers le perron à pas lents. Elle était redevenue la Lileth Bourbaki de toujours, l'impalpable Eglantine, la femme de brume, de poudre et de sortilège... Comment ne l'aurais-je pas vénérée ? Tout se passait comme si les événements dont chacun pouvait être témoin se déroulaient sur une planète, tandis qu'elle-même évoluait sur une autre, à des millions d'années-lumière. Aujourd'hui encore, je me demande si elle fut de ceux qui virent Nathanaël. Etant d'origine païenne, comme je l'ai dit, il n'est pas impossible qu'elle fût privée de cette faculté. J'ai la conviction en tout cas qu'elle ne m'en eût pas moins fait compliment de lui la première fois que je répondis à son invitation, parce qu'un penchant naturel l'inclinait aux propos courtois.

Cependant, il était malséant qu'un rogaton de mon espèce levât les yeux sur elle. Pour couper court à la tentation, je concentrai ma tendresse sur Glora, qui d'ailleurs exerçait sur moi un puissant attrait (ne serait-ce, d'ailleurs, que parce qu'elle ressemblait énormément à sa mère et ne me paraissait guère moins inaccessible). La fillette, je l'ai dit, m'enivrait par son persiflage. Les pointes acérées dont elle me criblait n'étaient pas éloignées de me faire perdre la tête. J'aurais été capable de n'importe quoi... En attendant, nous dégustions des muffins et de la glace au miel dans le parc, elle, Gédéon, leur mère et moi, abrités sous un vaste parasol à franges, au plus éclatant de l'été ; nous étions là et, rougissant sous les piques, j'imaginais que j'étais heureux... Je regrettais un peu que, sans aucun doute possible, Glora perçût l'éléphant ; mais elle le jugeait ridicule et rien ne pouvait m'enchanter davantage, encore que je feignisse d'en être froissé.

XXVI.

À PROPOS DU MYSTÈRE DES FEMMES ET DE LA DISPOSITION DES ARMOIRES

Ainsi, à un âge encore tendre, j'en vins à me préoccuper avec excès du mystère des femmes. Sur Lileth et sa fille, je me posais des questions que j'aurais dû laisser à d'autres, si j'avais eu pour deux sous de bon sens et de moralité. Et plus je m'interrogeais, moins j'y voyais clair, au point de n'être bientôt plus en mesure de savoir exactement ce que je cherchais. Mais ma frénésie n'en était que plus grande. Elle me conduisit à étudier avec attention le comportement de ma sœur, qui ne m'avait guère intéressé jusque-là : il me semblait qu'appréhendé à travers elle, le mystère féminin me serait moins impénétrable.

La première chose qui m'apparut — à mon vif étonnement — fut qu'Anhla était moins insensible aux représentants du sexe opposé que je ne me l'étais imaginé. Cette intuition, qu'étayaient des indices encore faibles, fut pleinement vérifiée le jour où notre père, revenant d'avoir été badigeonner les murs de l'office météorologique de grands éléphants vengeurs caracolant sous un soleil invincible, surprit ma sœur, tout encharbonnée au fin fond de l'impasse du Philosophe Mühl, en train d'embrasser à bouche que veux-tu l'accordéoniste sénégalais du bordel à portique où, naguère, mon frère avait livré de suggestives saucisses.

Il en fut extrêmement choqué et s'élança sur eux, le

pinceau brandi, protestant à la face du Ciel qu'il allait les blanchir l'un et l'autre. Plus tard, Anhla fut jetée à la ténèbre sans avoir dîné.

A partir de ce soir-là, néanmoins, l'Africain vint donner à ma sœur, une fois la nuit tombée, des espèces de sérénades à la manière de ces pays de gazelles et de lions, où toutes choses sont magie.

En été, on dort les fenêtres ouvertes. Les persiennes ne sont pas complètement rabattues, afin de permettre à la fraîcheur nocturne d'entrer dans les chambres et de répandre sa douceur sur ceux qui cherchent le sommeil après une canicule énervante. En m'accroupissant, je pouvais observer ce Roméo énigmatique par l'ouverture triangulaire comprise entre les contrevents et l'appui de la croisée. Il était assis sur la bordure du trottoir, de l'autre côté de la rue, les deux pieds dans le caniveau. Il tenait entre ses genoux un petit tambour dont il frappait délicatement la peau, tantôt avec le plat de la main, tantôt avec l'extrémité de ses doigts. Et puis, dodelinant de la tête, ses yeux roulant dans leurs orbites, il chantait, ou plutôt gémissait, feulait une complainte à la fois rauque et caressante qui ne ressemblait à aucune des musiques que j'avais entendues à la radio, dans les défilés, ou sur le gramophone des Bourbaki.

Je ne sais pas le nègre, je ne peux pas dire ce qu'il racontait. En vérité, ça ne ressemblait pas à des paroles, à des mots qu'on met ensemble dans un certain ordre pour traduire une idée ou raconter une histoire. Ça faisait les bruits du vent et des soupirs, entrecoupés du silence oppressant des larmes. On tendait l'oreille, et alors venaient des clapotis, des frôlements, des murmures, un ramage lointain. Vous croyiez entendre les robes des femmes quand elles bougent, des bêtes furtives, des pas sur la terre, des rivières qui coulent — et tout cela formait le son multiple et ineffable des nuits de solitude où l'on est étendu dans le noir, les yeux grands ouverts. Chez nous, les mots des chansons nomment des sentiments. Dans cette mélopée, c'étaient les sentiments eux-mêmes qui avaient pris forme de mots. Comprendre ces mots — s'ils voulaient dire « table » ou « chaise » ou « éléphant » — ne comptait pas. Ce qui comptait, c'était de ressentir les mêmes émotions que le chanteur.

Et le bruit du tambour venait par en dessous. Il traversait le chant, parfois, et roulait sur lui comme une vague, puis il se retirait loin, plus loin que le tambour, plus loin que les limites de notre quartier, plus loin que ce pays, et le pays voisin, et la mer au-delà : il rentrait au village que le nègre avait un jour quitté pour s'emplir chez nous les poches de cendre froide et le cœur de regrets. Ainsi, sa musique était une nostalgie et un voyage. Une conversation entre le nègre et ses endroits de nègre. Il leur disait quelque chose avec sa bouche et eux lui répondaient au moyen du tambour. Ils avaient de la douleur parce qu'ils n'étaient plus ensemble. Je ressentais un écho de cette douleur en moi-même. Mais, paradoxalement, ma douleur à moi s'en trouvait apaisée. Je découvrais alors qu'il ne disait pas ce qu'il disait, mais seulement ce que, moi, j'entendais.

La sérénade durait jusqu'à l'aube. Il arrivait que je restasse à mon poste tout ce temps, les reins ankylosés, des fourmis plein les jambes. A un moment donné, l'Africain écartait les paumes de son instrument, dans un geste lent et précautionneux, comme on retire les mains d'un château de cartes, ayant placé l'ultime pièce de l'édifice. Il laissait tomber sa tête sur sa poitrine. Ensuite il se levait et s'éloignait en silence, les pieds nus contre le pavé éclaboussé de lumière rose.

Il arrivait aussi que je m'endormisse, bercé par le flux mélancolique de sa chanson. Mais cela était rare, car cette complainte était scandée, à intervalles réguliers, par le tintamarre, clair et puissant dans l'espace creux de la nuit, des objets que mon père, depuis sa propre chambre, lançait en direction du nègre avec pour seul effet d'arracher à mon frère d'horribles imprécations, de sorte qu'à eux deux ils réveillaient la rue entière, tandis que l'amoureux transi ne troublait le sommeil que de ceux qui tendaient l'oreille à son récital : mon père, Anhla peut-être, et moi.

Le matin, nos voisins se précipitaient dehors. C'était à qui s'emparerait du plus grand nombre de ces projectiles improvisés pour les retourner à l'envoyeur, qu'ils visaient de leur mieux, profitant de ce que notre père accomplissait sa gymnastique devant la fenêtre. Aux bosses acquises au cours de l'exercice s'ajoutèrent ainsi, en dépit de l'insigne maladresse des tireurs, quelques horions supplémentaires que le chef de notre clan recevait avec philosophie, criant d'un ton fort civil à ces gens, pour autant que le lui permettait la poignée de porte malencontreusement engagée à l'intérieur de sa joue : « Merci ! Merci, mes amis ! Mais il ne fallait pas vous déranger : j'allais descendre les ramasser moi-même ! »

Témoin de cette tentative de lapidation, Yagel, en qui l'esprit de famille reprenait le dessus, se faisait aussitôt le champion du gymnaste. Il couvrait nos voisins d'injures pittoresques, menaçait de s'en prendre à leur virilité puis, comme les autres ou bien le raillaient ou bien ne tenaient aucun compte de ses apostrophes, il poussait un rugissement et, de son perchoir, balançait sur eux tout ce qui lui tombait sous la main : lampes d'opaline, vases anciens, portraits d'ancêtres, pièces rares de la collection d'éléphanteries.

L'adversaire se retirait dans le plus grand désordre pour aller panser ses plaies. Alors mon frère courait dans la rue rassembler les débris du ménage, instant que notre père attendait pour fustiger la conduite désastreuse de son aîné, son sens inné de la dilapidation et finalement, lorsqu'il était à cours d'arguments, lui jeter à la tête (en fait, sur le trottoir et dans les vitres d'en face) tout le bric-à-brac que les voisins lui avaient renvoyé. Du coup, ces derniers ressortaient de leurs demeures armés de manches de pioche et s'élançaient à bras raccourci sur Yagel, glorifiés par notre père dont les exhortations — que ces gens, dans le feu de l'action, prenaient pour des outrages à eux destinés — lui valaient d'être la cible d'une pluie de tessons, miettes, fragments, résidus et autres vestiges. Au déjeuner, ensuite, le fils prodigue et son géniteur se regardaient en chiens de faïence tout en saignant dans leur bol de café au lait. Ayant remâché son amertume toute la journée, notre père n'en était que plus impatient, à la brune, de châtier le nègre, qu'il tenait pour responsable de ses déboires. Son ressentiment s'exaspérait nuit après nuit, aussi le criblait-il de projectiles de plus en plus volumineux et, par conséquent, de plus en plus sonores. La commode resta coincée dans l'embrasure, épargnant ainsi un couple de sergents de ville qui ramenaient paisiblement leurs bicyclettes au commissariat.

Toutes ces mésaventures ne me faisaient pas oublier ma quête. Les choses de l'amour, au contraire, m'intriguaient chaque jour davantage, à travers ce que m'en laissait voir l'idylle contrariée de ma sœur et du Sénégalais. Malheureusement, la délicatesse m'interdisait de questionner Anhla sur un sujet pour elle si douloureux. Je l'observais à la dérobée, aussi intensément que je pouvais, mais toute son attitude ne révélait qu'un grand abattement, associé à quelque chose de farouche que trahissait quelquefois une lueur dans son œil. Le mystère restait entier.

J'allai, mine de rien, épier les hommes qui vont et viennent par la rue de l'Homme Rouge, devant le rutilant étalage des femmes qu'on mène au lit au beau milieu du jour. Les uns semblaient soucieux. Les autres étaient fort gais et se poussaient du coude. Beaucoup, je dois le dire, n'arboraient aucune expression définie. Que pouvais-je conclure d'une aussi grande variété de réactions ?

Je me tournai alors vers les films sentimentaux, qui m'avaient toujours rebuté par l'ennui profond qui se dégageait de leurs fastidieuses péripéties. J'en endurai plusieurs mais, là encore, ce fut peine perdue. Ils se ressemblaient tous et l'amour y était montré sous un jour peu engageant. On eût dit d'une fièvre qui rend niais et fait trembler les narines. Tous ces nez palpitants me donnèrent des haut-le-cœur.

J'hésitais à consulter Yagel. Certes, je n'avais pas à craindre ses railleries : la curiosité dont je faisais preuve dans un domaine déclaré tabou par notre père ne pouvait que rencontrer son approbation. Mais je redoutais qu'il ne la satisfît avec, en somme, trop d'empressement, d'une façon qui ôtât au mystère sa charmante aura en même temps que ses voiles. Car si je ne savais pas assez de choses, touchant à ces questions, mon frère, lui, en connaissait presque trop. Il lui était particulièrement agréable, au surplus, d'exposer le fruit de ses découvertes dans un langage cru et d'aborder le sujet sous un biais franchement anatomique. Ses conférences, pour autant que j'en avais bénéficié naguère, évoquaient davantage l'ancien garçon boucher parlant de la promiscuité des quartiers de viande sur l'étal, qu'un gentleman dissertant des émois du cœur humain. Le samedi soir, avant de rejoindre le café-concert où on l'accueillait désormais avec tous les égards dus à un client de marque, héros et martyr d'une juste cause, Yagel admirait son oiseau dans une glace de poche, non sans avoir préalablement intercalé une énorme loupe entre le miroir et le membre. « Y en a encore une ou deux qui vont avoir d' la chance ! faisait-il avec un clin d'œil graveleux. Le buffant peut aller se rhabiller ! » Ces démonstrations me semblaient excessives.

Tout me ramenait donc à Anhla. Ni les clients des maisons à lanterne rouge, ni les acteurs de cinéma ni les racontars de bonnes femmes ne m'avaient rien appris. Ce que Yagel pouvait m'apprendre m'était par avance extrêmement pénible. Seule Anhla, dans mon entourage, possédait la clé du mystère des femmes. Mais jamais je ne trouverais en moi assez de culot pour la lui demander.

Un soir que Yagel était sorti — prétendument pour voir au Kursaal un documentaire sur la vie secrète du poisson d'eau douce —, je retournais le problème dans ma tête quand la solution m'apparut.

A quoi me servirait d'interroger ma sœur ? Le mystère des femmes n'en constituait pas un pour elle. De plus, rendue consciente, par mes questions, de la supériorité qu'un tel secret lui donnait sur moi, jamais elle ne commettrait la sottise d'abandonner son avantage. Autant dire que ce que je voulais connaître, il me faudrait le surprendre. Le procédé n'était certes pas des plus élégants, mais il n'y en avait pas d'autre.

Depuis toujours, Anhla disposait de sa propre chambre, à côté de la toilette. Cette pièce était contiguë à celle que nous occupions, Yagel et moi. Des sanctions si terribles étaient suspendues au-dessus de nos têtes, au cas où nous eussions tenté d'entrer chez elle, que mon frère lui-même ne s'y était pas risqué plus d'une fois ou deux, et seulement pour faire étalage de son intrépidité devant moi. En ce qui me concerne, sachant que notre père se relevait fréquemment au cours de la nuit et pouvait surgir à n'importe quel moment, je renonçais à soulager ma vessie si je constatais que ma sœur, par mégarde, avait laissé sa porte ouverte. Plutôt que de prêter le flanc à des soupçons affreux, je préférais danser sur mon lit jusqu'au petit matin, avec la sensation qu'un fer rouge me tisonnait le ventre.

Ce soir-là, l'interdit ne se présenta pas à ma conscience avec moins de netteté qu'à l'ordinaire. Mais l'appel du mystère était autrement puissant. Anhla, qui avait aidé notre mère à je ne sais quelle tâche ménagère, venait justement de gagner sa chambre. Aux bruits légers qui me parvenaient, je pouvais deviner qu'elle était en train de se dévêtir. C'était le moment. Pourquoi tergiverser davantage ?

Je me levai, ouvris silencieusement la porte et m'apprêtai à franchir sur la pointe des pieds la portion de couloir qui me séparait de la chambre d'Anhla. Tout à coup me revint à l'esprit le fait que notre père s'abstenait volontairement de huiler les gonds de sa porte, de manière qu'ils remplissent le rôle d'un signal d'alarme. Mon cœur eut un sursaut et je battis promptement en retraite. Ma passion de savoir, toutefois, n'en fut qu'exacerbée. Je *devais* obtenir la réponse que je cherchais, à n'importe quel prix, fût-ce celui de la damnation éternelle. Debout entre l'armoire et la table de nuit, je cogitais intensément. Une idée finit par germer dans mon esprit.

Je commençai par décrocher de la paroi l'un des rares chromos que j'appréciais, parmi tous ceux que m'avaient offerts les Amis de Vimlo Naftali dans leur zèle haïssable. On y voyait un cimetière d'éléphants, une vaste nécropole dont chaque pensionnaire était curieusement représenté en équilibre sur le dos, ses pattes raidies pointant vers un ciel d'orage. Alors je tirai une lime à ongles du tiroir de la table de nuit et m'appliquai très soigneusement à pratiquer un orifice dans la cloison. Ce travail me prit un temps infini. Je m'entendais balbutier des mots indistincts, rumeur dont le bourdonnement couvrait pour moi le lamento toujours plus déchirant de l'Africain.

Tout d'abord, je n'avais pas voulu l'admettre, mais l'évidence est tyrannique : je m'apprêtais bel et bien à imiter ceux qui entrent dans le Palais des Miroirs par la porte de derrière et viennent s'agenouiller sur une banquette, l'œil rivé à l'insoupçonnable guichet d'un théâtre d'imposture qu'occupent les draps douteux de ces demoiselles et les derrières bourgeonnants de leurs pratiques. Gusto Kolynine, qui m'avait révélé la chose, appelait « voyeurs » ces amoureux de seconde main, pour lesquels il éprouvait tant de mépris qu'il crachait dans leur direction s'il les rencontrait dans la rue. (Il les connaissait tous : c'était lui qui les guidait à travers les dédales du lupanar jusqu'à la pièce qui leur était réservée.) J'allais donc ajouter le voyeurement à toutes mes autres flétrissures. Une terreur sacrée me pénétrait. Là, maintenant, tout de suite, pour satisfaire une curiosité odieuse, serait dévoilé l'indévoilable, l'indicible, l'irréconcilié.

Il y eut un instant de silence. Dehors, le sombre Roméo avait fini de battre le tambour et de geindre. Une clarté opalescente emplissait la pièce. Sous la pointe de la lime céda l'ultime résistance. J'élargis fébrilement la brèche, songeant trop tard qu'en procédant ainsi j'allais laisser choir dans la chambre d'Anhla des indices révélateurs de mon activité. Puis je cessai complètement de penser pour coller mon œil à l'ouverture que j'avais eu tant de mal à ménager.

Dans notre chambre, je l'ai dit, c'était le début du jour. De l'autre côté, pourtant, tout était noir. D'une opacité non pas seulement totale, mais pour ainsi dire massive.

Il me fallut quelque temps pour comprendre que j'avais percé le mur derrière l'armoire ancienne où Anhla rangeait ses vêtements.

XXVII.

UN RÊVE DE YAGEL

J'étais à peine remis de mes émotions que je reçus un nouveau choc. Le plein jour, déjà, succédait à l'aurore, mais Yagel n'avait pas reparu.

Je le savais rebelle à l'autorité de notre père, surtout après leur accrochage à propos de la réincarnation, mais j'avais du mal à croire qu'il pût se révolter ouvertement contre elle. A moins qu'il n'eût décidé de quitter la maison pour toujours.

Ce n'était pas une chose impossible. Sorti de prison, mon frère ne rêvait plus que d'Amérique. Je ne sais quel compagnon de cellule lui avait fourré cette idée dans le crâne, mais il avait fait de Chicago sa terre promise. Il prétendait que là-bas, un bon dompteur de tigres était assuré de faire fortune. Les trombonistes y jouissaient selon lui de la considération générale et l'on pouvait y étriper les gens sous la protection de la police. Sur quoi se fondait-il pour avancer des opinions aussi hasardeuses ? Il répugnait à révéler ses sources. « T'en fais pas pour ça ! grommelait-il. L'essentiel, c'est que j' f'rai ma sieste bien peinard tous les jours à l'omb'e des cocotiers. » Et quand je lui objectai que la capitale de l'Illinois ne s'élevait pas au bord de la mer Caraïbe, mais légèrement plus au nord, sur le passage des vents polaires, il me gratifia d'un tel regard de mépris que j'en gardai pour toujours une méfiance viscérale à l'égard des atlas. Il y avait dans mon livre de géographie une photo où l'on voyait Chicago enfouie sous la neige, avec les passants qui se retenaient à des cordes pour que la tourmente n'allât pas les emporter dans le lac comme fétus de paille : je me hâtai d'arracher la page et de la faire disparaître avant que mon frère ne tombât dessus. Dieu sait de quels cinglants lazzis il m'eût accablé s'il m'avait trouvé en possession d'une pareille ineptie !

Je soupçonnais que la réincarnation, à laquelle il était si profondément attaché, n'était pas étrangère à l'assurance dont il faisait preuve. Il avait dû habiter cette ville dans une existence antérieure. Vous ne pouviez pas lui en conter lorsqu'il s'agissait de Chicago.

Pour gagner l'Amérique dans les meilleures conditions, mon frère avait soigneusement préparé son coup. Dès qu'il aurait réuni de quoi acquitter le prix d'un billet de troisième classe, il franchirait la frontière en train, muni des faux papiers qu'il avait confectionnés lui-même, — sans le secours d'un modèle : il le déplorait. Une fois dans un port de la mer Noire, il ne lui resterait plus qu'à s'embarquer sur un navire en partance à titre de passager clandestin. A moins encore de voler un youyou, un canot, quelque chose qui flotte, et de ramer avec courage.

Cette dernière solution offrait à ses yeux le considérable avantage qu'en arrivant à Chicago, il pourrait gager le rafiot au mont-de-piété et disposer ainsi d'un fonds de roulement. La langue me démangeait de lui dire qu'un port balte, pour atteindre l'Amérique par voie de mer, me paraissait un point de départ plus approprié que telle ou telle cité du rivage moldo-valaque, mais je résistai stoïquement à cette impulsion.

Bien m'en prit car, peu de temps après, il me confia sa détermination à ne hanter que des eaux chaudes, de manière à n'être pas contraint de s'embarrasser d'un manteau. Un simple tricot, m'expliqua-t-il, lui suffirait pour doubler les îles Sous-le-Vent. Je ravalai de même les réflexions que m'inspirait cet itinéraire insolite. Outre le tricot, il songeait à emporter son principal outil de travail (je veux parler du couteau) ainsi que d'une poignée de cacahuètes grillées pour les jeter aux premiers natifs qu'il rencontrerait sur la grève, de façon à frapper leurs malléables cervelles et à marquer ses intentions pacifiques. Il se munirait encore d'une lampe de chevet, d'un moule à kugelhof (il adorait le kugelhof et comptait bien s'en gaver pendant la traversée), d'une paire de tire-bouchons, de sa collection de boîtes de fromage, d'une monture de lunettes conférant à son propriétaire un air important, d'une pompe à vélo, d'un lexique détaillé des termes de navigation, d'un drapeau aux couleurs nationales, d'un chausse-pied et d'un maillet destiné à assommer les poissons volants quand ils se présenteraient à sa portée, guidés par la divine providence. Il hésitait à joindre à son bagage une panoplie d'Indien, comme celle que l'on pouvait admirer depuis des mois à l'une des devantures des Grands Magasins Peszczynski.

On voit que mon frère ne voulait rien laisser au hasard. Résolu comme il l'était, il aurait très bien pu avoir mis son projet à exécution, ce soir-là, et je me serais sans doute arrêté à cette hypothèse si elle ne s'était heurtée à deux objections majeures.

Pour commencer, Yagel m'avait fait le serment solennel qu'il ne s'en irait pas sans m'avoir dit adieu (promesse scellée par un crachat recueilli dans la petite boîte réservée à cet usage). Ensuite, on ne pouvait pas envisager sérieusement qu'en si peu de temps il fût parvenu à rassembler les fonds nécessaires à son escapade alors que, la veille encore, il s'était plaint à moi, fort amèrement, des difficultés qu'il rencontrait de ce côté-là.

Il faut dire que mon frère n'avait alors guère de chance dans sa partie. Depuis qu'ils se haïssaient les uns les autres, s'abreuvaient d'injures mortelles et rêvaient de s'égorger réciproquement à propos de Nathanaël, les gens avaient trouvé une nouvelle raison de vivre. En conséquence de quoi ils ne décédaient plus qu'à regret et en toute dernière extrémité, quand ils ne pouvaient vraiment plus faire autrement (encore les moribonds s'accrochaient-ils à leur dernier souffle avec une insistance presque déplacée). Les enterrements se raréfiaient, dans une proportion alarmante pour ceux qui tiraient de ce commerce leur subsistance — un aspect du problème que, bien entendu, l'égoïsme du public négligeait complètement. Bientôt, Yagel ne travailla plus qu'à mi-temps au cimetière, ce qui divisa par deux son salaire, ses pourboires, et ne contribua pas à modérer sa rancœur contre le proboscidien.

Le matin, il manipulait les cercueils, les dépouilles, les ossements englués d'une pourriture liquide. Après quoi, ayant à peine pris le temps de déjeuner sur le pouce, il filait rue Panelka où, faute de tenir lui-même la baraque de beignets (comme il avait souhaité un jour le faire au bénéfice d'éléphants gastronomes), il aidait dans sa besogne harassante, histoire de gratter quelques sous, le maître beignet Tatko Lipora, oncle de ce Kval Lipora qui tournait avec une notoire compétence le vase de commodité de Mme Itchelion, dite Zurbaï-la-malportante. C'est-à-dire qu'il préparait la pâte de ses gros doigts engourdis par la manutention funéraire, la lançait par petites boules dans l'huile bouillante (devenue au fil des jours une sorte de soupe bitumeuse qui sautait au visage de mon frère sous forme de petites chenilles noirâtres), puis retirait les beignets dorés et les aspergeait de sucre glace.

Pendant ce temps, Tatko Lipora, vidangeur municipal rayé des cadres pour malversation et dilapidation de biens publics, exerçait sur lui sa glorieuse autorité de Roi du Beignet lituanien, haranguait les foules, vantait sa camelote, faisait sonner la caisse enregistreuse et grugeait les enfants lorsqu'il leur rendait la monnaie. Chaque jour, les beignets gagnaient en cherté ce qu'ils perdaient en volume et Tatko, grâce à Dieu, réalisait de brillantes affaires. On murmurait qu'il songeait à racheter l'immeuble en pierre de taille qui flanquait sur sa gauche la pampa Bourbaki.

De toutes ces informations, on n'aura pas manqué de conclure que mon frère se remplissait les poches au service de cet heureux entrepreneur. Et l'on se sera mépris. Assez lourdement, même. Imaginant eux aussi que la place était une sinécure (sans compter qu'elle offrait en prime une vue imprenable sur Nathanaël Proboskiphore entre ses marronniers), nombre de garçons la convoitaient, ce dont arguait le propriétaire de la baraque non seulement pour verser à son apprenti une obole dérisoire, mais encore pour l'astreindre à louer son tablier, selon l'usage des maisons prestigieuses. De sorte que c'était tout juste si, après s'être échiné pour lui jusqu'au soir, les mains ébouillantées, le visage recuit à la chaleur du fourneau et constellé de brûlures, la chevelure empoissée par les vapeurs graisseuses, Yagel ne lui devait pas de l'argent. Oublions les vigoureux coups de brodequin ferré dont Tatko Lipora lui farcissait l'arrière-train, sous prétexte de « faire entrer le métier » : en réalité pour amuser la galerie, car cet homme avisé jouissait aussi d'un heureux caractère.

Naturellement, Yagel rendait l'éléphant responsable de ses déboires et le haïssait d'autant plus qu'il était obligé de supporter tout l'après-midi son voisinage. Dans le paisible et permanent sourire proboscidien où notre père voyait la promesse de la Clémence et du Salut, mon aîné croyait lire quant à lui l'intention manifeste de le narguer. Il se répandait alors en calomnies sur l'animal, à ma très vive (quoique secrète) satisfaction.

En attendant, le pauvre garçon ayant à verser le prix de sa pension à nos parents (comme il était habituel en ce temps-là pour tous ceux qui commençaient à gagner leur vie), sa cagnotte ne s'enflait guère. C'est que notre père, de peur sans doute qu'il ne dépensât son argent à de mauvaises fins, lui présentait chaque samedi une note exorbitante. J'appris par exemple qu'une somme rondelette lui était réclamée pour l'usage (« l'usure », écrivait notre père) du cabinet de toilette où il ne mettait jamais les pieds, et même de la ténèbre. Pris à la gorge, mon frère dut chercher une source de revenus supplémentaire.

Mais les temps étaient durs. Plus que jamais, les journées n'avaient que vingt-quatre heures. Et Yagel, deux bras seulement. Aide-fossoyeur avant le déjeuner, pâtissier de fortune après, il était inévitable que mon frère s'endormît sur la fiche que les Grands Magasins Peszczynski donnent à remplir à ceux qui postulent l'emploi de gardien de nuit. Et non moins inévitable que, deux jours plus tard, il oubliât de se réveiller avant l'aube pour rejoindre le quartier général des éboueurs (où on l'eût engagé comme extra), se contentant de balancer par la fenêtre le réveille-matin qui, on ne sait trop comment, atteignit le nègre au milieu du front et l'étendit pour le compte.

Touché par sa détresse, l'un de ses collègues du cimetière le fit participer à un trafic qui, des mois durant, avait battu son plein sous le nez de mon frère sans que celui-ci en soupçonnât rien. Il s'agissait de revendre aux entreprises de pompes funèbres, au quart de leur prix, les fournitures dispendieuses (généralement superfétatoires et révélatrices d'un goût déplorable pour l'ostentation) qu'elles avaient facturées aux familles. Lavé et repassé, un linceul pouvait être vendu comme neuf une bonne douzaine de fois : il y avait là une intéressante tentative pour réduire le gaspillage, plaie des sociétés modernes. Les défunts ne s'en portaient pas plus mal et les survivants n'y voyaient que du feu, trop occupés à se disputer l'héritage.

Ce macabre commerce exigeait du doigté et des précautions infinies. Il fallait se méfier du gardien, qui pouvait surgir à n'importe quel moment et surprendre le profanateur de sépulture, espèce qui lui répugnait d'autant plus que lui-même prélevait pour son compte un tribut sur ses pensionnaires. Fou de dépit, il lançait alors sur le malheureux un couple de dobermans affamés et ne les rappelait que lorsque les compagnons de la victime avançaient sur lui en brandissant de lourdes stèles de granit et des cippes séculaires.

Il convenait d'ailleurs de garder un silence absolu sur cette activité peu banale. Pour m'en avoir touché deux mots, Yagel aurait très bien pu connaître le sort du jeune homme qu'il avait remplacé, compagnon délicieux mais bavard impénitent. On avait fini par le retrouver au fond d'un puits. Un billet glissé dans une pochette de toile cirée à l'intérieur de sa veste informait l'autorité compétente que le garçon s'était suicidé par chagrin d'amour. Il était difficile de comprendre toutefois pourquoi ce billet rédigé à la première personne n'était pas de sa main. Au surplus, le message n'expliquait pas entièrement le fait que le cadavre eût les mains liées dans le dos et un épais foulard bourré au fond de la gorge.

Ce que mon frère retirait de ce trafic suffisait à peine à régler les additions du café-concert, auquel il ne voulait pas renoncer, alléguant qu'il n'avait pas d'autre occasion de se préparer à la vie de nabab qui l'attendait aux Amériques, en tant que phénomène sexuel et prince du crime. Là seulement, il pouvait s'initier à l'art délicat de lancer d'un bras négligent en direction d'un crachoir situé à quinze pas, tout en regardant dans la direction opposée, un majestueux cigare allumé trois minutes plus tôt au moyen d'une grosse coupure. Soyons juste : les premiers essais n'avaient pas été très concluants. Le batteur de l'orchestre, en même temps que le cigare, lui avait apporté sa grosse caisse ornée d'un trou énorme, menaçant de l'en coiffer avec toute sa superstructure de cymbales, cloches, triangles et wood-blocks, s'il ne lui remettait séance tenante l'argent nécessaire à l'acquisition d'une peau neuve. Mais, de samedi soir en samedi soir, mon frère avait accompli de grands progrès sans qu'il fût besoin d'alerter les pompiers plus de deux ou trois fois. A présent, il atteignait presque à coup sûr le limonaire, que seule la longueur du comptoir séparait encore de sa cible.

Bref, le judicieux investissement que Yagel engageait dans cet apprentissage grevait considérablement son budget, et mon frère connaissait certaines semaines l'humiliation d'avoir à enflammer furtivement un billet de monopoly pour allumer son cigare. Dès lors, comment aurait-il pu réunir en moins de vingt-quatre heures les fonds qui lui manquaient ?

Le temps que je me fisse toutes ces réflexions, et voici que la maison s'éveillait.

C'est tout un roman que l'éveil d'une maison. Jamais les bruits ne prennent autant d'importance et de signification qu'en cet instant-là. Josef Kansel leur a consacré l'une de ses plus belles pages, que je n'ai lue qu'hier, dans l'exemplaire bilingue envoyé par mon frère. Cela commence par : « Les choses qui nous entourent s'éveillent avant nous, afin de nous accueillir quand nous débarquons de nos rêves... » A l'affût comme je l'étais, j'entendis mon père se lever, puis ma mère, puis Anhla. Ils se rendirent l'un après l'autre à la toilette et retournèrent dans leur chambre pour s'y vêtir. Je me dépêchai moi-même d'enfiler mes habits, tandis que mon père commençait sa gymnastique. Avant de quitter ma chambre toutefois — ma mère était déjà descendue à la cuisine — je jetai un coup d'œil à travers les persiennes, espérant voir mon frère déboucher au coin de la rue pendant qu'il en était encore temps.

Peu d'objets avaient été, cette nuit-là, précipités en direction du soupirant de ma sœur. Le temps vient à bout des plus grandes fièvres. Un seul de nos voisins était sorti dans la rue. Il bâillait à s'en décrocher la mâchoire et traînait des pieds dans ses pantoufles, un vieux pantalon tire-bouchonné passé à la hâte sous sa veste de pyjama. Il ramassa comme à regret les trois bouts de bois qui, mis ensemble, avaient formé une porte de table de nuit, promena un regard sournois sur les fenêtres closes, fit prestement disparaître ces débris sous sa veste et courut chez lui comme s'il avait mille diables à ses trousses. Dans le silence du matin, j'entendis la clé tourner trois fois dans la serrure.

Mais Yagel ne se montrait toujours pas...

XXVIII.

ESPÉRANCES DÉÇUES

La mort dans l'âme, j'abandonnai mon poste d'observation et gagnai le rez-de-chaussée. A certains piaillements suraigus, on devinait qu'en moulinant des bras, mon père avait une fois de plus violemment repoussé de sa main gauche le battant de la fenêtre alors que les doigts de sa main droite se trouvaient comme par hasard entre le panneau et le cadre. Cet incident signalait généralement que la séance de mise en forme touchait à sa fin. Quand je pris place devant mon bol, sans avoir osé regarder en face ni ma mère ni ma sœur, il ne restait plus au fugueur qu'une couple de minutes pour se présenter à la table familiale avant que notre père fût en mesure de constater qu'il arrivait du dehors et non pas de notre chambre. Je ne pense pas qu'Anhla et ma mère l'auraient dénoncé, sachant trop bien le cataclysme qu'une telle bévue n'eût pas manqué de déclencher. Il fallait que Yagel rentrât *maintenant.* J'adressai mentalement au Ciel la plus fervente prière qui me fût jamais montée du cœur.

Plus qu'une minute à présent. Plus que trente secondes. Dix. Cinq. Quatre. Trois. Deux. Une. Horreur. Horreur ! Tout est perdu ! Déjà, le pas d'Ardamet Naftali ébranle l'escalier. Je rentre la tête dans les épaules ; je sens que sous la table, mes genoux s'entrechoquent. La première chose qu'il va remarquer, naturellement, sera l'absence de

Yagel. Et c'est vers moi qu'il se tournera pour en connaître la raison, puisque nous partageons la même chambre. Dieu Tout-Puissant, devrai-je me faire le Caïn de mon frère ?

Il entre dans la salle à manger. Voilà. L'orage dégringole. C'est la fin !

Non, pourtant. On dirait au contraire que dans notre salle à manger, l'atmosphère s'est brusquement détendue. Risquant un œil au-dessus de mon café au lait, j'aperçois ma sœur qui sourit avec un air d'ineffable niaiserie, fixant un point derrière moi comme si j'étais à nouveau flanqué de Nathanaël. Quant à notre mère, la vivacité de ses évolutions dit assez le soulagement qu'elle éprouve. Que se passe-t-il donc ? Yagel viendrait-il, contre toute attente, d'apparaître en haut de l'escalier ? Serait-il devenu invisible pour moi seul, à l'instar du mastodonte ?

Mes cheveux se hérissent sur ma tête. Je sens que la panique me gagne. Au moment où, brusquement, une main se pose sur mon épaule, je sursaute et pousse un hurlement comme si j'avais reçu une décharge électrique à travers le corps. J'entends alors la voix de notre père qui susurre à mon oreille : « Je te félicite, Vimlo, pour l'heureuse influence que tu as sur ton frère. »

Cela pourrait être de l'ironie, mais mon père ne manie guère ce procédé, lui préférant de beaucoup les plaisanteries laborieuses, les anathèmes et les cris perçants. Lorsqu'il persifle, on a le sentiment d'un homme qui voudrait jouer des airs de flûte avec un hélicon.

— Quelle aimable surprise ! s'émerveille-t-il. Quelle victoire remportée sur la dépravation ! L'impossible, Vimlo ! Tu as réalisé l'impossible ! Malgré lui, ton frère sera sauvé ! Sauvé grâce à toi, parce que tu es le messager de la Rédemption ! (Il prend place au bout de la table et, avant de s'asseoir, écarte les bras et lève les yeux au plafond dans une attitude prophétique.) Voyez ! chevrote-t-il d'une voix pénétrée. Voyez ! Dieu enfin va descendre des cieux pour occuper le trône qui l'attend sur cette terre ! Nul ne peut plus en douter ! L'Eternel a envoyé le signe : mon fils Yagel est sur la voie du repentir ! Hier encore, habité par l'esprit du Mal, il souillait de sonores blasphèmes les nuits de son père et, dès l'aube, lapidait son prochain d'éléments disparates, arrachés au patrimoine des Naftali, cette humble lignée de serviteurs de Dieu ! Mais ce fils à la langue possédée du Cornu, cette brebis égarée, souillée par la fange de mille sacrilèges, ce répugnant faiseur de beignets subalterne, trop prodigue du bien ancestral, cet ancien convict hanté de désirs impurs et de rêves outrageants, cet épouvantail humain aux traits distordus par plus de vices que n'en compte le florilège de Satan, cette épave lamentable, ce grimaçant sursitaire du bagne, de l'échafaud, de la géhenne, ce polichinelle infâme, ce tricycliste calamiteux, cet opiniâtre tromboneur du vide et du silence, ce rat pestifère, ce pilier de cimetière et de cabaret, ce parangon d'hypocrisie ayant usé de saucisses rouges comme sésame pour franchir les portes immondes de Babylone, Sodome et Gomorrhe (dont pourtant il ne saurait épeler le nom correctement, sa vie en dépendrait-elle), ce porteur de casquette, ce zélateur empressé de toutes les abjections, en un mot : Yagel — Yagel, cette nuit, a gardé sa bouche de l'ordure et, comme s'il avait vu d'un coup toute la lumière, comme s'il avait reçu la grâce, il ne s'est pas arrêté à ce premier exploit, mais a fait un nouveau pas vers le rachat de ses fautes en s'abstenant de bombarder la multitude, elle-même si stupéfaite qu'elle s'est tenue coite, pour une fois, et, dans son ébahissement, a oublié de me rendre ma porte de table de nuit, mais je ne lui en veux pas, si c'est le modeste prix qu'il faut payer pour le salut de mon enfant ! Mon fils Yagel rentre dans le sein des croyants. Qu'Il soit loué sur les cymbales éclatantes, le Dieu de miséricorde ! (En fait de cymbales éclatantes, il se produit un vacarme de marmite dans la cuisine, notre mère — je le comprendrai par la suite — venant d'apercevoir par la fenêtre quelque chose qui lui a fait lâcher ce qu'elle tenait à la main.)

— Ce jour magnifique, continue l'homme à qui je dois ma naissance, ce jour qui promet d'être le plus radieux du plus radieux été que nous ayons connu dans cette ville, tandis que les orages déferlent sur Krazkoch, Kolonice et autres lieux, ce jour de lumière pure et de brise délectable est à marquer d'une pierre blanche ! En préservant l'oreille divine de la pourriture langagière et en soulageant ses semblables de ses furieuses offensives matutinales, mon fils dénaturé retrouve le droit chemin. Mais ce n'est pas tout ! Contre toute espérance raisonnable, il tarde à rejoindre la table du déjeuner, lieu ordinaire d'une goinfrerie par laquelle il se ravale au rang de la bête sans âme. Et savez-vous pourquoi ? Le savez-vous, vous ses mère, sœur et frère cadet ? Parce qu'il s'est résolu à pratiquer l'hygiène de son corps par des mouvements gymniques et par la fréquentation de la salle d'eau. Je l'imagine, en ce moment même, occupé à délivrer sa denture, cette poignée d'affreux chicots, de sa gangue de vase et de sédiments nauséabonds. Le Tout-Puissant sait quel bonheur ce serait pour moi si, du même coup, il brossait un peu les grains innommables du rosaire cannibale qui entoure son col — mais je n'ose trop demander au Ciel qui, déjà, m'accable de ses faveurs. Chaque chose en son temps. (Maman, n'oublie pas de porter le dentifrice sur la note de Yagel.) Et maintenant que notre fils et frère exhale une haleine moins putride, voici que l'Eternel lui-même, dans sa robe resplendissante, saisit son poignet crasseux et, d'un geste sublimement harmonieux, ferme quoique dénué de violence, le dirige vers le peigne ! (Dans ce délire visionnaire, les yeux d'Ardamet Naftali basculent en arrière ; mon père se met à vibrer des pieds à la tête.) Par tous les saints du Ciel, mes amis, regardez-moi ça ! Les doigts de Yagel, le pécheur repenti, se referment sur le peigne et l'approchent de ce crâne semblable à une souille à cochons sur laquelle prospérerait le chiendent. Il va se coiffer ! Il va débroussailler cette poisseuse étoupe et, pour faire honneur au Très-Haut, la partager en deux masses égales et symétriques grâce à une raie bien droite ! Ça y est ! Le miracle est consommé ! A la purification morale succède pour la parachever la purification physique ! A genoux, tous : Yagel est sanctifié !

Il se jette par terre, faisant durement sonner la pointe de son menton contre le bord de la table. Son chapeau roule sur le sol. C'est l'instant précis que choisit mon frère pour effectuer son entrée.

Plus exactement, l'agent Klëpko paraît d'abord, entraînant Yagel à sa suite. Le serviteur de la Loi affiche un mécontentement si vif que sa figure est plus rouge que le derby dans lequel, d'ailleurs, il vient de shooter bien involontairement. Non sans brio toutefois. Pénétrant en vol plané dans la cuisine, le melon atterrit par le plus grand des hasards sur la tête de notre mère qui, soudainement aveuglée, lâche pour la seconde fois sa casserole — sur son pied ce coup-ci —, geste malheureux qui provoque chez elle les farouches élans d'une danse au cours de laquelle elle balaie de ses bras nombre d'ustensiles accrochés au mur et qui achèvent leur carrière sous ses piétinements sauvages. Il est ainsi des jours où l'adversité s'acharne sur une maison.

XXIX.

PÉRILS DE LA CHÉCHIA

Voilà donc mon frère. Couvert de terre comme si un maraîcher peu soigneux s'était servi de sa personne en guise de plantoir. Pour l'obliger à le suivre, l'agent Klëpko lui a empoigné l'oreille droite. Il a si bien tiré sur le lobe qu'on dirait une oreille de lapin. Tel est l'affligeant spectacle auquel notre mère, un peu plus tôt, avait été confrontée depuis sa cuisine. Notre père, à son tour, le contemple avec ahurissement, encore à demi étourdi par sa rencontre avec la table. « Yagel, mon petit, il ne fallait pas remettre ta casquette, balbutie-t-il, le regard noyé. Tu vas défaire ta raie ! »

Hélas, il allait être promptement ramené à une plus juste appréciation de la réalité. Décrire ce qui s'ensuivit est au-dessus de mes forces. Je préfère jeter un voile pudique sur les évanouissements alternés de ma sœur et de ma mère. Leur manège évoquait l'une de ces anciennes horloges à automates, dont un des personnages surgit de sa niche quand l'autre est repoussé dans les profondeurs du boîtier. Je ne dirai rien non plus du courroux de mon père : les éléments déchaînés exercent une moins forte impression sur l'esprit. Rien de la déconfiture de Yagel, qui ne relevait la tête que lorsque l'agent lui tirait les cheveux en arrière afin que son visage fût plus largement exposé aux directs, uppercuts et crochets dispensés par cette tornade humaine. Je ne dirai rien de la lâcheté dont je fis preuve en n'intercédant pas en sa faveur, ni des jours et des nuits qu'il fut à languir dans la ténèbre, en compagnie d'un quignon de pain que notre mère avait ordre de faire sécher et noircir tout exprès dans le four. (J'essayai une fois de lui faire passer clandestinement une portion de civet par le trou de la serrure, mais ce fut un désastre.) Sombres, sombres souvenirs que ceux-là !

De quel forfait mon frère s'était-il rendu coupable pour encourir tout ensemble les foudres de la loi et le pancrace désordonné de notre père ? C'est une étrange histoire qu'il me faut conter là. Se rendant au commissariat de la rue des Ciseaux pour y prendre son service, l'agent Klëpko l'avait surpris à croupetons dans l'impasse du Philosophe Mühl, en train de creuser le sol avec ses mains nues, si fiévreusement qu'il s'aspergeait de terre le visage et le costume. On me dira qu'il se commet de plus graves délits que de pratiquer des trous aux aurores dans les voies sans issue. J'en conviens. A condition cependant que ce ne soit pas sous le mur de la Société Prokochniev & Fils, ou de tout autre établissement bancaire honorablement connu.

— Pensez-vous qu'il serait parvenu à pénétrer dans les lieux ? s'enquit notre père d'une voix quelque peu altérée, car il s'appliquait justement à briser sa chaise sur le crâne de Yagel.

Klëpko hésita.

— Difficile à dire, monsieur Naftali. Il n'avait pas d'outil. Ni pioche ni marteau. Pas même un couteau de poche. J'ai bien examiné le mur : il paraissait intact.

— C'est encore une consolation ! soupira notre père en flanquant lourdement son poing dans le foie de mon frère.

L'agent souleva sa casquette et se gratta l'occiput.

— Toutefois...

A ce mot, notre père se raidit ; la cafetière qu'il brandissait s'immobilisa à trois millimètres de la tempe de Yagel.

— Toutefois ?

— Toutefois, monsieur Naftali, en procédant à la fouille de votre fils, j'ai trouvé ceci...

De la poche intérieure de son uniforme, il tira une petite liasse de billets neufs, craquants, aux couleurs si brillantes qu'ils semblaient tout juste sortis des presses. Le montant de sa prise représentait à trois sous près — mais je fus sans doute le seul à m'en aviser — le prix d'un titre de transport par chemin de fer en wagon de troisième classe, de notre ville jusqu'à Constanta, l'antique Tomes du Pont-Euxin. Mon attention fut détournée de l'argent par le mouvement de la cafetière, que je crus voir s'incruster dans la boîte crânienne de Yagel. En tout cas, plusieurs seaux d'eau furent nécessaires pour le ramener à lui. (La moitié aurait largement suffi pour gâter le tapis.)

On décida de conduire mon frère à la Société Prokochniev & Fils. Le chef de notre famille et l'agent soutenaient chacun par une oreille son corps affaibli par les sévices, qui pendait entre eux comme une chiffe. En traversant le carrefour de la Pendule, j'enregistrai machinalement qu'il y avait déjà foule rue Panelka — probablement des gens impatients d'en découdre à propos de Nathanaël.

A la banque, les employés vérifièrent toutes les serrures, ouvrirent le coffre, épluchèrent les registres, tandis que Bohto Prokochniev lui-même (le fils obèse qui faisait craquer les coutures des vieilles redingotes de son père, car il faut donner l'exemple de l'économie lorsqu'on est banquier) comptait et recomptait l'argent de la caisse. Après deux heures de cette intense activité, on mit en évidence une erreur de près d'un million en faveur de la banque. Bohto Prokochniev rougit jusqu'aux oreilles et courut alerter son père. Le vieux engueula tout le monde, fit remarquer à mon père que Yagel ne semblait pas dans son assiette, envoya son fils chercher un cordial chez Mordyklow et le siffla d'un trait quand, ayant effectué tous les calculs à son tour, il trouva non pas un, mais deux millions de bénéfices inexplicables. Il serra la main à mon père, à Klëpko, à Yagel, à son fils, me pinça vigoureusement la joue, glorifia le Seigneur, recompta une troisième fois pour plus de sûreté, se vit alors au bord de la ruine, invectiva mon père, gifla Yagel, promit à l'agent de le faire destituer, renvoya son fils chez Mordyklow, fit retourner ses poches au caissier et flanqua tout le monde dehors pour réfléchir à la situation. On prétend que jusqu'au soir, son fils à genoux devant la porte, un petit rhum à la main, répéta d'une voix qui serrait le cœur, les lèvres collées au trou de serrure : « Papa, c'est moi. C'est moi, papa ! Ouvrez, s'il vous plaît. » Sa redingote éclatée laissait voir un dos de chemise rapetassé au moyen de pièces richement colorées. Nombre de particuliers y perdirent la confiance aveugle dont ils honoraient la Société Prokochniev, laquelle dut fermer ses portes quelques semaines plus tard et fut remplacée par un bazar turc où l'on vendait tout pour rien, ce qui mit la puce à l'oreille des gens. De peur de se faire estamper, nul jamais n'en franchit le seuil. Dans les vitrines, les marchandises exposées n'étaient plus que des formes aux contours incertains, soulevant çà et là l'épais manteau de chatons et de toiles d'araignée qui, peu à peu, les avait recouvertes. Encore fallait-il, pour en discerner quelque chose, percer du regard les longues bavures glauques qui maculaient les panneaux de verre. Et les passants, lorsqu'ils s'amusaient à deviner ce que représentait telle ou telle bosse, tel ou tel pli fantomatique, allaient au-devant d'infinies contestations, à l'image des joueurs de jonchets. Néanmoins le propriétaire, en frac et chéchia rouge, laissait éclater sa joie sur le trottoir et montrait tous les signes d'une prospérité grandissante. Nul ne pouvait se douter — et lui moins que tout autre — qu'il serait fusillé quelques années plus tard, à la suite d'une déplorable confusion avec un spahi de l'armée française. Tels sont les périls de la chéchia.

Nous revoici dans la salle à manger familiale, lui, Yagel, notre père et moi. Si ce n'est de la banque Prokochniev, d'où viennent les billets ? Mon frère se refuse à le dire. Il insinue que le policier pourrait bien les avoir discrètement fourrés dans sa poche en le fouillant. S'il n'avait le réflexe de se baisser au moment où, chacun de son côté, Klëpko et notre père lui balancent leur poing à travers la figure, c'en serait fait de lui. Ensuite, les deux hommes sont affreux à voir, avec leur nez en capilotade. Des larmes plein les yeux, l'agent parle d'arrêter notre père pour complicité. Celui-ci, bégayant d'indignation, fait à haute voix la réflexion que Klëpko, après tout, n'est pas insoupçonnable de concussion. Ils ne se réconcilient que parce que mon frère éclate de rire en les entendant. Les coups pleuvent sur Yagel de toute part. Il s'écroulera sans avoir ouvert la bouche.

J'espérais qu'une fois sorti de la ténèbre où notre père porta son corps inanimé avec l'aide de l'agent, il me ferait des confidences, mais il n'en fut rien. Et quand, pour en avoir le cœur net, j'abordai la question des billets avec lui, il parut si mal à son aise que je préférai ne pas insister.

De la liasse elle-même, voici ce qu'il advint. Jetant inopinément un regard à la pendule, Klëpko se rappela soudain qu'il aurait dû se trouver depuis plus de deux heures au milieu du carrefour de la Pendule et se précipita hors de chez nous sans plus de cérémonie. Notre père, ayant assuré son derby sur sa tête, s'en fut au commissariat avec l'argent. Il y reçut un accueil des plus déconcertants. La poulaille se moqua ouvertement de lui, l'abreuva d'épithètes humiliantes au sujet de sa coiffure, hurla de rire au seul nom de Klëpko et, finalement, poussa l'honnête citoyen dans la rue après l'avoir obligé à ramasser les billets qu'il était venu remettre et que le brigadier de service avait lancés en l'air. Ces réactions ne prendraient de sens à nos yeux que beaucoup plus tard, après le « match du siècle ».

XXX.

NOUVEAUX COUPS DE THÉÂTRE

A l'heure où nous semions au cœur de la Société Prokochniev les ferments d'un doute qui allait la mener à sa perte, de graves événements se déroulaient à deux pas de là.

Quand, après un voyage long pour certains de plusieurs jours, nos cousins de province et de l'étranger arrivèrent rue Panelka directement depuis la gare, ils trouvèrent cette artère occupée par une foule qui sentait sa lupionerie à plein nez, encore qu'elle ne brandît ni bâtons ni pancartes. Si compacte était la masse des Infidèles que même un petit enfant n'aurait pu s'y faufiler. Tatko Lipora n'y avait pas réussi malgré tout son entregent et, voyant s'évanouir l'espoir de vastes bénéfices, se tordait les mains au coin de la rue en louchant nostalgiquement sur sa baraque. Mais tel n'était pas l'aspect le plus frappant de la scène.

Aux vociférations, aux slogans belliqueux des jours passés avait succédé un silence impressionnant, un de ces silences de foule qui planent lourdement sur les têtes et bourdonnent sinistrement aux oreilles. Les lupionistes étaient rangés devant la grille de l'école, les petits devant, les plus grands derrière, comme pour une photo de classe. La tête bien droite, ils fixaient l'emplacement situé entre les troisième et quatrième marronniers, du côté nord.

Raides et patients ainsi que des soldats au garde-à-vous. Des mots d'ordre circulaient parmi eux, de bouche à oreille. Les nôtres, qui ne parvenaient pas à les saisir, n'avaient pas besoin de cela pour craindre le pire.

Sans aucun doute, cette pègre était résolue à donner l'assaut, à franchir la grille, à envahir la cour et à faire un sort au mastodonte, justifiant ainsi *a posteriori*, par son élimination, le dogme qu'elle avait répandu de son inexistence. Ceux qui, dans le dessein de contempler Nathanaël Proboskiphore, avaient sacrifié leurs économies et affronté les périls d'un grand voyage, ceux-là se frappaient la poitrine et s'arrachaient les cheveux : ils n'étaient donc parvenus au terme de leur pèlerinage que pour assister au massacre de la bête prodigieuse ! Mais alors, demandaient les plus réfléchis, pourquoi les Infidèles étaient-ils sans armes ? Hélas ! leur rétorquait-on, ils n'avaient renoncé aux gourdins et aux matraques dont on les voyait d'ordinaire si généreusement pourvus que parce qu'ils dissimulaient des pistolets dans leurs poches. Et peut-être même des grenades ! L'épouvante et le désespoir frappaient ces justes de paralysie.

Le premier à reprendre ses esprits fut Tatko Lipora. L'éléphant liquidé, c'en était fait de la lucrative mercadence du beignet royal et lituanien. « On ne va tout de même pas les laisser faire ? » s'écria-t-il, très crâne, tout en s'accroupissant au plus vite derrière un immense bûcheron sibérien à barbe rousse.

C'était déjà trop tard. Il n'avait pas plus tôt lancé cette virile apostrophe qu'un coup de sifflet retentissait dans les rangs de l'ennemi. Le signal de la curée ! Il fallait empêcher ce sacrilège à tout prix, faute de quoi l'Eternel en son courroux enverrait un déluge de feu sur la terre !

Mais comment s'y prendre ? Les nôtres s'affolent et perdent la tête. Et voici que la lupionerie, exécutant un plan minutieusement ourdi, se met à hurler d'une seule voix : « Ah ! Quel magnifique proboscidien ! », puis...

Puis rien. Puis reste sagement plantée devant la grille.

Stupeur.

Si c'est de l'ironie, elle est encore plus épaisse que ce à quoi elle s'applique. Et si c'est une ruse, à quoi bon ? Ces crapules ne sont-elles pas cinq ou six fois supérieures en nombre ? « On va tous y passer ! » gémit Tatko Lipora, qui cherche le chemin du salut à quatre pattes au milieu des jambes de pantalon.

Nous attendons, pétrifiés, l'irrémédiable.

— On n'a jamais vu un aussi bel éléphant ! braillent en chœur les lupionistes.

Ils n'ont pas bougé d'un millimètre. Leurs visages ne reflètent aucun sentiment particulier : pas plus une envie de meurtre qu'ils pourraient entretenir en secret que cette admiration pour le pachyderme qu'ils proclament hautement. Ils remettent ça :

— Un triple ban pour Nathanaël !

Ainsi de suite pendant plus d'une heure, jusqu'à ce qu'un autre coup de sifflet mette fin aux litanies et donne le signal de la dispersion.

Les nôtres avaient assisté bouche bée à cette scène. Ceux qui venaient de loin ; ceux qui étaient des habitués de la rue Panelka et de ses vives controverses ; ceux qui passaient simplement par là. Jamais aucun d'eux n'aurait seulement espéré qu'à titre individuel, d'homme à homme et dans le plus grand secret, un partisan de Rhodi Lupion admettrait la réalité de Nathanaël Proboskiphore. On juge de leur ahurissement en face de cet aveu collectif, public et même ostentatoire. Il fallait que Dieu, pour le moins, les eût tirés de leur aveuglement. Infinie était Sa miséricorde : elle s'étendait à ceux qui offensaient Son nom. Serions-nous moins généreux que Lui ? Croyants, ne tendrions-nous pas une main fraternelle à ceux qu'Il avait gratifiés de Sa clémence ? Le Tout-Puissant venait de donner l'exemple de la réconciliation. On s'élança sur l'ennemi d'hier en lui ouvrant tout grands les bras. Mais cette engeance, au grand désarroi des nôtres, manifesta clairement son dégoût d'un tel contact et, pour y échapper, recourut aux moyens qui lui étaient habituels. Elle repoussa les embrassades et se garda des effusions avec la dernière énergie. Comme on se taille une piste dans la jungle, les lupionistes se frayèrent un chemin parmi nos frères, fauchés telles des quilles dans une cour d'auberge et rejetés de part et d'autre du flot humain (à l'exception toutefois de ceux qui restèrent dessous et le sentirent longuement déferler sur leurs épaules).

« Après quoi, rapporte Josef Kansel dans ses souvenirs, ces chevaliers de la barbarie regagnèrent leurs quartiers au son de cantiques prônant la charité, la justice et l'amour. Ces inconséquences les confortent dans l'opinion qu'ils détiennent l'ultime vérité de toute chose. »

XXXI.

ON IMPROVISE UNE FÊTE

Les Nathanaélistes, qui avaient sincèrement voulu fraterniser, furent blessés dans leur cœur plus encore que dans leur chair. Un comportement aussi lunatique, des attitudes aussi peu cohérentes leur semblaient témoigner d'une opiniâtreté dans le mal qui ne pouvait être inspirée que par Belzébuth. Les théories hérétiques de la Secte s'en trouvaient consolidées. On murmura d'ailleurs que, dans les jours qui suivirent, beaucoup de gens demandèrent à être initiés aux arcanes de l'Impureté à la lumière des bougies noires. Il fut à peu près établi que l'exemplaire Luudi Schmur avait dépêché un homme de confiance auprès de Kryla Krylakuri, pour l'interroger sur certains points de doctrine et lui proposer libéralement de reprendre sa place au sein de notre communauté.

Nous avions été couverts d'opprobre par des bouches corrompues, bourrés de horions par des poings sataniques et laminés par des semelles à beaucoup d'égards infâmes — mais nous avions remporté une formidable victoire. Les Méchants s'étaient vus contraints d'avouer leur imposture et de reconnaître l'existence de Nathanaël Proboskiphore. Chacun s'en réjouissait hautement, pour la gloire du vrai Dieu, et je partageais l'allégresse générale. Je voyais sans plaisir l'hallucination faire tache d'huile, certes, mais il m'était difficile de résister à la liesse communicative qui transformait nos rues en allées de kermesse. On entendit Yagel (averti on ne sait trop comment de ce qui s'était passé) danser dans son placard, et notre père ne le rabroua que pour la forme. Lui-même se sentait gagné par l'euphorie, en dépit des nombreux camouflets qu'il avait essuyés ce matin-là.

Après le dîner, les gens sortirent sur le pas de leur porte pour commenter les événements, qu'ils avaient déjà disséqués durant des heures. Offertes par d'anonymes donateurs, des chopes de bière fraîche circulaient entre les groupes. Et bientôt, une fête prit spontanément naissance au beau milieu du carrefour de la Pendule. L'oncle du boucher Ztalmna brandit un accordéon. Aussitôt, des hommes de toutes générations se précipitèrent chez eux et rapportèrent des violons, des clarinettes, des guitares, d'antiques clairons bosselés, des ocarinas et des harmonicas, des clarines. On vit aussi paraître une flûte, une cithare, un tambour, un banjo, trois mandolines et même un saxophone basse. Les musiciens se regroupèrent sur le perron monumental de la banque Prokochniev et exécutèrent, chacun dans la tonalité et avec les fioritures que sa sensibilité lui dictait, des morceaux d'inspiration populaire, connus de tous, et qui engageaient à la danse. *Le Beau Danube Bleu* ne fut pas interprété moins de vingt-deux fois, dont douze consécutives, à la demande de l'assistance. J'en avais les larmes aux yeux. Le tambour lui-même avait du mal à réprimer son émotion et il n'eût pas fallu compter sur un soutien rythmique bien ferme si le Sénégalais, sorti de son bordel en même temps que les pensionnaires et la clientèle hâtivement refagotée, n'était venu se joindre à l'orchestre avec son tam-tam. Sur son Danube à lui caracolait toute une ménagerie de girafes, de pangolins et de gnous, mais personne ne songeait à s'en plaindre. L'atmosphère était à la tolérance. On applaudissait même ceux qui, au prix d'une recherche laborieuse, trouvaient la bonne note quand la mélodie avait déjà filé deux mesures plus loin, de telle sorte que cette note juste pouvait paraître fausse à un auditeur inattentif. Ceux qui n'avaient pas d'instruments frappaient dans leurs mains. Ou chantaient. Ou battaient la mesure. Chacun participait de son mieux.

Tatko Lipora marquait le temps fort contre son étal avec une écumoire. (Sur le temps faible, mais il n'en cognait qu'avec plus d'autorité dans l'espoir d'entraîner les autres.) Des costauds l'avaient aidé à tirer sa cabane jusqu'au coin de la rue Panelka. Le beignet s'y négociait au cours du diamant brut. Néanmoins, les amateurs faisaient la queue jusqu'aux abords de la maison de prière, où les vieux assemblés psalmodiaient leur gratitude à l'égard du Très-Haut. J'avais proposé à Tatko de remplacer Yagel. Hélas, je n'avais ni l'expérience ni les dons de mon frère. Je gâchais la pâte. Je donnais aux beignets des formes incongrues. Je me servais de la saupoudreuse sans grâce et sans mesure. J'effectuais pour jeter les morceaux de pâte dans la bassine, trop haute pour ma taille, des gestes évoquant à mon patron ceux du singe gaulant des noix.

Le carrefour tout entier avait été converti en piste de danse. Les parents les plus stricts — et notre quartier en comptait énormément — avaient accordé l'autorisation aux jeunes filles de sortir et de se laisser inviter par les hommes convenables. Mais à part le nègre (environné des capiteuses fragrances de l'amour vénal) et moi, il n'y avait que des hommes convenables dans la rue et ces parents collet monté, après avoir surveillé la scène du haut de leur fenêtre, se sentaient des démangeaisons dans les jambes et descendaient valser aux accents audacieusement modulés du *Beau Danube,* sur les grands flots bleus duquel, par la voix tonnante et nasillarde du charbonnier Itchelion, venaient se mirer les étoiles. Nul ne lui connaissait ce talent. D'aucuns chuchotaient qu'ils eussent préféré ne l'avoir jamais connu, mais rares étaient ces rabat-joie.

Soudain, j'aperçus dans la file des clients qui attendaient devant notre baraque un panama qui me rappela quelque chose. Joseph Kansel ! C'était lui. L'ironiste distingué. Le virtuose de la plume. Et j'allais avoir l'honneur de le servir, sinon d'échanger avec lui quelques propos de bonne compagnie. Dans mon désir de lui plaire et de m'attirer ses bonnes grâces, je préparai à son intention un beignet de taille normale mais qui, au milieu des autres, figurait assez bien Gulliver chez les Lilliputiens. Et quand le journaliste arriva devant notre comptoir, je le lui tendis avec l'émotion qu'on devine. Tatko me l'arracha des mains, interposa sa masse entre Josef et moi et, dans un geste de prestidigitateur, rafla sur l'assiette un beignet microscopique qu'il présenta à celui qui, à ses yeux, n'était qu'un couillon comme les autres. Le plus grand écrivain vivant n'avait eu le temps ni de voir le beignet que je lui destinais ni même de remarquer ma présence au fourneau. J'entendis seulement sa voix qui demandait avec douceur : « Pourriez-vous me le couper en quatre, s'il vous plaît ? Je crains de m'étrangler... », tandis que mon patron hurlait son boniment dans l'espoir de la couvrir.

Lorsque Tatko Lipora reprit sa place (Joseph avait disparu, naturellement), ce fut pour m'annoncer que j'avais perdu la mienne. Il voulait bien inculquer les rudiments du métier à des manchots, des jean-foutre, des crétins incurables, voire à des lauréats de concours de gargouilles tels que mon frère Yagel, mais pas à des gaspilleurs. Gusto Kolynine me remplaça auprès du maître beignet. J'appris de la bouche de mon camarade, le lendemain, que ce dernier, au moment de faire sa caisse, avait invoqué le premier prétexte venu pour ne lui verser que la moitié de ce qu'il lui avait promis. Mais Gusto revint avec son père en grand uniforme. M. Kolynine agit avec méthode. Un — il fracassa le comptoir de son énorme poing. Deux — il prit la baraque à bras-le-corps, l'arracha du sol et la secoua tant et si bien que s'y brassèrent en un funeste amalgame les récipients, les ustensiles de toute nature, le fourneau, le tiroir-caisse, la bassine et son huile encore chaude, le seau de pâte, le panneau surchargé annonçant les fluctuations du tarif, et le maître beignet en personne. Trois — il coiffa ce dernier avec le seau de pâte et battit la diane sur le fond de ce vase au moyen d'un bout de plancher et d'une louche. Quatre — il rafla dans le tiroir-caisse la somme qu'il estimait revenir à son fils. (Tatko jugea cette estimation des plus larges, mais n'en souffla mot.) Cinq — il urina contre la pancarte *Au Roi du Beignet lituanien* « à titre d'avertissement » (ce furent ses propres paroles), engagea Gusto à procéder de même et s'éloigna dignement. Dans les efforts qu'il accomplit pour se dégager des ruines de son commerce, Tatko Lipora acheva d'en faire crouler sur sa toque les trop fragiles murailles.

Tels furent, en cette extraordinaire journée, les événements et les circonstances. Si je n'assistai pas aux plus tardifs, c'est que j'avais été terrassé vers onze heures par le manque de sommeil. Je payais ainsi la curiosité sacrilège qui m'avait tenu éveillé toute la nuit précédente devant le mur séparant ma chambre de celle d'Anhla. J'en avais assez vu, toutefois, pour garder de la fête — malgré mon échec en tant qu'apprenti pâtissier — un souvenir enchanteur. D'ailleurs, qui d'entre nous n'a pas gravé au plus profond de sa mémoire ces instants privilégiés — fugitifs, hélas ! — où nous sentîmes à quel point nous débordions de force et de vitalité, à quel point nous étions capables de grandes choses, lorsque nous nous serrions les coudes et avions l'audace de nous aimer nous-mêmes ?

XXXII.

UN ÉLÉPHANT À LA BAISSE

Au plus fort de notre exaltation, quelque chose pourtant aurait dû nous mettre la puce à l'oreille. Nous souffler que tout n'était peut-être pas aussi rose que nous l'imaginions. C'était le comportement de nos cousins venus de l'extérieur. Alors que nous laissions éclater notre joie sans retenue, ils se contentaient d'arborer un sourire contraint. Et si nous n'avions pas été aveuglés par le naïf orgueil de notre victoire, nous n'aurions pu manquer de voir qu'ils ne participaient pas vraiment aux réjouissances. Ils demeuraient sur la réserve et, bien qu'ils fussent, parmi nous, heureux de notre bonheur, semblaient prendre leurs distances vis-à-vis de nos débordements.

Quand j'y songe, aujourd'hui, je suis frappé par certains faits qui, sur le moment, ne m'avaient pas autrement surpris. Ce flottement qui s'était produit dans leurs rangs, par exemple, tandis qu'ils s'abîmaient dans la contemplation de Nathanaël juste après le départ des lupionistes. J'y étais. J'avais surpris, sans y accorder d'importance, les regards de chiens battus qu'ils échangeaient à la dérobée, rougissant violemment quand leurs yeux rencontraient ceux d'un habitant du quartier, ce qu'ils s'appliquaient du reste à éviter. Comme tout le monde, j'avais mis cela sur le compte de l'émotion, du dépaysement, de la gaucherie proverbiale des gens qui vivent loin des grands centres et appartiennent à des nations moins évoluées que la nôtre. L'après-midi, constatant qu'ils évitaient soigneusement la rue Panelka — comme s'ils ne s'étaient pas déplacés de si loin spécialement pour le proboskiphore ! —, j'avais ri sous cape de leur sotte extravagance. Et je m'étais esclaffé à en perdre le sens lorsqu'on révéla que plusieurs d'entre eux avaient traversé la ville sous un soleil de plomb pour rendre visite à l'éléphant arthritique du parc Ghloty. J'aurais dû me montrer plus circonspect, et tout le quartier avec moi. Nous y reviendrons.

Le lendemain, nos journaux ne parlaient que du bal impromptu du carrefour de la Pendule et de l'ambiance qui avait régné dans les rues jusqu'à une heure avancée de la nuit. Ceux de l'adversaire, naturellement, n'en soufflaient mot. En revanche, ils publiaient à nouveau des photographies de notre cour d'école, accompagnées de légendes laconiques. « Hier matin, rue Panelka. » « Un éléphant avide d'instruction. » « Lui aussi, recherchait l'ombre. » L'un d'eux ajoutait : « Que fait la police ? » Mais c'était une feuille d'opposition extrémiste, qui ne voulait perdre aucune occasion de mettre en difficulté le gouvernement.

Quelque chose dans ces images provoquait un malaise. On pouvait s'étonner, d'abord, qu'elles fussent largement diffusées, quand l'intérêt de la lupionerie eût été de les soustraire à la connaissance du public. Plus troublant encore était le fait qu'il s'agissait de documents si évidemment, si insolemment truqués, qu'un enfant au maillot ne s'y fût pas laissé prendre. Comme si la lupionerie avait triché pour se donner tort...

Ici, on avait collé sur une vue des marronniers un pachyderme grossièrement découpé dans un autre cliché et si mal adapté au décor que ses pattes ne reposaient même pas sur le sol. Là, on reconnaissait au premier coup d'œil la bête flétrie du jardin zoologique. Ailleurs, le proboscidien censé représenter Nathanaël était carrément tourné dans le mauvais sens et présentait son vaste fessier aux fenêtres de la classe. Quelquefois il était trop petit. D'autres fois trop gros. On le montrait assis sur un grand tabouret rouge, portant du bout de sa trompe une bouteille de vin à ses lèvres. Sur l'un de ces montages, une éléphante rôdait autour de lui avec lascivité. Il grattait le derrière d'une autre en première page du *Clairon.*

C'étaient là, aux yeux de notre père, l'Effronterie et la Duplicité qui se donnaient libre cours. Il s'échauffa jusqu'à prendre le teint de l'aubergine. A travers la porte de sa prison, il fit à Yagel la description de ces nouvelles impertinences, exigeant de mon frère qu'il manifestât son indignation. Les gens du quartier, quant à eux, avaient pris le parti d'en rire. Voilà ce qui arrive à force de nier l'évidence, disaient-ils ; on se dévisse la cervelle ! Ces pauvres lupionistes ne savaient plus où ils en étaient. Cette interprétation rencontra l'adhésion générale et l'on cessa bientôt de s'intéresser aux sottises qu'avec monotonie tous les torchons de la ville donnaient à considérer chaque matin. En désespoir de cause, ils avaient dû admettre l'existence de l'éléphant : les nôtres n'en demandaient pas davantage. En moins de deux semaines, la vente de ces feuilles chut de 98 pour 100 dans notre quartier.

En même temps qu'elle, retomba chez beaucoup de gens l'excitation qu'avaient engendrée les polémiques et les escarmouches autour de Nathanaël. Maintenant qu'il n'était plus contesté, l'éléphant suscitait moins de passion. Après la sauterie du carrefour de la Pendule, nos cousins s'en retournèrent chez eux. Ils nous lancèrent par les portières, comme leurs trains s'éloignaient, des regards incertains, chargés d'indicibles reproches. Les partisans de Rhodi Lupion désertèrent la rue Panelka. Ses adversaires, en conséquence, n'éprouvèrent plus le besoin de s'y rendre. Le temps était révolu où l'on avait le sentiment de défendre là-bas, l'insulte aux lèvres et les armes à la main, une cause des plus sacrées. J'eus même l'impression que nombre des nôtres évitaient délibérément de passer devant l'école.

En tout cas, le proboskiphore avait cessé d'être au centre de leurs préoccupations. La vie quotidienne reprenait ses droits et la plupart des gens que je rencontrais hors de chez nous semblaient en éprouver un profond soulagement. On les sentait désireux de retrouver leurs petits soucis personnels. L'homme se lasse de tout, y compris de l'épopée. Il rêve secrètement de caresser son chat et de regarder pousser le rutabaga dans son jardin.

Ceux qui parlaient encore de Nathanaël le faisaient incidemment, comme on évoque au passage tel coin de rue, telle enseigne familière. Plus tard, il arriva même qu'on le mentionnât avec un certain agacement. J'entendis un matin deux matrones, juste sous nos fenêtres, se demander qui payait sa nourriture, son entretien, craignant que ce ne fût la communauté.

Tout cela — est-il besoin de le préciser ? — me mettait du baume au cœur, ce que je me gardais bien de laisser voir à notre père, qui vitupérait en de longues diatribes l'inconstance et l'ingratitude du populaire, fermement soutenu par mon frère du fond de la ténèbre. De leur côté, Kuusch et Kbol, disait-on, méditaient de composer un discours dans le goût du vieux Caton pour rappeler le quartier à ses devoirs. Le révérend Schmur, jour après jour, mettait ses ouailles en garde contre le pharisaïsme, la bonne conscience, le relâchement des exigences morales. Plus enragé qu'eux tous était Tatko Lipora. Par tous les moyens, le beignet tentait de ramener la multitude devant la grille de l'école. Il soutenait que jamais Nathanaël n'avait offert un si captivant spectacle. Qu'il dansait la gigue. Faisait mille tours. Prédisait l'avenir. Soignait l'emphysème. Désignait de sa trompe l'épouse la plus ardente. Chiait des boules de gomme. Mais on voyait bien qu'il prêchait pour sa paroisse et ne songeait qu'à rentabiliser la nouvelle baraque qu'il venait d'acquérir, avec double fourneau et tiroir-caisse géant. Pour attirer quelques rares passants dans la rue Panelka, il était obligé de les choisir fluets, de leur saisir la main à l'improviste et de les entraîner de vive force. Aussi les gens ne franchissaient-ils cette partie du carrefour que par groupes de cinq ou six, sous la protection de l'agent Klëpko. Bien beau encore lorsqu'ils n'abusaient pas de la supériorité que leur conférait le nombre pour assiéger la roulotte de Tatko et faire main basse sur les beignets sans bourse délier.

XXXIII.

SOULAGEMENT DE VIMLO ET PERFORMANCES SUBSÉQUENTES

Quant à moi, je me frottais les mains. Non par malveillance, mais parce que l'Eternel écartait de ma tête Sa colère vengeresse. Tous les signes concordaient : j'allais bientôt être déchargé du poids de mon péché. Réconcilié avec mon Créateur, je pouvais envisager de me réconcilier avec moi-même. Je pris plus d'assurance en huit jours que durant les huit années précédentes. Je songeai un instant à séduire Glora. Je serais le maître de son cœur. Elle se pâmerait à ma vue et vibrerait des narines avec ardeur. Alors je lui tournerais le dos, plaf, comme ça, et je deviendrais un homme à femmes, les yeux mi-clos, la cigarette au bec. Je ne connaissais plus de limites à mes possibilités. L'avenir et le monde m'appartenaient. Ainsi, il ne me paraissait pas exclu d'embrasser la carrière de danseur mondain, encore que je ne pusse exécuter quatre pas de polka sans crocheter la jambe de ma cavalière et m'effondrer sur elle avec une exclamation de dépit. Mais j'étais passable dans la marche, jusqu'au moment où le mur du salon arrêtait mon élan.

Alors que je ne parvenais pas toujours à me contrôler moi-même, j'avais un don spécial pour gouverner les autres. Sous mon autorité, Gédéon accomplit de tels progrès au violon qu'il négociait un morceau en trois phrases, quand il en fallait dix fois autant à la partition. Il battait le métronome à plate couture et montrait au service des compositeurs les plus émollients un zèle hagard auquel leurs œuvres gagnaient en force et en alacrité. Malheureusement, il avait le poignet fragile et, pour riche qu'il fût, M. Bourbaki se lassa d'avoir à renouveler chaque jour les cordes de l'instrument et à faire recoller pour la nième fois par le luthier Zjaćzijk le manche de l'instrument après le corps. Pour consoler mon camarade, j'acceptai de le rencontrer aux échecs. On sait qu'il y excellait. Moi, je n'y avais jamais joué. Cependant, il fut si vite débordé par les audaces de ma tactique qu'il dut déclarer forfait après dix minutes d'une partie haletante. Sous prétexte que j'ignorais les règles, il me suggérait des cheminements tortueux pour certaines de mes pièces, manœuvre astucieuse de sa part bien que peu loyale. « Vois-tu, cher Vimlo, pour bien faire, ton fou devrait plutôt circuler sur les diagonales. Quant au cavalier, il ne saute pas les obstacles comme tu parais le croire, mais effectue un pas sur une colonne, suivi d'un pas en diagonale. » Cause toujours ! Je n'étais pas idiot au point de ne pas voir que la plupart du temps, la ligne droite valait mieux que tous ces détours ! A ma façon à moi, je lui raflais d'ailleurs ses pièces les plus précieuses en un tournemain.

Du fauteuil de rotin où elle s'éventait d'une main nonchalante, Mme Eglantine m'adressa l'un de ces sourires pâles et rêveurs que j'appréciais tant et me dit :

— Ne vous découragez pas, cher Vimlo ! Vous n'allez pas vous décourager, n'est-ce pas ?

Me décourager ? A l'heure où je découvrais en moi des aptitudes inouïes ! C'était au champion déchu, bien plutôt d'envisager l'avenir sous de sombres couleurs ! Comment pouvait-elle être aussi distraite ? Je ne lui en faisais pas grief, remarquez bien. Merveilleuse Eglantine ! J'adorais cette façon qu'elle avait d'assister à tout comme si elle se trouvait ailleurs : cette manière inimitable de flotter par l'esprit au-delà des informations que lui communiquaient ses sens, exactement comme elle flottait, par le corps, au-dessus des pelouses et des parquets.

J'osai, ce jour-là, lui rendre son regard. J'osai même lui parler.

— Au fait, sauriez-vous, madame, où je pourrais trouver M. Josef Kansel ? C'est un homme dont j'apprécie énormément les qualités, et je crois savoir qu'il fréquente lui aussi votre maison...

L'aisance avec laquelle je m'exprimais était un enchantement pour moi. Je n'en fus pas moins surpris que du trouble de mon hôtesse, que j'avais crue inaccessible à toute émotion de quelque ampleur. Pourtant elle rougit, porta machinalement la main à l'endroit où, quelques semaines plus tôt, elle avait glissé le billet ramassé sur le gazon, entrouvrit les lèvres et les referma sans avoir dit un mot, tout en vérifiant à la dérobée si Gédéon ou Glora avait les yeux fixés sur elle. Finalement, elle toussota dans son poing et répondit en un rapide murmure, sans me regarder :

— Il me semble qu'il habite du côté de l'avenue Gulish-Polhon...

— Au 213, intervint Gédéon.

— Reprendrez-vous un peu de limonade ? me demanda sa mère.

A l'adresse indiquée, un portier à demi sourd m'informa, après de difficiles palabres, que le grand homme était à son journal, rue de l'Ancien-Marché. J'y courus pour apprendre d'un bègue exaspérant qu'il venait de retourner chez lui. Nous avions dû nous croiser.

Toutes ces allées et venues m'avaient pris pas moins de deux heures : il était temps de rentrer à la maison. En d'autres circonstances, ce nouvel échec m'eût consterné ; on aurait dit que je passais ma vie à manquer Josef Kansel ! Mais dans l'euphorie où j'étais, rien ne pouvait entamer ma confiance en l'heureux dénouement de toute chose. La main de Dieu reposait sur mon épaule et guidait mes pas. Je rencontrerais le journaliste demain, après-demain, un jour ou l'autre — au moment qui serait le plus propice à l'éclosion d'une profonde et durable amitié entre nous (car je ne doutais plus qu'il se montrerait aussi friand de ma compagnie que moi-même j'étais avide de la sienne...).

XXXIV.

DU CÔTÉ DE TOHÛ ET BOHÛ

Je parus à la table familiale dans cette heureuse disposition. D'une voix détachée, tout en grignotant un pied de veau, j'interrogeai mon père sur le mystère des femmes. Ni Anhla ni ma mère n'eurent le loisir de perdre connaissance. Sans leur intervention in extremis, Ardamet Naftali n'aurait pas recraché la fourchette et serait mort étouffé sous nos yeux. « Si t'es rouge, P'pa, pète un coup ! » hurlait Yagel du sein de son oubliette, tandis qu'elles s'affairaient autour du rescapé.

Dès qu'il eut retrouvé son souffle et se fut essuyé les yeux, celui-ci, m'ayant considéré non sans effarement, leva les bras au ciel, secoua tristement la tête et déclara que, puisque l'Innocence s'était exprimée par ma bouche, il ne se déroberait pas à son devoir de père et accéderait à ma requête. Toutefois, il commanda solennellement aux femmes de s'éloigner.

Quand nous fûmes seuls dans la salle à manger, il réunit une bouteille de vinaigre, un cahier, un crayon, une chandelle, le petit banc de bois brut grâce auquel ma mère accédait aux étagères supérieures des placards, une cuvette, six pinces à linge, une bonne cuillerée de piment en poudre, un dictionnaire médical, quelques cristaux de soude, une râpe à fromage, un goupillon à bouteille, une brosse de chiendent, une boîte d'allumettes, une louche en fer, la planche à laver et un parapluie. A suivre ces préparatifs, je me disais que le mystère des femmes devait être incomparablement plus mystérieux que je me l'étais imaginé. Le visage de mon père reflétait une intense concentration ; il marmonnait entre ses dents des paroles incompréhensibles. Enfin, il s'assit devant le bric-à-brac amoncelé sur la table.

Pour commencer, il s'empara de la cuvette, vida la moitié de la bouteille de vinaigre à l'intérieur, ajouta le piment et les cristaux de soude. Touillant cette ragougnasse au moyen de la louche, il consulta divers articles du dictionnaire, prenant des notes sur le cahier. Après quoi, il retira la louche, la remplaça par le goupillon à bouteille et entreprit de bourrer ses poches avec la râpe, la brosse, les allumettes, la chandelle, le cahier et le crayon. Quand ce fut fait, il coinça la planche à laver sous un bras, le petit banc sous l'autre, me demanda d'accrocher le bec de parapluie à l'un de ses poignets et saisit la cuvette d'un geste décidé. Tout faraud que j'étais ce soir-là, je me demandais quand même s'il n'eût pas mieux valu que je fusse demeuré quelque temps encore dans la prudente ignorance des énigmes de la féminité...

Alors mon père, blanc comme un linge et ruminant de plus belle, se dirigea sans un mot vers la ténèbre, posa sur le sol la bassine, la planche, le banc, ouvrit la porte du réduit, assura le parapluie dans sa main droite et en déchargea un terrible coup sur le crâne de mon frère. Il rejeta cet ustensile, désormais plié à angle droit. Il tira la brosse de chiendent d'une de ses poches, la trempa dans la cuvette et frotta vigoureusement (je devrais dire sauvagement) la bouche et les chicots de Yagel. Il fit basculer sa tête en arrière et lui ramona la gorge avec le goupillon d'une manière non moins énergique. « Le mal vient de loin, les racines sont profondes », tel fut le commentaire qu'il grommela. Il lâcha la brosse comme il avait fait du parapluie et usa de la râpe à fromage pour lacérer les joues de mon frère. « Qui est rouge, maintenant, hein ? Qui est rouge ? » s'écria-t-il triomphalement. Ayant dit, il jeta Yagel à ses pieds, lui ordonna de s'asseoir, disposa avec la brutalité qui gouvernait tous ses gestes la planche à laver sur ses genoux, lui scella les lèvres au moyen des pinces à linge, tira le petit banc à l'intérieur du débarras, alluma la chandelle, fit couler un peu de cire sur le banc, s'en servit pour y adapter le luminaire, lança le cahier sur la planche et le crayon sur le cahier. « Tu vas me copier dix mille fois — susurra-t-il le doigt levé, dominant de toute sa taille la forme pantelante de mon frère — la chose suivante : « Mon père ne p (trois petits points) pas (virgule) il souffre de fermentation gastro-intestinale exagérée avec expulsion de gaz d'odeur désagréable (point) Au surplus je ne dois pas me moquer de mon père quand il risque l'asphyxie (point) Je ne le ferai plus (point) » Il referma la porte, brisa la clé dans la serrure, glissa sur le parapluie en ramassant le moignon de la clé, se releva, glissa derechef sur la brosse de chiendent, flanqua rageusement celle-ci contre la boule de l'escalier qui la lui renvoya en pleine figure et dit en retirant les poils piqués dans ses narines :

— Je suis à toi, mon fils.

Il me fit asseoir devant lui, quasiment entre ses genoux, fronça les sourcils, m'examina le fond des prunelles d'un air suspicieux et se lança avec une réticence mal dissimulée dans un discours qui devait durer plus de deux heures. « Au commencement, dit-il en dressant l'index, Dieu créa le ciel et la terre. Or la terre était *tohû* et *bohû* — c'est-à-dire " le désert " et " le vide " : on dit aussi " vide et vague " — les ténèbres couvraient l'abîme, un vent de Dieu tournoyait sur les eaux. » Il imita avec force ce vent tournoyant et, dans le feu de l'action, arracha son derby que j'allai récupérer sous le buffet.

« Dieu dit : Que la lumière soit », reprit mon père. (Chaque fois qu'il faisait Dieu, il prenait une voix de rogomme et me considérait avec des yeux fous comme s'il allait m'étrangler.) Il lui fallut évoquer successivement les grands serpents de mer, les êtres « qui glissent et qui grouillent dans les eaux », la gent ailée, les bestioles qui rampent sur la terre et la bruyante satisfaction de l'Eternel devant toutes ces merveilles (lesquelles, apparemment, ne l'avaient pas moins étonné que je ne l'étais moi-même en considérant mon père Ardamet Naftali battre des ailes, onduler dans les grands fonds et fouir du groin l'humus originel). A un certain moment, Yahvé lâche une torpeur sur l'homme et profite de son sommeil (« Rrrrrrrrrrrron... Zzzzzzzzzzzzzzz », fait mon père) pour prendre une de ses côtes, qui devient la femme. C'est important. Tout est là. Mon père rayonne en m'instruisant de ce prodige. J'essaie, quant à moi, d'imaginer Mme Eglantine et Glora sous la forme d'une côte de veau (contrairement à mon frère, je n'ai jamais vu de côte humaine), mais ce n'est pas si facile. Et finalement, il me vient de cette tentative plus de dégoût que d'éclaircissement.

Mon père voit mon embarras et pâlit un peu. Cependant, aussi désespérée soit l'issue de la bataille, il n'est pas homme à rendre les armes sans avoir combattu à la limite de ses forces. Il lâche un profond soupir et poursuit son exposé. « L'homme et la femme, m'annonce-t-il d'une voix pleine de promesses, étaient nus l'un devant l'autre. » Je rougis violemment. Lui plus encore que moi. Il brandit à nouveau l'index. « Mais ils n'avaient pas honte. » Il m'observe attentivement pour apprécier l'effet de cette révélation époustouflante. De mon côté, j'attends la suite.

— Voilà, conclut mon père d'une voix enrouée.

J'opine mécaniquement du bonnet. Les ténèbres couvrent en couche épaisse l'abîme insondable de ma perplexité.

— D'accord ? me demande-t-il.

— D'accord, dis-je.

— Bien, fait-il.

Je continue à attendre en hochant la tête. Il pousse un

deuxième soupir et se passe lentement la main sur le visage, de haut en bas.

— Bon, dit-il.

Et moi :

— D'accord.

Mon père se lève et va regarder par la fenêtre. Il lance distraitement sur le nègre le cadre qui renferme la photographie de grand-mère, mais je vois bien qu'il n'est pas à ce qu'il fait. L'incompréhension à laquelle se heurtent ses efforts pédagogiques le turlupine. Le voilà qui tourne en rond dans la pièce. Le regard au plafond, les yeux plissés, il réfléchit en se mordillant les ongles. Tout à coup, il se fige, prend une longue inspiration, marche jusqu'à la table et se rassied en face de moi. Il s'envoie un bon coup de poing dans la paume de la main gauche, comme font les gens visités par une idée brillante. « Vimlo, déclare-t-il d'un air épanoui, les enfants ne naissent pas dans les choux ! » Très excité, il se met à me parler du printemps, de la campagne, des fleurs, des petites abeilles (dont il offre une pantomime saisissante, tenant son chapeau entre ses mains pour figurer la boule de pollen, qu'il se pose à regret sur la tête, n'ayant rien trouvé qui pût tenir lieu de pistil). Je guette en vain l'arrivée de la femme dans ce tableau bucolique ; sans doute est-elle occupée à mettre le miel en pot. Mû par une soudaine inspiration, il fonce dans le vestibule, reparaît chargé du porte-parapluie, au-dessus duquel il laisse planer quelque temps son melon avant de l'y laisser choir. « Paf ! » s'écrie-t-il. Puis, au terme d'un silence mélodramatique, d'une voix empreinte de solennité, qui dit le sacré et l'inexorable : « Et crac ! »

Il n'a pas voulu le laisser voir mais, cette fois, j'ai compris qu'il était exaspéré par la mine circonspecte que je continuais d'afficher. Je n'y pouvais rien, pourtant. L'Omniscient, depuis son Trône de Gloire, m'est témoin que je ne me serais pas fait faute de me répandre en cris de joie et en battements de mains si ma lanterne avait été le moins du monde éclairée. Malheureusement les anecdotes, paraboles, scènes champêtres, conférences entomologiques avec ou sans porte-parapluie, onomatopées et gesticulations de mon père ne répondaient en rien à mes questions. Il est juste de dire que ces questions elles-mêmes, dans mon esprit, n'étaient qu'un vague brouillard et que j'aurais été bien en peine de les formuler.

Je voyais mon père malheureux et je ne savais comment apaiser son angoisse. J'espérais que le spectacle d'un front obtus, sur un regard noyé d'hébétude, l'engagerait à renoncer. Hélas ! Ce fut tout le contraire qui se produisit. Comme si l'ampleur du défi n'avait fait que l'exciter à relever le gant, il s'acharna jusqu'a l'aube, renforçant l'égarement de mon esprit par chaque démonstration nouvelle.

Jetant les yeux autour de lui, tout d'abord, il empoigna la bouteille de vinaigre, le goupillon, et actionna furieusement l'extrémité de celui-ci dans le col de celle-là, surveillant mes pupilles dans le vain espoir d'y voir briller un éclair d'intelligence. Ensuite, et successivement :

— Il s'introduisit le petit doigt dans l'oreille et le fit aller et venir ;

— il plia les jambes, son chapeau tenu à bout de bras au-dessus de sa tête et y engagea plusieurs fois le sommet du crâne en relevant les genoux ;

— il ôta le pied droit de sa pantoufle, l'y remit, l'en retira aussitôt pour l'y enfoncer et le ressortir comme d'un bain brûlant (ce manège avait quelque chose de fascinant) ;

— accroupi sous une petite table dont il compromettait l'équilibre par les mouvements de son dos, il alluma et éteignit alternativement la lampe qui s'y trouvait en branchant et en débranchant rapidement la prise ;

— il manipula avec une croissante fébrilité un mortier de cuisine, un boulon et son écrou, un débouche-lavabo, un stylo à mine rétractable, une pompe à vélo, un vieux sabre dans son fourreau, qu'il était allé quérir au grenier ;

— perdant toute mesure en constatant l'inanité de ses efforts, il imita mon frère Yagel en train de jouer du trombone invisible puis, à l'aide d'une bêche, d'un restant de miche et de l'orifice obtenu en enlevant l'un des tiroirs du buffet, contrefit le boulanger qui enfourne son pain ;

— il repoussa ses accessoires, lança les bras en l'air et mugit d'une voix implorante : « Pense au petit ramoneur, Vimlo ! Pense au petit ramoneur ! » (Je me concentrai sans succès sur cette figure folkorique) ;

— il disparut dans la cuisine, referma la porte, la rouvrit, plié en deux, la tête en avant (de sorte qu'il me présentait le sommet de son melon), et s'écria : « Radada ! » ;

— il s'éloigna à reculons, ramenant la porte sur lui mais, à peine dissimulé par le panneau, le repoussa pour s'élancer tête basse dans ma direction et ahaner avec une conviction accrue : « Et radada ! » — ainsi de suite durant des éternités...

Il s'épuisa en rigodon et en radadas. Dans la rue le nègre protestait qu'il n'y avait plus moyen de se faire entendre, mais mon père ne conservait pas assez de tonus pour lui clore le bec avec quelque pendule, crédence ou bassinoire. Je dus lancer moi-même la bêche par la fenêtre, sans aucun entrain d'ailleurs, car j'éprouvais de la sympathie pour le soupirant d'Anhla.

Quand, deux heures plus tard, notre mère descendit de sa chambre pour préparer le petit déjeuner, elle trouva son époux haletant, défait, avec une mine de papier mâché et une mèche de cheveux dans l'œil. Avachi contre le dossier de sa chaise, l'œil fixe et éteint, il suçotait une banane à demi pelée d'une manière qui, entre nous, me parut franchement obscène. Oui, terrible et surprenant devait être le mystère des femmes.

Mon père s'étant finalement déclaré incompétent, ce fut l'exemplaire Luudi Schmur qu'on chargea de mon initiation. Nul doute qu'il s'entendait à ces choses : le Seigneur l'avait doté de sept filles après que sa famille lui eut trouvé dans la banlieue de Pkrolwric une épouse qui, par la circonférence et le poids, valait bien trois femmes ordinaires.

Il m'attendait dans son bureau, une pièce mal éclairée dont les murs étaient tapissés de livres du sol au plafond. Un air de gravité était répandu sur sa face pastorale, comme s'il s'apprêtait à célébrer l'office des morts. Il m'invita à m'asseoir et me considéra longuement. A la suite de cet examen, il hocha la tête et se détendit un peu. Il se pencha vers moi. Leva doctement l'index.

— Au commencement, dit-il, Dieu créa le ciel et la terre. Or la terre était vide et vague, les ténèbres couvraient l'abîme, un vent de Dieu tournoyait sur les eaux.

Je le quittai une heure après, grandement impressionné qu'en si peu de temps, sans avoir agité le moindre ustensile ni s'être livré à la plus petite acrobatie, il eût été capable de jeter sur le problème plus d'obscurité que mon père n'en avait accumulé au terme d'une pleine nuit d'activité frénétique.

XXXV.

L'ESPOIR FAIT-IL INJURE À LA LIBERTÉ DE DIEU ?

Un soupçon finit par m'effleurer. Et si les adultes, protégés des questions embarrassantes par le secret dont ils entouraient certains sujets, en savaient sur ceux-ci beaucoup moins qu'ils ne voulaient le faire croire ? J'exceptais, toutefois, Kryla Krylakuri de cette interrogation. L'homme qui avait tant de choses à dire sur le charme et ses stupéfiants effets devait être grand connaisseur en matière de femmes.

Depuis qu'il partageait, à propos de Nathanaël Proboskiphore, l'illusion commune, on apercevait quelquefois par nos rues sa silhouette d'oiseau déplumé ou la sombre échine de Son Excellence. Je m'ingéniais d'ailleurs à les éviter, car je leur battais froid maintenant que le vieux était passé dans le camp des hallucinés. Mais le chien était plus rusé que moi. Un certain jeudi, il manœuvra de telle sorte qu'en pensant fuir son maître, j'allai tout droit me fourrer dans ses jambes. Au moins était-ce l'occasion de lui faire vider son sac. Malheureusement, l'ancien jardinier n'avait pas la tête aux femmes et aux romances.

Il faisait peine à voir. Ses lèvres tremblaient. Ses yeux papillonnaient. Des plis amers creusaient le bas de son visage. Plongé dans ses réflexions, il mit un certain temps à me reconnaître. Après quoi il me salua d'un air lugubre et considéra tristement la sarabande que Son Excellence, fidèle à ses coutumes, dansait autour de moi.

— Ah ! Vimlo, mon pauvre garçon ! marmonna-t-il d'une voix fourbue, qui témoignait de son abattement. J'ai commis un grand péché contre ma foi.

— Un péché, monsieur Kryl ?

— Un très grand péché, mon petit. Je me suis rendu coupable d'espérance...

— Nous sommes tous sujets à des accès de faiblesse, dis-je pour le consoler. Les saints eux-mêmes...

Mais il m'arrêta en secouant la tête d'une manière pitoyable.

— Non. Non, fit-il. Ne me raconte pas de bobards, Vim ! Je sais ce que j'ai fait. J'ai vu, grâce à ton éléphant, le Mal connaître une prospérité inouïe dans notre ville. Ce furent des semaines exaltantes. Satan menait le bal. Alors je me suis abandonné à la suffisance, à la présomption. J'ai cru la partie gagnée. J'ai trop tôt salué l'apocalypse ; je l'ai célébrée avant qu'elle ne s'abattît sur ce monde corrompu. Et que s'est-il passé ? Anticipant sur Sa volonté, j'ai offensé le Dieu de colère. J'ai arrêté la main susceptible du Dieu de vengeance. Vois : l'Impureté recule sur tous les fronts ! Les plus enragés songent déjà à remiser leurs gourdins, leurs rasoirs ! L'air ne retentit plus de blasphèmes. On n'y respire plus l'odeur du meurtre. Les signes avant-coureurs du carnage se sont volatilisés. L'abomination s'exténue. Tout va mal. Tout va très mal, Vimlo !

— Ne vous découragez pas si vite ! dis-je. M. Schmur soutient que l'Eternel est insondable.

— Il ferait mieux de s'occuper de ses fesses ! s'emporta Kryla Krylakuri. Je parle de l'exemplaire Luudi Schmur, naturellement, ajouta-t-il plus bas. Ne sais-tu pas que ce vieux grimacier, à présent, me fait mille grâces, comme si je n'étais pas suffisamment accablé par le Ciel ! Il me poursuit, et quand il m'a trouvé, profite du moindre moment d'inattention de ma part pour chercher à m'embrasser ! Il s'est entiché de moi, le maudit scélérat, et invite chacun dans le quartier à me faire bonne figure : n'est-ce pas la meilleure preuve que l'Impureté bat en retraite ? On s'acharne à me pardonner. On brûle de m'accueillir à nouveau dans le sein de la communauté. Sais-tu ce qu'il m'a proposé, ton détestable Schmur ? D'organiser une quête parmi ses fidèles pour louer à mon nom un coquet rez-de-chaussée actuellement vacant, non loin de la maison de prière ! Il rêve de m'avoir tout à lui pour confronter à perte de vue sa métaphysique à la mienne et finalement m'engloutir sous le flot de sa morale sucrée !

L'ancien jardinier laissa tomber une main squelettique sur mon épaule.

— Vois-tu, Vimlo, marmonna-t-il dans un soupir, je ne verrai pas l'avènement de ce que je souhaitais de toutes mes forces. Sans doute n'en étais-je pas digne, mais pendant bien des années, j'ai vécu dans la certitude que ce privilège, pour insigne qu'il fût, me serait accordé. Dieu a puni mon orgueil, loué soit Son nom ! Le Bien, qu'on croyait anéanti, renaît de ses cendres, l'outrecuidance des justes ne connaît plus de bornes, et je n'ai plus l'énergie de lutter encore contre ces calamités. Il est vrai cependant que les voies du Seigneur, d'après l'Ecriture, sont impénétrables. Alors ? Dois-je conserver quelque espoir au fond de moi ? Quelle est, dis-moi, la profanation la plus grave : perdre la foi en une prochaine apocalypse, ou bien la garder ? J'avoue que je ne sais plus. Mon esprit est obscurci. Mon âme reste muette. Mon cœur ne fait plus que se cogner aux barreaux de sa cage.

— Ne soyez pas si affligé, Kryl, argumentai-je. Mon père, prenant en exemple mon frère Yagel, l'émigrant, affirme que pour inventer de nouvelles turpitudes et outrager l'Eternel, la créature humaine n'est jamais en peine (encore que l'humanité de Yagel, précise-t-il, soit extrêmement problématique, sa nature tenant davantage de celle du porc-épic et du ouistiti).

Je pouvais me montrer généreux avec mon vieil ami. Contrairement à lui, j'avais toutes les raisons d'apprécier la tournure prise par les événements et d'être confiant en l'avenir.

— Puisses-tu dire vrai, mon cher garçon ! Puisses-tu dire vrai ! s'exclama-t-il avec une intonation déchirante. Ton père est un fieffé crétin, bien sûr. Il lécherait le cul du diable en croyant boire à la source de Vie et sucer le lait du divin amour... Avouons-le, Vimlo, il est plus creux que son melon et plus con que la moyenne des courges. C'est l'impression qu'il me fit d'emblée quand je l'aperçus pour la première fois, criant à quelqu'un de faire attention à la marche et, du coup, se jetant lui-même dans un réverbère avec la dernière brutalité. De cet instant, il a paru s'évertuer à me convaincre que l'estimation pourtant très négative que j'avais faite de ses facultés péchait encore par trop d'indulgence. Il n'accomplit plus un seul geste et ne prononça plus une seule parole en ma présence sans m'administrer la preuve irrécusable qu'il était plus inepte que je ne l'avais imaginé à la parole et au geste précédents. (Je baissai la tête, accablé de honte et de chagrin.) Toutefois, reprit le vieux, je ne puis m'empêcher, au plus secret de mon cœur, de cajoler la même vision que lui de l'humanité. J'espère encore, autrement dit, que tout ce qui est advenu ces derniers jours, et qui traduit apparemment un sensible progrès de la raison, de la sagesse, de la crainte de Dieu, dissimule en réalité une recrudescence du Mal. Je ne crois plus à cette éventualité, mais je ne parviens pas davantage à la bannir de mes pensées. C'est là toute ma torture, Vim ! Je sais que l'espoir fait injure à la liberté de Dieu, et pourtant je suis incapable d'y renoncer... Car je sais que l'homme, quoi qu'il prétende, préfère de beaucoup le Veau d'or à son propre Créateur. Il le trouve plus coruscant, et mieux fait, et plus ressemblant à des choses qu'il connaît. Songeant à cela, il m'arrive de rêver que cette débâcle du Mal devant le Bien n'est qu'un repli stratégique. Et si je n'y prends garde, je m'emballe là-dessus et hop ! me voici enfourchant mon dada. J'imagine un regain d'intérêt pour l'éléphant. Un retour triomphal aux controverses et aux discordes. Les horreurs de la guerre civile ! Ah ! cher garçon, il suffit que je t'en parle et je retombe dans l'ornière ! Je reprends confiance ! Pour Dieu, l'occasion est trop belle d'en finir une bonne fois : comment pourrait-il la laisser passer ? Il ne le voudra pas. Non ! Je le sens dans ces vieux os-là, Vim ! Regarde comme je tremble ! Crois-moi : ton éléphant n'a pas fini de provoquer des ravages ! Ils voudront lui faire attribuer une pension, présenter sa candidature à la mairie, que sais-je ! Et toute la sacrée musique recommencera ! Pour se prouver réciproquement qu'ils sont aveugles, ils se crèveront les yeux les uns aux autres ! Ce sera magnifique !

Le vieux Kryl était tout requinqué. Il se trompait cependant.

Deux jours plus tard, le commis de la boucherie Ztalmna passa rue Panelka sur son tricycle. Il succédait au remplaçant de mon frère, lequel avait rendu son dernier soupir après avoir foncé droit sur l'annexe de la pension Knüpp aux cris de : « Le mur ! Le mur ! Enlevez-moi vite ce mur, sacré bonsoir ! »

Arrivé à la hauteur de l'école primaire, le nouveau commis — dont la famille, originaire de Gulish, venait de s'établir dans notre ville — lança la jambe en avant et racla la chaussée du talon. C'était le seul moyen de réduire la vitesse du tricycle depuis que le boucher en avait retiré les freins, arguant qu'ils servaient de prétexte aux commis pour faire traîner les livraisons.

Une fois immobilisé, le garçon repoussa sa casquette en arrière, mit les poings sur les hanches et considéra longuement la cour à travers la grille. Ensuite de quoi, il cracha par terre, rabattit sa coiffure sur son front et repartit « en danseuse » tout en secouant la tête de droite à gauche, comme quelqu'un qui ne peut croire ce qu'il a vu.

Au carrefour de la Pendule, il manqua d'extrême justesse un piéton auquel il cria par-dessus son épaule, en guise d'excuse :

— C'est la meilleure ! Y nous prennent vraiment pour des naves : y a même pas d'éléphant, dans c'te cour !

XXXVI.

MALHEUREUX HASARDS DU TRIPORTAGE

Le piéton eût-il été quelqu'un d'autre qu'Ardamet Naftali, l'homme né coiffé à qui je dois le jour, les choses en seraient probablement restées là. Mais mon père n'était pas du genre à tolérer pareil outrage. Le moins qu'il pût faire en la circonstance était de pousser des cris d'écorché et de stigmatiser l'abjection en termes vigoureux. J'y étais : je puis témoigner qu'il ne s'en priva point. En vérité, il déploya même en ce sens un zèle supérieur à ce qu'on était en droit d'attendre de sa part. A tant bondir de çà de là au milieu du carrefour, il finit par bloquer la circulation. Puis, quand tout fut bien enchevêtré, et les commères aux fenêtres, il tira l'agent Klëpko de son promontoire, lui intimant de courir sus au perturbateur, de lui mettre la main au paletot, les chaînes aux poignets, et de le traduire séance tenante devant un tribunal d'exception qu'il se proposait de présider lui-même sur le perron des établissements Prokochniev & Fils, avec toutes les personnes de devoir et de bonne volonté qui voudraient y siéger en sa compagnie.

On vit alors quelle indolence était celle du public en général et de l'agent de police en particulier. Il s'en fallait de beaucoup que leur enthousiasme fût au diapason de ce programme exaltant. Disons le mot : ils tiraient la patte. Ils renâclaient. On peut même avancer l'hypothèse qu'ils se seraient fait tuer sur place plutôt que de poursuivre l'insolent, lequel, bien entendu, mettait leur laxisme à profit pour prendre le large.

— Enfin, Klëpko ! hurlait mon père. Vous ne voyez donc pas qu'il nous échappe ! Vous n'étiez pas si endormi quand il s'agissait d'appréhender mon fils Yagel, que je sache ! De quel bord êtes-vous donc ?

— Mesurez vos paroles, bougonna le policier. Il n'y a pas de quoi s'exciter comme ça : il vous a à peine frôlé...

Mon père explosa comme une machine infernale.

— Qui vous parle de frôlement, tête de veau ? C'est d'abjection qu'il s'agit ! C'est de calomnie ! Laisserez-vous impuni l'affront fait à Nathanaël et à toute notre communauté ? Honte sur vous, Klëpko ! Trahison ! Sabotage ! Je vais prendre votre nom, votre numéro matricule, et tous ces gens-là seront témoins !

Son teint virait à l'indigo. Il grinçait des dents et cherchait à distribuer des gifles par-dessus la tête de l'agent Klëpko. On lui faisait « ksss ! ksss ! » C'était affreux. Ceux qui se tenaient dans son dos prenaient un malin plaisir à lui faire tomber son chapeau sur les yeux d'une pichenette. Lorsqu'il en eut assez de le repousser en arrière, il bondit sur la tribune du policier avec un cri de rage et s'embarqua dans un discours furibond, une parabole de son cru sur « celui qui ne prend pas soin de l'éléphant de son frère ». Seul Tatko Lipora se rangea dans son camp.

— Vous croyez qu'il a tort ? s'interposa-t-il. C'est ce qui vous trompe !

— Trompe d'éléphant ! s'écria la foule d'une seule voix.

— Faites donc les imbéciles ! Moi, je prends sa défense !

— Défense d'éléphant ! rugirent-ils en chœur.

La plaidoirie du beignet se perdit dans les éclats de rire, tandis que l'agent Klëpko agitait son bâton et jouait du sifflet pour disperser l'attroupement. Il repoussa mon père et son allié jusque dans l'impasse du Philosophe Mühl, comme on chasse la volaille devant soi. « Iniquité... Forfaiture... Abjection ! » vociférait l'un. Et l'autre : « Ils veulent m'arracher les entrailles... me manger le foie ! »

Je donne à penser ce que Tatko allait dire lorsqu'il s'apercevrait qu'à la faveur de la confusion, des mauvais plaisants avaient embarqué sa boutique, qu'on découvrit le lendemain perchée sur le toit du musée de la Marine (elle s'y trouve encore, du moins ce qu'il en reste).

Mon père, une fois à la maison, donna de sa mésaventure une version épique. « Ce jour est à marquer d'une pierre noire, conclut-il avec de grands trémolos. La morale et la foi viennent de connaître une terrible défaite ! » Le nez dans le dictionnaire médical, j'essayais de me faire oublier.

Yagel, en revanche, improvisa aux couplets paternels un refrain de son cru. Il s'emporta avec tant de passion contre le commis boucher, l'agent Klëpko, la masse veule et pusillanime, que notre père, touché par cette vertueuse indignation, le fit sortir de la ténèbre. Peu s'en fallut d'ailleurs qu'il n'y retournât illico car, aussitôt délivré, il porta les mains à ses yeux et pesta contre la clarté du jour, trop ardente à son gré, réaction qui constituait une offense caractérisée au postulat de l'optimum climatique.

— La lumière de Dieu aveugle le pécheur ! s'écria notre père en lui tordant les bras derrière le dos et en le poussant devant la fenêtre, là où le soleil donnait à plein. Puisse-t-elle frapper ainsi tous ceux qui, aujourd'hui, ont baisé le sabot fendu de Satan sur la place de la Pendule !

— Comme on regrette — me hâtai-je de tonitruer pour attirer son attention avant que mon frère ne perdît la vue — le temps béni où, plutôt que ce possédé du Démon, c'était Yagel qui servait le boucher Ztalmna et le faisait, lui, dans la dignité et l'honneur !

Mon père voulut bien convenir, après y avoir réfléchi un instant, que nous étions tombés de Charybde en Scylla. Et Yagel s'empressa de lui faire écho, protestant qu'il n'était « quand même pas une aussi pire salope » que l'actuel commis. Ils daubèrent ensemble sur ce dernier jusqu'à l'épuisement de leurs forces. Quand l'un mollissait, l'autre repartait de plus belle. Trois jours plus tard, ils le vouaient encore aux gémonies à la moindre occasion. Vain acharnement, selon moi, car le saute-ruisseau — après avoir, d'un maître coup de guidon, évité d'un cheveu le tram au bas de la rue de l'Observatoire (quasiment à pic) qu'il venait de dévaler à une vitesse record — ne s'était pas remis de sa participation involontaire, mais très remarquée, à l'imposant cortège de bronze qui commémore un peu plus loin, sur un socle de porphyre, l'invention de la machine à traire.

S'étant réciproquement échauffés contre le livreur, Yagel et mon père voulurent porter leurs griefs sur la place publique afin de donner à l'affaire tout le retentissement qu'elle méritait à leurs yeux. Leur seul tort fut de choisir, pour aller réclamer par les rues des sanctions exemplaires, le jour où l'on inhumait le pauvre garçon. Ils firent très mauvaise impression. Surtout lorsqu'ils prétendirent tirer le funèbre cortège de son affliction pour faire signer contre le défunt une pétition hâtivement rédigée sur un coin de guéridon, à la terrasse du Grand Café Mordyklow. Une autre erreur, propre à mon père celle-là, fut de faire naïvement éclater sa joie au milieu de la famille en pleurs, lorsqu'on lui apprit le décès de l'arpète, et de vouloir à tout prix fêter ça au vin mousseux avec l'homme qui d'une voix lugubre lui avait fourni l'information. Coïncidence navrante : ce personnage se trouvait être le parrain du mort, célèbre dans les foires de campagne pour le talent qu'il avait de tuer les bœufs à mains nues. Il saisit mon père par les deux oreilles, le souleva de terre et le porta jusqu'à une fontaine proche où il le plongea tout habillé, le maintenant sous la surface de l'eau tout le temps qu'il fallut à Yagel pour se procurer trois anguilles vivantes chez le poissonnier et les lui glisser dans son col de chemise.

Témoin de ces indécences, le quartier, bizarrement, en

rendit responsable non tant notre père que Nathanaël Proboskiphore. Les parents du commis insinuèrent que le disparu n'avait fait que dire tout haut ce que chacun pensait tout bas. Puis voyant que cette téméraire supposition, loin d'être repoussée par la communauté, rencontrait la sympathie d'un grand nombre de gens, ils déclarèrent à qui voulait l'entendre qu'il n'y avait pas d'éléphant rue Panelka.

Cette théorie possédait en la personne du boucher Ztalmna l'un de ses plus chauds partisans. Sans doute pensait-il se décharger ainsi de la part de responsabilité qui lui incombait dans l'accident de son commis. Une fois le triporteur réparé, il y fit adapter une paire de freins tout neufs, dont il vérifia lui-même l'efficience. Si bien qu'au premier virage, le nouvel apprenti voltigea par-dessus le guidon, survola le trafic de l'avenue et s'engagea la tête la première à travers l'œil-de-bœuf qui orne la façade du dispensaire. Plus exactement, sa tête poursuivit sa course tel un bouchon de champagne expulsé par les gaz, tandis que ses épaules restaient coincées dans l'embrasure, prévue par l'architecte d'un diamètre insuffisant.

Les obsèques du jeune homme, qui rassemblèrent une foule considérable, eurent pour principale conséquence de renforcer la méfiance vis-à-vis de Nathanaël. On ne se contentait plus, désormais, de dire qu'il n'était pas dans la cour de l'école ; on affirmait qu'il l'avait quittée depuis quelque temps déjà. Et voilà pourquoi nos cousins éloignés étaient restés perplexes, lorsqu'ils étaient venus contempler la bête ! N'était-ce pas la seule explication logique de leur étrange comportement ? « Nous faisions confiance à ce gros cul, s'indigna le boucher sur le seuil de son échoppe. Mais pensez donc ! Il se fichait bien de nous ! Il nous a faussé compagnie dès qu'il a pu. Ce n'est pas dommage, du reste ! Il ne nous a jamais rien rapporté que du désordre, quand on y réfléchit. » Et comme les passants s'arrêtaient pour l'approuver : « Parfaitement ! renchérissait-il. Regardons les choses comme elles sont.

Des voyous armés plein les rues, des bagarres à n'en plus finir, la menace d'une guerre civile : voilà tout ce que nous avons gagné à sa présence ! En un mot comme en cent : l'insécurité. Merci bien, on s'en passe ! Je ne sais pas ce que vous en pensez mais en ce qui me concerne, je demande, je veux, j'*exige,* que ma femme et mes gosses puissent se promener dans le quartier sans courir le risque d'être rançonnés, taillés en pièces, écrabouillés par des mastodontes, voire exposés aux fantaisies des maniaques sexuels. Est-ce qu'on ne paie pas suffisamment d'impôts pour être assurés au moins de cela ? Seulement voilà, ces sacrés politicards s'en mettent plein les poches et ne fichent rien ! Alors, qu'est-ce que je vous sers ? » Une telle démonstration de bon sens méritait d'être récompensée : chacun eut à cœur, même les végétariens, d'acheter au moins une paire de cervelas. Ce que voyant, le gros Ztalmna se planta chaque matin sur le trottoir pour célébrer la sécurité des biens et des personnes, prônant en outre une réforme immédiate du système fiscal en faveur des classes moyennes.

Peu de voix s'élevèrent pour lui apporter la contradiction. « Mais quelles voix ! s'exaltait mon père en aspergeant de réglisse les paumes de Yagel. Celles de l'élite ! » J'ignore si l'on pouvait raisonnablement compter mon frère et Tatko Lipora parmi l'élite de la ville. Il est vrai qu'on ne doit pas juger des gens sur leur mine (et encore moins, je suppose, sur leurs actes, qu'il n'est que trop facile d'interpréter de travers). Notre père, lui, correspondait assez bien à l'image qu'on peut se faire d'une élite morale, en qui la vertu l'emporte sur certaines facultés plus abstraites. Pour ce qui est du révérend Schmur, de M. Kuusch et de l'instituteur Mazavdi Kbol, ces personnages représentaient sans conteste la fine fleur de l'intelligence, de la culture et de la probité. De toute leur autorité, ils s'opposèrent à ce qu'on calomniât Nathanaël Proboskiphore — la suprême calomnie, d'après eux, étant de nier sa présence à l'ombre bienfaisante des marronniers. Du coup, ils ramenèrent dans leur camp les tièdes, les timorés et ceux qui, pour une raison quelconque, voulaient se ménager leurs faveurs. Cela ne faisait pas grand monde malgré tout. Quand l'exemplaire les sermonnait au cours des offices, la plupart des fidèles rentraient la tête dans les épaules, mais ils gardaient l'intime conviction que l'éléphant s'en était allé (et, tout au fond d'eux-mêmes, que c'était probablement là une bonne chose). L'un des bienfaiteurs de la communauté, ami intime du prêtre depuis l'enfance, le supplia de se rendre au moins devant la grille de l'école afin d'y constater par lui-même qui avait tort et qui avait raison, mais l'homme de Dieu s'emporta, agita au-dessus de son visiteur le spectre de l'excommunication et, finalement, lui lança les objets du culte au visage, hurlant que la foi ne saurait être suspendue à un constat d'huissier.

Pour ne pas être en reste, Kuusch et Kbol décrétèrent que la rentrée des classes, qui devait avoir lieu la semaine suivante, s'effectuerait dans d'autres locaux que ceux de la rue Panelka, de manière que chacun pût rendre ses devoirs au proboskiphore sans gêner par ses extases et ses commentaires le bon déroulement des cours. Plus encore qu'un défi à l'opinion publique, c'était là une véritable provocation. Elle n'aboutit bien entendu qu'à étendre le mal que ses auteurs prétendaient contenir.

Quelques personnes s'enhardirent jusqu'à révéler à leurs amis les plus sûrs, qu'avant même le décès du premier commis, il leur était arrivé de passer rue Panelka — *et de ne pas y voir d'éléphant.* Mais dans l'atmosphère qui régnait à l'époque, en faire l'aveu eût été s'exposer au ridicule, sinon aux coups des Nathanaélistes convaincus. Elles avaient jugé opportun de garder le silence. Mieux : persuadées que leurs yeux les avaient trompées, elles s'étaient efforcées d'oublier leur aventure et, pour n'en pas raviver le souvenir, évitaient soigneusement depuis lors les parages de notre école (mon impression ne m'avait donc pas trompé). Quelle ne fut pas la surprise de leurs confidents en écoutant cela : eux-mêmes avaient vécu une expérience semblable ! Ils se tombèrent dans les bras. Se congratulèrent. S'attendrirent les uns sur les autres. Puis coururent à l'endroit où ils avaient cru être la proie d'un mirage. D'autres les y rejoignaient. Le bruit s'en répandit. On vint en bande se délivrer d'une angoisse dont on avait souffert chacun de son côté. Le spectacle de ce chahut délia d'autres langues. Ainsi s'élargissait la confrérie.

Chaque miraculé de l'illusion pachydermique poussait les autres à faire parade de leur commune supériorité (qui n'était, une fois de plus, que la supériorité du nombre). On vit ainsi les gens échanger des clins d'œil derrière le dos de Luudi Schmur et se tapoter le front avec des sourires entendus. Encore celui-ci était-il protégé par le sacré de sa fonction. Le directeur de notre école et son subordonné de deuxième classe suscitèrent sur leur passage des réactions moins anodines, et en tout cas moins discrètes. Pour ce qui est de Tatko Lipora, les ménagères prirent l'habitude de déverser sur lui du haut de leurs fenêtres les eaux grasses qu'elles réservaient spécialement pour cette occasion. Peu de temps après, ses revers de fortune obligèrent l'ancien beignet à se mettre au service du boucher Ztalmna, pour lequel s'était ouverte une ère de prospérité et qui cherchait toujours un livreur. Mais Tatko dut accomplir la besogne à pied, plus chargé qu'un baudet. « C'est fini avec le triporteur ! lui déclara tout net son patron. Vous ne faites qu'à me l'esquinter ! » Sans le secours d'un véhicule, il était moins facile au commissionnaire d'échapper à ces douches ignobles : il revenait trempé comme une soupe, collant de partout, et trop harassé pour se protéger efficacement des coups de martinet saluant son retard.

XXXVII.

L'ESPRIT ET LE DOUTE COURENT LES RUES

Soulagé du poids que Nathanaël avait fait peser sur les consciences, notre faubourg semblait animé d'une énergie toute neuve. L'esprit courait les rues. La verve montait naturellement aux lèvres, et avec elle les railleries. Ni mon père ni Yagel ne purent échapper à cette lame de fond. Le premier n'esquissait plus un seul pas dans la rue sans avoir une ribambelle de galopins à ses trousses, qui criaient après son chapeau ou contrefaisaient à l'unisson chacun de ses gestes. Le second, s'étant fait renvoyer du cimetière pour s'en être absenté deux semaines de suite sans excuse (la ténèbre ne pouvait en tenir lieu aux yeux de ses chefs), connaissait une disgrâce pire que celle de son ancien maître, le ci-devant Roi du Beignet lituanien. Personne ne voulait condescendre à s'assurer ses services, fût-ce pour un salaire de famine.

Cependant mon frère ne perdait pas courage, malgré la perte de la mystérieuse liasse de billets. Il rêvait trop d'Amérique, il caressait trop le désir de s'embarquer, pour renoncer à l'espoir de reconstituer avec le fruit de son travail son pécule réduit à rien par quinze jours de location de placard à plein temps. Aussi prospectait-il systématiquement toutes les entreprises du voisinage, demandant à rencontrer le directeur et se présentant à ce dernier comme un homme à tout faire sachant réellement faire tout, des tertres funéraires à la pâte à beignets. Yagel ne manquait jamais d'ajouter qu'il ne craignait pas les bêtes féroces et s'initiait depuis de longues années au trombone. Moyennant un cachet dérisoire, il se ferait un honneur de fournir l'accompagnement musical adéquat aux soirées données par son employeur, si celui-ci en manifestait le désir. « Vous savez », confiait-il pour finir en se penchant vers son interlocuteur, la main en conque autour de la bouche, « je suis un enfant de la réincarnation. Y m'ont enterré t'à Londres y a des années de d'ça, mais j'ai ressuscité dans c'te ville-ci ! — Vous n'auriez pas dû vous donner cette peine ! » commentait l'autre, négligemment, avant de le jeter dehors.

Ces rebuffades n'entamaient pas l'ardeur de mon frère. Il repartait aussitôt tenter sa chance un peu plus loin. Comme il se présentait le bec enfariné à la banque Prokochniev, la veille même du jour où, par sa faute, cet établissement allait devoir fermer ses portes à jamais, le vieux le reconnut au premier coup d'œil. Et avant même que Yagel, à titre de démonstration, n'eût ébauché le geste de creuser des sépultures à travers son bureau, il lui en fit repasser le seuil avec perte et fracas, sans prendre la peine (et mon frère devait le lui reprocher toute sa vie) d'ouvrir préalablement la porte.

Je compatissais le plus sincèrement du monde aux malheurs des miens, mais, tout au fond de moi, ne pouvais m'empêcher de goûter la situation qui les engendrait. Naguère « cerné de solitude » à cause de mon incapacité à voir Nathanaël, j'appartenais maintenant, pour cette même raison, à un courant majoritaire. Fallait-il que la destinée fût capricieuse !

Arguant de ce que la bête ne se trouvait plus sous les marronniers, certains esprits spéculatifs risquèrent l'hypothèse qu'elle n'y avait jamais été. Extrapolation intrépide, mais fondée sur le fait qu'au cours des semaines passées, plusieurs centaines de personnes, ne voyant pas Nathanaël là où il aurait dû être, avaient douté de leurs sens. Si nous étions impressionnables au point de rejeter l'évidence matérielle au profit d'une simple croyance, nous avions très bien pu, avant cela, nous laisser abuser par cette même croyance et ajouter foi à une chimère. Dans ce cas, le pachyderme n'aurait été au mieux qu'une hallucination collective. Je buvais du petit lait : c'était ce que j'avais pensé dès le début.

Il est juste de dire que tout le monde n'adopta pas un point de vue aussi radical (ne serait-ce que parce qu'il montrait la communauté sous le jour peu flatteur d'un ramassis d'hystériques). Mais le seul fait que la chose pût être envisagée dans l'absolu suffit à faire s'effondrer, s'il en était encore besoin, la cote de Nathanaël.

Quelqu'un s'avisa tout à coup que les lupionistes, ces exilés de Dieu, avaient salué à grands cris sa présence dans la cour : n'était-ce pas la meilleure preuve du contraire ? Mais, fit remarquer un autre, cette gueusaille avait aussi chanté hautement ses louanges : dès lors, l'animal ne devenait-il pas — qu'il fût réel ou non — extrêmement suspect ? Il le devint en effet au regard de beaucoup. Suspect de ne jamais avoir existé, pour les uns. Et, pour les autres, suspect d'être la créature de l'adversaire, peut-être sa mascotte, et pourquoi pas son cheval de Troie ? Le plus curieux là-dedans était que la contradiction manifeste qui séparait ces deux points de vue n'empêchait nullement leurs partisans respectifs de s'entendre. Ceux-là s'écriaient avec soulagement : « Tant mieux qu'il n'ait pas existé, si c'était pour nous trahir ! » et ceux-ci commentaient avec amertume : « Plutôt que de nous trahir, nous aurions préféré qu'il n'existât point ! » Ils se persuadaient aisément qu'ils disaient la même chose et unissaient leurs forces contre les présumés contradicteurs, emportant ainsi par la seule démonstration de leur puissance l'adhésion des gens qui hésitaient encore.

Nous devions apprendre par la suite que des délégations s'étaient constituées pour réclamer à qui de droit que Luudi Schmur fût dirigé sur une maison de repos, Kuusch muté le plus loin possible, Kbol écarté du contact direct avec les enfants. Nul ne se souvenait plus d'avoir considéré les deux pédagogues comme l'orgueil de la communauté.

Mon père et mon frère n'étaient pas jugés suffisamment importants pour qu'une action fût menée contre eux auprès d'une autorité quelconque, mais on ne leur épargna aucune tracasserie, aucune vexation. Des voisins avec qui nous avions échangé depuis toujours l'huile et le sel, les soirs où l'épicerie était fermée, jetèrent au visage d'un homme intègre l'ignoble surnom de Ducon-Galurin, jadis cueilli — et unanimement condamné — sur les lèvres de Yagel, lequel n'en fut pas ménagé pour autant.

Notre mère demeurait terrée au fond de sa cuisine. Son tablier, relevé en permanence sur sa tête, ne lui permettait pas une juste appréciation des distances ; ce fut la cause de bien des misères que la chère femme aurait pu s'épargner si elle avait renoncé à cette protection illusoire. J'étais moi-même, comme ma sœur, l'objet de quelques railleries, légères du reste, car chacun nous savait insignifiants. Ce n'était pas trop cher payer la dissipation d'un long cauchemar.

Je l'ai dit : bien avant qu'ils ne missent en doute la réalité du mastodonte, la plupart des gens n'établissaient plus la moindre relation entre lui et moi. Aussi ne songeaient-ils pas à me reprocher de l'avoir introduit parmi nous, maintenant qu'ils le soupçonnaient d'être à la solde des lupionistes. Dans l'excès de leur trouble, ils faisaient même de l'illusion pachydermique une conséquence du scandale Lupion. Comme si le conflit qui s'était élevé au sujet de l'éléphant avait pu précéder l'apparition de l'animal !

XXXVIII.

FAILLITE ET REVERS DE LA MAISON NAFTALI

Quand les classes reprirent (dans d'anciennes écuries fort sombres et mal débarrassées de leurs odeurs), j'avais perdu tout le prestige qu'un temps le mythe de Nathanaël Proboskiphore m'avait conféré aux yeux de mes camarades. A la maison, c'était un défilé perpétuel d'anciens Amis de Vimlo Naftali, buffanteaux repentis et nathas défroqués, qui venaient reprendre leurs cadeaux.

« Je te l'avais seulement prêté, Vim, tu te rappelles ? Maintenant j'en ai de nouveau besoin. » Et de tendre une main avide vers un napperon brodé, une poupée-souvenir, un vieux timbre-poste. J'assistais à la dilapidation de ce musée d'épouvante avec un enthousiasme que je ne parvenais pas toujours à contenir. Yagel, en revanche, s'emportait lorsqu'il rentrait exténué de ses vaines démarches à travers le quartier. « On est trop cons, tiens ! ronchonnait-il. On aurait dû vendre toute c'te sacrée camelote tant qu'elle traînait chez nous ! » Je savais à quoi il pensait en disant cela, et je le plaignais. Là-bas, les plages de Chicago invitaient au farniente sous leurs palmes languides ; on éventrait les jeunes filles sans lui dans les ruelles ; des trombonistes de peu amassaient des fortunes colossales ; Barnum engageait des dompteurs infects qui n'auraient pas seulement su se faire obéir d'un canard ; et les grossiums, vautrés avec leurs moukères à dix pas des crachoirs bourrés de mégots de quinze centimètres, étaient privés du commerce de Yagel Naftali, le prince du crime.

La mélancolie de mon frère, pourtant, semblait peu de chose comparée à l'inconsolable affliction de notre père. Chaque fois que disparaissait l'une ou l'autre des ordures qui s'étaient entassées chez nous, vous auriez pu croire qu'on lui arrachait le cœur. Et si, par malheur, il était présent au moment où l'un de mes condisciples réclamait son dû, c'étaient des soupirs, des plaintes, des adjurations quelquefois et même des suppliques qui me faisaient monter le rouge au front. Personne ne se laissait fléchir, néanmoins. Il distribuait en pure perte le réglisse à poignées, les basses flagorneries et les caresses, pour lesquelles il n'était guère doué (semant par ses gestes inconsidérés davantage d'effroi qu'il n'obtenait de sourires). Toute sa diplomatie ne servait qu'à faire filer plus vite mes camarades et leur butin. Alors il courait après eux dans l'escalier, les poursuivait sur le trottoir, indifférent aux commentaires narquois des passants, et se lançait dans de vils marchandages.

En échange d'un éléphant à roulettes, qu'on remontait avec une clé et qui, tout en sillonnant le plancher en une trajectoire pleine d'aléas, soulevait périodiquement sa queue pour lâcher l'une des petites billes brunes dont on lui avait préalablement chargé l'estomac, mon père proposait un patin à glace (l'autre s'en était allé par la fenêtre à la rencontre du nègre, sans espoir de retour), un vieux piège à rat, la casquette de Yagel, « La Science et l'Hygiène courtisées par le Progrès » dans un cadre doré et sa propre photographie parmi les spectateurs du Tournoi gymnique, en 1916. Mais les garçons ne voulaient rien entendre. Notre père se tordait les mains. Songeait, en dernière extrémité, à sacrifier son derby ou à promettre notre sœur en mariage. Finalement, l'idée lui vint de racheter purement et simplement les plus belles pièces de la collection. Dans cette perspective, il augmenta de deux tiers la pension d'Anhla et de Yagel, lequel se vit soulagé, dans l'affaire, de ses dernières économies.

Le jour de la rentrée des classes, toutes les éléphanteries avaient disparu de notre maison, à l'exception peut-être d'une ou deux images sans valeur marchande et du jeu d'échecs offert par Gédéon. Cet objet n'appartenait pas à proprement parler à la collection, mais mon père n'y regardait plus de si près. Lui qui s'en était désintéressé jusqu'ici, prétendant que les échecs obéissaient à des règles trop fantasques pour qu'un esprit sage acceptât de s'y soumettre, il ne voulait plus le lâcher. Il l'emportait avec lui à la toilette, dans le débarras, au fond de la courette (où il étudiait la possibilité de mettre en évidence une empreinte de Nathanaël et d'en faire un moulage au moyen duquel il confondrait les incrédules). Le soir, le jeu l'accompagnait dans sa chambre, où il trouvait place entre le matelas et le sommier de son lit. Après quoi, il n'osait plus se lever, quelle qu'en fût son envie. Le Sénégalais s'interrogeait sur la brusque cessation des bombardements.

Au repas, notre père serrait fermement l'échiquier contre sa poitrine, l'ayant coincé entre ses cuisses et son menton. Ce dispositif présentait indubitablement certaines garanties, mais on doit admettre qu'il n'était de nature à faciliter ni l'action de ses bras ni les mouvements de sa mâchoire. Se penchait-il pour aspirer sa soupe? L'échiquier lui refermait brutalement la bouche et parfois, ripant contre ses lèvres, venait lui frapper la base du nez. A moins qu'il ne s'enfonçât dans sa gorge et ne lui coupât la respiration. Redressait-il le buste dans l'intention de vider son verre? L'objet échappait à la prise du menton, s'inclinait vers la table, cognait le bord de l'assiette d'où la nourriture était catapultée vers l'avant, à la grâce de Dieu, tandis que mon père, dans sa hâte de rattraper son trésor, lâchait son verre et effectuait un tel bond que, sur la table ébranlée, tout ce qui était encore debout se renversait incontinent.

A peine la moitié de ce que contenait son assiette parvenait à ses lèvres. Le reste allait au tapis, sur la nappe, contre les murs, dans les cheveux d'Anhla ou bien, dans le meilleur des cas, retournait à la marmite, après quoi il n'y avait plus qu'à tout recommencer. Quand on ajoute à cela le fait que la nourriture était distribuée à tâtons par une femme qui ne distinguait du monde que des formes équivoques, à travers la toile de son tablier, on mesure à quel point l'alimentation de notre père pouvait s'apparenter au jeûne pur et simple. Toutes ces infortunes, plus que jamais, laissaient l'impression que la maison Naftali partait à vau-l'eau.

XXXIX.

INSIGNE DIFFICULTÉ DE LA GALANTERIE

En réalité, mon père ne courait aucun risque de se voir retirer l'échiquier par Gédéon Bourbaki, le dernier de mes condisciples qui fût encore en admiration devant moi — et crût mordicus en la présence de Nathanaël Proboskiphore sous les marronniers. Il ne se passait pas de jour sans qu'il m'assurât de sa loyauté indéfectible, toisant Glora et son air railleur.

De mon côté, j'avais cessé de faire le matamore chez les Bourbaki, songeant que la stupéfiante versatilité du quartier pouvait tout aussi bien le conduire à réaffirmer demain ce qu'il contestait aujourd'hui.

Je devenais à la fois plus circonspect et plus serein. Ceci compensait cela. J'accédais à un certain équilibre, comme si j'avais mûri au cours de cet étrange été, maintenant sur son déclin.

Déjà, les vacances s'achevaient. J'appris incidemment que Glora ne retournerait pas à l'école de filles du quartier. On l'avait inscrite à Pkrolwric dans une pension pour demoiselles de bonne famille, dont Mme Eglantine avait elle-même été l'élève autrefois, et où l'on enseignait, en plus des matières habituelles, toutes sortes d'occupations gracieuses comme de disposer un colonel, un député, un évêque et une peintresse à succès autour d'une table encombrée de rince-doigts. J'accueillis cette nouvelle avec un mélange de tristesse et d'apaisement. Mon amie allait être initiée aux nuances les plus délicates du mystère féminin, tandis que moi, si loin d'elle, je serais plus que jamais exclu de cette connaissance. Mais, curieusement, la perspective m'en était douce. Chargée d'une immense nostalgie, certes, mais immensément douce. Je comprenais enfin que la principale fonction de ce mystère est d'échapper aux êtres de mon sexe. Vertigineuse découverte ! J'éprouvais grâce à elle le sentiment confus que l'exil de Glora ne ferait que nous rapprocher, en un certain sens.

Le dernier jour, profitant de ce que nous nous trouvions tous les deux seuls sur la pelouse, elle me saisit impulsivement le poignet et m'entraîna au fond du jardin. Nous étions dissimulés aux regards indiscrets par la haute silhouette d'un sapin bleu.

Reprenant son souffle, elle me fixa droit dans les yeux.

— Je vais m'en aller à Pkrolwric, monsieur Naftali, dit-elle. Je ne reviendrai pas avant la fin du mois de décembre. Pouvez-vous seulement imaginer quelque chose d'aussi lointain que la fin du mois de décembre, monsieur Naftali ?

— Le premier janvier, fis-je avec une grimace d'excuse qu'elle voulut ignorer.

— Je vois que la perspective de mon départ vous rend spirituel. Vous n'allez plus tarder à être délivré de moi.

— En effet. Je veux dire : l'heure approche.

— Soyez patient !

— Je suis patient, mademoiselle Glora.

— C'est fort galant de votre part !

— Je veux dire...

— Que voulez-vous dire, monsieur Naftali ?

— Je ne...

— Quoi donc ?

— Vous m'embrouillez !

— J'ai l'impression que vous n'avez nul besoin de mon concours pour cela.

Je ris niaisement. Elle soupira.

— Ecoutez, monsieur Naftali, reprit-elle. Ne finassons pas. Je suppose que vous méditiez de m'embrasser tout à l'heure sur le quai de la gare, en guise d'adieu ?

Mon visage s'embrasa jusqu'à la racine des cheveux. J'avais effectivement caressé ce projet, mais j'étais incapable de confesser une telle outrecuidance.

— Non, non, balbutiai-je, les oreilles en feu.

Les traits de Glora se figèrent.

— Vous n'étiez pas résolu à m'embrasser ? demanda-t-elle d'une voix bizarrement indifférente, tout en détournant son regard de moi.

— Mais non, je vous assure ! Comment pouvez-vous...

Je n'eus pas le loisir d'en dire davantage. Tout à coup, elle tourna les talons et courut vers le perron de la villa où s'entassaient à présent ses bagages. Elle éclata en sanglots quand son père la serra dans ses bras.

Plus tard, dans le taxi, elle refusa véhémentement d'être assise à mon côté et, comme sa mère lui en réclamait avec insistance la raison, elle m'accusa d'avoir voulu prendre ses lèvres derrière le sapin bleu.

J'étais trop estomaqué pour répondre. Au demeurant, personne ne semblait attendre de moi que je me justifiasse. Loin de me considérer avec colère ou mépris, Gédéon avait posé sur sa sœur un regard où la jalousie se lisait à livre ouvert. Quant à leur mère, elle murmurait de sa voix chantonnante, en m'adressant un sourire attendri : « Un baiser volé dans un jardin, quand l'été s'achève... Comme tout cela est romantique ! Comme tu as de la chance, ma chère petite ! » Glora se mit à bouder dans son coin. Gédéon s'efforçait de se coller à moi, dans l'espoir, probablement, d'être embrassé à son tour. Sans trop savoir pourquoi, je me sentais plus malheureux que les pierres. J'aurais voulu être ailleurs, être un autre : n'être personne, nulle part.

Le train de Pkrolwric partit sans que Glora eût accepté de faire la paix avec moi, si bien qu'elle nous quitta sous les remontrances acerbes de son frère, saluée par Lileth Eglantine qui agitait languissamment l'un de ses longs gants blancs à la hauteur de son épaule. « Je vois que Glora est en train de devenir une jeune fille », soupira la belle dame pour finir. Elle en paraissait à la fois désolée et ravie, comme je l'étais de ce départ. Avec un fragile sourire, elle contemplait en elle-même on ne savait quelles images de sa propre jeunesse, alors que nous traversions la salle des pas perdus. Au retour, elle pria le chauffeur de passer par l'avenue Gulish-Polhon, quoique cela nous écartât considérablement de notre route.

XL.

DES OIES D'HANNIBAL AUX POILS DE VOTRE COU

Je me rappelai que Josef Kansel habitait dans cette artère, aussi étais-je persuadé que nous allions lui rendre une visite impromptue avant de regagner la pampa Bourbaki, programme dont on devine qu'il n'était pas pour me déplaire. Mais, à la hauteur du n° 213, Lileth Eglantine ne donna l'ordre ni d'arrêter la voiture ni même de ralentir. Ce fut à peine si elle laissa glisser son regard sur l'immeuble.

Arrivé rue du Grand-Mur, je n'eus plus qu'une idée en tête : retourner avenue Gulish-Polhon, trop déçu que j'étais d'avoir manqué Josef Kansel une fois de plus. Pour être franc, j'espérais de cette promenade un bénéfice auxiliaire. Je craignais beaucoup, en effet, les moites effusions auxquelles Gédéon ne manquerait pas de se livrer sur ma personne une fois que nous serions seuls. Le problème était de lui faire avaler la chose sans le froisser. Mais ce nœud se défit de lui-même quand, à notre descente de voiture, un Gédéon affreusement gêné m'annonça en une phrase emberlificotée, les yeux rivés à la pointe de ses chaussures, qu'il lui fallait maintenant me quitter, car il avait encore certaines choses à réviser.

J'étais si ahuri qu'au lieu de profiter simplement de l'aubaine et de m'en aller sans demander mon reste, je répétai d'un air idiot :

— Réviser ?

— N'est-ce pas demain que nous rentrons en classe ? marmonna-t-il.

Là-dessus, il courba encore un peu plus l'échine. Je voyais bien qu'il était au supplice, mais du diable si j'entendais le premier mot de cette histoire ! J'insistai :

— Justement. Nous sortons de six semaines de vacances. Que veux-tu réviser ? Colin-maillard ?

Il me lança un regard suppliant. Attendit en vain que je renonçasse à en savoir davantage.

— J'ai pris beaucoup de retard au cours du trimestre passé, finit-il par lâcher. Tout le monde n'est pas aussi doué que toi, Vim — ni aussi bien placé — pour assimiler ce qui concerne les proboscidiens. Par chance, le mois dernier, mon père a hérité d'un cousin éloigné, qui possédait dans sa bibliothèque les œuvres complètes de Linné, Daubenton, Lamarck, Cuvier, Darwin et Lyddeker. J'apprends par cœur tous les passages consacrés aux grands mammifères ongulés...

Il hésita avant de confesser le plus embarrassant :

— Oh ! Je sais bien que je ne parviendrai jamais à te rattraper, Vim ! Toi, tu possèdes en cette matière la science infuse, comme le dit M. Kbol, et je crois bien que même le par-cœur ne vaut pas la science infuse. Cependant...

Le reste ne put franchir ses lèvres. Aucune importance, d'ailleurs : j'avais compris. Ce bon Gédéon, tout en m'aimant, m'admirant, me respectant plus que personne au monde, avait la nostalgie de son prix d'excellence et allait tout mettre en œuvre pour reprendre le pas sur moi. Je lui administrai une affectueuse bourrade.

— Tous mes vœux t'accompagnent, Géd ! m'écriai-je. Si Vieille Taupe ouvre les yeux, il s'apercevra vite que tu es de très loin le plus brillant sujet de nous tous. Et le plus travailleur, par-dessus le marché. Tu me parles de science infuse : la belle affaire ! Quel mérite y a-t-il à avoir la science infuse, je te le demande ? Pas plus qu'à avoir le nez au milieu de la figure. Tandis qu'apprendre, pendant les vacances, des centaines et des centaines de pages de science proboscidienne par cœur...

— ... et les croquis, interrompit timidement Gédéon en levant l'index.

— Et les croquis, parfaitement ! L'Eternel nous est témoin que ces croquis ne sont pas de la petite bière ! Même un inspecteur primaire y a perdu son latin !

— Et puis, s'enhardit Gédéon, n'oublions pas les sciences annexes. Géographie, botanique, biologie, zoologie générale, méthodologie, philosophie des sciences d'Aristote à nos jours, taxinomie, taxidermie, histoire (qu'il faut considérer dans son ensemble, Vim : les éléphants d'Hannibal ne sont jamais bien loin des oies du Capitole)...

Je m'échauffai à mon tour, dans un élan de sympathie pour mon camarade attelé à une tâche aussi rebutante.

— Et puis les sciences annexes : il n'y a pas plus traître que ces sciences-là ! Ça ne cherche qu'à vous embrouiller la tête, une chatte n'y retrouverait pas ses petits ! Et d'ailleurs, de nos jours, qui se donne la peine d'étudier des matières à ce point difficiles que savoir de quoi il est question est déjà tout un poème ? Résultat : on voit ce qui arrive. Demande à n'importe qui de te désigner les éléphants du Capitole, il sera bien embêté — alors qu'ils sont tout bonnement à côté des oies d'Hannibal. Mais qui s'en préoccupe ? Les gens d'aujourd'hui songent plutôt à mettre la main sur les oies pour les faire rôtir. Et après, ils s'étonneront de ne plus avoir de repère pour trouver les éléphants ! Ah ! Géd, le Ciel fasse qu'il y ait sur terre plus de savants tels que toi, car ce n'est pas en jouant au billard au Grand Café Mordyklow ou en sifflant des petits bocks à la terrasse que l'humanité accomplira de grands progrès ! Tu devrais être prix d'excellence non seulement de notre classe, mais de toutes les classes de toutes les écoles du monde entier !

Il me tomba dans les bras et, sous le coup de l'émotion, fondit en larmes.

— Vim ! Vim ! pleurnichait-il. Comme tu es modeste ! Comme tu es généreux ! (Il se laissa glisser à terre et se prosterna à mes pieds, le front contre le trottoir.) Tu es un saint, Vimlo Naftali, tu es un saint !

— Allons, allons, Géd ! le sermonnai-je. Relève-toi. Il te reste à peine une quinzaine d'heures d'ici demain matin pour piocher les parasites au logis, les taxis endormis et toute la sacrée boutique ! Il ne s'agit pas de flemmasser.

— C'est vrai, bafouilla-t-il, l'air hagard. Mon Dieu, mon Dieu, pardonne-moi, j'ai tout à revoir ! Je crois bien que je ne sais même plus si la première boucle du colon, chez la femelle, est tournée vers la droite ou vers la gauche !

— En tout cas, fis-je avec désinvolture, tu trouveras son lutérusque dans son bicorne.

Là-dessus, pleinement satisfait de nous deux, je me rendis d'un pas alerte chez le journaliste, la tête pleine d'une chanson que tante Buzylea nous avait apprise autrefois, et que je pensais avoir oubliée. *Les poils les plus doux sont ceux de votre cou-ou-ou. Les poils les plus longs...* Avenue Gulish-Polhon, le portier sourd m'apprit que Joseph Kansel venait justement de partir pour Corfou, où il resterait trois semaines.

Ils s'en allaient tous, ceux que j'aimais sans le dire. Glora vers Pkrolwric. Josef du côté de la Grèce. Eglantine s'était retirée dans son rêve, dans ces lointains de brumes irisées qui étaient son monde à elle parce qu'elle était faite de l'immatérialité des songes. En même temps que les vacances, quelque chose était en train de s'achever. Et maintenant, ce jour qui allait finir dans une coulée de miel roux, soulignant d'un trait plus brillant les dômes et les bulbes, je comprenais qu'il déposerait en moi l'éblouissement et l'amertume, mais qu'il ne reviendrait jamais plus, ni aucun des jours qui l'avaient précédé. Je découvrais que chaque jour qui passe est à la fois un don inaliénable et un préjudice sans recours. Cette évidence si grave et si banale, si vaine et pourtant si déchirante, allait désormais accompagner en sourdine tous les instants de ma vie.

Et maintenant je revenais chez nous, le ciel était d'un bleu extraordinairement pâle et éblouissant, les bruits de la terre s'envolaient vers les toits. Et maintenant je mangeais en silence, au sein du brouhaha outragé que faisaient les voix de mon père et de mon frère, déplorant l'inconstance du monde. Je savourais chaque bouchée comme si elle dût être la dernière. Et maintenant, je m'allongeais sur mon lit et je pensais à tout ce que j'avais vécu : une foule innombrable d'événements, qui se résumait à presque rien; un écheveau de sentiments que je démêlais avec une facilité déconcertante, puisque je ne les éprouvais plus. Et maintenant, je croyais encore voir les images de ma vie, mais j'étais déjà en train de rêver et ce rêve était un grand champ de neige, et moi dedans...

XLI.

FÉERIQUE PÉDAGOGIE DE MAZAVDI KBOL

Et maintenant, nous revoilà sous la férule du frémissant Mazavdi Nöshgo Kbol, sagement rangés par deux devant la porte de notre nouvelle classe, d'où s'élance sur nous une puissante odeur d'étable qui prend à la gorge et pique le fond des yeux.

Notre maître est plus fiévreux qu'aux pires moments de la manie proboscidienne et du scandale Lupion. Son discours de bienvenue n'est qu'un haletant salmigondis de mises en garde, de menaces, d'épouvantables malédictions à l'adresse de cette bande de crétins engendrés par des ignares iconoclastes, de louanges élevées à la gloire de Nathanaël, de la race entière des éléphants, de l'exemplaire Luudi Schmur, du directeur Zohobar Kuusch, érudit avisé entre tous, de la famille Naftali, que le gouvernement devrait distinguer par l'attribution d'un diplôme d'honneur, sinon d'une pension civile. Tout en pérorant, il file d'un bout à l'autre de la colonne, afin de repérer ceux qui ne témoignent pas à son allocution tout l'intérêt et la considération qu'elle mérite. Les brimades subies ces derniers temps l'ont rendu plus susceptible qu'un cheval de fiacre. Un cillement lui paraît une grimace. Une toux : un affront éhonté. Aussi ponctue-t-il ses périodes en sabrant d'une règle de fer l'alignement des crânes, emphatiquement approuvé par Zohobar Kuusch, installé dans la poudreuse pénombre du fenil, et qui danse d'excitation à sa fenêtre.

— J'extirperai de vos têtes épaisses, hurle pour finir l'instituteur Kbol, l'obscurantisme que vos stupides parents s'évertuent à y enraciner ! Je vous fiche mon billet que vous allez en voir, des proboscidiens, d'Afrique et d'Asie, en noir et en couleur ! Vous en verrez tant que les yeux vous jailliront de la tête ! Ah, turlupins, misérables, comme cela Nathanaël est parti, hein ? Nathanaël n'est plus là ? Attendez seulement que je m'occupe de vous ! Je m'en vais vous tanner le cuir jusqu'à vous mettre la viande à vif : nous verrons bien alors si Nathanaël ne revient pas dare-dare ! Qui veut prendre le pari avec moi ? Toi, Gusto ? Toi, Gédéon Bourbaki, petit cloporte à lunettes ? A partir de maintenant, je n'ai qu'un conseil à vous donner : pliez-vous à la volonté de votre maître et de M. le directeur, sinon vous connaîtrez le navrant destin du rénégat Lupion !

— Lupion lampion ! trépigne Zohobar en agitant un briquet allumé à bout de bras.

Il flanquerait aussi bien le feu à la baraque si quelqu'un faisait mine de contester le programme exposé par Mazavdi Kbol.

— Avance donc, horde maudite ! rugit ce dernier, après avoir emprisonné mes épaules dans ses énormes pattes pour indiquer qu'il m'exclut de cet anathème.

De la sorte, je suis le dernier à découvrir l'agencement de notre écurie et l'époustouflante débauche de matériel pédagogique conçu, réalisé et rassemblé là par notre instituteur.

Les murs sont tapissés, étouffés de schémas, de plans, de cartes, de graphiques, de gravures, de diagrammes, de planches d'anatomie, de définitions et de sentences recopiées dans des ouvrages savants, de généalogies animales où les espèces pendent aux arbres du genre, de tableaux synoptiques, de dates, de mesures et de dénombrements, dont on ne prend connaissance qu'en se crevant les yeux, car les ouvertures en demi-lunes sont aveuglées par les plus tardifs développements de cette fresque d'encyclopédiste. Du bout de la trompe à l'extrémité de la queue, du fond nuiteux des temps jusqu'aux radieux midi de la modernité, de l'avancée occidentale du Cap-Vert jusqu'à la pointe orientale des Moluques, c'est tout l'éléphant qui s'étale, foisonne et monte à l'assaut du plafond, tantôt en vastes colonies et tantôt en pièces détachées, enroulant sa trompe comme un liseron autour du pied des bancs et convoquant l'humanité studieuse à calibrer sa queue avec scrupule au moyen du pied à coulisse, du rapporteur, du compas et de la règle graduée.

Ici l'on reconnaît avec stupeur, dans des plis abdominaux photographiés à bout portant, les traits de Maximilien Joseph pratiquant une politique libérale. Là, mieux que de longs discours sur le sujet, une représentation au 1/10e révèle d'un coup les modestes dimensions du cornet nasal humain, par rapport à celui de l'éléphant ; de découverte en découverte, on finit par s'apercevoir que l'homme diffère du proboscidien sous de nombreux rapports. Plus loin, on assiste le cœur déchiré au hideux trafic de l'ivoire. Plus loin encore, de petits tas d'excréments sont alignés par ordre de volume croissant, chacun d'eux correspondant statistiquement à la production annuelle d'un des principaux mammifères. La place de l'homme dans cette compétition n'est pas déshonorante. Certes, il arrive assez nettement derrière le dromadaire et le zébu, mais il n'a pas tellement à envier à l'antilope. Avec la plupart des marsupiaux, il fait quasiment jeu égal. Il bat le tapir et l'oryctérope d'une courte tête, dépasse la mangouste les doigts dans le nez, prend plusieurs longueurs au ragondin et laisse carrément sur place, il faut bien le dire, le pauvre galéopithèque, lui-même facile vainqueur de la pipistrelle.

Mazavdi Kbol a également mis au point tout un appareillage qui encombre nos pupitres, son propre bureau, l'estrade et les tables, guéridons, consoles, tréteaux, supports divers qu'il a disposés partout où cela était possible, de sorte que les élèves ne peuvent atteindre leur banc qu'en rampant au cœur d'une épaisse forêt de pieds en tout genre — pour constater lorsqu'ils y arrivent qu'ils doivent partager leur place avec tel ou tel élément du système : rouages, poulie, crémaillère, manivelle, vilebrequin, leviers, volant, cabestan et ainsi de suite. Grâce à quoi des figures dégringolent des cintres devant nos fronts, tandis que des allégories magnifiques s'élèvent des régions inférieures jusqu'à nos regards. Dieu, alternativement, descend des nuages pour flatter un moutonnement de croupes pachydermiques et remonte comme un ludion parmi les paquets d'ouate thermogène dès que, des ouvertures normalement destinées aux encriers, surgissent les chasseurs d'éléphants avec leurs arcs et leurs sagaies. Le Seigneur exprime Son courroux par toutes sortes de tonnerres et de tapages ; Il tempête par la voix de l'instituteur Kbol hurlant dans un vieux seau à charbon à l'abri d'un paravent qui le dissimule à nos yeux (mais il est trahi par le rond de poussière noire qui, à la suite de cette opération, décore son visage des sourcils au menton et d'une oreille à l'autre). Les flammes de la géhenne paraissent entre les lames du parquet. Trois anges étincelants, sortis on ne sait d'où, battent des ailes par saccades et brandissent des épées de feu parmi d'insupportables grincements de girouette grippée.

Au moyen d'une simple pédale, d'une manette rudimentaire, notre maître commande aux éléments, déclenche des cataclysmes, engendre des prodiges, reproduit des miracles, jongle avec les continents, déplace les mers à sa guise. Il gouverne l'Histoire et la Chronologie. Un geste de lui : voici l'Avenir qui tombe du plafond dans mon plumier, drapé dans une toge couleur de l'espérance et ressemblant vaguement à M. Kuusch. L'Avenir se laisse admirer un moment. A peine a-t-il disparu derrière le tableau noir, halé par un treuil invisible, les Premiers Ages émergent comme par enchantement de la corbeille à papier, accompagnés d'un murmure incrédule car chacun pense avoir reconnu en eux Gusto Kolynine et son père. Aussitôt, l'homme des cavernes s'agite et bat sa femme au fond d'une grotte de carton-pâte accrochée au-dessus de la chaire. Le mammouth à toison fait une entrée fracassante du côté du placard à balais, cependant que le rhinocéros amphibie, le redoutable téléocéras, se trompe d'époque à la suite d'une erreur d'aiguillage, et vient barboter dans le lavabo.

Discrètement, Mazavdi Kbol exécute une autre manœuvre. Le téléocéras est aspiré par le siphon. Cinq ou six millions d'années passent comme rien. La glaciation, par mégarde, déverse un torrent de confettis bleu pâle découpés en forme de cristaux sur Gédéon Bourbaki et un verre d'eau froide (préparé pour le Déluge) dans le cou de l'instituteur. Qu'importe ! On ne va pas arrêter pour si peu la remontée des siècles. Le pliocène s'éloigne à toute allure sous la bibliothèque, entraînant avec lui l'amébélodon, ancêtre des proboscidiens, et toute une nichée de vigoureux dicranocères poursuivis par l'ours agriotherium ? Encore une bonne trentaine de millions d'années. Avec son cerveau minuscule, le brontops se fait rare, au vif soulagement de l'assistance. Malheureusement, ce répit n'est que de courte durée. Près de la porte, les bêtes à sabots involuent avec un entrain considérable : on finit par ne plus savoir ce qu'on voit, si c'est encore une sorte de cheval ou déjà une espèce de merlan. Le regrette-t-on ? Il est trop tard. Les mammifères préhistoriques vous tirent la révérence et cèdent la place aux dinosauriens du crétacé. Des palmiers de zinc poussent dans un Groenland de pâte à modeler. L'air est plein de vol crépitant de l'archéoptéryx qui claque du bec et assène de violents coups de queue dans le vide. De la boîte à craies s'élancent le cou interminable et le cauchemardesque faciès du plateasaurus (car le paléozoïque vient justement de débouler entre les jambes de Turlo Wuhkavaï, filant vers l'Aube de la Vie sur ses quatre petites roues de bois).

Nous sommes cernés, envahis, infestés d'écailles, de jabots gluants, de reins squameux, de mâchoires molles, de cervelles spongieuses, de nageoires pétrifiées, de squelettes cartilagineux, de grands dos crénelés, qui n'en finissent plus de nous conter la création du monde et de faire défiler toutes les inimaginables horreurs qui conduisent par étapes de l'imbécile volvox à Nathanaël Proboskiphore (où culmine le projet divin) en passant par le trilobite et le quadrupède griffu à pied lent, celui-là même qui assista, avec la stupéfaction qu'on devine, au surgissement des montagnes Rocheuses au beau milieu de la plaine américaine.

Et parmi toute cette féerie démoniaque et pédagogique, Mazavdi Nöshgo, la blouse couverte de cambouis, l'œil étincelant sous son masque de suie, galope sous les tables une burette à la main, ou une clé de douze, ou un marteau, ou tout cela à la fois. Il se rue — si l'on peut dire — en quelque point du manège qui réclame ses soins immédiats, tout en continuant de diriger et de commenter le spectacle, inconscient parfois des velléités d'émancipation de sa machine, si bien que, grouillant quelque part dans le noir, au ras du sol, il croit expliquer l'empire du Siam quand ce qui se déroule devant nous, sous forme métaphorique, est la grossesse de l'éléphante.

XLII.

GÉDÉON BOURBAKI NAGE DANS LE GLUCAGON

Il résulte de ces méprises un malentendu plus grave encore. Quand l'instituteur Kbol, refaisant surface entre son bureau et sa chaise, interroge tel ou tel d'entre nous dans le but de vérifier si la leçon a bien été assimilée, il recueille des réponses qui lui tirent des larmes de rage et de désespoir. « Vlachka, le royaume Môn de Dvâravati se situait dans le bassin du ?... — Du buffant femelle, m'sieur. » Il pousse un cri de fauve blessé. Il voudrait s'élancer sur Vlachka avec sa verge de fer, mais quatre mètres de décors, d'accessoires, de montagnes tertiaires, de savane africaine, de jeunesse d'Hannibal et d'ascension sociale de Phineas Taylor Barnum, sans parler des tiges, câbles, engrenages, courroies de transmission, le séparent du malfaiteur. Impuissant, il doit se résoudre à lui laisser la vie sauve, ce qui ne va pas sans imprécations, rugissements et mise en cause explicite des ancêtres de Vlachka, fondateurs « d'une lignée d'emplâtres et de décérébrés ».

Au moins ne suis-je plus tenu pour responsable de ces iniquités, en dépit des faveurs et louanges kboliennes dont je demeure la cible. C'est désormais Gédéon qui canalise sur sa personne toute l'hostilité de la classe, levant fébrilement le doigt à chaque question et proposant aux plus saugrenues de ces énigmes, s'il est interrogé, des solutions qui paraissent combler l'attente de Vieille

Taupe. Au point qu'à contrecœur, mais irrésistiblement, celui-ci se voit contraint d'abandonner ses préventions contre le favori déchu.

Le savoir de Gédéon Bourbaki ne peut être pris en défaut. Il a tout appris. Tout retenu. Le titre du livre. Le nom de l'auteur. Le numéro du chapitre et la page exacte si l'on insiste un peu. Il détecte les insuffisances des manuels et corrige les bévues des experts. Ce vieux Géd est tellement absorbé par le souci d'ingurgiter de nouvelles connaissances qu'il ne se rend même pas compte de l'indignation que son attitude provoque. Les sourds grondements de la plèbe ignorante, il ne les entend pas. Une seule chose le préoccupe : attirer l'attention de l'instituteur pendant les interrogations, de manière à faire étalage devant lui des dernières acquisitions de son brillant intellect.

Gédéon connaît la vessie de l'éléphant comme sa poche. Lisse ou rugueux, son réticulum endoplasmique n'a pas de secret pour lui. Il reconnaîtrait sa fesse droite entre mille, les yeux fermés. De chic, il vous dessinera le sacrum et le coccyx, l'un en bleu, l'autre en rouge, avec les ombres portées. Il nage dans le glucagon tel un poisson dans l'eau. La simplicité enfantine des échanges cellulaires le fait éclater de rire quand on lui en parle. Il se vexe si quelqu'un lui demande le chemin du vestibule membraneux. L'utérus bicorne lui inspire de hautes réflexions. Il sait tant de choses bizarres sur la reproduction que c'est à se demander s'il ne tient pas la chandelle. Tendez-lui un poil de queue, il vous reconstituera la bête tout entière en un tournemain. Ses coupes de trompe ont tant de charme qu'on a scrupule à les effacer du tableau. Sa démonstration du balancé de la croupe est un pur chef-d'œuvre. Il faut l'avoir vue et Mazavdi Kbol ne peut s'en lasser.

Personnellement, je ne puis me défendre d'une intense admiration pour mon camarade. Je mesure son mérite. Ma vie en dépendrait-elle, je ne saurais moi-même distinguer à coup sûr la densité volumique de l'ivoire du carré de l'hypothénuse. Quand je me compare à Gédéon, je suis comme un trognon de rutabaga aux côtés d'un bouquet de roses.

Le reste de la classe, cependant, ne partage pas mon émerveillement. Autrefois, Gédéon avait la supériorité fort discrète. Mais à présent, il se comporte en véritable m'as-tu-vu du savoir : ce n'est plus un élève de cours élémentaire, on dirait plutôt quelque effervescent spécimen de sémaphore humain.

Il se tient là, ramassé sur lui-même, prêt à bondir, surveillant d'un regard anxieux les lèvres de Mazavdi Kbol. Un sixième sens l'avertit du moment où elles vont s'écarter pour livrer passage à l'une des ridicules devinettes dont notre maître a le secret. Celui-ci n'a pas encore exhalé la première syllabe de sa question que, déjà, notre omniscient camarade s'adonne à une transe auprès de quoi la gymnastique matinale de mon père est un modèle de réserve et de relaxation.

Il se dresse, se hisse, se hausse et se trémousse. Il escalade à moitié son banc afin que sa silhouette soit plus aisément repérable depuis l'estrade, située à cinquante centimètres. Pour se rapprocher encore de Vieille Taupe, il se penche en avant, s'étire, se désosse, se désarticule. On a l'impression qu'il s'envolerait s'il ne se retenait par les orteils au bord de son siège. Il balance le buste de droite à gauche et de gauche à droite, pareil à un énorme pendule, cependant que son avant-bras droit se détend par saccades en direction du plafond et que son médius claque contre son pouce à un rythme accéléré. Et comme il redoute, avec tout cela, d'être passé inaperçu, il agrémente cette chorégraphie de grimaces pathétiques et de toute une gamme de manifestations orales. D'abord, il appelle — « m'sieur ! m'sieur ! » — sur un ton de plus en plus pressant. On l'ignore. Alors il geint, gémit, couine, piaule, feule, supplie. Vous n'imaginez rien de plus déchirant. Et si finalement un autre que lui est interrogé, vous pouvez l'entendre lâcher un râle de dépit, d'impuissance, d'amertume et de désespoir, tout en retombant sur sa table ainsi qu'un soufflé dans son moule. Mais comme, neuf fois sur dix, la réponse fournie à Mazavdi Nöshgo est hautement fantaisiste, il se redresse aussitôt et repart de plus belle. Beaucoup d'entre nous sont d'avis qu'il s'épargnerait une peine énorme en faisant louer par son père — le cossu propriétaire de la pampa Bourbaki — un homme pour lever le doigt et héler Vieille Taupe à sa place.

XVIII.

VIMLO EST ACCUSÉ DE MACHIAVÉLISME

Le jeudi, Gédéon Bourbaki passe tout l'après-midi plongé dans de gros livres qu'il emprunte par tombereaux entiers aux différentes bibliothèques de la ville. Je n'accepte d'aller comme autrefois chez lui que pour le bonheur d'y rencontrer Lileth Eglantine et de recueillir de sa bouche des nouvelles de Glora. Du reste, l'invitation ne m'est plus formulée que du bout des lèvres. Entre le vieux Géd et moi, les relations se sont passablement détériorées depuis la rentrée scolaire.

Tout a commencé le jour où, d'un air dégagé, blasé, et comme s'il n'avait d'autre intention que d'entretenir la conversation, Gédéon m'a demandé :

— Au fait, Vim, d'un point de vue strictement épistémologique, crois-tu qu'Aristote faisait la distinction entre classement et classification ?

Je me rappelle avoir éclaté de rire. Sur le moment, et bien que mon ami ne fût pas coutumier du fait, j'avais cru à une bouffonnerie. Ce que voyant, au lieu de rire avec moi, il s'était troublé et, rougissant jusqu'aux oreilles, avait bafouillé :

— Je... j'ai dit une bêtise ? C'est une question qui n'a pas de sens ?

Je compris qu'il ne plaisantait pas le moins du monde et

attachait au contraire une extrême importance à la question. Je me hâtai de reprendre mon sérieux.

— Au contraire. Au contraire, fis-je de mon ton le plus docte.

Il n'en parut que plus inquiet.

— Pourtant, tu as ri, cher Vimlo... Ne t'ai-je pas vu rire ?

Il ne me lâcherait pas sans avoir tiré la chose au clair.

— C'est Aristote qui me fait rire, inventai-je, du ton de celui qui prend la chose à la légère.

Je voulais lui faire entendre que j'étais un être candide, que le seul nom d'Aristote, par sa sonorité insolite, plongeait dans l'hilarité.

Apparemment, il interpréta la chose d'une manière différente car il blêmit et me considéra avec une stupeur horrifiée.

— Mon Dieu ! souffla-t-il en portant une main à sa gorge. Aristote, mon Dieu ! Moi qui le prenais pour le plus... pour le fondateur... pour... Cette nuit encore, j'ai appris par cœur un chapitre entier de l'*Organon !* (Il m'agrippa brusquement le poignet.) Vim, il faut que tu m'expliques cela ! Il faut que tu me dises tout ! Ne me laisse pas tomber ! Mon Dieu ! Moi qui croyais...

Il ne put en dire davantage et fixa sur ma bouche un regard fou d'angoisse.

— Il n'y a rien à dire, mon vieux Géd, et encore moins à expliquer. Aristote, tu penses !

— Vim, s'il te plaît, ne te moque pas de moi ! m'implora-t-il. Laisse-moi connaître ton exégèse d'Aristote.

— Elle te surprendrait. Que dirais-tu d'une petite partie d'échecs ? Je me sens en veine, aujourd'hui.

— Naturellement qu'elle va me surprendre ! Oh, Vim, ne me fais pas languir !

— Très bien. Va chercher le jeu.

— Quel jeu ? Vimlo, je sais bien que ma méconnaissance d'Aristote est ridicule et que j'ai cent fois mérité d'être traité en dérision par le puits de science que tu es. Mais sois un peu charitable, je t'en conjure ! Je ne demande qu'à combler mes lacunes. Expose-moi ton commentaire d'Aristote, j'essaierai de te suivre.

— Tu serais bien déçu, je t'assure.

— Vim, mon cher grand Vim, ne sois pas cynique avec moi, au nom de notre amitié !

— Commenter Aristote un jeudi après-midi ? Tu ne voudrais pas te livrer à de tels enfantillages ! Que penserait de toi Mazavdi Kbol ? Si tu me donnais plutôt une leçon de violon ? C'est bientôt l'anniversaire de ma sœur Anhla : j'aimerais lui interpréter *Le Beau Danube Bleu* — au moins le début. Non mais, tu imagines sa tête ?

Ses traits se figèrent. Un voile passa sur son regard. Je vis alors son expression se transformer, aussi radicalement que s'il s'était plaqué un masque sur le visage. Le masque d'un garçon non pas seulement désappointé, mais plein d'aigreur et de rancune. Jamais il ne m'avait regardé de cette façon depuis le funeste jour où Nathanaël avait fait son entrée à l'école.

— Ça va ! grommela-t-il. J'ai compris.

Je n'aurais pu en dire autant.

Il me jeta un regard oblique, où se lisait toute l'amertume du monde.

— Je n'aurais jamais cru ça de toi, Vimlo Naftali...

— Que je voudrais apprendre le violon ?

— C'est ça. Paie-toi ma tête, en plus !

— Mais enfin, Géd !

— Oh, ce n'est pas la première fois ! J'ai vraiment été long à saisir, hein ?

— Qu'est-ce que tu me chantes ?

Il renifla dédaigneusement.

— Ne te fatigue pas, va ! Je ne suis quand même pas si bouché !

— Bien sûr que non, vieux !

— Bien sûr que non ! explosa-t-il en se dressant sur ses

ergots. Mais plus longtemps je le resterai, et mieux cela vaudra pour les affaires du nouveau Pic de la Mirandole !

— Mirandole, Géd ? Dieu du ciel !

— Epargne-moi au moins ta comédie ! Je ne suis pas Gusto Kolynine ! C'est toujours la même histoire : chaque fois que je te pose une question cruciale, tu éludes ! Tu détournes la conversation. Tu m'invites à aller chercher mon échiquier ou mon violon. Pourquoi pas mon hochet ? C'est sans doute ce que tu dirais si tu osais découvrir le fond de ta pensée ! Qu'est-ce qui te retient ? Crois-tu ne pas m'avoir déjà fait toucher le fond de l'humiliation en me traitant comme le dernier des demeurés ? A moins... A moins que tu ne sois trop conscient de mes possibilités, au contraire, et que tu ne préfères me tenir à distance en évitant de me communiquer les informations qui me permettraient d'atteindre ton niveau ? Ah ! Tes yeux parlent pour toi, Vim ! Ils suent littéralement le calcul et la sournoiserie. Inutile de nier ! J'ai frappé dans le mille, n'est-ce pas ? J'ai vu clair dans ton jeu ! Tu as peur que je ne te souffle le prix d'excellence cette année ? Et moi qui te pensais si généreux ! Un parangon de modestie ! Un véritable petit saint, hahaha !

— Je n'ai jamais voulu être un Patagon, Géd ! m'écriai-je du fond du cœur. Je te le jure. D'ailleurs mon père ne le tolérerait pas...

Mais il demeura insensible à cet élan de sincérité et, après m'avoir ostensiblement tourné le dos, retourna au pas de charge vers ses grimoires.

Depuis lors, il est persuadé que je cherche par tous les moyens à préserver ma place au classement. Comme si ma prétendue suprématie n'était pas le fruit du délire de Vieille Taupe et de Zohobar Kuusch ! Comme si ce même délire ne me mettait pas à l'abri de toute concurrence ! Détenteur par principe du savoir absolu, je suis imbattable, et même inégalable, du moins tant que ce postulat ne sera pas remis en question. Gédéon devrait comprendre ce qu'il y a là de rédhibitoire pour ses ambitions. Mais il désire si ardemment faire la preuve de ses capacités qu'il se dissimule cette évidence et cultive le fallacieux espoir d'une compétition loyale. Quant à lui faire entrer dans le crâne que je ne demande qu'à retrouver l'anonymat de la médiocrité, il n'y faut même pas songer. Le vieux Géd admettrait plus aisément que Moïse a vendu le Veau d'or pour s'acheter un tourne-disque ou qu'à la mort d'Abraham, on a trouvé un as de trèfle attaché à son mollet droit par un élastique.

XLIV.

DE L'INFLUENCE DES OURLETS D'OREILLE SUR LE SENS MORAL DE L'INDIVIDU ET AUTRES ÉTRANGETÉS

Comment les lupionistes surent-ils qu'à quelques exceptions près, les nôtres à présent niaient et même reniaient Nathanaël ? C'est un point qui n'a jamais été éclairci. Sans doute, rien ne leur eût été plus facile que d'envoyer un espion chez nous. Mais cette explication ne m'a jamais convaincu. Je pencherais plutôt pour une trahison, soit involontaire, soit parfaitement délibérée. J'imagine fort bien, par exemple, Tatko Lipora s'enivrant un soir dans quelque estaminet païen et racontant ses malheurs sous l'empire de la boisson. La communauté eût ainsi reçu le salaire des mauvais traitements qu'elle lui infligeait. L'idée séduit par son caractère moral ; cependant, plus que l'ex-Roi du Beignet, c'est Kryla Krylakuri que je soupçonne d'avoir été à l'origine de cette indiscrétion.

Lui seul avait avantage, dans la perverse logique de son hérésie, à jeter de l'huile sur le feu, à raviver une vieille blessure au moment où elle était en train de cicatriser. Tout allait trop bien. Les points de vue des deux camps occupaient toujours des positions diamétralement opposées mais, d'une certaine manière, ils s'étaient rejoints en se croisant. L'adversaire partageait aujourd'hui l'opinion que nous avions hier défendue contre lui, et vice versa. Cet échange de convictions ne constituait-il pas une ébauche de dialogue ?

Quoi qu'il en fût, l'information parvint à la lupionerie. Que fit, selon vous, cette dernière ? Vous pensez sans doute qu'elle nous accusa d'être aveugles à un éléphant dont elle-même avait reconnu l'existence ? Nullement. Nos ennemis se déchaînèrent contre nous *parce que nous avions naguère soutenu, au mépris de l'évidence, une thèse dont nous admettions à présent la fausseté.* Peu leur importait d'être cohérents avec eux-mêmes : ils ne songeaient qu'à faire rebondir la zizanie.

Elle rebondit haut et fort. Ils s'en donnèrent à cœur joie. Par voie de presse, d'affiches, de tracts, de communiqués radiophoniques, de discours à la Diète. On nous traîna dans la boue de l'imposture, de la duplicité, de la caponnade, des basses intrigues, du calcul égoïste, de l'iniquité, de la malhonnêteté intellectuelle et même de l'opportunisme, censé rendre compte de *nos* inconséquences ! Des savants prouvèrent que nous avions tout cela dans le sang. Ils produisirent des chiffres, montrèrent, agrandis plusieurs millions de fois, des bouts de cytoplasme qui, certes, n'avaient pas trop bon aspect. L'ourlet de nos oreilles, étudié en laboratoire avec un soin admirable, ne parlait pas en faveur de notre sens moral. Scientifiquement parlant, toute la malice et la veulerie du monde avaient élu refuge dans nos narines ; on y eût aisément logé, du reste, l'onanisme et l'affaissement de la voûte plantaire pour le même prix. Il était un certain pédoncule, vers l'arrière de notre crâne, où se tramaient de noirs desseins. Un cal imperceptible, non loin de là, corrompait en nous les sentiments les plus élémentaires, gauchissait les idées, perturbait leur enchaînement et nous empêchait congénitalement de porter aux couleurs nationales tout le respect qui leur est dû. Nos cheveux, entraînés par la confusion qui régnait dans nos têtes, s'élançaient au-dehors de façon si anarchique qu'il était presque impossible d'y porter le peigne. Nos orteils formaient avec le reste du pied un angle inadmissible. Contempler au microscope un prélèvement de nos selles était un spectacle à lever le cœur, sans parler du bouquet faisandé, à nul autre pareil. Et comme si tout cela n'était encore que broutille, voici que le ganglion de la perversité idéologique — mis en évidence et isolé par le professeur Morszük, doyen de la faculté de médecine de Krazkoch — poussait en nous comme le chiendent, levant d'un terrain « exceptionnellement propice » le hideux radicelle de l'internationalisme et la tige véreuse de la félonie pacifiste. Bref, nous n'étions pas frais.

En revanche, nous étions moins étourdis que nos adversaires ne le prétendaient. Si quelques-uns d'entre nous en étaient arrivés à ne même plus se souvenir de Nathanaël Proboskiphore, la plupart se rappelaient fort bien que la lupionerie s'était rendue rue Panelka un beau matin et, non contente d'y constater publiquement et sans équivoque la présence du pachyderme, avait vanté à gorge déployée les mérites de cet animal. Du reste, ses propres journaux s'étaient fait l'écho de l'affaire.

On rechercha les numéros adéquats de ces maudits torchons. Mais, personne dans le quartier n'avait jugé bon de les conserver. Les gens désiraient oublier l'éléphant et tout ce qui s'y rapportait. Cette vile presse avait servi à emballer les ordures, à confectionner des allume-feu et à participer au confort des lieux d'aisances, préalablement découpée en feuillets rectangulaires. Qu'à cela ne tienne : on s'adressa aux kiosques et aux librairies. Les invendus avaient été retournés aux messageries. On s'y attendait un peu. Aussitôt contactées, les messageries firent savoir que les sociétés de la presse concernées avaient récupéré tout le « bouillon » des numéros en question. Il ne restait qu'une solution : se rendre au cœur même de la forteresse ennemie pour y consulter les collections et, si possible, prendre discrètement quelques photos.

Il fallait, pour réussir ce coup de main, quelqu'un qui n'éveillât pas les soupçons par des ourlets d'oreille trop évidemment dévergondés et dont les ganglions, d'apparence, fussent blancs comme neige. Beaucoup songèrent à Mme Bourbaki, mais personne n'osa lui proposer d'exécuter l'opération. L'espionnage n'était pas l'affaire des dames riches et vaporeuses. Nombre de volontaires se présentèrent, dont non seulement les oreilles, mais toute la personne eussent flanqué le hoquet au professeur Morszük s'il avait eu la mauvaise fortune de les apercevoir. Les remodeler à coups de bistouri, comme le suggéra quelqu'un, eût pris beaucoup trop de temps et l'on n'était même pas sûr du résultat. Finalement, un comité de sages se réunit et, après seize heures de délibérations ardues, désigna l'agent Klëpko, sur les traits duquel la dégénérescence ethnique avait profondément sculpté son empreinte, mais que son uniforme à la fois dépersonnalisait et protégeait. Un agent de police est un agent de police : ce n'est pas l'homme qu'on voit en lui, mais la fonction — et la fonction, comme l'on sait, est de nature à tenir les plus ardents à distance.

XLV.

HUMBLES PRODIGES DES TECHNIQUES SOPHISTIQUÉES

Ce n'est pas que Klëpko fût très emballé par l'insigne honneur qui lui était fait mais, à la vérité, il n'aurait pu le décliner sans encourir la réprobation générale et le mépris des citoyens sur lesquels il devait exercer son ascendant. Il partit donc, encombré d'un matériel photographique ultraperfectionné dont le technicien de « L'Eternel instant » avait passé la nuit à tenter de lui expliquer le fonctionnement, sans grand succès d'ailleurs.

Gardons-nous pourtant de jeter la pierre au policier. La mise au point et les différents réglages de l'appareil exigeaient une activité si fébrile et des calculs si complexes que bien des personnes autrement astucieuses et patientes eussent préféré jeter tout le bataclan aux orties ou l'écraser à coups de talon en éclatant d'un rire dément, plutôt que de s'obstiner à vouloir tirer de lui des images qui eussent un sens.

L'engin semblait possédé du démon de la contradiction. Vous visiez les fleurs du jardin, c'était un morceau du toit qui apparaissait, fort trouble au demeurant, et affecté d'inexplicables ondulations. Il transformait les groseilles en citrouilles monstrueuses et la Wevra dans toute sa majesté en goulet pathétique. Grâce à lui, un pique-nique au soleil d'été ressemblait à des hommes masqués jouant aux cartes au fond d'un puits de mine, tandis qu'une promenade sentimentale au clair de lune dans le parc du palais de justice prenait l'aspect de la traversée du désert de Gobi sur le coup d'onze heures du matin. Vous aviez beau trafiquer les manettes, les molettes, les roulettes, les boutons, il n'en faisait qu'à sa guise. Dans ces conditions, photographier bébé sur son pot — ainsi qu'il est d'usage et du meilleur goût dans les nations civilisées — se révélait une entreprise vouée à l'échec, sinon au désespoir de l'entrepreneur. Tantôt l'appareil s'acharnait sur le pot, dédaignant le héros de l'affaire. Tantôt, au contraire, il se toquait de ce dernier, à l'exclusion du pot (ce qui ne voulait plus rien dire), et avec un souci du détail si maniaque qu'il fallait s'arracher les yeux pour identifier, dans le triangle noir qui occupait les quatre cinquièmes du cliché, la naissance du sillon fessier ou, dans telle vision du sol lunaire, le nombril et ses environs. Parfois un hasard heureux ou, plus probablement, une défaillance du système, vous permettait d'obtenir le visage du bambin, avec sa première dent. Mais celle-ci, par un curieux effet de la perspective, prenait alors un tel relief qu'un instantané du comte Dracula en pleine action eût causé une impression moins pénible.

Pour autant, on n'aurait pas déniché dans tout le quartier un appareil qui arrivât à la cheville de celui-ci quant à la qualité et au prix. C'était un authentique outil de professionnel, en ce sens que seul un professionnel chevronné, en y appliquant toute sa science et tous ses efforts, avait quelque chance d'en sortir une photo presque aussi bonne que celle que n'importe quel pékin recueille sans y prêter attention de n'importe quelle boîte à savon. Son propriétaire y tenait comme à la prunelle de ses yeux. (Lui-même était parvenu, en se plaçant à cinq pas devant l'objectif et en actionnant le déclencheur au moyen d'une poire de caoutchouc cachée derrière son dos, à camper de façon saisissante un plant de fraisier situé au large de son soulier gauche.) En mettant ce bijou au service de la communauté, il consentait à celle-ci un sacrifice que nous ne pouvions traiter par le mépris.

Ce monsieur Klëpko qui s'éloignait à la pointe du jour par l'avenue Prétoria, seul entre les rails du tramway, chargé de ses boîtes, de ses rouleaux, de son angoisse, de trente livres d'instruments de précision germaniques dont il ne connaissait ni le nom ni l'usage, et d'un trépied à coulisse dont chaque branche à tour de rôle prenait un malin plaisir à glisser de son logement et à s'empêtrer dans ses jambes — je vous prie de croire que c'était un fameux tableau ! Et l'on eût fait un meilleur emploi de la pellicule, à mon estime, en y fixant pour la postérité cet instant grandiose, qu'en la confiant à ce lourdaud, qui — pour mieux se pénétrer de son personnage et, accessoirement, éviter d'être reconnu d'un de ses supérieurs — avait trouvé opportun de s'affubler de lunettes aux verres prétendument fumés, en réalité à peu près opaques, de sorte qu'il n'avançait qu'à tâtons et décrivait de terribles embardées chaque fois qu'un bruit lui venait aux oreilles. Mais il y avait à ce carnaval un avantage certain : qui eût accusé l'agent Klëpko de vouloir passer inaperçu se fût exposé à rencontrer le scepticisme de son entourage. Le policier avait l'air de tout, hormis justement d'un espion. On eût plutôt dit un éventaire du marché aux puces s'entraînant à contrefaire l'agent Klëpko en vue du prochain bal masqué.

Puis Klëpko revint, au crépuscule, accablé et défait. Les collections, on les lui avait laissé voir. Sans aucune difficulté. Et même avec un certain empressement. Il avait pu tout à loisir les feuilleter, les compulser, les éplucher page par page et ligne à ligne. D'abord pour la période concernée. Après quoi, il était passé aux jours qui l'avaient immédiatement précédée et suivie. Puis aux semaines. De proche en proche, il avait fini par disséquer six mois d'éditions quotidiennes, et cela dans les bureaux de trois sociétés différentes. Aussi lui avait-il fallu toute la journée pour venir à bout de la besogne. Besogne atrocement éprouvante pour les nerfs, périlleuse même pour la raison, puisque nulle part, *nulle part,* il n'avait trouvé trace de ce qu'il cherchait.

Pas un seul numéro n'avait été soustrait aux archives de ces journaux — il l'avait scrupuleusement vérifié. Mais sur la présence de Nathanaël dans la cour de notre ancienne école : rien. Pas un mot. Pas une illustration. Chacun d'entre nous, par exemple, avait gravé en sa mémoire la légende « Lui aussi recherchait l'ombre » : elle avait disparu, ainsi que le document grossièrement truqué qui l'accompagnait. A leur place s'étalait la silhouette aguichante d'une personne à demi dévêtue dont les parents (invisibles sur l'image) venaient de recevoir le prix que la ville attribue chaque année à une famille méritante.

Ainsi en allait-il de toutes ces « preuves » que nous avions espéré réunir contre l'ennemi. Escamotées. Volatilisées. Remplacées par des futilités. Des impertinences. D'immondes concessions à la sensiblerie populaire et à la cupidité des manufactures. De grosses larmes roulaient sur la rude écorce de l'agent Klëpko, tandis qu'il nous faisait son rapport. Les nôtres, en plein désarroi, songeant avec accablement à la possibilité d'une nouvelle hallucination collective, n'osaient plus se regarder en face.

S'étant épongé les yeux, le policier exhiba un sourire empreint d'une sotte béatitude. « J'ai les photos ! » pavoisa-t-il. Compte tenu de ce qu'il venait de dire, elles ne pouvaient servir qu'à ruiner les intérêts de la communauté. Klëpko le comprit trop tard et rougit piteusement. On décida de les tirer quand même, sans enthousiasme aucun, pour qu'au moins le témoignage de notre informateur fût établi de manière irrécusable.

Pendant qu'on procédait à l'opération, l'agent, qui souhaitait faire oublier son impair, expliquait à tout un chacun, et plus particulièrement au propriétaire de l'appareil, les soins minutieux qu'il avait apportés à la conception, à la préparation et à l'exécution de chaque cliché. On était stupéfait de constater à quel point cet imbécile notoire avait finalement assimilé la leçon. C'était merveille de l'entendre jongler avec des termes que, le matin même, il paraissait incapable d'articuler. A croire qu'il avait employé son temps non à passer au crible la presse lupioniste, mais à s'initier aux subtilités infinies de la dioptrique et de l'optométrie.

Là-dessus on apporta les épreuves, encore humides du bain fixateur.

La première montrait la partie supérieure d'un pied de table.

La deuxième ne montrait rien.

Les sept suivantes pas davantage. Ce n'étaient que taches grises sur fond noir ou taches noires sur fond gris.

De la dixième, on était en droit de se demander si elle figurait le croisement du teckel et de l'épagneul breton sous une pluie battante, comme le suggérait avec insistance le cordonnier Mendely, ou bien le sacrifice d'Isaac vu à travers le regard brouillé de la victime, ainsi que le prétendait le Turc du bazar (censé pourtant ne rien connaître à ces choses).

Sur la suivante, on distinguait vaguement dans un coin, gros comme l'ongle, ce qui pouvait passer pour la première page d'un quotidien, mais si lointaine et si floue qu'il fallait renoncer à y déchiffrer le nom du journal, lequel occupait pourtant le quart supérieur de la feuille.

La dernière, en revanche, était d'une netteté irréprochable.

Elle représentait, jusque dans les moindres détails de l'épiderme et du système pileux, le visage de l'agent Klëpko lui-même. Penché en avant, l'œil gauche fermé, il reflétait une concentration extraordinaire — extraordinaire mais fort habituelle chez les photographes lorsqu'ils sont en train d'opérer.

XLVI.

L'ÉLÉPHANTOSCOPIE FACILE (POUR DÉBUTANTS ET ATTARDÉS)

Après cela, les nôtres ne surent s'ils devaient accuser l'adversaire d'avoir falsifié les pièces à conviction ou mettre en doute leur propre équilibre mental.

Dans ses souvenirs, Josef Kansel a donné de cet épisode un commentaire très pénétrant. « Une société, écrivit-il, ne peut survivre sans le sentiment de sa légitimité, et cela en tous les domaines. C'est pourquoi, collectivement, les membres de notre communauté adoptèrent la seule ligne de conduite viable pour cette communauté, comme pour toute congrégation humaine : ils rejetèrent la faute à l'extérieur du groupe et chargèrent le groupe antagoniste de la culpabilité par laquelle ils se sentaient menacés, devenant ainsi d'autant plus vindicatifs qu'aux griefs amassés contre l'autre s'ajoutaient ceux qu'ils auraient eus contre eux-mêmes s'ils avaient assumé cette culpabilité. »

Pudiquement, Josef passe sur les manifestations de cette vindicte, mais je puis affirmer quant à moi qu'elles furent, sur le plan verbal du moins, d'une rare virulence. Hautes en couleur également, car les orateurs rivalisaient d'invention dans la peinture des vices, dépravations et autres turpitudes lupioniennes, à telle enseigne que les genoux de Belzébuth se fussent entrechoqués s'il avait dû rencontrer au coin d'un bois le gros Weber tel que nous le décrivions.

De tous les arguments imaginés pour stigmatiser la fourberie de l'adversaire, remarquons-le, pas un seul ne faisait allusion à Nathanaël Proboskiphore. On aurait pu croire que l'éléphant était complètement étranger à la querelle.

Ceux d'en face ne l'entendaient pas de cette oreille. L'animal, pour eux, restait au centre du débat. (Il est vrai qu'on pouvait difficilement rêver objet de litige plus monumental. La controverse s'en trouvait remarquablement simplifiée, ce qui est la condition première pour que fleurisse et prospère le fanatisme, lequel, selon Josef, « a besoin de s'appuyer non sur des idées vraies, mais sur des idées fortes, c'est-à-dire, la plupart du temps, rudimentaires ».)

Sous prétexte que nous voyions un éléphant imaginaire, les partisans du défunt inspecteur créèrent pour nous désigner un néologisme que ce sévère intellectuel n'eût certainement pas apprécié : les « éléphantoscopes ». « Les éléphantoscopes ont ceci de commun avec le stéthoscope que leur contact fait froid dans le dos », pouvait-on lire dans *Le Patriote,* sous la plume d'un académicien de renom. Ou bien, en première page du *Glaive de la Nation :* « L'éléphantoscope allie à la versatilité du gyroscope la duplicité du stroboscope. » C'était un véritable feu d'artifice !

Les milices et les bandes n'avaient pas encore été reformées, mais, de part et d'autre, les esprits s'échauffaient. Allait-on frôler à nouveau l'état de guerre civile où, de dérapage en dérapage, l'on avait bien failli glisser quelques mois plus tôt ? A vrai dire, bien des choses avaient changé depuis le scandale Lupion (à commencer par Lupion lui-même, passé de vie à trépas et, pour tout dire, plus oublié des deux camps — son nom excepté — que s'il n'avait jamais vu le jour). « Le climat général — j'emprunte encore ce passage au livre de Josef — n'était plus le même : beaucoup pensaient qu'une guerre entre les puissances devenait inévitable en Europe et que notre situation géographique et politique nous condamnait, comme d'habitude, à recevoir le plus gros des éclaboussures. Cette circonstance tout à la fois exacerbait et refrénait les passions, chacun demeurant dans la douloureuse expectative du conflit de titans qui balaierait nos chamailleries (et nous avec, très probablement). La répartition des forces entre lupionistes et antilupionistes connaissait d'importantes modifications. A la suite d'une évolution insidieuse, la situation effroyablement complexe, voire confuse, des premières semaines du conflit, s'était considérablement décantée, au point de paraître à présent schématique. Tout d'abord, un grand nombre de citoyens s'étaient fatigués du combat (comme s'en était fatiguée notre communauté entière) ; ils avaient dit ce qu'ils avaient à dire en lieu et en heure, et ne voulaient plus en entendre parler. Ceux qui, un moment, avaient accroché leur bannière à Nathanaël — partisans de la pédagogie nouvelle, ennemis de la chasse, électeurs du gouvernement actuel, zélateurs de la révolution socialiste, etc. — l'en avaient presque tous décrochée pour la hisser sur un autre symbole, car il est bon, pour se rappeler à l'attention du public, d'avoir toujours une cause neuve à épouser. Je préfère ne rien dire de ces personnes qui, ayant commencé à nous soutenir pour la seule raison que notre point de vue leur semblait celui de la vérité, s'étaient peu à peu détournées de nous parce que cette vérité, du fait qu'elle était nôtre, devenait compromettante pour elles ; et comme les mécanismes de la culpabilité fonctionnent toujours de la même manière, nombre d'entre elles, pour soulager leur conscience, avaient fini par se convaincre que nous n'avions pas moins de torts que nos adversaires. Abrégeons : en ces premières semaines d'octobre, la ligne de front se situait très clairement entre les gens de notre peuple et ceux pour qui l'existence même de ce peuple était une réalité insupportable, « contre nature », et qu'il fallait effacer. Cela était très évident pour nous. Moins pour eux, semble-t-il, qui ne parlaient jamais au nom de cette conviction viscérale, mais en celui d'entités plus vagues, et aussi, reconnaissons-le, plus glorieuses. « L'esprit national. » « Le génie de la civilisation occidentale. » « Le respect des traditions. » « La pureté de la race. » « Les idéaux de la chrétienté. »

« Ces ronflantes sornettes trouvaient un écho, par-delà nos frontières, dans les idéologies qui, en plusieurs pays, visaient à s'emparer du pouvoir sous divers écussons, quand ce n'était déjà fait. Les racistes et les fascistes de chez nous furent soulevés jusqu'à des sommets de vanité, de hargne et d'impudence par la vague qui déferlait sur l'Europe, semant partout les germes de ce qu'on a depuis lors appelé la peste brune. Inversement, le fascisme et le racisme extérieurs utilisèrent ce qui se passait ici pour alimenter le brasier de haine aveugle et primitive qu'ils avaient allumé dans le plus ténébreux recoin des âmes faibles. Naguère, « voir des éléphants » (qu'on supposait alors roses), avait été une plaisante métaphore du délire éthylique, ou encore de l'exaltation intime provoquée par un bonheur sans tache. Désormais, cette expression était synonyme d'aberration morale, de perversité intellectuelle, de dégénérescence biologique, affective et culturelle, de concupiscence débridée (« puante et visqueuse », affirmait *Le Clairon,* très officieux organe de la Cagoule), et, pour couronner le tout, de crime politique et de complot internationaliste. En Bavière notamment, elle justifia de sanglantes exactions, des lynchages, des autodafés de livres et de communications savantes. On rapporte qu'en France, à la même époque, un député d'extrême droite, rencontrant fortuitement un collègue radical-socialiste (qui d'ailleurs n'était autre que son beau-frère) dans le couloir qui mène aux salons particuliers du restaurant La Pérouse, leva sur lui sa canne ferrée aux cris de : « Je vous en ferai voir, des éléphants, moi, monsieur ! » ; l'autre ayant détourné la canne, l'agresseur en fut quitte pour rembourser un miroir de Venise d'une valeur effrontément surestimée par la direction de l'établissement.

Cette fois, Hitler et Mussolini s'étaient mis d'accord sur le dos de Nathanaël. Plus exactement sur le nôtre, encore plus tendre et plus vulnérable aux volées de bois vert. Au grand enthousiasme de la lupionerie, ils ne se contentèrent pas de persécuter de toutes les façons possibles ceux qui, sur le territoire de leurs propres états, étaient tentés de nous donner raison (ou simplement de ne pas nous donner entièrement tort) : ils nous firent savoir qu'ils ne toléreraient plus très longtemps nos « provocations » et, s'il le fallait, n'hésiteraient pas à passer la frontière sans demander la permission des douaniers pour venir nous mater.

La menace eut pour effet de tourner contre nous un gouvernement timoré, à qui le chancelier du Reich, avant cette affaire déjà, inspirait une terreur sans nom. L'ordre fut donné à la police et aux gendarmes de nous tenir à l'œil et, dans la mesure du possible, de nous dissuader, à force de tracasseries, de franchir les limites du quartier. Nos journaux se virent interdits du jour au lendemain par un décret d'exception (ce qui du reste ne les empêcha pas de paraître sous le manteau). Je laisse à penser si ces mesures étaient douces au cœur du gros Weber et de ses pareils...

XLVII.

ÉTROITE RELATION ENTRE LE GROS CHAUVE, LE PETIT MOUSTACHU ET LA RUMINATION SYMBOLIQUE DU VEAU D'OR

Elles ne l'étaient pas moins à celui de Kryla Krylakuri, qu'un midi, en sortant de l'école, je trouvai au milieu de la cour du temple. Les yeux mi-clos, il tirait sur un brûle-gueule, voluptueusement installé sur une chaise longue, dans une flaque de lumière ocre déversée là par le dernier soleil de l'année.

Il habitait à présent le rez-de-chaussée que, conformément à sa promesse, Luudi Schmur avait loué pour lui grâce à la générosité des fidèles. Mais le plus souvent, on rencontrait l'ancien jardinier dans les parages de la maison de prière, car il s'était résolu à occuper la charge de bedeau. Si ce geste lui avait été dicté par le désespoir, il n'en paraissait plus rien. Le vieux Kryl était l'image même de l'épanouissement. Parfaitement alangui — je veux dire complètement vautré sur son transat —, il bayait aux corneilles en inhalant l'odoriférante fumée de son tabac avec des mines de chat gourmand.

— Alors, cacatoès ? m'apostropha-t-il du plus loin qu'il m'aperçut. N'avais-je pas cent fois raison ?

J'avais beau le connaître et ne pouvoir m'empêcher d'éprouver de l'affection à son égard, j'étais offusqué d'une telle outrecuidance. Je le lui fis savoir en me drapant dans ma dignité, mais il était de trop bonne humeur pour me prendre au sérieux.

— Le Veau d'or broute à nouveau les pâturages de l'Impureté ! gloussa-t-il pendant que Son Excellence, toute langue dehors, s'élançait sur moi en pignant de bonheur. La situation n'a jamais été pire ! Nous sommes sauvés, Vimlo ! Nous sommes sauvés, cher garçon ! Demain, cette ville sera noyée dans des larmes de sang ! Après-demain, la planète saute !

— Vous sauterez le premier ! répliquai-je vertement.

Il poussa un hennissement de plaisir et se tortilla sur sa chaise, en proie à une irrépressible hilarité.

— Mais j'espère bien, mon vieux kangourou ! J'assisterai à tout, bien peinard du haut des nuages !

Je lui tournai le dos et m'éloignai à grands pas, sans répondre aux appels entrecoupés d'éclats de rire et de quintes de toux dont il me poursuivit jusqu'à ce que j'eus atteint le carrefour de la Pendule.

Contre sa métaphysique ricanante, je ne m'étais défendu jusqu'ici qu'avec mollesse, soit que je n'aie pas eu le cran de le contredire, soit que je n'aie pas voulu l'affliger davantage lorsqu'il était au désespoir. Mais j'avais mûri, ces derniers temps, et pris conscience de mes responsabilités. Je ne pouvais plus faire mine d'approuver le vieux lorsqu'il se réjouissait avec ostentation de ce qui plongeait tout un chacun dans le marasme. De plus, son attitude semblait confirmer qu'il était bien le traître qu'on cherchait. A qui d'autre le crime profitait-il ? Qui, à part l'ancien jardinier-chef, avait encore le goût de se prélasser sur une chaise longue en arborant un sourire béat ?

La morosité s'était abattue sur notre communauté avec la brusquerie et l'appétit d'un nuage de sauterelles. Si l'on fait exception de notre instituteur et de M. Kuusch, dont les transports confinaient à la transe, pour ne pas dire à la crise maniaque, les gens envisageaient l'avenir (quand ils osaient l'imaginer) sous un jour des plus sombres. Le rebondissement de la polémique autour de l'éléphant, quand ils ne songeaient plus qu'à chasser ce dernier de leur mémoire, leur paraissait une terrible malédiction.

Leur faudrait-il donc traîner ce boulet jusqu'à la fin des temps ? Ils aspiraient au repos et ne demandaient qu'à être en bons termes avec tout le monde. Josef le rappelle au début de son treizième chapitre : « Dans cette Europe mégalomane et querelleuse qui était en train de s'embraser, ils rêvaient modestement de vie simple et de paix. On ne le leur permettait pas. Alors qu'ils ressentaient jusqu'au tréfonds de leurs âmes la fatigue des siècles passés à résister aux agressions, il leur fallait une fois de plus parer les coups et riposter de leur mieux, non pour venir à bout d'un ennemi inépuisable, mais pour l'empêcher de porter des coups encore plus forts. Il leur fallait endiguer cet énorme flot de haine qui leur resterait à jamais incompréhensible et qu'ils n'avaient même pas le loisir de traiter par le mépris, parce qu'il menaçait directement leurs existences et, au-delà, visait à l'anéantissement de leur essence même. »

L'énigmatique affaire des journaux lupionistes avait brisé en eux un ressort. L'intervention du gros chauve et du petit moustachu, prolongée par l'ignominieuse réaction des autorités nationales, acheva de les démoraliser. L'engrenage de la persécution s'était à nouveau mis en route. Ils s'en lamentaient et je m'en lamentais avec eux : Kryla Krylakuri ne devait pas compter sur moi pour que je m'en frottasse les mains.

D'épouser les craintes et les douleurs de la communauté ne m'aveuglait pas sur ses faiblesses et singulièrement, bien qu'il m'en coûte de le dire, sur sa lâcheté. Disons sur sa propension à ne pas regarder la réalité en face, si cette formulation paraît moins sévère.

De la même façon que le gouvernement s'en était pris à elle plutôt que d'avoir à affronter le courroux des tyrans étrangers, elle s'en prenait à Nathanaël au lieu d'incriminer la seule intolérance de la lupionerie. Elle espérait ainsi se dissimuler cette terrible évidence : ce qui arrivait, quoi que nous eussions fait, n'aurait pas pu ne pas arriver.

On préférait croire — ou s'appliquer à croire — que

tout était la faute de l'éléphant. Sans lui, « ils » auraient fini par nous laisser tranquilles. Sans lui, la pomme de discorde se serait volatilisée. Sans lui, l'on assisterait aujourd'hui à la réconciliation universelle. Douces illusions...

Mais auxquelles les nôtres se raccrochaient farouchement, « incapables d'admettre une fois pour toutes — notera Josef Kansel — qu'on leur reprochait non ce qu'ils faisaient, mais ce qu'ils étaient. En d'autres termes, et pour parler clairement, qu'on leur faisait tout bonnement grief d'*être,* défaut dont on ne vous corrige qu'en vous anéantissant (au sens le plus littéral du terme). »

Et l'écrivain de poursuivre :

« On ne s'étonnera pas, dès lors, que tout en recherchant auprès de l'adversaire les preuves irréfutables de la présence du proboscidien rue Panelka, ils se fussent eux-mêmes ingéniés à la mettre en doute. C'est qu'il ne leur suffisait pas d'accuser l'éléphant de tous les maux : il fallait en outre que cet éléphant ne fût qu'un leurre — voire une invention des lupionistes spécialement destinée à fournir un *casus belli* à ces derniers. On voit qu'en matière de mauvaise foi et de manipulation des faits, nous n'avions rien à envier à nos adversaires. »

Toujours est-il que, Nathanaël lui-même n'étant pas accessible au châtiment (sinon par la dénégation qui le frappait, mais, du coup, le plaçait à l'abri de toute représaille !), ce furent ses derniers admirateurs que l'on vilipenda. La bande des Kuusch et des Kbol. Tatko Lipora, souverain déchu de la pâte à frire. Ardamet Naftali. Son turlupin de fils aîné. Et consort. (Consort désignait probablement l'exemplaire Luudi Schmur, que personne n'avait le front de mettre nommément en cause.) En entretenant la fable de l'éléphant, ne faisaient-ils pas le jeu d'un ennemi engagé contre nous dans une lutte à mort ?

Une nuit, des individus masqués firent irruption dans le cabinet de travail où le révérend m'avait reçu, s'emparèrent le plus délicatement possible de sa personne et l'emmenèrent devant la grille de l'école où, à son grand ébahissement, il dut constater que les marronniers et le gravillon occupaient seuls le terrain, à l'exclusion de tout quadrupède discernable à l'œil nu.

— Comment ! s'écria le brave homme, qui tremblait de tous ses membres sous le coup de cette brutale révélation. Mais pourquoi ne m'a-t-on rien dit ? Comment tirer de justes conclusions si l'on n'est pas renseigné de manière précise sur les faits ? Je ne suis tout de même pas devin ! Je suis bien forcé de croire ce qu'on m'affirme. On a abusé de ma confiance. La confiance du représentant de Dieu ! C'est une faute très grave. Qui a osé ?

On orienta subtilement ses soupçons sur mon père, sur Yagel et du côté de l'enseignement primaire. Tatko fut considéré comme du trop menu fretin pour être désigné à la fureur du prêtre, que l'indignation avait conduit au bord de l'apoplexie. A l'issue de cette soirée, on découvrit en ce dernier le plus acharné et le plus intransigeant procureur de l'obsession proboscidienne (car il devait faire oublier que lui-même y avait généreusement et opiniâtrement sacrifié).

Le revirement inespéré de Luudi Schmur galvanisa les tièdes, qui jouissaient désormais de la caution de la plus haute autorité morale du quartier. Hier, on taxait le prêtre de surmenage intellectuel et de gâtisme précoce ; aujourd'hui, on citait en exemple la rectitude de son jugement et sa grande perspicacité. Sans autre forme de procès, mon frère se vit refuser l'entrée du temple. Il faut dire que pour narguer la compagnie, il avait cru bon de s'attacher une vieille manche de pardessus contre le visage, à la hauteur du nez, comme autrefois les membres du Club des Amis de Vimlo Naftali.

L'humiliation infligée à notre père fut pire encore. En plein office, on l'invita à se repentir publiquement de ses fautes et à renier l'éléphant, ainsi que toute autre idole offensant la majesté du Très-Haut. Son voisin Itchelion lui fourra entre les mains un vase rempli de cendres afin qu'il s'en couvrît la tête. Et comme il hésitait compréhensiblement à trahir sa conviction la plus chère, en dépit des exhortations fanatiques de l'exemplaire couché sur son lutrin la bave aux dents, ce rustre de charbonnier lui arracha le récipient et l'en coiffa si énergiquement par-dessus son derby qu'il eut le front ouvert et le crâne bosselé en plusieurs endroits. Grâce à quoi, outragé dans ses fibres les plus intimes par la tonitruante hilarité de l'assistance qu'entraînait l'exemple du bedeau Kryla Krylakuri, il trouva la force de résister aux pressions et ne desserra pas les lèvres, debout dans la tourmente, le vase renversé sur la tête, la figure maculée d'une poudre grisâtre sur laquelle son sang dessinait comme des peintures de guerre, le regard fixé sur le révérend avec une expression de stoïque résignation qui n'excluait ni l'orgueil ni le défi.

Il me parut réellement magnifique, ce matin-là. C'est à peine si sa dignité était compromise par le bord de son melon qui, détaché de la coiffe sous le choc, était venu se coincer entre son nez et sa lèvre supérieure. Sans un mot, sans un geste, telle la statue du Commandeur, mon père Ardamet Naftali bravait le veule troupeau des moutons de Panurge...

On dut se saisir de lui et le jeter dehors, où il rejoignit Yagel qui, par esprit de vengeance, s'appliquait à tracer d'une main inexperte sur le mur du sanctuaire le slogan « A bas la qualote ! » — ce qui lui en valut deux bonnes pour dévergondage orthographique, juste avant que l'excès de ses émotions ne terrassât le chef de notre famille. Un arbre entamé par la cognée des bûcherons ne mord pas la poussière avec plus de roideur ni de fracas. Un instant, je le crus mort. Mais Yagel, qui avait sauté sur son ventre pour le gifler à tour de bras, sut apporter la preuve qu'il n'était qu'évanoui.

Tandis qu'il récupérait lentement à la maison, se perdant en conjectures sur l'origine des ecchymoses violacées qui lui marbraient les mâchoires, la communauté concentrait son ressentiment sur Mazavdi Kbol et son supérieur. Ces deux-là étaient en matière d'hérésie éléphantoscopique (le mot avait été repris aux lupionistes et appliqué non moins venimeusement à notre propre minorité) des pécheurs endurcis. Des récidivistes éhontés, alliés dans les faits à ceux qui voulaient notre extermination. Et l'on avait eu la légèreté de leur confier l'éducation des enfants ! — bévue qu'ils mettaient à profit pour exposer sans vergogne des esprits candides et malléables aux élucubrations de leur propagande. Car ces monstres de perversité ne se satisfaisaient pas de croire en la réalité passée et présente de Nathanaël (ce qui, déjà, apportait de l'eau au moulin de nos détracteurs) : ils braquaient sur la déplorable engeance proboscidienne, alors même qu'il était capital de la faire rentrer dans l'ombre, la lumière crue et malsaine d'une pédagogie dévoyée.

De l'éléphant, ils avaient fait l'unique objet de leurs leçons, mais aussi de leurs soins et de leur protection, négligeant les enfants qui n'étaient plus en sécurité à l'école. L'un de ces énergumènes remue les millénaires et ravive l'éprouvant souvenir du téléocéras pendant que l'autre lui tresse des couronnes de laurier, bondissant à sa fenêtre comme un diable hors de sa boîte. Quelle honte et quelle abomination !

La situation devint franchement explosive, deux jours plus tard, quand Mazavdi Nöshgo, avec le plein accord du directeur, décida de taper dans la caisse privée de l'école pour embaucher un moniteur. Beaucoup de gens estimaient que Kbol causait bien assez de dégâts tout seul sans bénéficier au surplus d'un concours extérieur. Plus de citoyens encore partageaient la conviction que même s'il avait fallu engager un mercenaire pédagogique, le candidat idéal pour de telles fonctions n'eût été en aucun cas celui sur lequel s'était porté d'emblée le choix de l'infernal duo. Car l'on peut imaginer collaborateur plus adéquat, lorsqu'il s'agit d'inculquer les fondements du savoir et de la bonne conduite, qu'un jeune nègre au chômage, dont toute l'expérience éducative consiste à avoir tâté de l'accordéon dans les profondeurs pourpres et dissolues d'un lupanar, fagoté d'une arrogante veste à carreaux.

XLVIII.

OÙ L'ON CONSTATE, UNE FOIS ENCORE, QU'IL NE FAUT PAS SE FIER AUX APPARENCES

Toute patience a ses limites. Même celle, pourtant proverbiale, de Mamie Gargülho. Le jour vint où la tenancière de la « maison » à portique ne supporta plus que son accordéoniste lui fît régulièrement faux bond dans les moments où l'on avait le plus besoin de lui. Qu'il allât donner des sérénades à ma sœur, elle s'en fichait éperdument. On peut dire que c'était une femme des plus blasées sur le chapitre de la galanterie. Ce qu'elle ne pouvait admettre, en revanche, c'était qu'il fût absent pendant les coups de feu de vingt-trois heures et de deux heures du matin ou, plus tard encore dans la nuit, quand la clientèle avait son coup de vague à l'âme, sanglotait sur la marchandise et réclamait des valses tristes, avec du sentiment. Après lui avoir posé trois ultimatums en pure perte, elle s'était résolue à le congédier.

J'avais pu constater moi-même que, depuis quelques jours, il ne venait plus chanter sous nos fenêtres. Mais en dehors d'Anhla (du moins je le présume, car elle continuait d'opposer à tous les aléas de l'existence le même visage impénétrable), personne chez nous ne s'en était rendu compte. Chacun, du reste, avait de bonnes raisons pour cela.

Notre mère, comme l'on sait, avait volontairement perdu le contact avec la réalité ambiante, dont elle n'attendait plus que blessures et calamités. Yagel, épuisé d'avoir arpenté la ville toute la journée à la recherche d'un emploi, s'endormait comme une masse à la seconde même où sa nuque entrait en contact avec l'oreiller. Quant à notre père, il avait cessé de se préoccuper du nègre depuis qu'il était obnubilé par le jeu d'échecs de Gédéon Bourbaki. Cela suffisait amplement à le tenir éveillé jusqu'à l'aube. (Cela et les opérations rocambolesques qu'il échafaudait dans sa tête pour rentrer en possession des éléphanteries.)

Moi-même, si d'autres soucis n'avaient pas accaparé mes pensées, j'aurais accordé plus d'importance que je ne le fis au fait qu'à compter du jour où s'interrompirent les sérénades, notre sœur se mit à changer de couleur.

Elle devenait de plus en plus blanche, autour des lèvres et sur les joues, sans que s'effaçât pour autant son hâle grisâtre. Chaque matin, au moment où elle descendait de sa chambre pour prendre le petit déjeuner avec nous, ce hâle s'étalait uniformément de la racine de ses cheveux jusqu'à l'échancrure de son vêtement. Mais le soir, lorsqu'elle rentrait de son travail, il disparaissait par plaques, aux endroits que j'ai dit, sous de poudreux agglomérats couleur d'albâtre, comme si elle avait entrepris de se farder à la chaux vive mais n'avait pas eu le loisir de mener l'opération à son terme.

Le premier jour, on ne distinguait que deux ou trois cercles disposés entre le nez et le menton. Au bout d'une semaine, en revanche, les traces chaque soir plus nombreuses formaient une sorte de masque qui lui couvrait presque entièrement le bas du visage. Je dis bien le soir : le lendemain matin, tout avait disparu. Si je ne m'inquiétai pas outre mesure de ce phénomène, c'est sans doute que, dans la période de troubles que traversait le monde en général, notre quartier en particulier et la maison Naftali singulièrement, je n'y vis qu'une excentricité supplémentaire.

Quinze jours plus tard, le blanchissement d'Anhla

s'arrêtait aussi brutalement qu'il avait commencé et la figure de ma sœur retournait — si j'ose employer cet euphémisme — à la normale. De son côté, le nègre prenait ses fonctions de moniteur. Il n'y avait aucune raison de relier les deux faits et je ne fus pas tenté de le faire. Ce qui confirme qu'il ne suffit pas d'avoir la cause et l'effet sous le nez pour saisir ce qui les unit (comme l'affirma sentencieusement Gédéon le jour où le grand frère de Turlo Wuhkavaï, qui passait pour le Don Juan du quartier, épousa ce gros tas de suif parsemé de raisins secs qu'était la veuve Mylkhonek avec toutes ses verrues).

Depuis, le soupirant d'Anhla m'a lui-même ouvert les yeux. Chassé de la rue chaude, il avait mis son accordéon au clou et, à l'image de mon frère, était allé tenter sa chance auprès d'éventuels employeurs. Plus favorisé que Yagel, il avait obtenu une place dès le deuxième jour. La besogne n'était guère reluisante ; elle ne permettrait pas à ses dons artistiques de s'épanouir, et la compagnie la rétribuait d'une manière qui s'apparentait au vol qualifié, à ceci près que le vol qualifié est pour qui le pratique d'un rapport moins sûr et moins régulier. Mais l'amour vous inspire les plus nobles sacrifices comme les plus grandes folies. Et notre musicien était assez amoureux pour accepter de se briser le dos sous des sacs de trente kilos en échange d'une aumône.

Anhla livrait la marchandise du charbonnier Itchelion ; il livrait celle des minoteries P.P.Z.K. Leur rayon d'action à tous deux se limitait à notre quartier. Ç'aurait bien été le diable que leurs itinéraires ne finissent pas par se croiser ! Après cela, il ne leur resta plus qu'à se fixer rendez-vous d'un jour sur l'autre. Ils se rencontrèrent dorénavant chaque après-midi. Sous les porches. Dans les coins sombres. Loin des regards et des foudres de mon père. L'un abandonnant ses sacs de farine ; l'autre, ses sacs de charbon. Ils se tenaient tendrement enlacés et se murmuraient des fadaises. Puis, quand ils ne trouvaient plus rien à se dire, ils s'embrassaient. Timidement d'abord, comme l'on fait aux prémices des plus dévorantes passions. Ensuite à bouche que veux-tu, en s'étranglant mutuellement avec le bout de la langue.

Ainsi échangèrent-ils leurs poussières. Les premiers cercles blancs firent leur apparition sur le derme gris de ma sœur. Les premiers cercles noirs sur la peau violette du Sénégalais, préalablement blanchie par la farine. Les acheteurs de charbon se souciaient peu de ce qu'une fine pellicule de mouture saupoudrât leurs briquettes. En revanche — car les mêmes causes, n'eût pas manqué de dire Gédéon, n'engendrent pas toujours les mêmes effets — les clients des minoteries P.P.Z.K. virent d'un très mauvais œil le mariage de la sciure de bougnat avec la poudre de froment. De fait, ils criblèrent la P.P.Z.K. de lettres si peu amènes que les jumeaux Wachla, qui dirigeaient cette entreprise d'une main de fer dans un gant de pancrace, interrompirent leur sacro-sainte partie de bataille pour étudier la situation.

Ils n'y comprirent rien, cependant. Du moins jusqu'à ce qu'ils vissent de leurs propres yeux, rentrant de sa tournée, le nouveau livreur dont ils ne connaissaient que le nom. Alors ils se précipitèrent hors de leur bureau (restant un bref instant coincés dans l'encadrement de la porte qu'ils avaient voulu franchir de conserve), dévalèrent l'escalier et atterrirent tant bien que mal sur le pavé de la cour, où chacun d'eux s'efforça de crier plus fort que l'autre, si bien qu'il fallut près d'un quart d'heure au Sénégalais pour comprendre qu'une fois de plus, il venait d'être flanqué à la porte. On ne voulait pas d'un employé qui déteignît sur la marchandise.

Notre futur moniteur s'éloigna la tête basse. On imagine les sinistres pensées qui roulaient sous son front. Pour ce qui est des jumeaux Wachla, ils ordonnèrent que la voiture de livraison fût repeinte au blanc de céruse. Pour la conduire, ils arrêtèrent leur choix sur un ancien laitier, lequel dut s'empaqueter chaque matin dans une blouse de dentiste avant de commencer sa tournée. La clientèle, à ce spectacle, pouvait être entièrement rassurée. Il est seulement dommage qu'au milieu d'une telle débauche de précautions, nul ne se fût avisé que le porteur de la blouse, honnête père de famille au demeurant, souffrait d'un panaris chronique à chaque main.

La proposition de l'instituteur Kbol vint à point nommé pour remettre l'Africain en selle. Outre que l'emploi de moniteur était mieux rémunéré que celui de livreur, il lui laissait assez de loisirs, le soir après l'étude, pour étreindre ma sœur en tel ou tel des endroits qui abritaient leurs furtives amours. Et s'ils étaient empêchés de se voir, pour une raison ou une autre, ils s'écrivaient. A mon insu, c'était mon cartable qui leur servait de boîte aux lettres. Je fus l'inconscient passeur d'une correspondance clandestine dont les termes enflammés et la précision anatomique (en dépit d'estimations excessives de la part d'Anhla qui, à l'instar de beaucoup d'amoureuses, avait les yeux plus gros que le ventre) eussent troublé Yagel lui-même.

Rien n'était plus facile au moniteur que de rester quelques secondes de plus dans la classe ou de s'y faufiler sous un prétexte quelconque, au moment des récréations. Il recueillait le billet qui lui était destiné, ni vu ni connu, et déposait dans la même cachette celui qu'Anhla découvrirait un peu plus tard (j'avais l'habitude d'accrocher mon sac au portemanteau de l'entrée). Souvent, il y avait un courrier du matin et un courrier de l'après-midi, car ceux qui s'aiment ont mille choses à se dire, qu'on devine trop bien. Après cela, il n'était pas étonnant que notre Sénégalais eût les pupilles dilatées, les narines frémissantes et un vaste sourire suspendu aux oreilles.

Pour le reste, la griserie de ces douces et impudiques confidences l'empêchait d'avoir une juste appréciation de sa situation à l'école, dont la précarité, autrement, n'eût pas manqué de lui sauter aux yeux.

D'évidence, Mazavdi Kbol était, depuis les premiers instants de leur collaboration, extrêmement déçu de son assistant. Ce matin-là, roulant chaque mot dans sa bouche avant de l'articuler, notre maître s'était lancé dans un discours suave et emberlificoté, d'où il ressortait que, face aux difficultés rencontrées par une bande d'idiots congénitaux dans l'assimilation des données les plus simples de la science proboscidienne, l'idée lui était venue de s'adjoindre quelqu'un qui, plus proche desdits idiots par l'âge, entretînt aussi une relation étroite avec le sujet de son cours. Qui donc mieux qu'un jeune homme né, élevé pour ainsi dire parmi les éléphants... Je vous fais grâce du reste. Debout à ses côtés sur l'estrade, le nègre souriait de toutes ses dents. Nous imaginions que ce sourire s'adressait à la flatteuse esquisse que l'instituteur traçait de son enfance exotique caressée par des trompes innombrables et charmée d'exquis barrissements. C'était en réalité aux juteuses allusions de ma sœur. Le nègre eût-il un tant soit peu suivi ce qui se disait à son propos, ses traits se fussent instantanément décomposés.

— A présent, conclut Mazavdi Nöshgo en s'abandonnant contre le dossier de sa chaise, je cède la parole à votre moniteur. Il va égrener lui-même devant vous quelques souvenirs des éléphants qu'il a eu la chance de fréquenter. Allez, Bamboula, toi dire eux y a bon z'éléphants.

L'autre souriait toujours. Il ne soupçonnait même pas qu'on l'eût interpellé. Perdu dans un rêve salace, il aurait aussi bien pu être sourd et muet.

Kbol fronça le sourcil et se pencha en avant pour l'examiner sous le nez.

— Eh ! grommela-t-il pour lui-même. Il n'aurait pas été piqué par la mouche tsé-tsé, tout de même ? Ce serait bien ma veine !

Il lui balança vivement son coude dans l'estomac.

— Ohé, Bamboula, toi beaucoup maintenant palabre, monzami, hop ! Plus tard dodo.

Les yeux du Sénégalais papillotèrent.

— Je vous demande pardon, monsieur Kbol ?

Notre maître eut un haut-le-corps et devint écarlate.

— Euh... c'est vrai, bafouilla-t-il. Il y a quelque temps que toi... que tu... que vous avez quitté l'Afrique...

— Je n'ai jamais quitté l'Afrique, patron !

— Mais s'étrangla le pédagogue, c'est impossible, voyons ! Puisque vous êtes ici !

— Justement, patron, je suis ici et, ma foi (son sourire s'élargit encore), je m'y trouve bien ! Qu'est-ce que j'irais faire là-bas, sauf votre respect ?

— Mais, je ne te... je ne vous demande pas d'y aller, sacrebleu !

— Tant mieux, patron, car ça m'embêterait beaucoup. On prétend que c'est plein de sauvages, dans ces coins-là. D'ailleurs, pour tout vous dire, je déteste les voyages. Je ne suis sorti qu'une fois de notre ville, pour aller à Bdulië. Le train n'était pas sorti de la gare que j'avais déjà un cafard de tous les diables !

— Tonnerre de bonsoir, il a bien fallu que vous voyagiez, pour venir de votre lieu de naissance jusqu'ici !

Ce fut au tour du garçon de froncer les sourcils.

— Comment ça, patron ? Je suis né rue de la Clé : c'est à peine à huit cents mètres...

Vieille Taupe se dressa d'un bond.

— Et vos parents, ce ne sont pas des nègres, peut-être ?

— Quels nègres ?

— Des nègres tout noirs ! Kayé-kakayé ! Bamboula bamboula doumdoum ! Gaou-gaoua-gaouagaouga !

Très digne, et même quelque peu hautain, dans sa veste à carreaux, le moniteur attendit poliment que notre maître en eût terminé avec son baragouin.

— Je crois que vous vous méprenez, dit-il. Mon père est bandagiste, ma mère accoucheuse très privée, et tous deux sont aussi blancs que vous et moi.

— Vous êtes noir comme l'enfer ! s'étrangla Mazavdi Kbol.

— Je suis foncé, dit le nègre, visiblement froissé par la comparaison. Je suis un blanc très foncé.

— Un blanc très foncé ? hurla l'instituteur. Qu'est-ce

que ça veut dire ? Vous êtes de mauvaise foi ! Vous jouez sur les mots ! Il ne faut pas me la faire : c'est quand même bien vous l'accordéoniste sénégalais du bordel Gargülho ?

— Il m'est arrivé en effet d'exercer mes talents dans ce célèbre établissement, répliqua l'autre qui s'était encore raidi. Mais je vais vous dire une bonne chose, mon cher monsieur : si d'aucuns ont ajouté foi aux bobards qu'une mère maquerelle a fait courir sur mon compte dans le but d'attirer les gogos dans son claque, qu'est-ce que vous voulez que j'y fasse ? Reprochez-moi ses additions truquées et son mousseux coupé d'eau de Seltz, pendant que vous y êtes !

Loin de Vieille Taupe ces mesquines pensées ! Il agita vivement les mains pour repousser la proposition.

— Je m'appelle Alexandor Neglatkine, poursuivit Alexandor Neglatkine, et je suis né au 8, rue de la Clé, de Benazar Neglatkine et de Zürbai Tirmek. Je...

— Comment sont-ils ? l'interrompit avidement le pédagogue.

— Au mieux, patron. Je vous remercie.

— Je voulais parler... de leur couleur !

— Dieu du ciel ! Combien de fois faudra-t-il vous le répéter ? Ils sont comme vous, comme moi, comme tout le monde !

— J'entends bien, j'entends bien, fit Kbol d'une voix conciliante. Mais de quelle nuance, exactement ?

— De quelle nuance ? Eh bien, mon père est presque aussi foncé que vous.

— Aussi foncé que moi ?

— Exactement. Mais avec certaines différences.

— Ah !

— Vous, vous êtes mauve foncé. Lui, il tirerait plutôt sur le jaune foncé.

— Hum ! Et votre mère ?

— Ma mère ? Je dirais blanc soutenu.

— Soutenu ? Mais dans quel sens ?

Le nègre se croisa les bras, au comble de l'exaspération.

— Ecoutez, monsieur Kbol, je n'ai rien à voir avec les cannibales qui dansent tout nus sur les rives du Poto-Poto, si c'est ce que vous voulez savoir ! Notre famille habite cette ville depuis quatre générations.

— Alors, vraiment, vous n'êtes même pas un nègre ? gémit lamentablement l'instituteur. Vous n'avez pas grandi au cœur de la brousse hostile et mystérieuse, près de la piste des éléphants ?

— Dieu m'a épargné ce malheur, patron. Loué soit Son nom !

Toute la haine que mes condisciples éprouvaient à l'égard de M. Mazavdi Nöshgo ne les empêchait pas de partager son désappointement. Quitte à hériter d'un nègre, autant que ce fût d'un vrai. Celui-là, de son propre aveu, était un spécimen des plus douteux. Un prétentieux, à part cela, qui se disait « blanc foncé », à l'image de ces amphitryons sans scrupules qui vous servent sous le nom de « saumon bonne femme » un vulgaire merlan et n'hésiteraient pas à faire passer des œufs durs en salade pour du « caviar de nos basses-cours ». J'étais aussi fâché contre Alexandor Neglatkine que les autres. Je digérais mal de m'être laissé prendre à ses mélopées nocturnes et d'avoir échafaudé à leur propos tout un roman qui venait de me claquer entre les doigts. Je crois aussi que je lui en voulais de n'être pas le fils des savanes crépitantes et des midis torréfiés. Je lui en veux toujours un peu, du reste : l'histoire que je rapporte ici aurait été tellement plus belle...

Le lendemain matin, au milieu d'un silence hébété, Gédéon Bourbaki nous expliqua les lois de l'hérédité, potassées par lui jusqu'à l'aube. Je ne saurais prétendre que j'ai tout retenu, car c'est une rude affaire que cette affaire-là. D'abord, il y a des tas de souris à manipuler, ce qui n'est guère encourageant. Des grises. Des vilaines petites blanches aux yeux rouges. Un certain Mendel eut l'idée saugrenue de les mettre ensemble et de secouer le paquet. Ce que ça donne, vous n'imaginez pas. Mendel en fut le tout premier surpris. Je l'imagine courant au Grand Café Mordyklow et sifflant schnaps sur schnaps au comptoir pour se requinquer. Vous pouvez prendre aussi des rats laineux et des petits pois à peau ridée (à condition qu'on veuille bien vous en vendre). Ce qu'Alexandor Neglatkine venait faire dans cette infâme ragougnasse, nous n'avons jamais pu le comprendre. Mais, d'après Gédéon, cela prouvait sans l'ombre d'un doute que vous pouvez parfaitement être nègre sans l'être tout en l'étant. Et vice versa.

XLIX.

REMEMBER !

Les parents d'élèves et le comité des bienfaiteurs de l'école n'entendaient rien à ces fantaisies de la science. Du reste, ils s'en souciaient peu, partageant l'opinion que sur toute question touchant à leur intérêt et à celui de leurs familles, ils étaient assez grands pour avoir leurs propres idées. Inutile d'aller chercher midi à quatorze heures pour constater : premièrement, que l'abandon des programmes officiels au profit d'une lubie socialement pernicieuse était une mauvaise chose ; deuxièmement, que l'embauchage d'un jeune nègre pour aider à la propagation de cette hérésie constituait une circonstance doublement aggravante. En conséquence, ils prirent le parti de rédiger à l'adresse du ministère une pétition où serait exigée, pour toutes ces raisons, la révocation pure et simple de Mazavdi Nöshgo Kbol, fonctionnaire dont les autorités connaissaient d'ailleurs l'incompétence puisqu'elles avaient toujours refusé de le promouvoir à l'échelon supérieur. Après cela, disait-on, il faudrait bien que Kuusch se soumît ou se démît. Quant au nègre, il s'occuperait de ses oignons de nègre — et qu'il veillât seulement à filer doux !

Mon père, on s'en doute, n'était pas du tout d'accord. Mais comme personne ne lui demanda son avis, nous fîmes seuls les frais de son indignation. Il nous corna aux oreilles toutes les diatribes normalement destinées aux pétitionnaires, et spécialement aux membres du comité de bienfaisance, en qui s'incarnaient selon lui « les meneurs du complot ». Puis il se lança dans un pompeux éloge des mérites de Mazavdi Nöshgo, qu'il nommait son meilleur ami, son frère de lait, le miroir de sa conscience. Une pluie de réglisse s'abattit sur nos épaules. Ce fut alors le tour d'Alexandor Neglatkine. Avait-il oublié ses griefs contre lui, la séduction de notre sœur, l'affront des sérénades ? Lui avait-il accordé son pardon ? Ou s'imaginait-il avoir affaire à un autre nègre ? Toujours est-il qu'il nous brossa de lui un portrait des plus flatteurs. Il s'échauffa tant et si bien là-dessus qu'il finit par sentir qu'il ne pourrait pas rester une seconde de plus sans serrer sur son cœur une figure aussi attachante.

Il sortit en catastrophe.

Nous apprîmes à son retour qu'il était allé à la recherche du nègre, passionnément désireux de l'inviter à notre table. Et quoiqu'il n'y eût pas une chance sur cent pour cela, il était tout de suite tombé sur lui. Attablé à la terrasse du Grand Café Mordyklow, notre moniteur lissait sur le marbre du guéridon les billets de sa solde. Mon père nous rapporta qu'il était allé droit sur lui en criant son admiration. Mais que se passa-t-il dans la tête d'Alexandor ? Du plus loin qu'il aperçut le père de sa dulcinée, braillant comme un perdu et brandissant un lourd échiquier à bout de bras, il se catapulta sur le trottoir et fila les coudes au corps en direction du carrefour de la Pendule. Le chef de notre famille dut renoncer à le rattraper.

Il en conçut une profonde mélancolie, qui teinta d'une pénible nuance le récit de sa mésaventure, puis, revenant à sa marotte, il s'en prit à Yagel.

— Ah ! s'écria-t-il. J'espère trop de ce monde ! Les hommes ne sont que des hommes, en mettant les choses au mieux. Il suffit d'observer mon fils Yagel pour s'en apercevoir. On croit parfois qu'il va relever la tête, mais une force supérieure lui replonge aussitôt le nez dans l'opprobre, un peu plus profondément chaque fois. Jadis, ses patrons le flanquaient à la porte au bout de quelques jours. Je m'en désolais, Dieu sait ! Mais j'avais tort. Je péchais par orgueil. Aujourd'hui qu'on ne la lui laisse même plus franchir, cette porte, combien j'aimerais que nous fussions ramenés à la situation précédente ! Bientôt, il sera contraint de se munir d'une sonnette, tels les lépreux du temps passé, afin que les gérants de société, alertés par le grelot, puissent baisser le rideau de fer à son approche. Il végétait dans la ténèbre. Les araignées songeaient à tisser leur toile entre ses mains vacantes. Je l'ai tiré de là dans un élan d'optimisme et de compassion. Comment ai-je été récompensé de mon geste ? Il vadrouille du matin au soir. Le reste du temps, il tire sa flemme. Non content de se faire refouler du temple, il en macule les murs sans souci ni des convenances ni du génie de notre langue. Il contracte des dettes auprès de ses propres parents. Evidemment, j'admets qu'il s'agit là d'un cas extrême et largement désespéré. Le malheur veut que la plupart de nos contemporains, par les qualités morales, se rapprochent davantage de mon fils Yagel (ou de sa sœur Anhla qui fait assaut d'inertie avec le charbon qu'elle transporte) que de mon fils Vimlo.

— Yagel, lui, ne sera jamais un adorateur du Veau d'or, père ! me hâtai-je d'intervenir. Je ne puis rêver d'un frère plus ferme dans sa foi.

— Et dans son indolence, hélas ! Mais je retiens ta formule, cher enfant : ce que font aujourd'hui tous ceux qui nous entourent, c'est de se vautrer dans l'idolâtrie du Veau d'or.

— L'homme préfère de beaucoup le Veau d'or à son Créateur, dis-je, citant le vieux Kryl, afin de détourner l'attention de notre père du pauvre Yagel.

— C'est cela ! s'émerveilla-t-il. C'est tout à fait cela !

— Il le trouve plus coruscant, poursuivis-je.

— Sans doute, oui... fit-il d'une voix mal assurée après

m'avoir lancé un coup d'œil par en dessous. Coruscant, oui, j'aurais dû m'en douter... Je vois que l'ésotérisme n'a plus de secrets pour toi. Dieu magnifique ! Tu gravis la pente, précieux garçon, plus vite encore que ton frère ne la dégringole ! A présent, attention !

Ardamet Naftali, patriarche de notre maison, se tourna face au buffet, me fit prendre place à sa droite et commanda que Yagel se mît à sa gauche, mais un pas en arrière. A ma mère et ma sœur, il donna l'instruction d'élever des plaintes et des soupirs, telles les pleureuses aux funérailles. Après avoir rendu grâce au Tout-Puissant et proclamé qu'il Lui faisait humblement l'offrande de son chapeau mis en pièces par les zélateurs du Veau d'or, vils esclaves de la coruscation, il épongea son visage baigné de larmes, toussa pour s'éclaircir la voix et chasser le sanglot contrarié qui était resté coincé dans sa gorge, puis il entonna un psaume qu'il nous fallut reprendre en chœur. Une vive ruade paya mon frère de ses fausses notes.

Aux clameurs déchirantes poussées par ma mère et ma sœur, selon le rôle qui leur était échu, l'agent Klëpko fit irruption dans notre salle à manger revolver au poing, mais il se hâta de rengainer l'arme et d'ôter son képi, impressionné par l'atmosphère de douloureuse ferveur qui se dégageait de la scène. Il abandonna même une obole sur le coin du buffet avant de se retirer sur la pointe des pieds.

Dès qu'il fut parti, notre père, quelque peu rasséréné, entreprit de confesser devant nous ses fautes, en se frappant la poitrine et en basculant le buste d'avant en arrière. Bizarrement, cet inventaire mortificatoire tourna bientôt à son avantage, pour ne pas dire à la célébration effrontée de ses mérites. Animé par un louable souci d'équité, il n'avouait aucun de ses errements sans en analyser les causes, découvrant alors qu'il n'avait été que l'innocent jouet du destin, des circonstances ou de la méchanceté d'autrui et que le faux pas accompli dans ces conditions révélait la pureté de son âme bien plus qu'il n'en trahissait la faiblesse.

Parfois, j'en venais à douter de la sagesse de mon père.

Plutôt que d'écouter ses éternelles vaticinations, je songeai aux événements de ces derniers jours. Ils m'inspiraient de troublantes réflexions. La lupionerie ne tolérait pas l'existence de notre peuple. Les nôtres ne pouvaient souffrir que leur progéniture fût confiée à un nègre. Alexandor Neglatkine lui-même repoussait avec la dernière énergie toute imputation de négreté, préférant être le Blanc le plus basané plutôt que le Noir le plus pâle. C'était comme si, pour tous ces gens, l'amour et le respect de soi n'étaient possibles qu'à la condition expresse de haïr et de mépriser quelqu'un d'autre. De sorte qu'on est en droit de se demander dans quels abysses de désespoir et de dégoût d'eux-mêmes ils n'eussent pas été plongés si ceux dont ils déploraient avec tant d'acrimonie l'existence leur avaient effectivement fait défaut.

Je fus tiré de cette sombre rumination par l'adieu pathétique de notre père à son derby, au terme du cérémonial qu'il avait improvisé avec notre concours. Les vestiges du couvre-chef furent réunis en un paquet dûment ficelé et scellé par une étiquette portant la mention : « Chapeau derby de couleur vermillon adopté par Ardamet Naftali jusqu'au 16 septembre 1938 et victime de la méchanceté des hommes. Remember. »

Il l'emporta lui-même au grenier et, lorsqu'il revint, se retira dans la toilette jusqu'à l'heure du dîner. Le lendemain au déjeuner il arborait un melon noir à la vue duquel nous baissâmes le nez comme devant un sinistre présage, tandis que son épouse, les mains affreusement mutilées, annonçait d'une voix sépulcrale à travers la toile du tablier :

— Je vous ai fait un hachis.

Ce fut à peine si mon père regarda son assiette. Mon frère en profita pour le soulager subrepticement de sa part, morceau par morceau. Immobile, les traits tirés sous la funèbre coiffure, le maître de céans fixait un point dans l'espace, droit devant lui, ne songeant manifestement qu'aux sombres jours que nous étions en train de traverser et aux jours plus sombres encore qui se profilaient à l'horizon. Vous vous seriez emparé de son tricot de corps et de ses supports-chaussettes sans qu'il réagît.

— Maman, fit-il seulement dans un soupir, au moment de quitter la maison. N'oublie pas de compter deux portions à Yagel, ce midi.

Mais la journée me réservait une autre surprise. Je digérais tranquillement sur mon banc, un peu plus tard, quand Zohobar Kuusch, agitant un papier au-dessus de sa tête, ouvrit à l'improviste la porte de notre étable et se jeta dans les Perspectives d'Avenir, qui s'acheminaient alors le long d'un fil vers le Triomphe de la Raison Universelle. Ignorant cette sublime allégorie, il éructa avec toutes les peines du monde, tant l'émotion l'étreignait et tant il était essoufflé d'avoir couru :

— Ça y est !... Ça y est, Mazavdi !... Victoire !... Le ministère... Regardez !... Votre promotion, enfin !... On me la fait parvenir à l'instant !... Ils ont quand même fini par comprendre !... L'injustice est réparée !... C'est votre première classe, mon cher Kbol !... Votre première classe !... Et avec un rappel sur dix-huit mois, s'il vous plaît !

L.

APOTHÉOSE ET GRISERIE MAGISTRALES

J'ai constaté que la plupart des gens sont enclins à soupçonner l'Administration de multiples travers. Ses réactions, par exemple, auraient outre leur lenteur un caractère d'imprévisibilité absolue traduisant une répulsion instinctive à l'égard de la logique en même temps qu'un insondable mépris pour les « ressortissants », leurs besoins concrets et leurs justes aspirations. Cette représentation de la Fonction publique, disons-le tout net, frise la caricature, ce n'est pas le souci des nuances qui l'inspire. Que l'Administration tienne compte parfois des souhaits exprimés par le public, j'en détiens une preuve flagrante : le ministère de l'Enseignement, non seulement avait pris connaissance de la pétition concernant l'instituteur de deuxième classe Mazavdi Nöshgo Kbol, mais encore avait décidé de la satisfaire. Pas celle qui exigeait sa destitution, bien sûr. Trop récente, celle-ci n'avait pas encore franchi le cap de l'enregistrement et de la répartition des dossiers aux différents services. Mais celle que les mêmes signataires avaient envoyée aux heures les plus chaudes du scandale Lupion.

Le ministre Blytchov fut tout heureux d'infliger ce camouflet aux partisans de l'inspecteur primaire, dont il n'avait toujours pas digéré les attaques en règle et les perfidies, bien que sa position ne lui permît plus désormais d'envisager la simple *possibilité* d'une présence proboscidienne rue Penelka au moment des événements. Aussi, pour couvrir ses arrières, prit-il, en même temps qu'il élevait notre maître à la première classe, de très fermes mesures disciplinaires à l'encontre de Luudi Pthoklyno, l'intègre fonctionnaire de Krazkoch venu constater la réalité de Nathanaël, qu'il accusa d'avoir rédigé un rapport de complaisance.

Je laisse à penser comment la nouvelle de cette promotion fut accueillie par celui qui s'était épuisé à l'attendre un si grand nombre d'années et avait fini, avec l'amertume que l'on connaît, par tracer une croix dessus. Mazavdi Nöshgo se leva, le regard chaviré, effectua quelques pas de somnambule sur son estrade, leva les bras au ciel, les laissa retomber, effaça soigneusement au moyen de son mouchoir le tableau sur lequel rien n'était inscrit, se moucha dans sa cravate, manqua se flanquer par terre en voulant jeter la cravate dans la corbeille à papier, sortit le cahier de notes, rangea le mouchoir dedans et le tout dans le tiroir, qu'il dégagea de son logement, posa sur sa chaise et remplit d'encre à ras bord. Après quoi, il alla s'asseoir dans la corbeille à papier et pleura comme un veau dans son essuie-plume. Il n'y eut pas d'étude ce soir-là. Le lendemain était un jeudi. Le surlendemain, nous reconnûmes à peine notre maître lorsqu'il parut sur le seuil de la salle de classe pour nous faire mettre en rangs.

Il ressemblait beaucoup à l'empereur du Japon, lequel était, on s'en souvicnt, la copie conforme du comptable des Grands Magasins Peszczynski se pavanant au mariage de sa fille. Mêmes souliers vernis. Mêmes guêtres blanches. Même pantalon rayé gris et noir. Même habit à queue de pie. Même gilet satiné. Même chapeau huit-reflets. Mêmes lunettes aussi, ce qui était plus étrange car, jusqu'ici, l'instituteur Kbol n'avait jamais eu besoin de corriger sa vue, l'ayant assez perçante pour distinguer ce qui se passait derrière son dos ou de l'autre côté de son journal largement déployé. Un sifflet d'or massif pendait sur sa poitrine au bout d'une chaîne de même métal (accessoire par lequel il surclassait décisivement et le comptable et le souverain nippon, lesquels eussent été contraints de siffler dans leurs doigts si le besoin s'en était fait sentir). Zohobar Kuusch accourut pour saluer cette apparition étourdissante. Avec sa jaquette pisseuse et ses culottes de golf écossaises, on eût dit, en comparaison, un galvaudeux de barrière.

Vieille Taupe bombait le torse. Cependant on voyait que quelque chose le tracassait, l'empêchait de s'abandonner entièrement à son apothéose. Finalement, il ne put y tenir et, s'étant raclé la gorge, souleva son chapeau d'un geste majestueux, l'amena contre son cœur et interpella Zohobar Kuusch d'une voix empreinte de cérémonieuse dignité.

— Monsieur le directeur, déclama-t-il, puis-je me permettre d'attirer votre bienveillante attention sur un point dont j'aimerais débattre avec vous ?

— Mais certainement, mon cher Mazavdi, certainement ! l'encouragea joyeusement son compère. Vous savez que j'accorde par avance la plus grande considération à tous vos propos, qui ne manquent jamais d'être l'expression de la perspicacité, de l'esprit et de la pondération. Prenez-en de la graine, mes enfants, ce n'est pas dans vos familles qu'on vous propose pareil exemple !

Kbol se racla une nouvelle fois la gorge.

— Monsieur le directeur, après avoir souffert d'une exclusive, que dis-je ! d'un ostracisme prononcé à mon encontre, et dont vous voulûtes bien reconnaître qu'il était non seulement arbitraire mais encore marqué au coin du cynisme le plus éhonté...

— Ehonté, en effet.

— ... me voici enfin reçu parmi l'élite des pédagogues.

— Et vous ne l'avez pas volé ! N'est-ce pas, les enfants ?

— C'est la vraie vérité du Bon Dieu ! affirma le nègre.

— Taisez-vous donc ! le rabroua Vieille Taupe. Vous

n'y connaissez rien ! Je disais donc, Monsieur le directeur, que je venais d'effectuer une ascension remarquable dans la hiérarchie de l'enseignement public. En êtes-vous d'accord ?

— Ascension cyniquement contrariée et donc d'autant plus spectaculaire, cher Mazavdi Nöshgo. J'ai voulu être le premier à vous en féliciter et je profite de l'occasion pour vous réitérer mes compliments les plus sincères.

Il marcha sur notre maître la main tendue.

— Dans ce cas, dit l'autre en regardant droit devant lui, vous admettrez aisément — car je connais votre sagacité, Monsieur le directeur — que je ne puis continuer à gaspiller des talents officiellement reconnus, notamment par vous-même, Monsieur le directeur, avec ce que j'appellerais des éléphantillages. Un fonctionnaire de seconde classe peut s'en accommoder, mais un pédagogue d'élite se doit de viser plus haut. Un éléphant ne sera jamais qu'un éléphant, n'est-ce pas ? Ce n'est pas le bout du monde.

Zohobar Kuusch s'était immobilisé un pied en l'air, la bouche ouverte.

— Je comprends votre surprise, Monsieur le directeur. La plupart de nos collègues — je ne veux citer personne — auraient profité de l'aubaine pour palper leur solde en travaillant au-dessous de leurs capacités, c'est-à-dire en se roulant les pouces. Mais je ne suis pas de cette race-là, moi, Monsieur le directeur, vous le savez bien. Rien ne me serait plus facile, maintenant, que de poursuivre en roue libre ce que j'ai entrepris quand je n'étais encore qu'un insignifiant échantillon de la piétaille anonyme — même si l'assistance de ce nègre apocryphe me complique sensiblement les choses. Il se trouve seulement, Monsieur le directeur, que j'abhorre la facilité. Celui qui économise ses forces et ménage ses dons — vous me comprenez, monsieur Kuusch, vous qui, pour la moindre chose, exploitez les ressources de votre jugement à la limite de ses possibilités — celui-là, quoi qu'il s'imagine, n'offre pas à l'entourage un modèle d'astuce mais bien la déplorable image du relâchement et de la capitulation. C'est pourquoi, Monsieur le directeur, je vous présente respectueusement la requête d'être déchargé de l'initiation proboscidienne, indigne de mon nouveau statut, et d'être affecté à l'enseignement de la métaphysique.

Le directeur vacillait comme un homme ivre.

— La métaphysique, Kbol ? balbutia-t-il.

— Et quoi d'autre, Monsieur le directeur ? Je me permets de vous le demander. Examinons les faits objectivement. Qu'est-ce qu'un éléphant, à tout prendre ? Vous le savez aussi bien que moi ; c'est d'ailleurs le secret de Polichinelle. Je le dirai quand même, avec votre permission. Un éléphant, à tout prendre, n'est qu'un des composants du monde physique. Ce dernier faisait l'objet de mes soins lorsque je n'étais qu'un petit pédagogue du rayon inférieur, un pion de jardin d'enfants, en quelque sorte, à qui il vaut mieux ne pas trop en demander, de peur qu'il accumule les gaffes. Aujourd'hui, plus précisément depuis avant-hier, j'ai accédé à une position autrement prestigieuse qui, vous en conviendrez une fois de plus, me place non pas seulement au-dessus, mais au-delà de ma condition antérieure. Il est donc normal, je veux dire à la fois logique et équitable que, parallèlement, le sujet dont je doive traiter désormais représente un au-delà des questions auxquelles me réduisait naguère l'insignifiance de mon grade. Si un professeur de lycée passe son doctorat et obtient une chaire, disons de littérature, à l'université, on comprendrait mal qu'il employât ses cours à des dictées et des explications ligne à ligne de poèmes qu'un enfant de quatre ans comprendrait tout seul si l'on ne semait pas le doute dans son esprit par des questions ridicules. Ses supérieurs, doyen en tête, protesteraient, sauvant ainsi de grands dadais quasi trentenaires de la honte d'avoir à étaler publiquement leur méconnaissance des règles les plus élémentaires d'accord du participe. Car il n'est pas logique qu'un érudit se voue à inculquer hibou, chou, genou à des gens qui, s'ils n'ont pas triomphé de cette difficulté grammaticale à leur âge, feraient mieux de renoncer sur-le-champ à devenir les têtes pensantes de la nation, monsieur Kuusch ! Mais il n'est pas équitable non plus qu'il soit astreint à cette besogne pour lui dégradante, au sens propre du terme. Ce qui est valable pour un professeur d'université l'est aussi, toutes proportions gardées, pour un instituteur de première classe, la justice comme la logique s'appuyant sur des critères immuables. En conséquence de quoi, il s'impose — je dis bien *s'impose,* Monsieur le directeur, sans vouloir influencer votre décision ni contester le moins du monde votre autorité tant administrative que morale — il s'impose, donc, que vous me chargiez d'un enseignement qui se situe au-delà du programme auquel j'étais réduit jusqu'ici. Or, si ce programme portait comme nous l'avons vu sur le monde physique, que trouve-t-on au-delà de la physique ? La métaphysique, je ne vous le fais pas dire ! Car *méta* signifie...

— ... signifie euh...

— ... signifie « ce qui dépasse ».

— « Ce qui dépasse », « ce qui englobe ». En effet, je m'en souviens parfaitement. C'est exactement ce que *méta* signifie.

— En grec, Monsieur le directeur ! Précisez bien que c'est en grec devant ces abrutis qui nous écoutent. Dans notre langue, messieurs, *méta* ne veut rien dire du tout, comme certains d'entre vous s'en sont peut-être déjà rendu compte.

— Pardon, monsieur Kbol, intervint Gédéon. Mais c'est dans notre langue que *méta,* qui nous vient du grec, signifie « ce qui dépasse ». En grec, *méta* ne veut dire que *méta,* ou bien alors signifie « ce qui dépasse », mais dans notre langue, en admettant que les Grecs de l'Antiquité l'eussent connue.

— Qu'est-ce que c'est que celui-là ? fit Zohobar interloqué.

— C'est Bourbaki, Monsieur le directeur. Le plus studieux de nos garçons, sans aucun doute. Figurez-vous que chaque nuit, il apprend par cœur un volume d'encyclopédie — et voilà ce que ça donne ! Dites n'importe quoi, il aura son grain de sel à ajouter. Neuf fois sur dix pour vous démontrer par *a* plus *b* que ce que vous racontez est inexact. Après quoi, dans l'intention de vous corriger, il vous sort le genre de farfeluité que nous venons d'entendre car, bien évidemment, il n'a pas la tête assez grosse pour toutes les connaissances qu'il veut y emmagasiner, de sorte qu'elles s'y bousculent et s'y mélangent un peu. Comment lui en vouloir ? Je dois reconnaître d'ailleurs que ses devoirs sont impeccables. Remarquablement complets. Si j'avais moins l'amour de mon métier, je ne me plaindrais que du temps qu'il me faut pour parcourir d'aussi volumineux dossiers. Quant aux leçons, il les sait sur le bout du doigt. Nul besoin de lui tirer chaque mot l'un après l'autre au moyen d'un crochet : on aurait plutôt du mal à l'arrêter, une fois qu'il est lancé. Je n'aurais qu'à me féliciter de lui, n'était cette barbante manie de toujours vouloir en savoir plus que tout le monde. Notez bien que c'est un pli à prendre. Pendant qu'il me débite ses sornettes encyclopédiques, je me penche sur le cas de ceux dont il faudrait hélas considérer qu'ils auraient accompli de formidables progrès s'ils parvenaient seulement à articuler la moitié d'une sornette à peu près convenablement.

Notre directeur se caressait pensivement le menton, tout en couvant le vieux Géd d'un œil suspicieux.

— Vous prétendez, mon cher ami, que, quoi que j'avance, ce garçon trouvera le moyen de me contredire ?

— En tout cas de discuter d'une façon ou de l'autre ce que vous aurez avancé. Ça ne rate presque jamais.

— Vraiment ? Seriez-vous prêt à tenir le pari ?

— A cent contre un !

Un sourire matois éclaira le visage de M. Kuusch.

— Alors, préparez votre argent, mon vieux ! Il n'aura

tout de même pas le front de contester ce que lui-même vient d'affirmer, car nous avons ici plus de témoins qu'il n'est nécessaire ! Avouez que vous avez parlé trop vite, mon cher Mazavdi !

— Oh ! moi je ne dis rien ! se rengorgea notre maître. Faites seulement l'expérience, nous verrons.

— C'est tout vu ! Euh... Eh bien, mon garçon, est-ce que tu es d'accord avec la proposition suivante : l'élément linguistique d'origine grecque *méta* ne signifie rien dans notre langue, sinon (il se détourna pour adresser un clin d'œil narquois à Mazavdi Nöshgo) sinon « ce qui dépasse », « ce qui englobe » ?

— Non, bien sûr, fit tranquillement Gédéon.

— Non bien sûr ? éclata le directeur. Mais c'est ce que tu soutenais il n'y a pas deux minutes. Eh là, Kbol, ce n'est plus de jeu ! J'annule le pari ! Il dit tout simplement rouge ou vert selon ce qui lui chante, votre encyclopédiste ! Je n'appelle pas cela de la dialectique : c'est de l'impertinence, voilà tout !

L'instituteur se contentait de hocher la tête d'un air entendu.

— Comme il vous plaira. Pour le confondre, il vous suffit de lui demander de s'expliquer.

— Et je ne vais pas m'en priver ! Explique-toi, petit effronté, si tu en es capable !

Le vieux Géd ne se le fit pas dire deux fois.

— J'ai dit que *méta* signifie « ce qui dépasse », « ce qui englobe » dans notre langue, Monsieur le directeur, mais je n'ai pas dit que c'était là son unique signification.

— Voyons donc ! ironisa le directeur. Mais c'est évident ! Il y a aussi méta, comme dans « *méta* casquette, tu vas prendre froid ! »

Il s'esclaffa avec beaucoup d'ostentation, persuadé d'avoir rivé son clou à Mazavdi Kbol. Mais dès qu'il se fut un peu calmé, notre camarade leva le doigt.

— M'sieur, m'sieur !

— Hein ! Mais qu'est-ce que c'est ? Un tic ! Une

compulsion morbide ! Vous avez signalé la chose à ses parents, Kbol, au moins ? Il faut le faire voir à quelqu'un.

Notre maître avait toujours son petit sourire en coin.

— Il lève le doigt, Monsieur le directeur. Interrogez-le, cela en vaut sûrement la peine.

— Bon, si vous y tenez ! Qu'est-ce qu'il y a encore, Bourbaki ?

— Dans la phrase que vous avez citée, monsieur, « mets ta » ne s'écrit pas m,é,t...

— Ça par exemple ! Qui l'aurait cru ? J'avoue que tu m'en bouches un coin. Quel phénomène ! Et c'est qu'il ne comprend rien à la plaisanterie, en plus !

Vieille Taupe fronça le sourcil.

— Quelle plaisanterie, Monsieur le directeur ?

Mais Gédéon avait à nouveau dressé le bras.

— Kbol ! s'écria Zohobar Kuusch. Dites-moi que je rêve ! On lui a installé un ressort dans l'épaule, ou quoi ?

— Voilà précisément ce que j'essayais de vous faire comprendre, fit suavement l'instituteur. Je crois, voyez-vous, qu'il a encore quelque chose à vous dire.

Il buvait du petit lait.

— Eh bien, allons-y ! cracha hargneusement le chef d'établissement. Au point où nous en sommes !

— « *Méta* casquette », orthographié comme « métaphysique », n'est pas acceptable, disserta notre camarade. On parle couramment, en revanche, d'un « réchaud à méta », expression dans laquelle *méta* est une abréviation familière de « métaldéhyde », composé solide et inflammable de l'aldéhyde — ce dernier mot représentant lui-même, par parenthèse, l'abréviation de *alcool dehydrogenatum,* c'est-à-dire, est-il besoin de le préciser, « alcool déshydrogéné ». Cet usage de *méta* n'est pas absolument orthodoxe et les puristes s'en choquent à bon droit. Toutefois, certains dictionnaires modernes (peut-être le sont-ils trop) ont accueilli le vocable dans cette acception.

— Réchaud à méta, grommelait le directeur vexé. Qu'avons-nous à faire ici de cet ustensile ! Il ne nous manquait plus que ça, vraiment ! Réchaud à méta ! Ah ! Vous me la copierez ! Inutile d'aller farfouiller dans les encyclopédies pour cela, mon cher Mazavdi, vous en conviendrez ! Réchaud à méta ! Il suffisait d'y penser. Mais qui va s'amuser à penser à des choses pareilles ?

— Gédéon Bourbaki ! répliqua Vieille Taupe sans cacher sa satisfaction d'avoir mis son supérieur capot. C'est ce qui fait sa particularité.

— Eh bien, je la lui laisse ! Vous parlez d'une catastrophe ! Bon, ça y est, Bourbaki, tu nous as assez fait perdre notre temps ? Tu ne vois rien d'autre à ajouter ? Pas d'ouvre-boîte à sardines ? Pas de cuisinière à gaz à mettre sur le tapis ? C'est bien tout ?

Courbant la nuque sous l'orage, Gédéon lançait de pressants et muets appels en direction de Mazavdi Nöshgo.

— Monsieur Kuusch ? s'interposa celui-ci.

— Plaît-il ?

— Je vais probablement vous surprendre, mais j'ai l'impression que Bourbaki a effectivement encore quelque chose à nous dire.

Le directeur laissa retomber les bras et lâcha un soupir d'une tonne. Dans son regard flottait ce quelque chose de vague et de nostalgique qu'on remarque dans l'œil du boxeur groggy.

— Impossible ! murmura-t-il. Impossible ! Damnée boîte à musique ! Dommage qu'il ne soit pas mon fils, j'aurais le plaisir de l'étrangler de mes propres mains. Allez, finissons-en ! Je t'écoute, Bourbaki. Quelle ânerie ai-je encore proférée ?

— Ce n'est pas à proprement parler une ânerie, Monsieur le directeur, mais, à votre place, j'aurais parlé d'élément lexicologique, plutôt que d'élément linguistique.

Lorsqu'il eut un peu récupéré, Zohobar Kuusch se plaça résolument entre Vieille Taupe et Gédéon, de façon, je présume, à ne plus voir ce dernier.

— Voyons un peu, mon cher Mazavdi, vous me dites que ce... que cette plaie d'Egypte est un de vos meilleurs éléments ?

— Le meilleur, Monsieur le Directeur, si l'on fait exception de Vimlo Naftali, bien sûr... Du moins, ajouta-t-il après une seconde de réflexion, tant qu'il s'agit de proboscidiens car, pour le reste, je crois me souvenir que notre ami Vimlo n'était pas si brillant. Qui nous assure qu'il montrera les mêmes dispositions pour la métaphysique que pour ces matières finalement très faciles, ces authentiques ponts aux ânes où il s'est illustré ces derniers temps ?

Je n'aurais pas été plus content si j'avais brusquement vu Glora devant moi, en train de m'ouvrir les bras. Pour la première fois, l'absurde couronne de laurier, opiniâtre emblème de ma faute auquel j'eusse préféré cent fois le bonnet d'âne, venait d'être ébranlée ! Elle ne se décrochait pas encore de ma tête, mais j'entrevoyais enfin une lueur d'espérance.

— La métaphysique, reprit Kuusch. Justement ! C'est à cela que je voulais en venir, estimé collègue. Sincèrement, là, entre nous, croyez-vous opportun d'inscrire une matière aussi ardue, pour ne pas dire ingrate, au programme d'une classe dont vous doutez que le prix d'excellence lui-même ait la capacité d'en aborder les rudiments, et dont les autres éléments vous paraissent, à juste titre certainement, relever davantage de la maison d'idiots que de l'institution scolaire ? Et je ne parle même pas du citoyen au réchaud, qui aura tôt fait de vous remontrer que l'esprit est un caprice de la matière en goguette et que le vieux Kant n'était qu'un grand niais amateur de tables tournantes ! Je m'en voudrais de décourager une entreprise dont je mesure, croyez-le bien, toute l'ambition et tout le désintéressement. Mais enfin, mon cher ami, à l'impossible nul n'est tenu. A quoi bon se lancer dans une partie que nous savons perdue d'avance, vous et moi ? Pas une de vos ouailles n'y entendra un traître mot, à la métaphysique ! (Je vis que Gédéon frémissait sous l'outrage.) Regardez-les, la plupart perdraient courage rien qu'à vous entendre prononcer le nom de Schopenhauer, ou bien riraient bêtement à ceux d'Abélard et de Plotin ! (Lui-même dut se mordre les joues pour s'empêcher de pouffer.)

— Mais quelle importance, mon cher directeur ! s'écria l'autre. De toutes les manières, à part Naftali qui possède la science infuse et Bourbaki dont les connaissances sont anarchiques mais indiscutables, pas un d'entre eux n'a jamais rien compris à quoi que ce fût ! Du moment que ce sont d'absolus crétins, peu nous chaut qu'ils ignorent des choses simples ou des choses compliquées. Dans une certaine mesure, cette seconde forme d'ignardise est plus honorable, parce que plus justifiée.

— Touché ! Vous êtes un redoutable contradicteur, mon cher Kbol ! Néanmoins, vous qui êtes ami de la logique, donc de la méthode, ne pensez-vous pas qu'il est plus rationnel de commencer par l'ignorance des choses les plus simples pour s'élever progressivement jusqu'à celle des plus difficiles ? Je vous renvoie à Descartes, puisqu'il est question de métaphysique.

— Vous n'êtes pas mauvais dialecticien vous-même, Monsieur le directeur, soit dit sans vouloir vous flatter. Mais je ne rends pas encore les armes. Descartes parle expressément de la connaissance, et la connaissance est le contraire de l'ignorance.

— Nullement, l'ami, nullement ! Si c'était le cas, la connaissance et l'ignorance s'excluraient l'un l'autre, alors que nous les voyons entretenir des rapports étroits, au point de se conditionner réciproquement ! D'ailleurs, l'ignorance est le premier degré de la connaissance, de même que le zéro est le premier des nombres.

— Holà ! Pas si vite, la musique ! Ce sont les contradictoires qui s'excluent, et non les contraires.

Zohobar tiqua, blêmit, rougit et fixa sur son subordonné ses yeux réduits à deux minces fentes brasillantes.

— Hum ! grinça-t-il entre ses dents. Je vois que, pour un maître qui ne l'est à part entière que depuis quarante-huit heures, Monsieur Kbol, vous avez réponse à tout. Alors peut-être pourrez-vous répondre à cette question-ci (il projeta le visage en avant pour la lui hurler en pleine figure) : qui est le directeur de cet établissement ?

Mazavdi Nöshgo accusa le coup en se ratatinant sur lui-même et en ôtant précipitamment son haut-de-forme, qu'il avait remis pendant que M. Kuusch cuisinait Gédéon.

— Eh bien, poursuivit l'autre sans attendre la réponse, le directeur de cet établissement vous dit d'aller à votre chaire pour y faire... (Il se radoucit tout à coup et saisit impulsivement le bras de Vieille Taupe)... ce que nul au monde ne sait faire mieux que vous ! Allons, Mazavdi, mon cher Mazavdi Nöshgo, nous n'allons pas nous quereller après avoir victorieusement traversé toutes ces épreuves ensemble ! Pardonnez-moi d'avoir été un peu brusque, mais je ne veux que votre bien. Notre bien à tous les deux, Kbol, vieux compagnon. Ne faites pas cette tête ! Il ne s'est rien passé. Vous n'avez rien dit et je n'ai rien entendu. Il n'y aura pas trace de cette affaire dans votre dossier confidentiel, je vous en fais le serment ! Tiens, je vous le laisserai voir : vous constaterez que je n'ai pas été chiche de louanges à votre égard, et cela même en un temps où passer pour être de vos amis pouvait me compromettre ! la seule chose qui soit franchement en votre défaveur, c'est votre photographie, mais je n'y suis vraiment pour rien. Faites-vous tirer dès ce soir un autre portrait à « L'instant éternel ». Vous ne manquez pas de prestance, dans ce costume ! Allons, Mazavdi, ressaisissez-vous ! Cette école dispense grâce à vous un enseignement proboscidien qui n'a pas d'égal en ce pays et fait l'admiration jalouse des autres. Les Japonais songent à s'en inspirer. Je me suis laissé dire qu'un examen blanc de mesurage de queue avait été proposé aux étudiants du Technological Institute du Massachusetts. Encore n'est-ce là qu'un commencement. Et vous voudriez tout plaquer en si bon chemin ? Ce serait du gâchis ! Un véritable sabotage ! Imagineriez-vous Michel-Ange s'arrêtant sans crier gare de peindre la chapelle Sixtine pour vendre des emplâtres sur la place du marché, sous prétexte que la médecine est supérieure à la barbouille ?

Sur le moment, notre maître eut l'air ébranlé par cet argument. Mais, comme on s'en doute, ce ne fut là qu'une faiblesse passagère.

LI.

ALEXANDOR NEGLATKINE S'ADONNE À LA MISE SCÈNE

Mazavdi Kbol commença une leçon de psychologie expérimentale. (On met l'éléphant à un bout du labyrinthe. Quelqu'un agite une cloche à l'autre bout. Je pense que le premier qui rejoint l'autre a gagné.) Mais sa bouche seule était en communication avec nous. Ses yeux, quoique braqués dans notre direction, regardaient ailleurs. Son esprit n'accordait pas plus d'attention à ce qui se passait dans le labyrinthe que nous ne nous en préoccupions nous-mêmes — Gédéon Bourbaki excepté, qui avait tiré en catastrophe de son sac une boussole, un chronomètre et un fil à plomb. Au bout d'une demi-heure, notre maître s'interrompit pour ordonner une interrogation écrite, dont le sujet trahissait ses préoccupations du moment. « La conscience de l'éléphant construit-elle ou découvre-t-elle l'espace qui l'entoure ? Dans quelle mesure peut-on dire que cet espace n'est qu'une dimension du temps ? Argumentez, donnez des exemples précis et soulignez d'un trait rouge les verbes du troisième groupe. »

Comme j'étais exempté de ce genre de corvée, je pus tout à loisir observer sur sa physionomie le progrès de sa rumination, tandis que mes camarades copiaient les uns sur les autres, qu'Alexandor Neglatkine, vautré sous les ruines de Pompéi, allumait une cigarette en douce, et que

Gédéon, d'une voix de porc qu'on égorge, braillait : « J'ai fini ! m'sieur, j'ai fini ! »

Sur les traits de Vieille Taupe défilèrent le doute, l'incertitude, la concentration, puis la résolution, l'indignation, la colère. Il abattit alors son poing sur la table, ordonna au nègre de ramasser les copies, accorda un bref regard d'incrédulité aux ruines maintenant fumantes de Pompéi, se fraya un chemin dans la dentition des mammifères, ouvrit la porte et hurla à la cantonade : « Monsieur Kuusch ! mettez-moi à la métaphysique, tonnerre de bonsoir ! »

Ce fut désormais son refrain. Il avait abandonné au moniteur, avec une moue dédaigneuse, le soin de poursuivre l'enseignement de « ces bagatelles ». Il se tenait posté devant la porte entrebâillée et, de quart d'heure en quart d'heure, apostrophait le directeur à plein gosier. Aux récréations, il se désintéressait complètement de nos sottises, des plaies que nous nous faisions, occupé qu'il était à promener autour de la cour une pancarte sur laquelle bavaient ces mots : « LA MÉTAPHYSIQUE VAINCRA ! » Il avait remplacé sa queue de pie par une vieille capote de l'armée. Mais le directeur s'était bouclé dans son fenil, tous volets clos.

Zohobar Kuusch, pourtant, menait sa propre guerre, mais sa tactique était toute différente. Quand nous arrivions le matin et l'après-midi, nous trouvions sur le bureau de notre maître de petits bouquets, des cadeaux amoureusement emballés dans du papier de couleur et même, une fois, une tenue de scaphandrier avec le nom de Mazavdi Nöshgo Kbol calligraphié sur le casque. L'instituteur raflait tout le barda et courait le jeter dehors sur un tas qui grimpait à l'assaut du mur.

Il n'interrogeait plus personne. Ne donnait d'ailleurs pas de leçons. Et pas davantage de devoirs. Il ne procédait même plus à l'appel. Alexandor était libre de faire fonctionner le manège pédagogique et ne s'en privait pas, car il avait gardé l'âme fraîche. Habile de ses mains, il confectionnait ses propres marionnettes, qui se mêlaient aux autres, et mettait en scène certains épisodes de l'épopée universelle, auxquels Mazavdi Kbol n'avait pas cru bon de s'arrêter.

Ainsi ma sœur Anhla, reconnaissable entre mille à son teint brouillé, fit-elle son apparition aux confins du jurassique et du crétacé, non loin de l'invention de la machine à vapeur, parmi les sédiments, le calme orogénique, l'apogée des reptiles et les précurseurs de Denis Papin. Elle fut bientôt rejointe par l'agent Klëpko, mon père (tenant un rocher à bout de bras au-dessus de son derby), Mme Gargülho et ces demoiselles, le révérend Schmur, Tatko Lipora et bien d'autres figures du quartier. Chacun dans la classe se passionnait pour les aventures où le nègre entraînait ces personnages familiers. Quelquefois, il s'agissait de scènes réalistes, directement inspirées d'événements auxquels nous avions assisté. A d'autres moments, Alexandor brodait librement sur des canevas suggérés par une imagination qui se découvrit à nous pleine d'audace et de fantaisie. La plupart des films qu'on donnait au Kursaal n'arrivaient pas à la cheville des spectacles improvisés par notre moniteur.

Ce que notre maître n'avait jamais pu nous extorquer à coups de menaces, de sévices et d'objurgations, le soupirant de ma sœur l'obtenait sans même le demander : nous ne le quittions pas de l'œil et suivions ses leçons dans un silence religieux. Moi comme les autres. Fini ce lugubre temps où j'étais comme en exil au milieu de mes camarades. Je partageais la moindre de leurs émotions ; je percevais en moi chacune des sensations éprouvées par la classe, à l'instant même où chacun la ressentait, et avec la même intensité. Sans le vouloir, l'instituteur Kbol contribuait à me rapprocher de mes condisciples. Jamais je n'étais cité en exemple, ni personne de ma famille. Au bout d'une semaine, il ne me distinguait plus de la masse qu'il avait décidé d'ignorer une fois pour toutes au profit du seul Gédéon Bourbaki, unique interlocuteur valable dans les débats philosophiques auxquels il se consacrait désormais entièrement, sans plus attendre la permission de M. Kuusch.

Tous deux se retiraient dans le fond de la classe et s'entretenaient à voix basse d'on ne savait quoi, l'œil dans le vague et le front plissé. Au bout de quelques jours, fascinés par le théâtre d'Alexandor Neglatkine, nous ne faisions plus attention à eux. Quelquefois, cependant, nous surprenions sans l'avoir cherché le geste de notre camarade remettant à Vieille Taupe, qui s'y plongeait aussitôt avec délices, un devoir presque aussi épais qu'un livre. La classe en éprouvait une certaine gratitude à l'égard de Gédéon qui détournait sur lui seul la redoutable attention de Mazavdi Nöshgo.

Deux semaines passèrent ainsi. La neige se mit à tomber sur le tas de cadeaux rejetés par notre maître, qui s'élevait maintenant aussi haut que la porte. Aux récréations, M. Kbol trimballait sa pancarte sans cesser un instant de métaphysiquer en compagnie de son disciple, lequel s'était lui aussi fabriqué un écriteau revendicatif, de dimensions plus réduites, où l'on pouvait lire : « TOUS POUR LA LIBERTÉ DE L'ENSEIGNEMENT ! »

Les parents d'élèves (j'écarte de ce nombre, évidemment, ma propre famille) ressentaient un certain soulagement, à voir de quelle manière la situation évoluait. L'organisation de la scolarité dans notre étable ne répondait pas encore à leurs vœux, loin s'en fallait, mais ils considéraient que l'éviction de Nathanaël Proboskiphore du programme représentait une nette amélioration. Un premier pas vers le retour à la normale. Ils conçurent le projet de former une délégation qui approcherait le nègre, et au besoin le soudoierait, afin de l'amener à leurs vues. Tandis que Mazavdi Kbol se neutraliserait lui-même en réservant à Gédéon l'exclusivité d'une pédagogie de haut niveau, Alexandor introduirait insensiblement dans ses comédies des éléments éducatifs, des notions plus abstraites, des commentaires enrichissants, des extrapolations ingénieuses, de manière à élargir sans avoir l'air d'y toucher le champ de notre curiosité et l'étendue de notre savoir. En attendant que la délégation fût constituée, les parents d'élèves mirent au point une nouvelle pétition qui sollicitait du ministère, dans un style meurtrier, l'exclusion immédiate de Zohobar Kuusch. Soupçonnant peut-être cette démarche, notre directeur se faisait le plus petit possible ; sans ses bouquets de violettes et ses autres présents, nous aurions pu croire qu'il avait levé le pied ou s'était donné la mort dans son fenil. Quant à nous, nous n'avions jamais été aussi tranquilles ni aussi heureux à l'école. Nous suivions d'un regard ébloui le guignol toujours renouvelé d'Alexandor Neglatkine et, parce que c'était notre plus cher désir, nous nous imaginions que cela allait durer toute la vie. Alors survint le drame.

LII.

UN SORT CONTRAIRE S'ABAT SUR ZOHOBAR

Nous n'avons pas entendu la porte s'ouvrir. Alexandor nous a transportés très loin d'ici, dans un monde d'artifice plus vrai que ne sera jamais le monde réel. Derrière nous, Vieille Taupe et Gédéon, en un chuchotis, se lancent au visage des mots de trois kilomètres, assortis de sentences latines, et soulignés par le léger friselis des volumes qu'on feuillette. La classe tout entière est absorbée.

Mais l'œil de notre moniteur est attiré par quelque chose d'insolite, un mouvement, une tache de couleur, à l'extrême bord de son champ de vision. Il suspend sa phrase, tourne la tête. D'un seul coup, le charme est rompu, et nous découvrons sur le seuil, dressé contre un décor de neige lente et de formes estompées, la silhouette massive de notre directeur, si terriblement concrète qu'elle nous paraît d'une fausseté criante.

Zohobar Kuusch a revêtu sa toge de cérémonie et les insignes de son grade. Il referme la porte avec une lenteur et un soin exagérés, comme si la solennité devait désormais gouverner ses gestes les plus banals. Un bruit de chaise renversée, dans notre dos, nous apprend que notre maître vient de se lever précipitamment. M. Kuusch ouvre lentement les bras, la tête légèrement inclinée sur l'épaule droite, et déclame d'une voix qu'il semble être allé chercher au fond de ses chaussures : « Je suis venu en père et en ami. Je suis le messager du dialogue et de la réconciliation. Dans mes bras, Mazavdi Nöshgo ! »

Il s'avance en direction de son subordonné, mais se voit aussitôt arrêté par les derniers surgeons de la machine pédagogique, dont Alexandor a fait proliférer les structures pour l'adapter aux besoins de ses féeries personnelles. M. Kuusch ne se laisse pas décourager pour si peu. Tout en chantant les douceurs de l'armistice, les bienfaits d'une explication franche et tolérante, il engage témérairement la tête, puis les épaules, entre deux gros câbles. D'une poussée des talons, il s'enlève jusqu'aux ceintres, s'enroule autour d'un luminaire, plonge au-dessus de mon crâne. Le voici maintenant pendu par un pied à l'un des engrenages. Il frôle de sa joue cramoisie par un afflux de sang les neiges du Kilimandjaro, sans en être autrement soulagé. Sa main droite rame dans le vide à la recherche d'une prise quelconque pour freiner sa descente et ne trouve que la corne du téléocéras, encore lui. Grimaçant de douleur, tandis que Benjamin Franklin, impassible, élève le premier paratonnerre au milieu de sa narine droite, que le déluge se répand dans une de ses jambes de pantalon et que les laves de l'Etna s'insinuent sournoisement dans l'autre, il lance d'une voix expirante : « Dans mes bras, Mazavdi ! »

Collé au mur tout là-bas, hagard et livide, Vieille Taupe suit d'un regard exorbité la visqueuse progression du chef d'établissement parmi les horreurs de la guerre et les curiosités de la nature. Malédiction ! A la pointe de ses défenses en croc, le mammouth à toison vient d'emporter à toute allure la toque à pompon de M. Kuusch du côté du poêle. Un frémissement parcourt la classe. Mais notre directeur ne s'aperçoit de rien, son couvre-chef ayant été instantanément remplacé par le bordel Gargülho, décroché du plafond à la suite du mouvement de recul intempestif qu'il a effectué (je parle de Zohobar) lorsqu'il s'est trouvé nez à nez avec le réticulum endoplasmique, au détour du quadrupède griffu à pied lent. « Dans mes bras, fils prodigue ! » chevrote encore notre équilibriste. S'il n'avait la figure plongée dans le rabat de sa toge par trois millénaires de préhistoire lourdement affalés sur sa nuque, il pourrait constater, non sans tristesse, que la distance qui le sépare de l'instituteur n'a pas diminué de beaucoup plus de soixante centimètres. Voici pourtant une bonne demi-heure qu'il est à l'ouvrage, haletant, suant, talé, piqué, percé, écorché, bleui, contus.

Mazavdi Nöshgo demeure pétrifié contre la muraille, à croire qu'il est frappé de catalepsie. « Dans mes b... », agonise le directeur. Le reste de la phrase nous échappe, car il vient de disparaître entre deux tables, comme avalé par une trappe. Nous tendons l'oreille. Vainement. Les silencieuses ténèbres ont digéré Zohobar Kuusch. Quand, brusquement, le banc de Tarukh Memlo se soulève sous le jaillissement irrépressible d'une sorte de geyser hurlant : c'est le directeur qui remonte à la surface, secouant sa main pour en détacher le ciseau des Parques, malencontreusement engagé dans la prise électrique qui servait naguère à brancher le siècle des Lumières.

Zohobar Kuusch, pourtant, n'a pas dit son dernier mot. Il se relève, gifle furieusement les pans de sa toge où toute une famille de dicranocères s'est accrochée, réduit en loques cet orgueilleux vêtement, arrache le bordel Gargülho de son crâne et le piétine sauvagement, non sans écraser la pédale susceptible de l'homme des cavernes, qui lui brise aussitôt sa massue derrière l'oreille. Il n'en a cure. Il est déjà reparti.

La cloche sonne. La récréation passe. Midi approche. Retenant notre souffle, nous observons, fascinés, le laborieux et inexorable cheminement de ce gros insecte douloureux, à demi dépiauté, en lequel pas un d'entre nous ne parvient à reconnaître l'homme dont, un an plus tôt, l'ombre seule nous faisait rentrer sous terre.

Millimètre par millimètre, Kuusch progresse en rampant. « La paix soit avec toi, mon ami, mon frère ! » exhale le cancrelat directorial à l'adresse de Mazavdi

Nöshgo. « J'apporte le pain et le sel ! », poursuit-il. Car, en plus de tout, il ment effrontément.

Le voici à la hauteur de Turlo Wuhkavaï. Encore deux petites heures à ce train-là et il atteindra Gusto d'où l'on peut facilement se rendre à Gédéon, et par conséquent à l'instituteur Kbol, au prix d'un saut adroit. Kuusch, d'ailleurs, entrevoit sa victoire. Il reprend du poil de la bête, et son souffle par la même occasion. Mettant à profit, en pédagogue chevronné, la situation dans laquelle il se trouve malgré lui, il vante les mérites de la machinerie où il est empêtré et hisse sans barguigner son créateur sur le piédestal des héros du Progrès. Ce ne sont que jets de fleurs et dithyrambes ampoulés. L'épouvante dévore l'œil exorbité de Mazavdi Kbol. M. Kuusch vient de découvrir un chemin de traverse, un raccourci qui le mènera droit au but. Il s'y engage avec une ardeur redoublée, tout en accablant Vieille Taupe sous une véritable mitraille de congratulations. Cette fois, notre maître est perdu. Le directeur agrippe le chandail de Gusto. Ça y est ! Il va poser un pied conquérant sur les lunettes de Gédéon Bourbaki.

C'était compter sans les Grandes Inventions, et le puissant ressort à boudin qui les fait surgir de l'obscurantisme moyenâgeux.

Au moment où, dans la position du grand écart, Zohobar touche enfin, de l'extrême pointe du soulier, l'arcade sourcilière de notre camarade, son coude heurte la goupille qui verrouille le dispositif. Le ressort se détend. Libère d'un coup toute l'énergie accumulée dans ses spires. Met en branle palans, treuils et tourniquets. Bande les câbles. Anime les scènes et les figures. En un tournemain, notre directeur se voit happé, agrippé, entravé. Il est si bien ficelé qu'il ne saurait exécuter le moindre mouvement. En même temps, sa situation apparaît des plus précaires, puisque ses jambes forment toujours un angle droit avec ses hanches, l'un de ses pieds reposant sur la tempe de Gédéon, l'autre désespérément accroché au rebord de la Plus Haute Antiquité, laquelle, d'ailleurs, vacille de manière inquiétante et menace de se renverser. L'estrapade, d'après ce que j'en ai lu, ne doit pas être beaucoup moins confortable.

Pour comble de malheur, l'impuissante victime se trouve immobilisée au beau milieu du chemin qui mène les Grandes Inventions du Passé Ténébreux à l'Avenir Rayonnant. A peine le moine Schwartz a-t-il le temps de croire qu'il vient d'inventer la poudre à canon, il doit s'en débarrasser au plus vite dans l'oreille droite de M. Kuusch, sous la menace de l'aiguille aimantée de Flavio Gioja qui, elle, ne peut éviter la verrue que notre chef d'établissement arbore à la pommette. Passant par là au retour de Jérusalem, les Croisés épongent la blessure avec le papier de coton qu'ils ont soustrait aux Arabes, en attendant que Jean Gutenberg y appose le sceau d'une lettrine gothique, indifférent au fait que la flèche de la cathédrale de Strasbourg, sur le parvis de laquelle il manœuvre sa presse, emporte sur huit centimètres la peau du front de M. Kuusch. Croyez-vous que celui-ci va pouvoir un peu respirer, avant que le cabestan ne ramène jusqu'à lui l'infernale ronde des bienfaiteurs de l'humanité ? Point du tout, car les Découvertes Maritimes suivent de près et l'infortuné, s'il évite miraculeusement l'escadre de Vasco de Gama, coupe en plein la route des Indes occidentales. La *Santa-Maria* fond sur lui depuis son mouillage andalou. Balboa penché sur l'isthme de Panama lui arrache un sourcil au nom du roi d'Espagne. Les Sauvages déferlent dans ses moustaches et galopent à l'intérieur de sa chemise. Cortez et Moctezuma s'allient pour lui mettre le nez en capilotade. Il manque succomber à la glorieuse érection du Machupicchu. Avec tout cela, une courroie s'est entortillée autour de son cou et l'étrangle plus qu'à moitié. Vous faites erreur, toutefois, si vous imaginez que son éloquence s'en trouve le moins du monde affectée. Son élocution certes (surtout lorsque les prêtres aztèques lui ont poignardé la langue à qui mieux

mieux), mais nullement sa faconde. Et c'est une chose assez ahurissante que de contempler cet homme qui, étroitement ligoté par la machine, exposé sans défense à ses caprices malveillants, s'obstine à en vanter les charmes et les avantages, ainsi que l'incommensurable génie de son constructeur. « Quelle coordination ! Quel fini ! lance sa gorge affreusement comprimée. Vous rendez-vous compte de ce que vous avez réalisé là, mon cher Mazavdi ? D'un seul coup d'œil on embrasse tous les tournants de l'Histoire !... Face à une telle merveille, le souffle vous manque pour dire toute votre admiration !... Suffoqué, mon cher. Je suis posi... tive... ment... suf... foqué !... Et vous envisagiez d'abandonner, de mettre au rebut ce matériel grâce à quoi les plus âpres conquêtes de l'esprit humain revêtent un aspect familier ?... Laissez-moi dire, laissez-moi crier mon désaccord ! continua-t-il (fermant cependant la bouche aussitôt, juste à temps pour ne pas gober la disgrâce de Christophe Colomb qui déboule à toute vapeur). On ne sacrifie pas une invention d'avenir aux joies surannées de la métaphysique ! »

C'était précisément là ce qu'il n'aurait pas dû dire.

Au mot de métaphysique, l'instituteur Kbol recouvra comme par enchantement la liberté de ses gestes et l'usage de la parole. Je ne reproduirai pas ici les termes très forts dont il fit, pour brocarder la stupidité et l'avilissement de son supérieur, une consommation orgiaque.

Après quoi, tirant lâchement parti de l'incapacité de Kuusch, non seulement à rendre les coups, mais encore à les éviter, il catapulta dans sa direction tous les objets qui lui tombaient sous la main, y compris les chaussures de Gédéon Bourbaki, puis, quand il fut à court de munitions, se mit en devoir de démanteler la machine, élément par élément.

Il s'emparait de la Peste de Londres.

— Elle est belle, hein, Kuusch, ma Peste ? Elle vous plaît assez ? Eh bien, prenez-la ! rugissait-il en la lui plaquant sur la figure. A vous deux, vous faites la paire !

A présent, il étreignait la marionnette représentant mon père.

— Et ça, c'est un tournant de l'Histoire ? Quel merveilleux spectacle ! N'en perdez pas une miette, Kuusch ! Rincez-vous les quinquets !

Et pan ! dans l'œil, à toute volée.

Un formidable coup de botte plantait fermement la chaîne des Alpes dans le pétrousquin de Zohobar : « Ne vous en faites pas ! ricanait le forcené, tout en arrachant l'obélisque de Louxor dans on ne savait trop quelle venimeuse intention. C'est la géologie la plus âpre qui revêt un aspect familier ! En êtes-vous assez aisément pénétré, vieux diable ? »

Les Premiers Ages lui firent sauter trois dents. L'Aube de la Vie lui fendit la lèvre jusqu'à la racine du nez. Il fallut que l'Envol de l'Esprit, par là-dessus, décollât en plein sous son menton et s'y écrasât avec les Espoirs de l'Humanité, fort nombreux et fort ardents, qu'il emportait sur ses ailes, tandis que Démosthène, délaissant son tas de cailloux, mâchait avec application le jarret du blessé.

Tout y passa. Tout fut réduit en cendres et brimborions. Quand Mazavdi Nöshgo ne trouva plus rien d'assez gros dans les débris pour être fracassé sur Zohobar, les liens de celui-ci tombèrent d'eux-mêmes et son corps supplicié ne tarda pas à les rejoindre sur le sol, d'où la poussière qui nimbe les désastres s'élevait en volutes harassées.

Notre maître porta une main non moins lasse à son front, retourna distraitement son supérieur du bout du pied, sourit avec suffisance et commanda :

— Prenez une feuille de papier. Interrogation écrite de métaphysique comptant pour la composition mensuelle !... Et toi, dit-il à Alexandor tremblant d'horreur et d'épouvante en haut de l'estrade, toi le nègre manqué, finie la rigolade ! A partir de maintenant et jusqu'à nouvel ordre, tu vas faire ce que je te dis, et rien que ce que je te dis. Sinon, moi, je ne te manquerai pas !... Pour commencer, vide-moi ça dehors sur le tas d'immondices.

Ça, était M. le directeur Kuusch.

LIII.

IMPRÉVISIBLE UTILITÉ DE THÉODULE RIBOT

Engagé comme moniteur un mois plus tôt, le roi de cœur d'Anhla était devenu le domestique de Mazavdi Nöshgo, pour ne pas dire son esclave. Il portait sa serviette, où les copies de Gédéon, à elles seules, pesaient un âne mort. Il portait son chapeau, ses gants, le crâne humain à mâchoire articulée qui lui rappelait à chaque occasion la vanité de toute chose, son Platon en vingt volumes dans une giberne, sa pancarte sur laquelle chaque matin figurait une sentence nouvelle, tirée des stoïciens. Il brossait sa queue de pie, cirait ses souliers sous le bureau ou en le poursuivant à quatre pattes tandis que Vieille Taupe se promenait de long en large, absorbé dans un commentaire de Stuart Mill.

La cloche qui sonnait la fin de l'étude ne signifiait rien pour lui, sinon un surcroît de besogne. Car il occupait aussi les fonctions de portier, maître d'hôtel, valet de chambre et gardien de nuit chez l'instituteur Kbol. Dédaignant les plaisirs matériels, mais appréciant beaucoup les petits plats, celui-ci l'avait même élevé au rang de cuisinier. Tous les mardis, par exemple, Alexandor devait lui préparer un kuhsz-kuhsz, spécialité africaine dont j'écris le nom comme il se prononce, et dont, à l'instar de son maître, il connaissait moins encore la recette que l'orthographe originale. Au terme d'une longue et décevante enquête, il était quand même parvenu à déterminer que ce fameux kuhsz-kuhsz s'accompagnait de mouton rôti à la broche, mais lorsqu'il en avait informé Vieille Taupe, celui-ci l'avait accusé de prodigalité et lui avait formellement interdit de rôtir le moindre agnelet, sous prétexte qu'il pouvait foutre le feu à la baraque. Moyennant quoi, chaque mardi, le maître continuait à se repaître, avec un flegme tout à fait digne d'Epictète, de tous les restes soigneusement mis de côté depuis le mercredi précédent, broyés ensemble et touillés par son maître-queue personnel, qui les précipitait ensuite dans un chaudron où bouillonnaient trois litres de soupe aux choux, un fond de vin aigre et une décoction de hareng préparée par l'épicier chinois (pour l'exotisme de la chose), sans tenir le moindre compte des récriminations du voisinage, incommodé par le fumet. Et quand telle ou telle personne se plaignait à Kbol de cette infection, celui-ci hochait pensivement la tête et remarquait : « Hein donc ? C'est spécial. On n'en mangerait pas tous les jours. L'Afrique s'en régale pourtant depuis des millénaires. Vérité en deçà des Pyrénées, erreur au-delà, comme disait justement Lao-Tseu. Le philosophe ne saurait s'abaisser à entériner les variations de la conscience à travers le temps et l'espace. Si vous le voulez bien, monsieur, laissons la subjectivité à ces malheureux psychologues, puisque aussi bien ils s'en contentent ! »

Pour Alexandor, c'était le bagne. Il s'en ouvrit à nous, tant il en avait gros sur le cœur. Nous compatissions sincèrement à son malheur, mais nous n'étions pas fâchés d'apprendre de sa bouche, par avance, ce que notre maître nous réservait. Connaître d'avance le sujet des interrogations écrites, au demeurant, ne nous servait pas à grand-chose, ces devinettes emberlificotées n'ayant de sens que pour Gédéon Bourbaki. En revanche, nous nous intéressâmes beaucoup à une certaine démarche que nos parents (je veux dire ceux de mes condisciples) avaient entrepris auprès de Mazavdi Kbol.

La destruction irrémédiable de la machine à enseigner la science proboscidienne, ses prolégomènes et ses dérivés, c'était là plus qu'ils n'en avaient rêvé. Après cela, plutôt que de faire alliance avec notre moniteur ainsi qu'ils l'avaient envisagé tout d'abord, ils prirent directement contact avec son patron. Celui-ci ne venait-il pas de donner des gages de ses bonnes dispositions ? Kbol, certes, ne partageait pas toutes leurs vues et le spectaculaire dégommage de l'éléphant au profit des héros de la pensée spéculative ne représentait encore qu'un pis-aller. Mais rien ne s'opposait à ce qu'ils associassent leurs intérêts aux siens, aussi longtemps qu'ils trouveraient bénéfice à cette alliance. On jouerait d'abord Kbol contre Kuusch ; après quoi, l'instituteur se trouvant isolé, rien ne serait plus facile que de l'amener à résipiscence.

Leur intuition ne les avait pas trompés. Ils rencontrèrent — nous rapporta notre espion — un Kbol fort ouvert à leurs propositions, lesquelles tenaient en trois points. Premièrement, s'interdire, en classe comme en dehors des cours, toute allusion, même indirecte, à Nathanaël Proboskiphore et aux éléphants. (Ils pouvaient se rassurer, notre maître n'avait pas la moindre intention de perdre son temps à des trivialités.) Deuxièmement, réintégrer les locaux de la rue Panelka, plus salubres et mieux adaptés aux exigences de la vie scolaire. Troisièmement (cette suggestion-là fut glissée à l'instituteur dans le tuyau de l'oreille mais Alexandor, en bon musicien, avait l'ouïe fine), aider le comité à obtenir la révocation de Zohobar, en échange de quoi ledit comité s'engageait à faire tout ce qui était en son pouvoir pour que Vieille Taupe occupât le poste laissé vacant.

Les membres du comité ne cachaient pas leur satisfaction de traiter avec un partenaire aussi accommodant, encore que ridiculement imbu de son grade et entiché de métaphysique à un tel degré qu'il fallait lui faire décoder ses moindres propos pour en saisir la signification, laquelle se révélait alors d'une banalité consternante.

On lui demandait par exemple :

— Excellence (« excellence » ne visait qu'à bercer son stupide orgueil), que penseriez-vous d'un petit verre d'arquebuse chez Mordyklow, pour sceller notre accord ? (Le comité avait appris incidemment que l'arquebuse était l'un de ses points faibles.)

Mazavdi Nöshgo souriait à sa nouvelle manière — petitement et d'un seul coin de la bouche —, croyant imiter le vieux Kant qui, dit-on, ne se déridait pas facilement.

— L'existence précède l'essence, déclarait-il.

— Fort bien, lui disait-on. C'est d'ailleurs une très bonne chose. Mais pour cette arquebuse ?

— Je vois, messieurs, que des cours de métaphysique élémentaire ne seraient pas de trop non plus pour les adultes ! plastronnait-il.

La délégation s'obligeait à pouffer servilement, chacun se jurant à part soi qu'un jour ou l'autre, le vieux Kbol devrait ravaler sa morgue, et s'étrangler avec.

— Je voulais dire, messieurs les béotiens, que même s'il n'est pas de l'essence d'un maître d'école que d'aller s'attabler au bistrot, ce maître est d'abord un homme, dont la réalité existentielle, qui lui vient à la seconde même où il est conçu, comporte la nécessité de se désaltérer. Eventuellement avec un petit verre d'arquebuse — mais nous entrons là dans le domaine de la subjectivité qui, comme vous devez le savoir, n'intéresse que ces éboueurs de la philosophie qu'on nomme les psychologues.

— Finalement, il vient ou pas ? murmurait quelqu'un à Mlükha Bourbaki.

— Il me semble, répondait le père de mes amis sans trop s'avancer.

Cinq minutes plus tard, en route vers le Grand Café, une autre personne voulait savoir si, en défiant ouvertement l'autorité de son chef d'établissement, Son Excellence ne craignait pas d'attirer sur sa tête des sanctions officielles.

— L'essence précède l'existence, mon bon ami ! répliquait-il aussitôt.

Et de lui-même il traduisait, en faisant étalage d'une condescendance aussi peu supportable que sa pédanterie :

— Le dynamisme de l'Idée ignore et méprise les contingences de la matière, ou encore ce que vous appelez, assez naïvement je dois dire, la force des choses. L'idée — l'idée de la réalisation du Vrai — qui représente l'essence de la pédagogie, non seulement vient ontologiquement avant, mais encore a préséance sur, l'existence du pédagogue, autrement dit les aléas de sa carrière.

— En somme, glissa le plus obtus des délégués à M. Bourbaki, ce n'est pas tellement sorcier. « L'existence précède l'essence » veut dire oui et l'inverse veut dire non.

Mais l'instituteur Kbol, qui l'avait entendu, le fusilla du regard et tonna :

— Il n'y a pas de oui et de non en métaphysique, monsieur, sachez-le ! La dissertation n'est ni un interrogatoire de police ni un bavardage de commères. Croyez-vous que l'on approche l'Etre par oui ou par non ?

— Quel être veut-il donc nous faire approcher ? s'enquit le plus doucement possible le destinataire de cette remontrance.

Par chance, Vieille Taupe ne soupçonna rien de l'aparté, s'étant lui-même lancé dans une virulente diatribe contre Zohobar Kuusch.

— Puisse le Premier Principe écarter cette monade-là de la déclination de mes propres atomes ! conclut-il avec force après avoir assourdi ses compagnons de son galimatias durant tout le trajet qui les conduisit chez Mordyklow.

Et comme toute la bande prenait place dans l'arrière-salle, tapant des pieds pour faire tomber de ses semelles les croûtes de neige durcie, les membres du comité perçurent distinctement les paroles suivantes, articulées d'ailleurs en langue vulgaire :

— Je l'ai assez soutenu, cette fieffée canaille, lorsqu'il prétendait voir un éléphant dans la cour ! Un éléphant, messieurs ! Je sais que vous n'en avez pas été moins choqués que moi-même. Cela prouve votre lucidité et parle en faveur de votre intégrité morale. Mais jugez si ma position était délicate. Je n'étais qu'un fonctionnaire subalterne, écrasé sous un dossier accablant. Kuusch avait l'oreille du ministère (ce n'est jamais en vain, n'est-ce pas, qu'on rampe des années durant devant le pouvoir en place...). J'étais tenu en outre par la solidarité professionnelle, la discipline corporatiste — toutes choses qui ne sont pas de vains mots dans une administration abusivement centraliste. Comment faire entendre ma voix ? Le combat était perdu d'avance. Les grands vaincus, finalement, en eussent été vos enfants, *nos* enfants, soumis à l'autorité d'un nouvel éducateur tout acquis aux idées de la direction, aussi insolentes fussent-elles, pour la simple raison que cette bassesse, très paradoxalement, l'eût rapproché de l'échelon supérieur. Restant à l'intérieur du système, je gardais la possibilité d'en perturber le fonctionnement, d'en subvertir l'idéologie. Vous m'avez vu à l'œuvre, messieurs, dans les pires moments de l'oppression kuuschienne : songez à ce que je pourrai faire lorsque je dirigerai cet établissement à mon tour ! Dès demain, j'occupe la rue Panelka avec ma classe et mon assistant : qu'il y vienne seulement, le Zohobar !

Comme Alexandor Neglatkine lui-même, les membres du comité demeuraient confondus par tant d'outrecuidance. Encore n'était-il pas sûr que l'instituteur Kbol pût être accusé de cynisme : tout portait à croire au contraire qu'il était sincèrement persuadé de ce qu'il disait...

Au terme de l'entrevue, il emporta la bouteille d'arquebuse avec lui, arguant négligemment du fait que ce qui a été commencé ne doit pas être interrompu, selon Théodule Ribot, sous peine d'aboulie.

LIV.

LA SCIENCE EN MARCHE

Remis de ses émotions, Zohobar Kuusch, pourtant, ne restait pas inactif. Il s'était fait ravauder à grands points ses plaies les plus profondes au dispensaire communal. Les autres, il les baignait et les oignait lui-même, à la six-quatre-deux, car de plus pressantes manœuvres requéraient ses soins.

Un soir, mon frère Yagel revint plus tôt qu'à l'ordinaire de sa course à l'emploi. Il pénétra dans la salle à manger en sifflotant, la démarche valseuse, arrachant la main de sa poche pour saisir sa casquette et l'envoyer par-dessus nos têtes, en une trajectoire impeccable, à l'un des angles supérieurs du buffet où elle s'accrocha comme à une patère.

— Dans l' mille ! aboya mon frère. C'est mon jour, à c' qu'on dirait. Parce que, vous connaissez-ti la nouvelle ? J'ai trouvé du travail !

Notre père, encombré de son échiquier, était en train de dresser de mémoire un inventaire des éléphanteries qu'il voulait à tout prix récupérer. Il leva le nez de sa paperasse, jeta un coup d'œil résigné à la casquette, et demanda :

— Combien te prennent-ils ?

— Hé ! Déconnez pas, père ! s'écria Yagel. C'est même foutument bien payé ! J'ai jamais autant eu, si vous voulez savoir. Et une semaine réglée d'avance, s'il vous plaît! C'est combien que je vous dois, déjà plus?

Il lança une poignée de monnaie sur la table. On discernait en effet cinq ou six grosses pièces d'argent.

— Maman, dit calmement notre père, apporte le carnet, veux-tu?

Puis comme elle se dirigeait droit sur le porte-parapluies :

— Non, toi, Vimlo, vas-y plutôt!

— Oh! J' connais la somme par cœur! fit Yagel, débonnaire. J' vais pas vous rouler, père!

Un doigt accusateur désigna le coin du buffet.

— Il y a un supplément de vestiaire.

Mon frère se frappa joyeusement la cuisse et nous vîmes tressauter les bourrelets de chair violacée garnissant ses pommettes et son front, ce qui signifiait qu'il clignait de l'œil.

— Eh ben, père! fit-il dans un grand éclat de rire. Sûr que vous vous y entendez! Vous auriez dû t'nir l'hôtel Bigorna, tiens!

— Eussé-je tenu un établissement de cette sorte, ce n'est certainement pas à Krazkoch que je me serais installé. Regardez plutôt la neige que nous avons depuis le début de la semaine. Vous imaginez, là-bas, la hauteur des congères, les avalanches suspendues au-dessus de leurs têtes comme l'épée de Damoclès?

— Moi, en tout cas, je m' s'rais contenté d' la place eud' chasseur!

— Dénomination fort appropriée, dans ton cas, puisque ta seule vue n'eût pas manqué de chasser les clients.

Mais rien, ce soir-là, ne pouvait assombrir l'euphorie de Yagel, qui accueillit cette sévère repartie de son rire le plus gras.

— Ainsi, reprit notre père en consultant le carnet que je venais de lui remettre, il s'est trouvé quelqu'un d'assez inconséquent pour te prendre à son service? Un montreur de phénomènes, je pense, ou quelque expert en grivèlerie... Maman, ne l'avais-je pas prédit ?

— Qu'est-ce que vous allez pas chercher, père ! Un homme tout c' qu'y a d' bien, au contraire ! Le dernier des justes comme vous l'appelez vous-même.

— De quoi ! L'honorable Zohobar Kuusch ? Comment t'y es-tu pris, malheureux ? Cours le prévenir, Vimlo !

— Il le sait déjà. C'est même lui qui est venu m' chercher !

— Tais-toi ! Tu brises le cœur de ton père ! Avoue, démon ! Par quelle ruse ignominieuse, par quel chantage abject...

Mon frère souriait béatement en le désignant du pouce.

— Il en est tombé d' cul, hein, 'Bépin ?

— Il faut faire quelque chose ! Il faut faire quelque chose ! balbutiait notre père.

— Justement ! On a plein d' projets, l' dirlo et moi...

— Alors, qu'il y renonce ! Tout est perdu. Autant s'assurer le concours de son pire ennemi ! Mais enfin, mon pauvre enfant, de quel désastre es-tu censé te rendre coupable au préjudice de M. Kuusch ? Quelle sera ta fonction auprès de lui ?

— Moniteur, père !

— Moniteur ! (Il s'effondra sur sa chaise, laissant échapper l'échiquier.) Dieu Tout-Puissant, Guide et Protecteur de toutes les tribus, que T'ai-je donc fait pour mériter un tel châtiment ? Mon pauvre fils, Yagel, cette huître de saumure, va concourir à l'abaissement du niveau scolaire chez des garçons dont la plupart, par la grâce de parents dénaturés assistés d'un maître félon, ont réalisé l'incomparable exploit d'en savoir aujourd'hui tout juste un peu moins que lorsqu'ils sont venus au monde ! C'en est fini de notre peuple ! L'avenir qui nous attend est celui d'un retour aux huttes de feuillage et aux grognements confus !

— Mais, père, dis-je avec douceur en lui posant la main sur l'épaule, vous oubliez que tous les élèves sont retournés rue Panelka avec le maître de métaphysique Mazavdi Kbol. Il n'y a plus un seul garçon aux écuries.

— Dieu de lumière ! s'écria-t-il aussitôt. Pardonne le peu de foi de Ton indigne serviteur. Comment ai-je pu douter de Toi ? Tu m'es témoin que je ne veux pas, prosterné devant Ta face, rejeter ma faute sur un autre, mais reconnais, Seigneur, que ce Yagel me rendra fou ! Enfin, je serais mal venu de me plaindre trop amèrement, puisqu'une consolation s'offre à ma peine. Quitte à être moniteur, combien vaut mieux que l'insensé ne le soit qu'en un lieu désert et délaissé, où nul élève ne s'expose à pâtir de sa sollicitude ! Je Te rends grâce, éblouissant Constructeur de l'Univers, d'avoir su limiter les dégâts au maximum !

— Y n' s'agit pas d' dégâts, père ! Tous les deux l' dirlo, on va construire une aut' machine à buffants !

— Lui va la construire — mais toi, misérable, que feras-tu ? Scier l'échelle sous ses pieds ?

— Y aura pas b'soin d'échelle. Ne vous turlupinez donc pas tant, père ! On s'entend comme vis et boulon, l' vieux singe et moi. C'te machine-là, all' surprendra bien du monde. J'ai déjà mon idée.

— Une idée ? Hélas ! gémit le chef de notre famille en plongeant son visage dans ses paumes. Ne peux-tu l'oublier, mon fils ?

— D' la merde, oui ! Si vous croyez qu' ça s' trouve en tirant la poignée des chiottes, des idées pareilles !

— Et si je te donnais un bon coup sur la tête ? proposa notre père d'une voix pleine d'espoir. L'idée se décrocherait peut-être ?

— Dans l'os encore un coup ! J'y ai tout espliqué, à Zozobar ; j'y ai même fait un dessin !

— Alors, il nous reste une chance ! Le temps qu'il déchiffre cet informe gribouillage, je peux encore faire un saut là-bas et obtenir ton licenciement avant que rien d'irréparable n'ait été perpétré.

— Ça, je pense pas, père... J'ai été payé d'avance, comme vous voyez...

— Miséricorde ! Il avait tout prévu ! Contre les infinies ressources de la dépravation, la bonne volonté toujours se trouvera démunie ! Je te rends les armes, Yagel. Dieu sait que je m'y résous le cœur lourd et l'âme endeuillée ! Mais le péché d'orgueil n'est pas assez enraciné en moi pour que je prétende combattre seul toutes les forces de l'ombre ! Ne crois pas, cependant, fils perdu, que ta lugubre victoire ira pour toi sans larmes ni grincements de dents ! A partir d'aujourd'hui, je double le prix de ta pension ; encore te faudra-t-il choisir entre le fromage et le dessert si par aventure votre sainte mère nous présentait l'un et l'autre au même repas, ce qu'à Dieu ne plaise ! Et ce n'est pas tout ! Désormais, j'exigerai de toi une participation aux frais que je compte engager pour le rassemblement de notre collection dispersée aux quatre vents.

— En somme, c' que j' gagne en m' tuant r'à la tâche, j'ai pas l' droit d'y toucher ?

— Si tu louais un landau, disons pour promener ta sœur au parc Ghloty, répliqua énigmatiquement notre père, tu exigerais aussi de manger le cheval et les roues ?

— Je ne veux pas être promenée au parc Ghloty, intervint Anhla d'un ton cinglant. Surtout pas en landau, ce n'est plus à la mode. Et en aucun cas par un Yagel Naftali !

C'était la première déclaration de quelque caractère qui franchissait la barrière de ses lèvres depuis qu'elle était en âge de parler.

Notre père éleva vers le lustre un regard de martyr.

— Et celle-là, soupira-t-il douloureusement, qui ne renonce à sa stupeur charbonnière que pour embrasser le parti de la chicane et de la rouspétance !

— Si encore elle n'embrassait que c'la ! maugréa Yagel dans son espèce de moustache.

Mais notre mère percuta si opportunément l'oie de

verre filé, cadeau de mariage de notre tante Buzylea, qui trônait sur une console, que cette sortie explosive ne fut perçue que de moi.

— J'aimais bien cette oie, dit mélancoliquement mon père. A la longue, j'avais cessé de la voir, mais je suis sûr qu'elle me manquera.

— A moi aussi, renchérit Yagel.

— Si ce n'était qu'une oie qui te manquait, ô béante nullité, je louerais chaque matin la céleste grâce de t'avoir accablé de ses dons !

Quoi qu'il en fût, mon frère et M. Kuusch s'attelèrent à l'ouvrage dès le lendemain matin, dans le plus grand secret. J'étais cependant informé chaque soir des progrès de leur entreprise. La grande idée de Yagel était d'équiper la nouvelle machine pédagogique d'un moteur et d'un dispositif ingénieux grâce auxquels on pût faire l'économie de ces inesthétiques, bruyantes et encombrantes superstructures qui avaient valu tant de déboires à notre directeur.

J'ignorais que Yagel connaissait quoi que ce fût aux moteurs. Lui-même, tout comme son patron, ignorait qu'il n'y connaissait rien. Sinon, ils ne se seraient pas lancés dans cette aventure. L'incompétence de mon frère, en réalité, était dissimulée aux yeux de Zohobar Kuusch par l'incompétence plus grande encore que ce dernier avait toujours cultivée en matière de mécanique, jugeant que, du moment que ces choses-là fonctionnaient toutes seules, mieux valait ne pas s'en mêler. Naturellement, il n'en aurait pour rien au monde fait l'aveu à son employé, car les inférieurs doivent être soigneusement tenus dans l'ignorance de leur supériorité, faute de quoi ce serait le monde à l'envers et la contestation des fondements mêmes de la civilisation. Du fond du cœur, mais sans le laisser paraître, chacun admirait l'autre pour la maîtrise qu'il lui supposait dans un domaine où lui-même pataugeait misérablement. Toute l'astuce consistait à se soutirer réciproquement les informations indispensables à la poursuite du travail sans avoir l'air de se poser des questions. Le plus beau de l'affaire est qu'ils y parvenaient, à leur commune satisfaction. Zohobar et Yagel accouchaient leurs perplexités respectives de certitudes exaltantes. La besogne allait bon train.

Le matin, ils s'appliquaient à la réalisation des subtilités et des perfectionnements mécaniques que chacun croyait de bonne foi avoir été imaginés par l'autre. Pour se reposer (car il n'est tâche plus rebutante que d'exécuter avec doigté des opérations auxquelles on ne comprend goutte), ils consacraient l'après-midi à la fabrication des éléments figuratifs, peu à peu organisés en une succession de tableaux qui menait par étapes jusqu'à l'allégorie finale, l'oméga de toute cette symbolique : Nathanaël Proboskiphore écrasant la Métaphysique sur fond de roses et de jasmins, dans la glorieuse ascension du soleil levant.

Apprenant cela, notre père en eut les larmes aux yeux et consentit à Yagel un léger rabais sur l'accession à la porte d'entrée.

Et puis, un matin de décembre, un de ces matins vitrifiés, quand la glace croustille dans les branches, un matin de la vie, voilà que tout est prêt, il ne reste plus qu'à mettre le moteur en route. Et comme on est jeudi, j'accompagne mon frère pour assister à cette scène bouleversante et la graver dans ma mémoire, de manière à pouvoir la raconter à notre père.

Trop vaste pour les dimensions de l'écurie, la machine rutile au beau milieu de la cour, sous le drapeau de l'école, brodé d'or et d'argent, qui pend du fenil. M. Kuusch paraît, drapé dans une toge flambant neuve, grave, solennel, une chaise à la main. Il la pose sur le sol et grimpe dessus. Mon frère danse nerveusement autour de la machine pendant le discours d'inauguration dont, hélas, je ne retiendrai presque rien, sauf que c'était long. Je l'applaudis néanmoins à tout rompre, car il ne fait pas chaud.

Zohobar descend de sa chaise, l'air soucieux. Yagel

s'affaire sur je ne sais trop quel morceau de ferraille. Manifestement, il rencontre de la part de celui-ci une résistance inattendue. Il s'acharne. Pèse de tout son poids. Grimace sous l'effort. Il me semble bien voir sortir de la fumée de sa casquette. Livide, son patron, lui, n'ose même pas regarder. Mon frère recule d'un bon pas et, avec ce qui lui reste de force, flanque son pied dans le ventre de la machine. Rien ne se passe. Courageusement, Yagel s'apprête à décocher une autre ruade, quand s'élève de l'engin une plainte sinistre, aussitôt suivie d'une explosion puis d'un broutement qui, d'abord cahotique, finit par se discipliner et se fondre en un ronron continu. Dieu magnanime, ça marche !

Elle marche, en effet, la machine. Si l'on veut être juste, c'est même là son seul inconvénient. Elle marche si vite qu'elle a déjà franchi le portail, le temps que ses ingénieurs reprennent leurs esprits. Elle se répand dans la rue. Elle promène l'apothéose de Nathanaël sous le nez des passants. On dirait qu'elle n'attendait que cela. Elle s'excite. Elle s'emballe. Elle se sauve. Nous courons derrière elle à perdre haleine, Zohobar, mon frère et moi, mais nous ne sommes pas de taille. Notre handicap ne fait que se creuser. Tatko Lipora a beau prendre ses jambes à son cou, elle le rattrape en un clin d'œil, lui monte sur le dos et le grignote sans même prendre la peine de ralentir. On ne discerne plus ses chairs des viandes dont il était chargé. C'est le troisième livreur du boucher Ztalmna qui tombe ainsi victime du devoir en l'espace de quelques mois. « Pourvu qu'il n'ait pas faussé l'arbre à cames ! » s'écrie le directeur, manquant de glisser sur une flaque de boyaux. Quand nous parvenons au carrefour de la Pendule, nous avons complètement perdu de vue l'automate. Heureusement, il n'est pas difficile de suivre sa piste : elle traverse le promontoire de l'agent Klëpko et s'inscrit profondément dans les carrosseries des véhicules. « Là-bas ! hurle mon frère qui nous précède, Kuusch et moi, de plusieurs foulées. Elle vient d'entrer au Grand

Café Mordyklow ! » Un tintamarre de verre brisé, de guéridons renversés et d'horribles clameurs confirme la nouvelle. La machine a défoncé les vitres de la devanture et s'est encastrée au milieu des consommateurs, poursuivant sa course jusqu'au limonaire dont la population bigarrée, alors que nous arrivons sur les lieux, se mêle aux personnalités historiques et à la faune proboscidienne en un grotesque cortège où la mère Mordyklow, emportée avec sa caisse, figée dans un interminable stridulement de terreur, fait à peine figure d'intruse.

Je revois encore mon père, flânant parmi les décombres, quelques heures plus tard, secouant tristement la tête et marmonnant, sans que d'ailleurs personne ne s'intéresse à lui : « Et ça vous étonne ? Moi, ce qui m'étonne, c'est qu'avant d'arriver à ce résultat, il soit quand même parvenu à le faire fonctionner ! »

Il partagea avec Zohobar Kuusch le sentiment que mon frère était le seul responsable de la catastrophe. Yagel, pour sa part, avait tendance à incriminer les savants calculs qu'il prêtait à son employeur et fut très désappointé lorsque celui-ci, auquel il venait de soumettre cette hypothèse, s'étrangla d'indignation et lui enjoignit de s'occuper plutôt de la poutre qu'il avait dans l'œil. « Quelle poutre ? ronchonnait mon frère en me narrant l'incident. T'as vu une poutre ? C'est cézigue qui l'a ramassée su' l' cigare, oui ! C'est pas c' que j' croyais, Zohobar : l'est aussi toqué que Ducon-Galurin ! »

Le reste de la communauté, Mazavdi Nöshgo en tête, les mettait dans le même sac — mon père, le directeur, Yagel — estimant que la faute incombait collectivement à tous les renégats qui s'entêtaient à éléphantoscoper, au risque non seulement d'acculer à la ruine les plus florissants commerces du quartier, mais encore d'exciter contre nous un ennemi implacable. (Il est vrai, hélas, que la lupionerie ne se laissait pas oublier, non plus que ses alliés du dedans et du dehors.) Comble d'hypocrisie, on alla même jusqu'à reprocher aux partisans de Nathanaël la mort accidentelle de Tatko Lipora. Moyennant quoi le paria, l'intouchable (et Dieu sait qu'il l'était, avec toutes ces saloperies déversées du haut des fenêtres) fut enterré en grande pompe, dans l'habit de noce du révérend Schmur, et avec les honneurs qu'on réserve aux héros, quand le rapport de moralité a été favorable. Faisant valoir l'irréparable perte qu'il avait subie en la personne de son garçon de course, le gros Ztalmna parvint à se faire octroyer une pension substantielle par le comité de bienfaisance. Au milieu de toute cette gabegie, dans ce capharnaüm d'absurdité et de mesquinerie, Kryla Krylakuri bondissait en gloussant de bonheur et en glapissant ses encouragements. Il m'arrivait de le haïr de toute mon âme.

Naturellement, M. Kuusch avait congédié mon frère. Il le rengagea le soir même, les candidats pressentis pour lui succéder n'ayant pas manifesté autant d'enthousiasme qu'il l'espérait à la perspective de promouvoir l'idéologie proboscidienne envers et contre tous, ainsi que d'affronter dans ses quartiers de la rue Panelka cette brute épaisse de Mazavdi Kbol, soi-disant professeur de métaphysique, mais en vérité — confiait Zohobar — imbécile notoire et vieux croûton fieffé, bénéficiant pour cette seule raison de l'appui d'une masse ignorante. « Nous allons nous battre à un contre mille, contre dix mille, contre cent mille ! » s'exaltait le directeur. Les impétrants disaient qu'ils avaient du lait sur le feu et prenaient la tangente à tire d'aile...

Comparées aux anciennes, les nouvelles fonctions de mon frère auprès du chef d'établissement paraissaient d'une simplicité quasi décevante. Révolu le temps des opérations de prestige, des réalisations grandioses, des machines alertes et baladeuses. M. Kuusch renonçait aux moyens détournés de la confrontation culturelle pour frapper droit au but, c'est-à-dire dans la figure de Mazavdi Nöshgo. « Ecoute, abruti, disait-il à mon frère. Ce n'est pas sorcier. Tu surgis à l'improviste, tu frappes comme l'éclair et tu te fonds dans la nature. » On a vu, en effet, des plans de campagne plus alambiqués. « Je n'ai qu'une consigne à te donner, Yagel. Une seule, ce n'est pas trop pour toi ? Prends quand même le temps de cogner le plus fort que tu peux : l'heure n'est plus aux politesses. » Le moniteur lui tapotait les omoplates. « Vous en faites pas, Zozob', c' dans la poche ! Un truc seulement : j'y file un ramponneau, ou ça vous plairait-ti qu' j'y casse un manche de pelle ou quèque chose su' la gueule ? » Kuusch réfléchissait un instant. « Il y a une pelle dans l'appentis », disait-il.

L'instituteur Kbol, de son côté, avait envoyé Alexandor Neglatkine aux écuries avec un pinceau et un pot de goudron, inutile de préciser dans quel but. Rhodi Lupion vous aurait dit tout de suite à quelle heure précise et à quelle distance des deux écoles il allait rencontrer mon frère.

— Tiens donc ! s'exclama celui-ci. Si j' m'attendais ! V'là l' coquin d' la sœur avec son eau de toilette ! Qu'èque vous fabriquez là, jeune homme ?

Ces familiarités n'étaient pas du goût d'Alexandor.

— Et vous-même, malotru, puis-je vous demander ce que vous faites ? répliqua-t-il d'un air pincé.

— Oh moi, rien ! J' vais seul'ment tomber à l'introvisque su' c'te glande de Kladavzi Mol et y balancer c'te manche-là dans les gencives !

Le nègre, on l'a vu, avait été doué par la nature de nombreuses et remarquables qualités. Au premier rang d'entre elles figurait cette vertu devenue si rare de nos jours : la loyauté envers ceux qui assuraient sa subsistance, quoi qu'il pût penser d'eux par ailleurs. Cet aspect de sa personnalité s'était développé dans de telles proportions au fil des ans qu'il n'était guère concurrencé que par cet autre : la force physique. Alexandor détestait en faire usage et, en tout cas, n'attaquait jamais le premier. Il fit toutefois une exception pour mon frère, dont Anhla ne lui avait peut-être pas tracé un portrait assez flatteur.

Le plus difficile, m'expliqua Yagel, ce fut de se débarrasser du goudron. Un morceau de pelle était resté coincé entre ses fesses, mais il m'assura que pour le moment, ça n'était pas plus mal. Si j'étais consterné par cette lutte en quelque sorte fratricide, il affichait, lui, une satisfaction considérable. Chaque matin, Zohobar Kuusch le suppliait d'emprunter un itinéraire différent, afin de tourner « l'avant-garde de l'ennemi » (il s'agissait d'Alexandor), de trouver Mazavdi Nöshgo avec son flanc droit dégarni et d'exploiter cette conjoncture favorable pour lui frotter le museau. Au lieu de quoi mon frère allait donner tout droit sur les poings de ladite avant-garde, émerveillé d'être régulièrement taillé en pièces par quelqu'un qui s'y connaissait en horions.

Plutôt que de chercher à les parer, il étudiait avec soin les coups de l'adversaire et, une fois qu'on l'avait ranimé, titubait jusqu'à la vitrine des Grands Magasins Peszczynski, à deux pas de là, où il se mettait en garde devant son propre reflet et répétait swings et uppercuts pendant des heures. Sachant d'expérience où le contact allait être établi, un menu peuple s'y rassemblait de bonne heure et attendait patiemment les pugilistes en battant la semelle autour du brasero du marchand de marrons. « Le Noir est un vrai marteau-piqueur, commentaient les connaisseurs. Mais l'autre encaisse comme personne. S'il ne prenait pas tout le temps des notes, il pourrait tenir comme cela pendant quinze reprises ! Eh ! vous avez vu le pain qu'il vient d'arrêter avec son œil : c'est arrivé comme une locomotive ! » Entre ces adeptes du noble art, Alex La Loco devint le surnom de notre moniteur, tandis que mon frère était désormais célèbre sous celui de Punching Bill (car, pour comble de bonheur, on lui trouvait un air américain).

Il rentrait le soir, vivante image de l'extase et de la tuméfaction.

— Putain ! s'exclamait-il en claquant la porte derrière lui. La Loco m'a encore mis une de ces branlées, c' matin !

On aura beau dire : c' t'un sacré champion, çui-là ! Il a même pas froissé sa foutue veste de clown que j' suis déjà dans les bras de Morflée avec la gueule de biais ! Sûr qu'il en a dans les pognes, c' con-là ! Des fois, c' même plus une locomotive, c' t'un aravion ! Faudrait qu' vous verriez ça, père ! Une main dans l' dos, qu'y m' filerait la ratatouille !

Ses yeux sont comme deux figues éclatées, baignant dans le collodion.

— Que cela te serve de leçon, Yagel ! vaticine notre père. Puisse la dévastation de ton intégrité physique concourir au rachat de ton âme ! Et dis-toi bien que si tu n'as plus forme humaine, cette forme n'a jamais été que le masque et l'alibi du chien galeux que tu es ! Souffre et pâtis : c'est l'occasion que le Ciel t'offre d'apprendre l'humilité !

— Vous bilez pas, m'sieur, j'en prends de la graine ! J'ai tout bien marqué dans mon carnet et j'arrête pas de m'exercer ! C'est seulement que c't' enfant d' putain va parfois un peu vite pour moi, tellement qu'il est fort ! C' matin encore je m' dis : « Ça y est ! Y feinte du gauche, le droit en vrille toute vapeur, adieu mon foie... » J' t'ai vu ! C'est justement son gauche qui m' décroche la mandibule, j' sais même pas comment ! Y a fallu un maillet pour m' la r'mett' en place. Mais maint'nant, j' suis prév'nu : c'te coup-là, y m' le r'fera pas deux fois. Remarquez qu'il en invent'ra un aut' encore plus pire : c' t' un seigneur, c' mec-là !

— Qu'il soit béni, en effet, qu'il soit béni ! Tu vois, Anhla, c'est à un garçon de cette trempe que j'aimerais te voir mariée un jour. S'il était d'une autre couleur, évidemment, et si, de ton côté, tu faisais partie des jeunes filles dont on peut accorder la main à un homme sans avoir l'impression, comme l'on dit vulgairement, d'engager un cheval mort dans une course de pur-sang.

— Ah, dites donc ! Elle est bonne, celle-là ! s'écria mon frère. Faut que j' m'en souviensse !

Il cessa de se gratter le derrière pour sortir son carnet.

— Quant à toi, poursuivit froidement notre père, si tu faisais la course avec un cheval mort sur le chemin du jardin d'Eden, tu n'aurais pas la moindre chance de l'emporter.

— Voyez, fit Yagel en posant sur la nappe vingt bons centimètres de manche de pelle. C'était pas la peine de s'affoler. Ça s'en va quand on pète.

LV.

L'ÉTERNITÉ ROULAIT SON ÉPAULE PERVENCHE

Zohobar Kuusch se désespérait de la cuisante défaite infligée chaque matin à son champion devant tout un aréopage d'experts en marmitage de portrait. Il détestait le nom de Punching Bill. Celui de l'Encaisseur, qu'on lui substituait parfois, ne lui semblait guère plus propre à engendrer l'euphorie. Retranché dans son fenil, il perdait la tête et arrosait le ministère de notes comminatoires et de rapports incendiaires concernant l'instituteur de première classe Mazavdi Nöshgo Kbol. Les accusations étaient graves. Indiscipline et mutinerie. Usurpation de titre et de fonctions. Ouverture d'un collège parallèle. Destruction de matériel pédagogique. Vandalisme intellectuel généralisé. Déchéance morale. Consommation d'arquebuse sur un grand train. Propos séditieux contre la personne du ministre. Communication des sujets de composition aux élèves par l'entremise d'un thuriféraire nègre. Négation d'éléphant. Agression diurne de moniteur assermenté. Bris de pelle par procuration. Dîner aux chandelles noires. Pollution du milieu urbain par voie d'émanations nauséeuses. Entretien et usage abusif de la crédulité populaire. Réception incessante de grosses femmes à demi dévêtues. Tapage licencieux. Gourmandise et kuhsz-kuhszerie éhontée. Ce qu'il ne savait pas, il l'inventait.

La réaction des autorités ne se fit pas attendre. Zohobar Kuusch fut déchargé de ses responsabilités directoriales et ramené au rang d'instituteur de deuxième classe, Vieille Taupe faisant provisoirement office de chef d'établissement. Les parents d'élèves y virent le résultat de leurs manigances, mais l'homme qui travaillait au ministère les détrompa : Zohobar ne devait sa disgrâce qu'au rapport rédigé par Rhodi Lupion quelques jours avant l'inspection qui devait déclencher le scandale que l'on sait.

Le gnôme était un vieux renard. Il savait que sa présence engageait les fonctionnaires inspectés à donner de leur application à la tâche une image flatteuse, qui ne reflétait en rien la quotidienne réalité de leur incurie. Aussi, pour ne pas être influencé par des apparences trompeuses, s'astreignait-il à une estimation impartiale de leurs mérites, excluant toute référence à ce qui pouvait être vérifié de visu. C'était ce document spécialement accablant qui venait, trois jours plus tôt, d'atterrir sur la table du ministre.

Le coup atteignit M. Kuusch alors même que, le cœur brisé par l'inanité de ses efforts et la désastreuse collaboration de mon frère, il sombrait dans le marasme et songeait à capituler.

Il fit pire que cela. Le mot abject, appliqué à sa conduite, est si faible qu'il paraît presque un compliment. Faute d'en trouver un mieux approprié, notre père poursuivit Yagel autour de la table avec sa fourchette en hurlant : « Je t'apprendrai, moi, à laisser détériorer le visage dont l'Eternel t'a pourvu au bénéfice d'un traître et d'une canaille ! » Un vieux mannequin de ma mère, chargé par lui de représenter « l'ordure kuuschienne », connut une fin ignominieuse dans le fourneau de la cuisinière, après quoi les pompiers saccagèrent littéralement notre logement avec leurs haches et leurs trombes d'eau.

Je dois dire que ces débordements n'étaient pas absolument injustifiés. L'ancien directeur n'avait pas seulement amené le drapeau blanc, il s'était littéralement roulé dans la fange. Implorant la mansuétude de Mazavdi Kbol. Pleurant à chaudes larmes en lui baisant le bout des doigts. Proposant de se mettre au piquet. Il alla en chemise, par un froid de loup, battre sa coulpe et se traîner à deux genoux entre les deuxième et troisième marronniers du côté nord, afin de montrer qu'il renonçait à l'illusion pachydermique, qualifiée par lui d'aberration indigne et de folie criminelle.

Le maître de métaphysique lui administra son pardon à coups de botte, de règle en fer sur le bout des doigts et d'humiliations où l'autre se vautrait avec délices. Zohobar porta la langue rouge des bavards. Tint le rôle du corps dans le spectacle « Le corps, hallucination de l'esprit » que Mazavdi Nöshgo fit donner par la classe au bénéfice des grands blessés de guerre. Servit de siège au nègre pour la traditionnelle photo de classe. Amputa des deux tiers sa maigre solde pour couvrir, non seulement Vieille Taupe mais aussi son moniteur, de fleurs et de cadeaux selon son ancienne habitude. Il commandait les bouteilles d'arquebuse par caisses de six, mais Kbol, par prudence, l'obligeait à goûter d'abord et scrutait attentivement son visage, au cas où les effets d'un poison foudroyant en eussent altéré les traits. Il nettoyait le plafond, lorsque Alexandor Neglatkine avait fait des crêpes à son maître. Son aspect hâve et négligé lui valut un blâme bien senti.

Dans l'adversité qui souvent donne la véritable mesure des hommes, Kuusch se montra sous un jour exceptionnellement odieux. Mais Kbol, quelque temps plus tard, lui rendit encore des points lorsqu'une troisième circulaire ministérielle — conséquence directe, celle-là, des premières pétitions formulées contre lui — le rétrograda à la troisième classe, purgatoire des instituteurs stagiaires, ces gamins qui tirent désespérément sur leur premier poil de barbe pour se donner l'air plus rassis, et des pédagogues de campagne qui ne signent pas leur nom d'une croix, parce qu'un simple trait leur paraît moins difficile à réaliser. Il retombait *ipso facto* sous la coupe de Zohobar, lequel ne se fit pas faute de le lui faire sentir.

A la porte le nègre, pour commencer. Triomphal retour d'exil de Yagel Naftali, naguère expulsé avec perte et fracas du sein de l'université par un imposteur qui allait s'en mordre les doigts. Dès cinq heures du matin, tout le monde sur le pont. C'est-à-dire Vieille Taupe (chargé de balayer les cacas d'éléphant, de toiletter Nathanaël, etc.) et mon frère qui le surveillait, la trique à la main, ayant préalablement vérifié que son haleine était vierge de tout relent d'arquebuse et de kuhsz-kuhsz. Le kuhsz-kuhsz serait désormais réservé à l'élite des maîtres de deuxième classe. Pour faire bisquer son subordonné, Kuusch prétendait qu'il s'en gavait du matin au soir mais en réalité, il n'avait pu mettre la main sur la recette lui non plus et mangeait sous forme de colle les nouilles que mon frère avait mises sur le feu avant d'aller surveiller Vieille Taupe, tout en faisant jouer plein pot de la musique congolaise sur son gramophone pour donner le change.

Il va de soi que nous avions regagné notre étable et qu'on pouvait récolter cent lignes rien que pour avoir utilisé dans une rédaction — « Racontez votre première rencontre avec un proboscidien. Enumérez-en les bienfaits. » — un mot qui s'apparentait au vocabulaire prohibé de la métaphysique. Gédéon fut surpris par mon frère avec un Heidegger dans son sac et dut accomplir tant de tours de pelote qu'au sortir de l'étude, l'agent Klëpko lui mit la main au collet pour ivresse sur la voie publique. J'eus, à l'occasion de cette malheureuse affaire, la douleur d'entendre le frère de Glora m'accuser de l'avoir moi-même dénoncé à Yagel. Le lendemain, après m'avoir maudit à voix basse, il s'effondrait d'épuisement dans la cour, ayant écopé de mille tours supplémentaires sous prétexte qu'il avait eu maille à partir avec la police. Une belle amitié s'achevait sur un malentendu lamentable.

Sultanesque et irascible, Zohobar continua de faire

peser sur nos nuques l'immodeste talon du Pouvoir. Jusqu'à ce que l'émotion de ses chefs (alertés non par l'actuelle protestation du public, mais par des récriminations datant de l'époque du scaphandre) le bombardât, si l'on peut dire, plongeur intérimaire à la cantine. Trois semaines avant l'affectation de Kbol à l'épluche-patates, puis, par un rebondissement spectaculaire, à l'entretien des latrines.

Jusqu'à son terme (prématuré, comme on le verra), l'année scolaire devait être marquée par cet étonnant mouvement de pendule qui, tantôt faisait de l'un l'otage du caprice de l'autre, et tantôt soumettait celui-là aux fantaisies de celui-ci. Le cantinier tyrannisait le merdouilleur. Le merdouilleur, à son tour, écrasait le cantinier sous son arbitraire lorsque ce dernier, franchissant un nouvel échelon dans la déchéance, recevait du ministère le brevet qui confiait à ses soins l'effacement des pisses de chien contre le mur d'enceinte. Et tandis que la lupionerie réclamait notre déportation massive dans les déserts du Septentrion, que la peste brune bavait sur nous à pleins seaux, que Kryla Krylakuri renonçait définitivement au port de la cravate pour pouvoir s'esclaffer plus à son aise, nous n'arrêtions plus de déménager avec armes et bagages de la rue Panelka aux écuries et des écuries à la rue Panelka, un jour ânonnant la règle de trois, le lendemain confrontés aux primesautières audaces du bergsonisme.

Le printemps, un matin, mit sur toute chose une couleur merveilleuse, mais personne n'y fit attention. C'est un vers de Josef Kansel qui me l'a rappelé l'autre jour : *L'éternité roulait son épaule pervenche.*

LVI.

DE L'AMOUR

Lors du premier retour de la classe rue Panelka, notre père avait exprimé le souhait que, pour l'honneur de notre nom, j'obtinsse désormais les plus mauvaises notes. Ce n'était pas là une tâche au-dessus de mes forces, maintenant que Mazavdi Kbol ne voyait plus en moi qu'une bûche comme les autres. Ma place de deuxième ex æquo à la composition de métaphysique arracha des larmes amères à mon géniteur. Il ne me fit aucun reproche : il sanglota simplement sur mon livret, comme un enfant. Cent fois, je lui répétai qu'il ne devait pas attacher d'importance à ce classement, que tout le monde était deuxième avec zéro, à l'exception de Gédéon Bourbaki, premier avec cinq et demi. « D'autant, expliquai-je, que notre professeur a bien précisé qu'il s'agissait de moins zéro, et non de plus zéro. De fait, nous sommes tous derniers. » Il demeurait inconsolable. « Ne pourrais-tu t'arranger pour être un peu plus dernier que les autres, Vim ? J'ai mis tant d'espoirs en toi ! » Yagel intervint bravement : « L'est tout d' même dernier, y a pas ! J'aurais pas fait mieux. Dis-y donc, au paternel, qu' tu savais rien de rien ! »

— Je n'ai même pas compris le sujet, père, je vous jure !

— Si tu dis ça, c'est que tu as essayé de le comprendre...

— Non. Je l'ai entendu, c'est tout.

— Il fallait te boucher les oreilles !

— Le professeur l'avait écrit au tableau.

— Il fallait te boucher les yeux !

— C'est ça ! fit mon frère. Y' s' bouche les oreilles avec une main, les yeux avec l'aut', et pour pas écrire su' sa feuille, y' s' les attache ensemble derrière le dos avec la troisième, qu'y s' fourre aussitôt dans l' bec pour pas répond' aux questions. Et s'il a envie d' pisser, c'est vous qu'allez lui déboutonner sa braguette, peut-être ?

Notre père ignora cette interruption.

— Vraiment, Vim, tu es sûr que tu n'as rien compris à ce sujet ?

— Comment voulez-vous ? Tenez. Voici mon cahier. Lisez vous-même. « Dans quelle mesure peut-on dire, en paraphrasant Lothar Tagelwerfel, que le pour-soi est en soi ce que l'en-soi est pour soi ? »

— Hum ! Il me semble pourtant, marmonna-t-il avec une évidente mauvaise foi, qu'à ta place, avec ton intelligence, j'aurais compris que...

— ... que c'était d' la connerie en branche et d' la couille en bâton ! compléta Yagel. Vous êtes quand même pas si flan, non ? Y'a des limites à tout !

— Admettons. Mais je n'ai pas fait d'études de philosophie, moi. Je n'ai pas suivi les cours de Mazavdi Kbol, comme Vimlo...

— Qu'est-ce que ça s'rait ! Vous imaginez, père, si en plus d'endurer vos simagrées, y fallait encore s' farcir tout c' baratin à la gomme ?

— C'est curieux, dit le chef de notre famille, pensif, en garnissant la casquette de mon frère d'une copieuse louche de fromage blanc. Depuis qu'Il s'exprime par la bouche de Yagel, l'Esprit immonde semble avoir contracté ses habitudes de langage. J'étais trop optimiste, une fois de plus, en espérant que l'influence s'exercerait en sens contraire.

Il soupira en remettant la casquette là où il l'avait prise. Provisoirement, l'affaire en resta là.

En classe, je fis de mon mieux pour surpasser mes camarades en nullité, mais je n'étais pas de force. La copie blanche que je rendis à la composition suivante ne m'empêcha pas d'être à nouveau deuxième ex æquo. Je n'osai pas avouer à mon père que, cette fois, Gusto Kolynine nous avait tous battus en remettant au maître de métaphysique, au lieu d'une feuille ne portant que son nom, un devoir déjà corrigé. Il fut bon trente et unième, avec moins zéro fois zéro.

Facile vainqueur de ces épreuves, Gédéon Bourbaki aurait dû pavoiser, mais il faisait la tête, mortifié par ce cinq et demi dont Mazavdi Nöshgo ne le consola jamais qu'à moitié en lui représentant que cette note, obtenue dans une matière aussi prestigieuse que la métaphysique, sanctionnait une performance déjà extraordinaire. Spinoza lui-même, lorsqu'il relisait ses brouillons, ne s'accordait qu'un petit quatre. Karl Marx, quant à lui, n'aurait pu espérer autant, à cause des taches de gras. Aristote, ayant brillamment démontré dans sa dissertation que l'homme est mortel, n'eût pas évité pour autant le « tiré par les cheveux » de son professeur, souligné à l'encre rouge dans la marge.

Pour décisifs qu'ils fussent, ces arguments ne ramenaient pas le sourire sur le visage du vieux Géd. Certes, il opinait servilement du chef pendant que notre professeur les lui débitait sur un ton enjoué, mais on voyait bien qu'au fond de lui, notre condisciple persistait à considérer sa note comme un camouflet. Si Vieille Taupe n'en était pas capable, j'en devinais pour ma part facilement la raison. Pendant les vacances, Gédéon s'était fixé pour but d'obtenir une note au moins égale à celle qui m'avait été si généreusement attribuée quand j'étais au faîte de mon absurde gloire. Il visait le dix et demi, si possible le dix trois quarts. Pour cela il sacrifiait ses nuits, encombrait sa mémoire, surmenait son cerveau, tandis que je me roulais les pouces avec tous les autres et me moquais comme d'une guigne des excentricités de l'évêque Berkeley. Et comment était-il récompensé de ses efforts ? Par un misérable, un mesquin, un ridicule petit cinq et demi... Et voici qu'on venait lui dire, par-dessus le marché, que cette note humiliante représentait le maximum auquel il pourrait jamais prétendre — heureux encore s'il se maintenait à ce niveau vertigineux ! Avouons qu'il y avait là de quoi décourager la meilleure volonté du monde.

Pas celle du vieux Géd, toutefois. Héroïquement, il se remettait à ses livres, étudiait seul le grec ancien et me couvrait d'un regard de plus en plus noir. Sans beaucoup de cohérence, il m'en voulait de mes dix et demi tout en me méprisant pour son ignardise en philosophie. Il avait cessé de m'admirer, mais il me jalousait encore. La situation, on le voit, était inextricable.

Dans les périodes où Kuusch reprenait le pouvoir, évidemment, il obtenait sans peine dix sur dix. Mais si dix est préférable à cinq et demi, ça n'est toujours pas dix et demi ! Ma performance restait inégalée. Au surplus, son dix était souvent ramené à neuf ou huit car Zohobar, selon son humeur, pénalisait Gédéon pour avoir montré, sous l'autorité de Kbol, un zèle excessif. Yagel épousait la querelle de son employeur, harcelait le vieux Géd à son tour. Celui-ci, très humainement, me rendait responsable de l'attitude de mon frère. Il voyait en moi, au surplus, un dangereux séide de la cabale éléphantoscopique — parti que lui-même avait abandonné sans retour le jour même où Mazavdi Nöshgo l'avait déclaré exécrable et philosophiquement incongru. On imagine si je fus souvent invité chez les Bourbaki cette année-là !

Loin de la pampa, les jeudis m'étaient un calvaire. Je songeais tristement à tout ce que j'avais perdu. Dès le mercredi, au moment de me coucher, je sentais un invisible garrot m'enserrer la gorge, d'invisibles pierres s'entasser sur ma poitrine tandis qu'à l'intérieur quelque chose s'affaissait, s'effondrait, laissait un creux béant où roulaient, tels les glaçons dans la Wevra, les dépouilles des vieux désirs inassouvis, les miens et ceux de tous les hommes qui avaient vécu depuis le commencement des temps. La nostalgie de ce qui ne serait plus se faisait si poignante, alors, que mon estomac se plaquait à ma colonne vertébrale. Là-dessus venait la nuit, immense, visqueuse et pleine d'éclats de verre. Je la sentais peser de tout son poids sur le tas de pierres, l'invisible sépulcre où j'étais enterré vivant. Demain jeudi : toute l'agonie du monde en moi.

Je revis Eglantine, pourtant. Et précisément un jeudi. Pour bercer mon chagrin, j'avais décidé d'aller rendre à Josef Kansel cette visite toujours contrecarrée. Il n'était que trois heures de l'après-midi quand je me présentai à son journal mais, comme par hasard, il venait tout juste de partir. « Pour un peu, vous le voyiez sauter dans le taxi ! » Ses collègues m'assurèrent cependant que je le trouverais chez lui, si j'arrivais là-bas avant quatre heures. En me disant cela, ils me regardaient à peine ; ils se dévisageaient les uns les autres d'un air entendu, comme s'ils partageaient à propos de Josef et de son emploi du temps un plaisant secret qu'ils ne pouvaient pas me confier.

— Surtout, me recommanda un grand rouquin, sonne longtemps et cogne la porte à coups de poing. Sa chambre... je veux dire son bureau, se trouve à l'autre bout de l'appartement. Il serait désolé de te manquer une fois de plus, mon petit gars. Vas-y franchement !

Les autres approuvèrent bruyamment. Tout sourire, ils m'engageaient à rejoindre au plus vite l'avenue Gulish-Polhon, de manière à ne pas priver leur ami du plaisir de me voir. Fallait-il qu'ils fussent affables ! Fallait-il qu'ils eussent à cœur d'obliger Josef Kansel ! Et si gais, avec ça ! si enjoués ! Je quittais le hall du journal que leurs éclats de rire me parvenaient encore.

Je n'avais pas d'argent pour le tram. Mais j'avais des jambes (et une bonne raison de courir, ce qui n'était pas le cas pendant les séances de gymnastique, où l'on doit s'agiter sans autre bénéfice que d'être complètement harassé pour entreprendre l'exercice suivant). Il était quatre heures moins dix quand j'atteignis mon but. Je n'eus pas à mettre en pratique les conseils du rouquin. Le journaliste sortait de son immeuble à l'instant même où je m'apprêtais à traverser la rue pour y pénétrer. Les yeux fermés, j'aurais reconnu la belle dame qui lui donnait le bras, la tête doucement inclinée sur son épaule. Lileth Bourbaki. Je me jetai à l'intérieur d'une vespasienne toute proche, mais c'était une précaution bien inutile. Ils étaient si pénétrés l'un de l'autre qu'ils ne m'auraient pas remarqué, eussé-je exécuté des cabrioles sous leur nez en soufflant dans une trompette.

J'ai conscience, lecteur, de la surprise qui est la vôtre et vous demande pardon de ne pas vous y avoir mieux préparé. La délicatesse n'est pas mon fort. J'aurais dû vous mener subtilement à cette découverte suffocante, car celui qui se mêle d'écrire a le devoir de ménager la sensibilité des gens qui lui font l'honneur de le lire. Brutaliser les nerfs et choquer les âmes constituent une faute contre l'Art, en même temps qu'un manquement à la pudeur. Ma seule excuse, si c'en est une, est de posséder assez d'esprit pour savoir ce qu'il faut faire, mais pas suffisamment de talent pour l'accomplir. Comme le dit mon frère Yagel : « T'as r' marqué qu' c'est les eunuques qu'on l' plus d' femmes autour d'eux ? »

Reste qu'Eglantine et Josef, ce jeudi-là, mêlaient leurs chevelures et se contemplaient le fond des yeux. Ce qui explique, par exemple, certain billet glissé dans l'échancrure d'un corsage. Certain trouble, aussi, chez la propriétaire de ce corsage, lorsqu'on mentionnait le nom de Kansel, voire simplement le nom de sa rue...

J'étais abasourdi. Rien ne me prédisposait à rencontrer en Lileth Eglantine — qui personnifiait à mes yeux l'Objet d'Amour absolu, l'inaccessible Idéal — l'héroïne d'une telle aventure. Je la croyais au-delà de l'amour réel, de même que Dieu est au-delà de la religion. Comment aurais-je pu imaginer qu'elle se plierait aux circonstances (toujours un peu vaudevillesques) d'une liaison adultère ?

Maintenant, s'il fallait à toute force que Lileth Eglantine fût prosaïquement amoureuse, c'est-à-dire charnellement amoureuse d'un être de chair, Josef méritait plus qu'aucun autre d'être cet homme-là. Femme nuageuse, flottement de femme dans un rêve éveillé, Mme Bourbaki n'était pas tout à fait de ce monde (comme d'ailleurs, et ce n'est pas un mince paradoxe, la plupart des êtres et des choses qui nous le rendent irremplaçable). Mais, à y bien regarder, le journaliste, entre tous les hommes dont j'avais l'exemple, était un être si exceptionnel qu'il n'appartenait pas non plus entièrement à l'univers du quotidien. J'en conclus que le Très-Haut, en son immense sagesse, avait créé Lileth et Josef l'un pour l'autre et que leur union (pour clandestine qu'elle fût) était bénie. J'arborais, en sortant de la vespasienne, un visage si rayonnant que plusieurs personnes se retournèrent sur moi, l'œil soupçonneux.

Et puis, j'admirais tant Josef, il représentait tellement tout ce que j'aurais voulu devenir si je n'avais pas été un garçon médiocre, que c'était un peu moi, un tout petit peu moi, qui me promenais là-bas au bras d'Eglantine, sous les arbres emperlés de glace. Je pouvais mourir sur-le-champ, ça m'était bien égal, jamais je ne connaîtrais un plus grand bonheur. Ce jour-là aussi j'aimais mon père, l'homme au melon, à en pleurer. Et je ressentis avec une intensité presque insupportable l'absence de Glora.

Le Ciel m'avait envoyé un signe. Puisque Josef Kansel, modèle de Vimlo Naftali, enlaçait Eglantine, modèle de Glora Bourbaki, Vim était donc destiné à Glora. Voilà ce que, perdant toute mesure, j'imaginai dans la folle exaltation de ce jeudi.

Je courus chez nous pour y composer une lettre à celle que l'Eternel me destinait. Qu'avais-je fait jusqu'ici sinon la détourner de moi — autrement dit du destin que Dieu avait voulu pour elle — à force de timidité, d'hypocrisie et de balourdise insigne ? J'étais aveugle et sourd, mais la main de Dieu venait de briser le sceau apposé sur mes sens. Tout était limpide, désormais. Les erreurs et les fautes que j'avais commises à mon insu me sautaient aux yeux. Jusqu'à cette lamentable histoire de baiser au fond du jardin ! Comment avais-je pu me montrer aussi niais ? Aussi insensible ? Que dis-je ? aussi réfractaire à l'évidence ?

Mon tort fut sans doute de vouloir tout réparer, tout rattraper d'un seul coup. Même prédestiné, l'amour exige des lenteurs, des précautions, des étapes : une patience dont j'aurais été bien incapable en rédigeant ma lettre. On ne passe pas sans transition d'une blessante indifférence aux déclarations les plus enflammées. Et même alors, on y met la manière. Je n'y mis que ma passion. Je me laissai emporter par elle. Mes mots dépassèrent ma pensée, laquelle outrepassait mon expérience. Ainsi, ma célébration du corps de Glora, si fervente que la plume perça le papier, ne s'imposait guère, puisque je n'en connaissais presque rien. A neuf ans, elle ne possédait pas suffisamment de poitrine pour justifier la description échevelée que j'en fis (d'ailleurs fautive sur le plan strictement anatomique, comme une remarque de mon frère me l'apprit incidemment le surlendemain, quand la lettre était déjà partie). Je préfère ne point parler du reste, ni des cœurs transpercés, ni des fausses larmes d'allégresse confectionnées avec l'eau du robinet. Ni surtout des ronds avcc quelque chose de moi à embrasser dedans. Oh ! mon Dieu.

L'intelligence et le savoir me font cruellement défaut aujourd'hui, mais que de choses j'ignorais à l'époque ! N'aurais-je pas pu deviner que dans les institutions pour demoiselles, le courrier des pensionnaires était ouvert par la directrice, spécialement lorsque le correspondant avait une écriture juvénile et portait un prénom masculin ?

Je postai ma lettre le vendredi matin. Le lundi, Gusto

Kolynine m'attendait sur le trottoir quand je sortis de notre maison, l'air ennuyé.

— Eh ! Vim, me dit-il. Tu sais pas ce qui arrive ? (Il sortit un coup de poing américain de sa poche et le soupesa en hochant la tête avec dégoût.) Il va falloir que je te casse la gueule.

— A moi, Gus ? Mais qu'est-ce que je t'ai fait ?

— Rien, t'es fou ! On est bons amis, tous les deux. C'est ce salaud de Gédéon Bourbaki qui me l'a demandé...

— Et tu as dit oui ?

— Oh, c'est pas que je soye d'accord, attention ! Seulement... il m'a promis son train électrique.

— Je te vois bien jouer au train ! Et pourquoi pas à la poupée ?

— Jouer au train ? Tu m'as pas regardé ! Mais je peux en tirer un bon prix. Il y a une pute qui est amateur, chez Gargülho. Elle dit qu'elle aime ça, voir la machine s'enfoncer dans le tunnel. Bon. Par quoi on commence ? Le pif ou l'oreille ?

— Pas si vite ! Tu peux au moins me dire ce qu'il a contre moi, Gédéon ?

— J'en sais rien. Et tu parles si je m'en fous ! De toute façon, il a jamais eu que des idées tordues.

— Pourtant, tu t'en fais le champion !

— Ecoute, Vim, m'asticote pas ! Tu m'embêtes, à la fin. Si ça continue, on va être en retard. Je t'ai expliqué, alors fais pas ta mauvaise tête. Recule-toi un peu, mec. Je vais te foutre un bon coup de latte dans les roubignoles. Après, le reste passera tout seul, tu verras.

— Gus, je tiens à t'avertir : si tu me touches, je le dis à mon frère.

Il blêmit.

— Eh ! Tu ne me ferais quand même pas une vacherie pareille ?

— On parie ?

— Me balancer au pion ? C'est dégueulasse ! Merde alors ! J'aurais jamais cru ça de toi, Vim !

— Il faudra t'y faire, Gus. Chacun se défend comme il peut.

— Bon. Alors si ton frère me tape, je vais chercher mon père. On le ramassera à la petite cuillère, ton pourri de frangin !

— Premièrement, il a l'habitude. Deuxièmement, il adore ça. Et troisièmement, le vieux Kuusch pourrait apprendre ce qui s'est passé : tu imagines les conséquences ?

— Quand même ! bougonna-t-il. C'est dur à avaler. Et mon train ?

— Dis à Gédéon que tu lui casseras la gueule s'il ne te le donne pas.

Rayonnant, il s'empara de ma main et la secoua avec enthousiasme.

— Punaise ! J'aurais jamais pensé à ça ! On dirait pas mais t'es quand même pas une couenne, toi, Vimlo Naftali ! Tu sais, j'aurais pas frappé de toutes mes forces : seulement que ça marque un peu...

Nous gagnâmes bras dessus, bras dessous les écuries de Zohobar. Juste à temps. A la récréation, l'œil étincelant de haine, Gédéon Bourbaki marcha sur moi en brandissant une liasse de papiers en laquelle je reconnus, lorsqu'il se fut rapproché, le billet doux que j'avais envoyé à sa sœur.

LVII.

PARADIS PERDU

Etranglé par sa rage, étouffé par ses larmes, le vieux Géd s'exprimait d'une manière à la fois hoquetante et pâteuse, interrompant à tout instant son propos pour gémir de dépit, parce qu'il ne parvenait pas à me planter ses ongles dans les yeux comme il en avait formé le projet. Je pus néanmoins saisir que Glora avait été renvoyée de son collège par ma faute, après un énorme scandale ; que j'avais jeté le déshonneur sur elle et sur toute leur famille ; que je ne méritais pas de vivre ; qu'il ne connaîtrait pas de repos avant d'avoir lavé cette offense dans mon sang, encore que ce liquide fût la chose la plus répugnante de toute la création.

Hébété par l'affreuse nouvelle (l'épouvante et le remords ne viendraient que plus tard), je parais machinalement les coups de celui qui, prosterné face contre terre, avait jadis salué en moi un messager de Dieu. Autour de nous, nos camarades riaient de le voir mouliner vainement l'air de ses petits bras de pingouin joueur d'échecs. Seul, Gusto, le front plus obtus que jamais, grognait : « Dis donc, Géd, tu penses à mon train des fois ? »

— Je la ferai voir à tout le monde ! Je la ferai voir à tout le monde ! sanglotait le frère de Glora en agitant la lettre et en essayant de me décocher des coups de pied dans les tibias.

Une grosse patte lui arracha les feuillets. Une autre le saisit par la peau du cou et le souleva de terre.

— Eh bien, fais-la-moi voir à moi, pour commencer ! rugit Zohobar Kuusch, qui n'était pas moins doué que Mazavdi Kbol pour surgir au moment précis où sa présence était ardemment souhaitée à l'autre bout de la cour.

Il laissa brutalement retomber notre camarade et approcha la lettre de son visage.

— Voyons un peu. Qu'est-ce que c'est encore que ça ? Quelque ânerie métaphysique recopiée dans une encyclopédie, je suppose. J'ai déjà dit que je ne voulais plus de ces insanités. Ah ! ça doit être propre, tiens ! L'autre jour, Heidegger, et maintenant quoi ? Condillac ? Watson ? Husserl, peut-être ? Je te jure que s'il s'agit d'Husserl, tu regretteras le jour de ta naissance !

Il n'avait pas fini de lire la première ligne que ses cheveux se dressaient tout droit sur son crâne. « Houmph ! » fit-il seulement. Je fermai les yeux.

Le moment, si longtemps retardé, était venu pour moi de régler mes dettes. D'une seconde à l'autre, j'allais être démasqué. Quel soulagement ! Mais j'oubliais dans quel état de surexcitation j'avais composé mon billet : mon écriture devait être méconnaissable. Quant à la signature, notre directeur abandonna sa lecture avant d'être arrivé jusque-là. Il froissa rageusement la lettre au bout de deux pages et y flanqua le feu avec son briquet.

Poussant un cri d'agonie, le vieux Géd se précipita sur elle dès que Zohobar l'eut lâchée, et tenta d'étouffer les flammes, sans autre résultat que de décupler la colère du pédagogue. Le seul moyen de tirer mon ancien ami de ses griffes était de me dénoncer. Sans doute, mes chances d'être cru étaient minimes, mais cela n'excusait pas mon silence. Je n'ai rien dit à cause de mon père. Pensant au chagrin qu'il éprouverait, le courage me manqua.

A ma grande stupéfaction, Gédéon endura son martyre sans lancer d'accusation contre moi. Sur le moment, j'imaginais qu'il voulait ainsi accroître ma honte et mes remords. J'ai compris par la suite qu'il s'était secrètement emparé de la lettre et ne tenait pas à ce que son père l'apprît. Il avait pour cela tout intérêt à laisser passer l'orage. Kuusch avait justement déclaré que, par charité envers les malheureux parents d'un gibier de potence lubrique, désaxé par la méditation philosophique au point d'introduire à l'école des textes vraisemblablement empruntés à l'encylopédie de la correspondance graveleuse, il les laisserait dans l'ignorance de ce forfait. A charge pour le coupable de mettre à profit ce geste de mansuétude pour s'amender, abjurer la métaphysique et laver, s'il n'était pas trop tard, son esprit, son cœur et son corps, des miasmes de la spéculation abstraite. Le chef d'établissement savait d'ailleurs une médecine qui faisait merveille pour refroidir les sens échauffés jusqu'à la purulence par les divagations de Hegel, Engels, Husserl et autres corrupteurs de la jeunesse. « Et quelle est cette médecine, mauvais drôle ? Tu ne dis rien ? Tu n'as plus la langue si bien pendue que lorsque du prétendais donner à ton directeur des leçons de lexicologie sous la protection de l'intérimaire Kbol ! La réponse ne se trouve pas dans ce magma livresque dont tu as la caboche farcie, hein ? Voyez, messieurs, la déconfiture du cuistre ! Eh bien, je vais te la donner, moi, gratuitement et sans ordonnance ! Cette médecine, mon petit père, est une pratique assidue de la pelote, soir et matin, matin et soir, dans le petit jour crasseux, dans le crépuscule aux ombres étranglées, en petite foulée, coudes au corps, une-deux, une-deux ! Avec toute cette neige, tu auras peut-être les pieds gelés, mais la température s'abaissera en conséquence dans ta fiévreuse cervelle ! Allons, tourne, mon ami, cela t'apprendra à suivre le droit chemin ! »

Il y serait encore si Mazavdi Nöshgo n'avait pas repris l'avantage sur le directeur à la suite d'une circulaire ministérielle lui attribuant la charge de l'épluche-patates. Quand il l'emporta de nouveau, au début du printemps,

Zohobar avait d'autres chats à fouetter. A commencer par M. Kbol. Fouetter son subordonné (au moral s'entend, encore que...) était devenu son unique souci. Sa chaste et tumultueuse jouissance. Tout à son obsession, il finit même par en oublier Nathanaël Proboskiphore, chimère certes, mirage entrevu dans un halo de désirs troubles, mais qui pourtant, si je ne m'abuse, avait été à l'origine de tout ce remue-ménage et de bien d'autres drames non moins poignants...

On s'étonnera sûrement, ainsi que je le fis moi-même, de la passivité des parents Bourbaki. J'étais persuadé qu'ils me demanderaient, d'une façon ou d'une autre, réparation de l'outrage. Il n'en fut rien. Je crois que, contrairement à leur fils, ils n'étaient pas pressés que s'ébruitât cette affaire. La mystérieuse disparition de ma lettre dut même leur apparaître comme une bénédiction. En l'absence de la seule pièce du dossier qui les en eût empêchés, ils purent tranquillement répandre le bruit qu'ils avaient retiré leur fille de Pkrolwric parce qu'on y bafouait quotidiennement notre foi. C'était agir sagement. Au lieu d'être montrés du doigt, ils fournirent à Luudi Schmur le sujet d'un prêche qui les citait en exemple. Mon père lui-même admit que, de tous les sombres pécheurs qui nous entouraient, le père de Gédéon n'était pas le pire. Il me félicita d'avoir fréquenté la pampa, de préférence aux autres maisons, où le diable régnait en maître absolu.

Glora était de retour dans notre quartier. Je la sentais toute proche. A peine quelques rues séparaient sa maison de la mienne, sa nouvelle école de notre étable. Cependant, la chère âme ne m'eût pas été plus inaccessible si elle était allée vivre à l'autre bout de la planète. J'avais signé de ma propre main l'arrêt qui me condamnait à ne plus jamais la revoir.

Je mis tout en œuvre pour parer à l'éventualité d'une rencontre fortuite. Quand je n'étais pas en classe, je restais cloîtré chez nous, prostré sur une chaise à côté du poêle brûlant. Je n'osais même pas m'approcher des fenêtres, de peur qu'elle passât par hasard dans notre rue à cet instant précis. Je me représentais avec une terrible acuité la haine et le mépris que je n'aurais pu supporter de lire sur ce visage adoré, mon paradis perdu.

Un jour, pourtant, j'étais sorti. J'avais pris le tram pour l'avenue Gulish-Polhon, espérant y assister encore une fois au délicieux spectacle d'Eglantine souriant à Josef. O combien délicieux ! O combien amer maintenant ! Mais cette amertume-là laissait quand même, à travers son goût de cendre, comme une saveur de miel au fond de ma bouche.

A l'arrêt « Seglü Würlszchick », trois fillettes que je n'avais pas remarquées sur le trottoir, distrait par mon éternelle rumination, sautent dans le véhicule et se dirigent droit sur les places du fond, c'est-à-dire droit sur moi. La voiture était presque vide. Machinalement, mon regard s'était porté vers elles, mais je ne les voyais pas : l'image de Glora s'interposait entre mes yeux et les choses. Quand tout à coup l'image se déforme et s'écrie d'une voix suraiguë : « C'est lui ! C'est Vimlo Naftali ! » Mais ce n'est pas l'image. C'est Glora elle-même, à trois pas de moi, qui me désigne de l'index à ses deux camarades. Dire que sans ce cri, elle aurait pu venir s'asseoir sur mes genoux avant que je ne prenne conscience de sa présence dans le tram...

Trois paires d'yeux flamboyants me fusillèrent — c'est du moins ce que je crus. Dieu du ciel ! Elles allaient se jeter sur moi, me labourer de leurs ongles, hurler ma faute pour qu'on vînt les aider à me déchirer tout vif ! Je me retrouvai sur la plate-forme avant même de comprendre que j'avais quitté mon siège. Derrière moi : un remue-ménage, des exclamations de dépit, des vociférations perçantes telles qu'en poussent au Kursaal ces jeunes filles éperdues qui s'évanouissent dès que paraît sur l'écran Zormi Tigülho, « le Valentino des Beskides », comme si contempler sa figure de navet languide était plus que n'en pouvait tolérer leur délicate sensibilité virginale. Les furies avaient dû se lancer à ma poursuite.

Je sautai du tram au moment même où il se remettait en marche. Dans ma chute, j'aperçus les trois fillettes, sur la plate-forme, qui trépignaient, levaient les bras au ciel, hurlaient encore plus fort. L'une d'elles, voyant que je leur échappais, se prit même la tête à deux mains. Je roulai sur le pavé du boulevard. Mon crâne sonna contre un des rails. Je reconnus la voix surexcitée de Glora qui demandait au conducteur de stopper le véhicule. Sans doute nourrissaient-elles le projet de m'achever. Je m'arrachai du sol et pris la fuite en clopinant.

Quand mon père rentra de son travail, trois heures plus tard, je tremblais encore des pieds à la tête.

LVIII.

ENTRE LES MAINS DU DENTISTE FOU

Tout allait de mal en pis. Et pas seulement pour moi.

Ceux qui croyaient en Nathanaël n'étaient même plus assez nombreux pour constituer une minorité digne de ce nom. On ne voulait rien voir de plus reluisant, en ces deux olibrius acoquinés, mon père et mon frère, qu'une vieille baderne à melon et un jeune macaque abruti de coups.

Ceux qui ne croyaient pas en Nathanaël n'avaient pas lieu de se réjouir pour autant. Contrairement à ce qu'ils avaient si naïvement espéré, la pression de l'ennemi ne faisait que s'accentuer au fil des jours. Les lupionistes ne nous savaient aucun gré de nos efforts, de la bonne volonté que nous manifestions pour leur complaire. A leurs yeux, la communauté entière demeurait, et demeurerait à jamais, quoi qu'elle fît, coupable d'éléphantoscopie. Et cela pour une simple raison : ils avaient fait de cette tare, non moins imaginaire que l'éléphant lui-même, l'emblème de ce qu'ils haïssaient en nous. Eussent-ils dû renoncer à cet alibi, ils en auraient forgé un autre, non moins fragile, non moins absurde, en attendant de s'en passer complètement et de procéder à notre liquidation au nom du seul désir qu'ils en avaient. « Désir lui-même aberrant — ajoutait Josef — d'effacer en nous la prétendue « différence » sur laquelle ils fondaient leur supériorité. »

Kryla Krylakuri était plus conséquent. Il avait, lui, les

meilleures raisons du monde de danser toute la nuit dans sa cave avec son chien et d'y brûler les bougies noires par paquets de cent ! L'Infamie battait son plein. La Corruption faisait florès. La Souillure se répandait dans nos âmes ainsi qu'une traînée de poudre. Ce monde ne serait bientôt plus qu'un monstrueux abcès, où l'Eternel porterait le fer et le feu de Sa colère.

Et moi, qu'avais-je fait pour empêcher tout cela ? J'étais resté les bras ballants. Ou plutôt non : j'avais contribué à la propagation du mal, insidieusement, sournoisement, avant de rejeter le masque et de dévoiler ma véritable nature en vomissant sur la compagne que Dieu me destinait un flot d'obscénités. Pour ma punition, le Très-Haut m'avait privé d'elle à jamais. J'avais perdu Glora. Comme j'avais perdu son frère Gédéon. Comme j'avais perdu le vieux Kryl et Son Excellence Pirojski.

En ces premiers jours, si tristement beaux, du printemps 1939, je n'avais qu'un seul sujet de consolation. Malgré le formidable accroissement de ses frais de pension, mon frère reconstituait peu à peu sa cagnotte. Pas une seule fois je ne l'avais entendu pleurer après la liasse de billets neufs confisquée par notre père. Yagel était ainsi : il oubliait ses échecs du passé et ne songeait qu'aux perspectives qui s'ouvraient devant lui. Or, ces perspectives étaient plutôt encourageantes. Même lorsque Mazavdi Kbol, reprenant le pouvoir rue Panelka, le chassait de l'école, mon frère ne se retrouvait pas sur le sable. Kuusch, qui n'était pas un si mauvais cheval, après tout, continuait à lui verser un petit quelque chose en attendant le prochain retournement de situation. En outre, bien des gens dans le quartier se souvenaient des dispositions peu communes qu'avait Yagel à prendre, comme il l'exprimait lui-même, « des pains à travers la gueule ». Aussi l'engageait-on volontiers — au coup par coup, si j'ose dire — pour de menus travaux tels que solliciter une augmentation, récupérer de vieilles dettes, percevoir les loyers des « logements sociaux », demander les meilleurs partis en mariage pour le compte de vieux libidineux sans le sou, exhorter le voisin du dessus à enlever ses bottes lorsqu'il voulait danser la polka à trois heures du matin, dégonfler les pneus de l'agent Klëpko devant le poste de police, informer de leurs quatre vérités ceux qui d'aventure les ignoraient encore, avertir les joueurs de cartes des bonnes fortunes de leurs adversaires grâce à un code secret (quoique fort spectaculaire), enduire de colle forte les bancs de la maison de prière et le siège des cabinets de l'exemplaire Luudi Schmur, chatouiller le derrière d'un ours endormi en sa tanière, car les rêves suaves, dit-on, font à cette bête le poil doux. Et cætera. Même si, la plupart du temps, les interventions de mon frère se révélaient inefficaces, c'était pour ses commanditaires un enchantement sans cesse renouvelé que de voir l'enthousiasme avec lequel, pour ne pas faillir à sa réputation, il encaissait beignes, baffes, mornifles, morsures, étrillages et rossées de toute sorte. A peine dégringolé du deuxième étage par la fenêtre d'où on l'avait lancé, il regrimpait l'escalier quatre à quatre pour intercepter au moyen de sa seule figure l'envolée d'une chaise.

On accordait à ses capacités un tel crédit qu'en dépit de l'enfermement auquel nous avaient condamnés les mesures gouvernementales, le bruit s'en répandit à l'extérieur du quartier. A la suite de quoi le gros Weber lui-même fit quérir Yagel et lui offrit de participer à la capture du Dentiste Fou, qui sévissait alors dans notre ville.

Depuis le début de l'année, un horrible drame ensanglantait chaque semaine l'une ou l'autre des salles de cinéma locales. A la faveur de l'obscurité, un inconnu se glissait subrepticement à côté d'une femme seule, ou juste derrière elle, enveloppé dans une cape noire et vraisemblablement chaussé de pantoufles ou de mocassins à semelles de crêpe. Il retenait son souffle, la victime ne se doutait de rien. Et au moment précis où celle-ci, fascinée, béait devant un gros plan de Zormi Tigülho s'apprêtant à saisir le petit doigt de l'héroïne, ou devant la réclame du laxatif Toufoulkan (avant/après), une main jaillissait de la cape avec la rapidité de l'éclair et, au moyen d'un davier, lui arrachait d'un seul coup l'une des deux incisives centrales du maxillaire supérieur, cependant qu'une voix sensuelle murmurait à son oreille : « Kirikiki la petite souris ». La diabolique dextérité du geste ne pouvait être que d'un dentiste, et même d'un as de la profession. Les praticiens du tout-venant, lorsqu'ils se mêlaient d'arracher une dent, s'assuraient le concours d'un ou deux aides, calaient leur genou, parfois même leur talon, dans le ventre du patient et finalement, comme ils n'arrivaient à rien, fracassaient rageusement l'organe malade et le retiraient esquille par esquille de la gencive, tirant sur la langue de l'opéré avec une tenaille pour étouffer ses cris.

Après une quinzaine d'agressions, les fins limiers de la police s'étaient avisés d'une étrange coïncidence : toutes les femmes attaquées par le Dentiste Fou étaient rousses, célibataires et cinéphiles. Elles avaient moins de trente ans, sauf une qui faisait plus jeune que son âge. Elles affectionnaient le mélange du mauve et du vert pomme dans leurs toilettes. Plus curieusement encore, elles se révélèrent toutes incapables, lors de l'interrogatoire qui suivit leur agression, de prononcer correctement les mots comportant une sifflante — comme « dentiste » par exemple.

Yagel lui-même souffrait d'une légère tendance à zézayer depuis la terrible chute de triporteur effectuée sous mes yeux au coin de la rue du Philosophe Mühl, l'année précédente. C'était un atout supplémentaire — le principal restant toutefois sa prodigieuse résistance aux mauvais traitements (que les adjoints du commissaire tinrent à vérifier par eux-mêmes, afin d'en avoir le cœur net). On attendait de lui, en effet, qu'il servît d'appât.

Sous un prétexte quelconque, il prendrait rendez-vous chez les quatre-vingt-seize dentistes de la capitale à tour de rôle et, revêtu des fétiches qui déclenchaient ordinairement la crise sadique, pousserait le coupable à se trahir.

Evidemment, il y avait, pour mener l'opération à bien, certains obstacles à surmonter. Mon frère n'était pas une femme, pour commencer. Sa chevelure tirait davantage sur le vert-de-gris que sur le rouge. A considérer sa mise, ses couleurs de prédilection étaient indiscernables, même pour un œil exercé. Qu'à cela ne tienne! On rasa son semblant de moustache. On poudra ses joues couturées de cicatrices ainsi que son nez informe, étalé de ses oreilles en chou-fleur à ses lèvres éclatées, où l'on écrasa un bâton de rouge.

On farda ses paupières. On peignit le millimètre d'ongle qui lui restait aux doigts. On l'affubla d'une perruque. On lui fit enfiler une jupe verte, un corsage mauve au-dessus d'une fausse poitrine qu'il lui fallait sans cesse remonter de son estomac jusque sous son menton. On lui piqua une plume d'oie entre les fesses, de manière à rendre sa démarche plus gracieuse. On lui recommanda de prendre une voix aiguë, puis, lorsqu'il eut obtempéré, d'éviter la chose à tout prix. On adapta des talons aiguilles à ses galoches, faute d'avoir trouvé des souliers féminins dans lesquels il pût glisser ses pieds.

Le moins troublant n'était pas que, d'une certaine manière, il se ressemblât davantage avec son déguisement que sans.

Les policiers renoncèrent à parfaire l'illusion. Yagel entreprit la tournée des cabinets dentaires. Au soir de la première journée d'enquête, ce qui personnellement m'étonna le plus était que douze praticiens différents fussent intervenus sur la denture de mon frère sans qu'aucun d'eux lui eût préalablement demandé de quoi il avait à se plaindre.

— Tout de même! lui dis-je. Tu ne souffrais pas des dents, que je sache!

— Avant, non, me répondit-il paisiblement, en croquant avec appétit dans un morceau de nougat. Remarque que maint'nant, ça m' lance tell'ment que ceux de d'main sauront au moins pourquoi qu'y m' dévissent la gueule. Ça s'ra déjà ça.

Les poils de sa barbe commençaient à percer l'épaisse couche de maquillage dont les agents avaient tartiné ses joues. Pendant tout le dîner, notre père avait affecté de le confondre avec Anhla.

— Tu veux qu' j' te dise quèque chose, Vim ? me dit-il quand nous fûmes installés dans le lit. On l' pincera jamais, l' Fou, j' me fais pas d' souci pour ça ! Comment veux-tu ? Cinglés, ils le sont tous, ces gars-là. T'as qu'à voir leurs yeux quand y s'amènent avec leur t'espèce de vilbrequin à pédale. Y r'grettent qu'une chose, c'est qu' la pointe de la roulette te r'ssorte pas par le d'sus du crâne. Ça les excite, j' te dis ! Alors, un peu plus, un peu moins... C'est pas d' la folie qu'il a, l' Fou : c'est seul'ment un p'tit poil eud' déformation professionnelle. »

Mais son pessimisme n'était pas justifié. Le Dentiste Fou fut arrêté cinq jours plus tard et si le reporter avait visé un tout petit peu plus à gauche, mon frère aurait eu sa photo dans le journal.

Quand il narre son aventure, Yagel confesse qu'au début, il ne se doutait de rien. Sans doute, le dénommé Balbo Baszic, après avoir jeté un coup d'œil sur sa perruque et ses vêtements, était-il devenu pâle comme la mort et avait-il quitté son cabinet en catastrophe pour reparaître emmitouflé dans une grande cape noire. Mais ces détails n'avaient pas retenu outre mesure l'attention de mon frère, qui commençait à être blasé. La veille encore, un praticien l'avait reçu en pagne, la tête couverte d'un turban, et l'avait fait asseoir sur une planche garnie de clous la pointe en l'air, expliquant qu'il allait lui extraire les canines supérieures par le seul pouvoir de la volonté. (Il y parvint d'ailleurs aisément, mais, ayant constaté que ces dents étaient saines, traita mon frère d'imposteur et le flanqua dehors avant que celui-ci ait pu complètement extirper ses fesses de la planche.) Bref,

Yagel ne prit pas garde à la cape qui, au fond, n'était pas plus incongrue que la peau de bête mitée jetée par-dessus sa blouse blanche par le bon docteur Chomek, « L'Attila des caries ». Il ne put toutefois se défendre d'un léger soupçon lorsque Balbo l'arrima au fauteuil par de solides courroies puis, avec un cri de rage, se foula le poignet sur sa poitrine de bois tourné. Ce pressentiment devait hélas trouver bientôt sa justification.

Le Dentiste Fou bondit à pieds joints sur les cuisses de mon frère, les bras chargés d'instruments métalliques, et les lui fourra les uns après les autres dans la bouche, où ils semèrent le carnage et la désolation. Leur présence en cette cavité, cependant, interdisait au supplicié d'alerter les six hommes de la Secrète qui attendaient comme convenu sur le palier, le bord du chapeau mou rabattu sur les yeux, dans l'attitude de gens qui ne se connaissent pas et ne font que passer par là par hasard. Si bien que les policiers ne se seraient doutés de rien si Baszic n'avait ameuté l'immeuble (et une grande partie de la rue) avec ses « kirikiki » frénétiques.

Quand il les vit débouler dans son cabinet, le Fou replaça doucement dans la mâchoire de mon frère les dents qu'il venait d'y prendre, éloigna la fraise et déclara d'une voix brisée par l'émotion : « Merci, messieurs. Vous venez de sauver cette jeune fille des griffes d'un misérable. Il était temps ! » Il insista pour baiser la main de Yagel et lui prêter son mouchoir, puis se laissa entraîner sans résistance. « Il y a un monstre en moi, confia-t-il aux journalistes massés dans le couloir. Un sadique incurable. La société doit se garantir de la menace qu'il fait peser sur elle. Qu'on l'enferme ! Qu'on le mette au secret ! Je demande simplement la permission de lui rendre une petite visite de temps à autre, les jours où je n'aurai pas trop de clients. »

Yagel toucha la prime. Enfin, ce que Weber et ses hommes voulurent bien lui en laisser, l'ayant charitablement prévenu que s'il se plaignait à qui que ce fût de n'avoir pas perçu l'intégralité de la somme, il lui faudrait s'attendre à des heures difficiles dans les sous-sols du commissariat. Mais c'était encore pas mal d'argent. Il eut, de surcroît, l'astuce de n'en déclarer que le quart à notre père, limitant ainsi la ponction que ce dernier n'allait pas manquer de pratiquer dans son gain. Si l'Amérique n'était pas encore à portée de sa main, du moins la voyait-il se rapprocher de lui.

Chaque soir, il m'entretenait longuement de son rêve, après avoir badigeonné de mercurochrome, à grands traits, les plaies de la journée.

Il me racontait Chicago, les soupers chez Capone et le lagon bleu. Les duels au revolver devant le « General Merchandise ». Le lugubre battement des tambours de guerre dans les collines avoisinantes. Sa tête serait mise à prix, mais il déchirerait les avis de recherche en plongeant son regard d'acier gris droit dans les yeux papillonnants du shérif. Il s'engagerait sur un coup de tête dans les troupes de l'Union, parce qu'il n'était pas assez bête pour se ranger du côté des vaincus. De toute façon, il déserterait à la première occasion pour piller les diligences, faire la contrebande du whisky avec les Mexicains et venger Jesse James. Il gagnerait des millions de dollars aux cartes, dans les tripots de la Frontière, et se méfierait des types qui portent un gibus, un gilet à fleurs et des jarretières par-dessus leurs bras de chemise. Il chanterait des chansons tristes avec les nègres quand le soir descend sur les champs de coton. Dompterait les poneys sauvages et les serpents à sonnettes. Tuerait les bisons depuis la fenêtre des trains, pour se passer le temps. Il n'aurait pas le temps de finir sa maison de rondins que ces salauds de Pieds-Noirs y viendraient mettre le feu, mais il les liquiderait tous avec sa winchester ultra-perfectionnée qui tire simultanément une balle par-devant et une balle par-derrière (pour ceux qui vous attaquent en traître). Dans les hôtels de Denver (Colorado), il entrerait et gagnerait sa chambre à l'étage sans descendre de sa jument baie.

Enfin, il aurait une mitraillette chargée dans le double fond de son étui à trombone, afin de se conformer aux usages qui prévalent à Chicago.

Chaque fois que la possibilité lui en était offerte, il recueillait des informations sur les mœurs américaines. « J' voudrais pas passer pour un ballot d' pied tendre en débarquant là-bas, t' comprends ? » m'expliquait-il.

Dans ce but, il m'emprunta ma gomme, qu'il se mit à mâcher consciencieusement tout le long du jour. Son élocution, estima notre père, ne s'en trouvait pas bonifiée. D'autant que pour imiter le parler nasonnant des Américains, Yagel se bouchait le nez au moyen d'une pince à linge. Le plus difficile, prétendait-il, n'était pas d'endurer la souffrance causée par cet instrument, mais de garder une voix nasillarde après l'avoir retiré. Hélas, les bonnes habitudes, remarquait-il non sans perspicacité, ne se prennent pas aussi vite que les mauvaises. Il envisageait mal, cependant, de faire son entrée à Chicago avec une pince à linge au bout du nez. « C'est juste rien bon qu'à s' faire repérer par les Pinkerton ! » me dit-il. Je n'osai lui répondre qu'à mon sens, cela n'attirerait pas plus l'attention que les ronds de mercurochrome qui formaient sur sa figure comme les stigmates d'une varicelle géante.

LIX.

LE DUR APPRENTISSAGE DU RÊVE

Mon frère n'en resta pas là. Il voulut s'exercer à partager les goûts alimentaires de ses futurs concitoyens, en dépit (ou à cause ?) de la description peu encourageante qu'on lui en avait faite. N'ayant pu décider notre mère à cuire les nouilles dans la bière et à servir la tarte aux pommes sous une épaisse couche de sauce tomate, il entreprit de réaliser lui-même des plats américains à partir de ce qu'il trouvait sur la table. Ainsi, n'attendait-il pas le dessert pour attaquer la gelée de groseille : d'entrée de jeu, il en assaisonnait copieusement son assiettée de soupe aux pommes de terre, gardant un peu de ce mélange pour y faire mariner son fromage, après avoir jeté le contenu de son verre sur sa portion de lentilles, celle-ci se voyant plus tard enrichie du sucre à moitié fondu qu'il avait retiré de son café, où trempait à présent sa salade. « Qu'est-ce qu'elle a à me r'garder, la négresse ? grommelait il en parlant d'Anhla. J' mange les mêmes choses que vous ! » Mais, de lui à moi, il m'avouait qu'il préférait quand même les éclairs au chocolat sans sauce aux câpres. N'importe ! Il tiendrait le coup. « Yagel absorbe la nourriture sous la forme où les honnêtes gens la régurgitent, commentait notre père lorsqu'il daignait lever les yeux de son échiquier. N'est-ce pas le flagrant indice d'un esprit de contradiction poussé jusqu'à l'ignominie ? J'y vois pour ma part l'illustration, sur le mode répugnant, d'une perversité fondamentale dont rien ne le guérira, si ce n'est le feu de l'enfer. » Plus les jours passaient, et moins il semblait disposé à lui accorder son pardon. Au contraire, il parvenait peu à peu à se convaincre que mon frère avait été, était encore, le principal obstacle entre ce bas monde et la Rédemption.

Tant d'injustice me révoltait.

— Bon sang, disais-je à mon frère, c'est quand même trop fort ! Tu restes le seul à partager sa foi en Nathanaël Proboskiphore, et il t'en veut comme si tu étais son pire ennemi ! Il devrait t'avoir un peu plus de reconnaissance. Ce n'est pas comme si tu admettais qu'il fait beau chaque fois qu'il nous dit que le soleil brille : cela, c'est à la portée de tout le monde. Toi, tu soutiens l'existence de l'éléphant contre l'opinion commune et même, disons-le franchement, contre l'évidence. Tu prends des risques. Tu te fais battre. Il me semble qu'à sa place, j'aurais à cœur de te montrer ma gratitude.

— Ouais, ben, j'en veux pas, d' sa gratitude ! Combien qu'y m' la f'rait encore payer ? Plus qu'elle ne vaut, en tout cas. Déjà qu'avec c' qu'y m' prend pour passer la porte, j'aurais meilleur temps d' sauter carrément par la fenêtre...

— Je t'admire, Yagel. Mais dis-moi... il y a une question que j'aimerais te poser depuis longtemps... Tu ne vas pas te fâcher ? C'est... c'est à propos de Nathanaël. Tu y crois vraiment ?

— Evidemment qu' j'y crois ! Pour qui tu m' prends ? Faudrait êt'e la dernière des crêpes ! Y nous tombe du ciel, c' buffant, j' l'ai toujours dit !

— Mais... tu l'as vu, *récemment ?*

D'un mouvement furieux, il se tourne dans le lit de manière à me présenter son dos, tout en grondant :

— Non mais, y veut m' faire chier aussi, celui-là ! Bien sûr que j' l'ai vu ! J'arrête pas ! Je vois qu' lui ! Faudrait vraiment avoir d' la merde dans les yeux pour pas r'marquer un engin pareil ! Faudrait êt'e aussi con qu' toi et toute la bande d'empaffés !

Je soupire et garde le silence. C'est toujours comme ça. Dès qu'on évoque Nathanaël devant lui, mon frère devient nerveux. Et si l'on insiste, il s'emporte. Ou bien change aussitôt de conversation. Allez y comprendre quelque chose ! On dirait qu'il s'est juré d'éviter le sujet à tout prix. Il ne se conduirait pas autrement s'il ne voulait rien avoir à faire avec le proboscidien. Mais alors, pourquoi s'être laissé mettre au ban de la société à cause de lui ?

Pour le calmer, dans ces moments-là, il n'existe pas d'autre moyen que de le lancer sur l'Amérique. Même fâché contre moi, il renoncerait volontiers à son sommeil pour me communiquer les derniers renseignements qu'il a pu glaner. Chaque jour, il en rassemble de nouveaux. Comment s'y prend-il ? C'est la question que je me pose. Il m'entretient de choses si étranges, parfois, que je le soupçonnerais presque de les avoir inventées. Je veux bien croire que l'Amérique est un pays sensationnel, où rien n'est à la mesure de ce que nous connaissons ici. Mais de là à en faire le royaume des extravagances et de la farfeluité ! S'il fallait prendre pour argent comptant tout ce que gobe mon frère, les Etats-Unis ne seraient qu'une vaste maison de fous.

La crédulité de mon frère vis-à-vis de ses informateurs est proprement stupéfiante. S'il doute, c'est uniquement de lui-même : à mesure qu'on lui dévoile les secrets du Nouveau Monde, il est de moins en moins certain d'arriver à se couler dans le moule américain.

D'ici son départ, il lui faudra encore se familiariser avec tout un tas de choses qui tiennent plus de la gageure et du pari d'ivrogne que du comportement qu'on est en droit d'attendre d'un être normal. Par exemple grimper soixante ou quatre-vingts étages d'affilée pour rendre visite à un ami. Ou taper dans une balle avec un manche de pioche (comme si ce n'était déjà pas assez difficile avec une raquette). Ou tenir en équilibre sur l'échine d'un taureau au triple galop. Accomplir ces performances, en soi, ne paraît pas simple. S'y préparer pose des problèmes plus insurmontables encore. Va pour la balle et la pioche. Mais l'escalier ? Mais le taureau furieux ? Comment s'entraîner ?

L'immeuble le plus élevé dc notre ville ne compte pas plus de sept étages, et c'est le siège de l'Académie des sciences morales ; il est douteux que ses occupants donnent licence à mon frère de cavaler dans les escaliers à sa guise. « De plus, fait judicieusement remarquer Yagel, faudrait qu' je r'descende tous les sept étages, et ça s'rait pas d' jeu. C'est comme si t'irais faire un p'tit quart d'heure de sieste après chaque kilomèt'e d'un marathon ! » Quant à monter un taureau en pleine course... A la rigueur, mon frère pourrait se glisser dans l'étable du marchand de bestiaux de la rue Panelka et, à la faveur de la nuit, s'asseoir en douce sur le dos d'une vache. Mais le bénéfice d'une telle opération serait mince et ne constituerait qu'un progrès infinitésimal en direction du but recherché. Yagel en est parfaitement conscient. Il se lamente auprès de moi, sans perdre courage cependant. Rien ne l'abat. Il est convaincu qu'à la fin, aucun obstacle ne lui résistera. Ce n'est qu'une question de temps et d'astuce. Quel type !

En attendant l'idée lumineuse, il se contente d'exercices plus faciles. Depuis hier, il s'entraîne à se lever en présence des dames. La réalisation technique de ce mouvement ne demande pas d'effort particulier à qui sait déjà se lever pour d'autres raisons. Le seul vrai problème, lorsqu'on n'est pas habitué, réside dans la synchronisation de ce mouvement avec les évolutions de la femme. Cela exige une attention sans faille, car il suffit d'une fraction de seconde pour que celle-ci décide d'aller chercher le reste des nouilles à la cuisine, par exemple. Elle est déjà debout que votre postérieur adhère encore à votre siège : c'est terminé, vous êtes un malotru (en tout cas chez les Américains).

Si Yagel manque de pratique dans cet art subtil (les hommages qu'on rend aux personnes du sexe), notre mère et Anhla, elles, sont totalement inexpérimentées. Il y a, dans une main, cinq doigts de trop pour dénombrer les hommes qui se sont levés de table quand elles-mêmes avaient à le faire. D'où, probablement, leur désarroi.

Voici notre mère, toujours encapuchonnée dans son tablier, qui paraît en titubant sur le seuil de l'office, précédée d'une poêle d'où l'omelette, par l'effet du tangage, s'apprête à plonger sur le tapis. Yagel se dresse d'un bond. Surprise, se croyant peut-être menacée, Anhla quitte sa chaise avec la même brusquerie. Mon frère est pris de court : il est déjà sur ses pieds : que faire dans ce cas-là ? Grimper sur sa chaise ? Il hésite. La sueur perle à son front. Pendant ce temps, notre sœur s'est rassise. Il s'empresse de l'imiter. Mais aperçoit alors notre mère qui se dirige avec sa poêle vide droit sur la vitrine du coin-salon. Il se relève en quatrième vitesse, cognant du genou le bord de la table dont l'ébranlement fait choir la boîte où notre père serre les pièces de son échiquier. « Attention, maman ! » hurle Anhla au moment où la poêle va défoncer la vitrine. Dans un mouvement de recul instinctif, notre mère met le pied dans l'omelette, glisse, part à la renverse, tombe sur le derrière. Yagel en profite pour s'asseoir pendant que tout le monde se porte au secours de la malheureuse, à l'exception de son époux qui rampe à la recherche d'une de ses tours. Comme notre sœur est debout, Yagel se relève aussitôt. « Dieu du ciel ! gémit notre mère. Ils ont profité de ce que je n'y voyais pas pour changer la table de place ! » Nous la ramassons. Elle nous échappe. Yagel, par conséquent, se rassied. Après plusieurs essais infructueux, au cours desquels mon frère a scrupuleusement reproduit les positions du corps de notre mère, nous parvenons enfin à la faire tenir sur ses jambes. Yagel se retrouve debout en même temps qu'elle. Formidable, Yagel ! Mais voici qu'Anhla, épuisée par la gymnastique à laquelle nous venons de nous livrer, se laisse aller sur un fauteuil. Il s'assoit. Notre sœur se relève pour céder sa place à notre mère : il se relève. Notre mère prend le siège d'Anhla : il se rassied. Mais Anhla est debout, à présent... Ce n'est plus du savoir-vivre, c'est le diable et son train ! Exaspéré, il s'écrie : « Alors quoi ? Y en a seul'ment pas une de vous deux qui peut faire comme l'aut'e. » A moitié assis, à moitié debout, il éclate en sanglots pour la première fois depuis que je le connais. Pourtant, il ne renoncera pas. Contre vents et marées, il s'obstinera à témoigner de la considération aux dames, quitte pour cela à les rabrouer le plus grossièrement du monde lorsqu'elles ne s'y prêteront pas avec suffisamment de bonne grâce.

Certains soirs, il me donnait le mal de mer à force de monter et de descendre au-dessus de son assiette. « Voyez-le ! ricanait notre père. Il sent déjà la fourche de Belzébuth dans ses reins ! Je vous parie qu'il ne se serait pas remué autant si j'avais commis l'erreur de l'accepter comme groom à l'hôtel Bigorna ! »

Et sans doute l'aurait-il bouclé dans la ténèbre une fois de plus, s'il n'avait craint de tarir ainsi une importante source de revenus. Ardamet Naftali, en effet, songeait plus que jamais à reconstituer la collection d'éléphanteries en la rachetant pièce par pièce à mes camarades.

Privée de son exutoire habituel, la vindicte s'accumulait au fond de son cœur. Elle s'y aigrissait, s'y envenimait. Comme le vin tourne au vinaigre, elle tournait à la méchanceté, travers dont, jusqu'ici, notre père avait su se garder. Car s'il était un juge à la main lourde, c'était dans le dessein non de tourmenter, mais de réformer le coupable.

Jamais je ne me rendis mieux compte du changement qui s'était opéré en lui que le jour où j'entrai chez nous en coup de vent, criant d'une voix bouleversée : « Père ! Père ! C'est terrible ! Je viens de rencontrer Yagel : savez-vous ce qu'il m'a dit ? Il s'est loué comme avale-boules à la foire ! Il engage sa tête dans une ouverture qu'on a pratiquée au centre d'une toile de tente et les gens, placés à dix pas, acquièrent pour une somme modique le droit d'y bombarder la gueule... pardon, je veux dire de lui lancer au visage toutes sortes de projectiles : balles de cuir bourrées de sable, marchandises avariées, rebuts et trognons. Ils vont le défigurer, j'en suis sûr ! Avale-boules, pensez donc ! Autant servir de cobaye pour un nouveau modèle de potence ! Père, père, voilà qu'on tire à volonté sur votre descendance, parmi les relents de bière et dans l'odeur du graillon !

— Où ça ? Où ça ? » fit-il les yeux hors la tête.

Je croyais qu'il tremblait pour mon frère, mais dus déchanter quand je le vis rafler en catastrophe, pour en garnir ses poches, sa ceinture, le dessous de ses aisselles, tout ce qu'il pouvait trouver de maniable et de contondant. « Allons-y ! Allons-y ! balbutia-t-il, la gorge nouée par l'anxiété. Il ne faudrait pas que le manège ferme avant notre arrivée ! »

Il s'était déjà précipité dans le couloir, abandonnant à regret, faute d'une troisième main, le chandelier sur son guéridon. Dans la rue, il galopait comme un zèbre. « Mais toi, Aubépin ? me dit-il d'une voix déçue tandis qu'il nous faisait traverser le carrefour de la Pendule au milieu des véhicules en marche. Tu n'as rien pris ? »

Mon père eut la chance que le manège fût encore en pleine activité quand nous en découvrîmes l'emplacement. Mais un véritable coup de théâtre venait de s'y produire. En dépit de tous les sacrifices qu'il consentait dans l'espoir de réaliser son rêve, Yagel avait le sang trop chaud pour supporter longtemps d'être la cible de pékins hilares sans leur fournir la réplique. Il rongea son frein héroïquement, tant qu'il le put, puis la marmite explosa. Il retira tout à coup sa tête de la lunette, abattit la toile de tente et se retrouva face aux clients du stand, les armes à la main (il n'en manquait pas autour de lui). J'ai déjà dit le lanceur d'élite qu'était mon frère. Il eut, en cette circonstance, l'occasion de donner toute sa mesure. Le patron du « Visez la Trogne! » et sa femme, qui voulurent s'interposer, en éprouvèrent les redoutables effets.

Courant sus à l'ennemi, mon frère traversa toute la longueur du champ de tir et se jucha sur la banquette, d'où il jouissait d'une situation excellente pour assouvir sa vengeance. Le visage maculé de sang et de traces immondes, mais l'œil brasillant, c'est dans cette posture qu'il nous apparut, au-dessus de la foule terrifiée des badauds. On eût dit le tableau vivant du Lanceur de grenade, à ceci près qu'il ne tenait dans la main qu'un œuf pourri.

Quand je dis qu' « il nous apparut », c'est à moi surtout que la formule s'applique. Notre père, lui, reçut l'œuf en pleine figure avant d'avoir pu repérer Yagel. Et la moitié de rutabaga bouilli qui arriva derrière l'œuf avant d'avoir compris d'où venait l'horrible puanteur qui lui emplissait les narines. « A la bonne soupe! braillait mon frère à pleins poumons. Vous poussez pas, y en aura pour tout l' monde! » Dans le feu de l'action, il n'avait pas reconnu notre père; on doit dire à sa décharge qu'il ne pouvait guère s'attendre à le trouver là. « Eh, le gros là-bas, avec ton bloum à la gomme! l'apostropha-t-il. Essaie pas de tricher : j' sais bien qu' t'en as d'jà eu deux parts rien qu'à toi tout seul! Tu penses aux aut'es, des fois, dis, vorace! Un peu d' tenue! Allez, à qui l' tour? » C'était une fuite éperdue dans les allées et entre les baraques de la foire...

LX.

DANS LEQUEL YAGEL ÉPROUVE AU CREUSET DE LA PRATIQUE LES PLUS ANCIENNES LOIS DE LA CRÉATION

Son expérience de lapidé mercenaire ayant tourné court, Yagel s'engagea au service de la baronne Martha Kuhlp.

La vieille avait bien quatre-vingt-quinze ans. La rumeur publique lui en prêtait cent de mieux. Bien malin qui, à son seul aspect, aurait pu voir la différence. Cette aristocrate de souche n'était même plus un vieux tableau : tout au plus la trame de la toile, bouffée aux mites et chiffonnée par une main peu soigneuse. On n'en saluait pas moins en elle l'une des figures de notre nation.

Depuis qu'elle était nubile (avantage dont, au demeurant, elle n'avait jamais réellement profité), la baronne ne songeait qu'à s'élever dans les airs et à s'y maintenir en imitant le vol gracieux de l'oiseau. A l'époque, les poètes appelaient cette lubie « le rêve d'Icare » et les gens se tapotaient le front dès qu'ils en entendaient parler, pour la simple raison que si vous envoyez ne serait-ce qu'une boulette de papier en l'air, elle rejoint le sol aussitôt. Aujourd'hui, on prend son billet au comptoir de l'aéroport et l'on grimpe dans la carlingue d'un air dégagé, en adressant mentalement une prière au ciel. Mais cela, Martha Kuhlp ne le savait pas. Personne n'avait osé le lui dire, sachant trop bien la peine qu'elle en eût éprouvée. En 1890, on était parvenu à lui cacher le bond de cinquante mètres réalisé par Clément Ader au-dessus des rhododendrons du château d'Armainvilliers. De Wilbur Wright, d'Orville, d'Alberto Santos-Dumont, elle ne soupçonna ni les glorieuses entreprises, ni même, à vrai dire, l'existence. L'exploit de Blériot lui fût-il venu aux oreilles, elle en serait tombée raide morte. Dix-huit ans après ce fait mémorable, alors que le « Spirit of St-Louis » survolait l'Atlantique telle une flèche d'argent, elle en était encore à vaciller au bord d'un tabouret de cuisine, les épaules chargées d'un accablant fatras de sangles, de câbles, de lattes articulées, de tiges métalliques et de toile goudronnée ; elle serrait entre ses cuisses flageolantes la reproduction en bois de balsa d'une queue d'étourneau, agrandie quatre-vingt-six fois. La baronne sentait le truc, mais n'arrivait pas à mettre le doigt dessus.

A ce moment-là, il y avait pourtant près de soixante-dix ans qu'elle s'acharnait à résoudre le problème. Elle y consacrait son temps, son énergie et les ressources les plus imprévues de son génie. Les résultats enregistrés étaient tout juste encourageants. Une fois, en 1876, elle avait tenu près de quatre heures à soixante centimètres du sol, accrochée par une aile aux branches d'un cerisier tout le temps qu'il fallut à ses gens pour la découvrir et lui porter secours.

Mais pour ce demi-succès, combien de déceptions ? En 1921, s'étant élancée sur un plan incliné long de dix-huit mètres, elle perdait le souffle à mi-course et s'abattait sur le fils du jardinier en train de jouer au sable. L'année suivante, à peine sortie de son atelier, elle s'assommait d'un battement intempestif de la grande queue en zinc qu'elle venait de mettre au point. On ne comptait plus les fournisseurs qu'elle avait éborgnés. Tout récemment encore, elle aurait obligé son majordome à sauter du toit de la remise déguisé en cormoran. Le pauvre homme tremblait si fort, paraît-il, qu'il déplaça les tuiles et passa au travers de la charpente avant d'avoir pu atteindre la gouttière. Comme s'il n'était déjà pas assez tuant, pour lui et pour les autres domestiques, de détourner l'attention de leur maîtresse chaque fois qu'un avion survolait la propriété. Le Ciel leur en saura gré, car il n'est pas douteux qu'avec son idée fixe, seule l'ignorance où elle était des progrès de l'aéronautique maintenait en vie cette vieille toquée.

Informée, je ne sais trop comment, des talents de mon frère, celle-ci avait tout de suite vu le parti qu'elle pourrait en tirer. Elle le fit venir au château et lui déclara d'une voix mélodramatique, quoique extrêmement chevrotante : « Jeune homme, je suis arrivée à cette étape de la vie où le corps trahit les aspirations de l'âme et reste sourd aux consignes de la volonté. Regardons les choses en face : c'est fini pour moi, je ne peux plus voler. Je suis trop près du but, cependant, pour rendre simplement les armes. Vous m'avez été chaudement recommandé. C'est à vous que j'aimerais confier le soin d'éprouver mes idées au creuset de la pratique, et l'honneur d'être bientôt le premier être humain, depuis le début de la création, à braver les lois de la pesanteur avec un succès total et durable. »

Ainsi Yagel devint-il pilote d'essai. Il endossa, actionna et réduisit en miettes — le tout en l'espace de quelques minutes, quelques secondes parfois — des dispositifs d'ingéniosité et de complexité variables. Certains étaient si pesants, si encombrants et d'un maniement si malcommode qu'ils semblaient conçus davantage pour s'écraser au sol que pour gagner les nues — ils ne s'en privaient d'ailleurs pas.

Incalculable est le nombre de promontoires d'où dégringola mon frère. Martha Kuhlp avait tout lieu d'être enchantée de lui. Elle lui prouva sa gratitude en maintes occasions. Lorsque Yagel était trop mal en point pour décoller de la terrasse, du balcon de la bibliothèque ou du plongeoir de la piscine (vide à cette époque de l'année : mon frère le déplora souvent, quoiqu'il ne sût pas nager), elle vous torchait sur le coin de la table, tant elle avait de prévenance, une invention ne nécessitant pas qu'il se jetât dans le vide. On pouvait alors voir le bénéficiaire de cette délicate attention dévaler la pente du verger sur des patins à roulettes, poussé dans le dos par les cinquante kilos de matériel volant arrimés à ses omoplates. A moins qu'il ne fût aux commandes d'un enchevêtrement de poutrelles métalliques relié à la roue avant d'une bicyclette par un différentiel destiné à faire battre les ailes qui couronnaient l'échafaudage, lequel était propulsé non par le pédalier du vélo, hélas, mais par une fusée de fabrication domestique. Et si, en conséquence, mon frère se présentait à son travail avec un membre ou deux dans le plâtre, sa patronne poussait la sollicitude — avant qu'il ne se précipitât d'une cheminée à l'autre sur le plus haut toit de la maison — jusqu'à l'accrocher par la ceinture à un treuil dont les domestiques avaient ordre d'enrouler précipitamment le filin, au cas peu probable où l'hélice à moteur disposée sur la casquette de Yagel ne produirait pas le résultat escompté. De même, on avait préparé un seau d'eau pour lancer sur lui, le jour où la baronne tenta d'appliquer le principe du ballon à brûleur d'hydrogène à un empennage de carton monté sur une armature de noisetier renforcée par un cadre de frêne. Il ne fut pas de trop (je veux parler du seau).

Il existe un film d'amateur, à la projection duquel nous fûmes conviés, mes parents, ma sœur et moi, et qui montre Mme Kuhlp équipée en chevalièr du ciel, avec une tunique blanche à plis directement inspirée de l'Antique, un casque surmonté d'un étincelant condor d'argent grandeur nature et une épée dont la lame, par sa ligne en zigzag, vise à figurer l'éclair. La baronne louche sur la caméra, pour autant que le bord de son casque le lui permet, et fait son exposé d'une voix de crécelle au tourniquet de laquelle manqueraient plusieurs dents.

— Les lois par lesquelles ces ailes sont manœuvrées — dit-elle en désignant quelque chose qui remue vaguement derrière elle (il doit s'agir de mon frère, dissimulé aux neuf dixièmes par les manches flottantes de la tunique) — sont les plus anciennes lois de la création. Elles régissent le mouvement cosmique depuis l'aube des temps. Il se trouve que je les ai redécouvertes avant-hier soir. J'ai la preuve (elle brandit une feuille de papier qu'une main vient de lui tendre sur la gauche de l'écran), la preuve *mathématique*, qu'en utilisant convenablement les forces universelles gouvernées par ces lois, l'homme aura la capacité de voler comme les oiseaux. Ce n'est en fait qu'une question d'entraînement. Aussi ai-je songé à créer, à mes frais et dans une des ailes de cette demeure, une école où cette faculté sera systématiquement et scientifiquement développée chez les enfants, garçons et filles, dès leur plus jeune âge, de sorte qu'à l'avenir, la vaste et revigorante voie des airs remplace ces routes de campagne désuètes, poussiéreuses et préjudiciables à la propriété privée qu'elles entament sans vergogne. Demain (elle lève les bras au ciel et coince l'un des angles saillants de son épée dans le bec du condor)... demain nous circulerons dans le ciel aussi naturellement que nous marchons aujourd'hui sur les boulevards. Je vous le prédis ! Je vous...

Le reste de la phrase se perd dans un vrombissement car le hasard veut justement qu'en haut de l'image, une escadrille de chasse surplombe le cimier de la baronne. « Alfred ! glapit-elle. Arrêtez-moi tout de suite cette damnée tondeuse ! Ce n'est pas le moment, voyons ! Nous tournons un film ! » Elle profite de l'interruption pour dégager son arme — non sans mal. Les avions sont passés. « Je reprends ! » annonce-t-elle à la caméra avant de s'éclaircir interminablement la gorge.

— Donc, le temps est proche où nous apprendrons à voler comme l'on apprend à nager à l'heure où je vous parle. La différence, au demeurant, n'est pas si grande. En tout cas pour les esprits que ne tyrannisent pas les apparences. Je voudrais maintenant vous présenter mon jeune collaborateur, M. Naftali. D'origine modeste, de race inférieure dirais-je même, il a su en moult circonstances s'élever au-dessus de sa condition. Sous mes directives, M. Naftali va vous démontrer que l'être humain peut parfaitement voler s'il applique les lois éternelles dont j'ai parlé à son propre corps, légèrement modifié par l'adjonction d'une prothèse compensant ce dont la nature n'a pas cru bon de le doter. Approchez, Yagel. Voilà. Tournez-vous, à présent. En écartant les bras, s'il vous plaît, qu'on voie comment vos ailes sont faites. Excellent ! M. Naftali effectuera donc devant nous un court vol depuis la plate-forme installée au sommet de ce chêne spécialement étêté. (La caméra recule de manière à cadrer l'arbre, contre lequel est appuyée une échelle.) La plate-forme, ronde puisque le vent peut surgir de n'importe quel côté, ne se situe qu'à trois mètres et demi du sol pour les besoins du film. Mais l'expérience serait la même si mon assistant s'élançait depuis la flèche de la cathédrale. Une loi physique est une loi physique. Il est bien évident que les principes du mouvement cosmique demeurent immuables, comme le théorème d'Archimède et les quatre règles de l'arithmétique, que l'on se trouve au bord de la mer Morte ou au sommet de l'Himalaya. Ah ! je sens un souffle. Etes-vous prêt, Yagel ?

Mon frère a rejoint l'aire d'envol. Je ne puis discerner son expression, mais il me paraît manquer d'entrain.

— Alors, monsieur Naftali, interroge Martha Kuhlp d'un ton enjoué, cela vous agrée-t-il d'être un ange ? (Elle part d'un rire fêlé.) Le vent se lève, l'instant est venu ! reprend-elle avec grandiloquence. Voici ce que l'humanité a vainement espéré durant des millénaires !

Un piqueux vient se planter au bas de l'arbre avec un cor de chasse. Les premières mesures d'un air grandiose retentissent. On pense au *Beau Danube Bleu,* en plus triste. Yagel s'avance en traînant les pieds au bord de l'estrade circulaire. La baronne a levé son glaive. Elle l'abaisse en dégageant sa poitrine, en équilibre sur les pointes, vivante effigie de l'Audace et du Progrès.

Mon frère bondit en plein ciel et, dès qu'il a quitté la plate-forme, tombe comme une pierre. Il se fiche jusqu'aux genoux dans la terre meuble du pré. Martha Kuhlp laisse éclater sa joie : « Bien ! Très bien ! L'homme à la conquête des airs sans ballon ni nacelle : tel est l'avenir ! »

Notre père se lève en soupirant. Il est déçu. Il avait espéré que Yagel se briserait franchement le cou.

LXI.

CES JOURS QUI PRÉCÉDÈRENT LE « COMBAT DU SIÈCLE »

La baronne Kuhlp était une vieille originale, ridicule et pathétique, mais elle ne manquait pas de générosité. A la paie de mon frère, déjà très convenable, s'ajoutaient les pourboires, les primes, les enveloppes. C'est dire si mon frère, en dépit de certains inconvénients inhérents au caractère singulier de sa besogne, coulait au château des jours heureux. Contrairement à notre père qui s'assombrissait sans cesse, se renfermait en soi-même et retrouvait peu à peu son mutisme des anciens jours, Yagel donnait l'image d'un être en plein épanouissement. Je laisse à penser quel coup terrible fut pour lui la disparition prématurée de la vieille, à quelques jours de son quatre-vingt-seizième anniversaire.

Mme Martha était dans son potager avec son jardinier. Le fils du bonhomme suivait avec intérêt leur entretien depuis sa petite charrette d'infirme. La baronne étudiait la possibilité de faire pousser dans un cageot que Yagel porterait en permanence sur les épaules des espèces géantes d'asperge et d'artichaut. Le problème était d'en accélérer la croissance. Elle pensait que si les pousses jaillissaient de terre avec suffisamment de vigueur, elles entraîneraient avec elles dans ce mouvement ascendant le cageot et son porteur, de sorte que celui-ci serait comme aspiré vers le ciel, pour peu qu'il fût plus léger que les plantes (mais un homme embarrassé d'un cageot ne dort guère et, par conséquent, perd du poids). Soyons équitable : ce n'était pas trop mal raisonner pour un esprit sénile. Au reste, les gens de la baronne avaient accoutumé de ne jamais la contredire, l'expérience ayant démontré que cela ne faisait que renforcer sa détermination. Le jardinier limitait donc ses remarques à des considérations strictement professionnelles, comme si la réussite du projet ne tenait qu'au bon vouloir de l'artichaut et au caprice de l'asperge. Un bourdonnement se fit entendre. Les efforts conjugués du père et du fils, rompus à ce genre d'exercice, empêchèrent que leur maîtresse aperçût le bimoteur. Mais ils furent impuissants à lui cacher le parachutiste, qui atterrit pratiquement sous son nez, parmi le salsifis.

Martha Kuhlp ajusta son face-à-main pour contempler l'arrivant plus à son aise.

— D'où venez-vous, mon ami ? l'interrogea-t-elle de sa voix la plus grave et la plus modulée, tandis que les témoins de la scène plongeaient la figure dans leurs mains.

— Ben... d' c'te zinc qu'est là-haut, M'dame ! fit l'homme.

La baronne leva les yeux.

— Je vois, dit-elle le plus calmement du monde.

L'homme était un bon vivant, qui aimait à rire.

— Ça ! répliqua-t-il. Y vole assez bas pour qu'on le r'marque ! C't' un ancien pilote de r'connaissance, faut dire ! Y s' croit toujours au-d'sus des tranchées !

— Les tranchées... Vous voulez parler des tranchées de 14-18 ? se fit préciser Martha Kuhlp.

Jamais elle n'avait semblé aussi sereine.

— Ouais. Ça date pas d'hier, hein ? C' gars-là totalise bien cinq mille heures de vol !

— Cinq mille heures, répéta la baronne d'un ton presque blasé. Et vous êtes descendu de... de cette chose grâce à ce bout de chiffon ? demanda-t-elle encore en désignant le parachute.

— C' qu'on fait pas d' nos jours, hein, grand-mère !

— Un bout de chiffon suffisait, murmura-t-elle avec un sourire délicieux.

— Ouais. C'est pas grand-chose. Mais n'essayez quand même pas d' vous en passer !

Il donna libre cours à son hilarité, tout en repliant son parachute et en piétinant allègrement une planche de pois mange-tout.

— Très bien, dit Martha Kuhlp. (Elle se tourna vers son jardinier.) Voyez-vous, Alfred, grâce à un peu de toile et de ficelle, monsieur a sauté sans encombre d'une machine qui, elle-même, n'est-ce pas charmant ? fait l'oiseau depuis près de vingt ans. Dites à l'office qu'on lui serve une collation, avec une bouteille de mon meilleur tokay.

Elle rendit l'âme sans avoir prononcé un mot de plus.

Mon frère fut bouleversé quand il apprit le décès de sa maîtresse : il aimait beaucoup son travail. L'importance de ses gains, l'agrément du cadre et la qualité de l'ordinaire (il déjeunait au château) l'aidaient même à supporter la vieille. Il dut repartir en chasse d'un emploi. La chance était avec lui. On lui offrit une place alors que Martha Kuhlp n'était pas encore froide.

C'était au camp de boxe du Manège. Il fut engagé par le manager de Joe Boloczec, le « Marteau de Krazkoch », pour tenir le rôle de l'enclume. Joe devait rencontrer dix jours plus tard, pour le titre de champion national des poids lourds, Yoyo Tartoffl, lequel, depuis qu'il avait assimilé les règles du noble art, s'interdisant pour cela son coup favori, avait échangé son surnom de « Brise-couilles » pour celui, plus respectable, de « Sanglier des Carpates » (vite altéré en « Sanglant des quat' pattes » par les gens de presse et les piliers de ring). Le combat promettait. Yoyo faisait honneur à sa réputation en offrant l'image d'une des plus sanglantes brutes qui se pussent imaginer. A chaque match, il fallait envoyer une escouade de chasseurs à pied pour l'empêcher d'achever son adversaire ou de casser l'arbitre en deux sur son genou. Mais Joe, quoique d'un naturel plus réservé, était à peine moins redoutable. Il attendait son heure, encaissant les coups avec tant de complaisance que mon frère, à côté de lui, n'était en la matière qu'un enfant au berceau. Puis, dès que l'occasion s'en présentait, il s'élevait d'une détente des jarrets à un mètre du tapis et retombait en abattant son poing sur le sinciput de son challenger avec la puissance et la vélocité d'un bras de catapulte. Tel était le « Marteau de Krazkoch » en pleine action. Il détenait le titre depuis près de dix ans. Sans doute eût-il remporté tout aussi facilement le championnat du monde si les fédérations des autres pays ne s'étaient arrangées pour qu'il fût disqualifié d'office. « Il cogne sur la tête de l'adversaire ! » s'indignaient leurs représentants. Je ne sache pas que les boxeurs étrangers poursuivissent un but fort différent.

Les chroniqueurs sportifs louèrent, au détour de plusieurs articles, la conscience professionnelle de mon frère. Tout renfrogné qu'il fût, Joe Boloczec lui-même finit par grogner sa satisfaction d'avoir en face de lui, pour la première fois de sa carrière, un sparring-partner qui ne lui claquât pas dans les doigts au premier swing. « Ces feignants-là pensent qu'à s'allonger, d'habitude ! ronchonnait-il dans son vestiaire. J' peux pas essayer plus d'un coup par jour : y a jamais plus personne pour le deuxième. Çui-là, au moins, c't' un mordu ! Parole, on dirait presque qu'il aime ça ! » Environné par la fumée des cigarettes, les gouttes de sueur et les éclairs des flashes, il évoquait irrésistiblement, au sein de cet antre nauséabond, le dieu Vulcain dans sa forge.

Un soir, deux hommes s'avancèrent. Le soleil émietté faisait pleuvoir sur la terre une poudre de miel. Leurs silhouettes s'encadrèrent dans la porte du vestiaire. L'un était tout petit, l'autre très grand. Les chapeaux mous à larges bords, les longs cirés noirs hors de saison, la mine d'enterrement répandue sur leurs figures, leur conféraient pourtant un vague air de famille. D'un simple mouvement du menton, ils chassèrent tous ceux qui entouraient le boxeur et refermèrent la porte derrière eux. Dix minutes plus tard, ils remontaient dans la conduite intérieure qui les attendait à l'entrée. Mais toute l'atmosphère du camp avait été comme assombrie par leur passage. Les gens évitaient de se regarder entre eux. Les reporters-photographes eux-mêmes ne parlaient plus qu'à voix basse.

Yagel trouva Joe Boloczec assis sur son banc la tête basse, ses grands battoirs pendant entre ses genoux.

— Eh, m'sieur Joe, fit mon frère, y a quèque chose qui va pas ?

Le « Marteau de Krazkoch » tourna lentement son regard vers lui. Il avait vieilli de vingt ans d'un seul coup.

— C'est toi, petit ? murmura le champion.

— Ouais, c'est Yagel, m'sieur Joe.

— Qu'est-ce que tu fous là ?

(Il n'y avait pas trace d'animosité dans cette voix, qui semblait n'être que l'écho assourdi d'elle-même.)

— Eh ben... je viens voir si des fois vous auriez pas b'soin d' moi...

— J'ai besoin de personne, petit. J'ai même plus besoin de moi-même.

— Dites pas ça, m'sieur Joe ! C'est rien qu'un bon coup d' bourdon ! Ça arrive à tout l' monde. L' crépuscule, tôt ou tard, y vous passe dans les veines. Mais ça reste pas. Ça part comme c'est v'nu. Faut réagir ! Tiens, vous voulez pas me foutre une bonne gauche dans la gueule ? J' suis sûr qu' ça va vous r'mettre en train. Vous laissez pas aller, m'sieur Joe ! Pensez un peu à tous ces salauds de journalisses, là dehors. Vous savez c' qu'y f'ront, s'y vous voyent flancher ? Y z'iront dare-dare tout raconter à Yoyo Tartoffl et c't' emmanché-là s' vant'ra d' vous avoir foutu les j'tons. Personne a jamais foutu les j'tons à Joe Boloczec, le « Marteau de Krazkoch », souv'nez-vous d' ça ! Le premier qui dit l' contraire, j' le prends ! Allez, j' parie qu'avec une main dans l' dos, vous m'envoyez au tapis le temps d' compter jusqu'à cinq. On essaie ? Un... Deux...

Mais le champion demeurait prostré.

— C'est toi, petit, c'est toi qui vas me fout'e sur la gueule. Désormais, même une lavette comme toi a le droit de cogner Joe Boloczec...

— D'accord ! J' vous balance un maousse crochet dans la mâchoire pour commencer et vous, avec le contre, vous me faites gicler l' pif contre les murs. On va s' marrer !

Yagel se mit à danser d'un pied sur l'autre en tricotant des poings, houspillant le boxeur qui ne lui prêtait pas la moindre attention. Après avoir reçu sans broncher le crochet promis, Joe se leva lourdement et s'éloigna en tournant le dos à mon frère qui, les larmes aux yeux, suçait ses jointures en capilotade.

Le lendemain, le « Marteau de Krazkoch » avait disparu. Toutes les recherches furent vaines. On ne l'avait vu ni dans les bars mal famés (jamais il n'aurait eu le cran de pousser la porte d'un bar chic, même accompagné), ni dans les églises, ni dans les tripots clandestins, ni dans les asiles de nuit où il allait dormir les soirs de vague à l'âme en souvenir du bon vieux temps, ni chez les femmes, ni chez les flics, ni sur les dalles glacées de la morgue : nulle part où un homme de sa trempe se fût senti pleinement à son aise. Joe Boloczec s'était volatilisé. Nul ne devait jamais plus entendre parler de lui.

Pour autant, il n'était pas question d'annuler le « combat du siècle », trop de fonds ayant été investis par les impresarios et les commanditaires des boxeurs dans cette affaire. Les deux hommes en ciré noir revinrent au camp du Manège et s'enfermèrent cette fois avec le manager de Joe. A l'issue de cette entrevue, celui-ci, blanc comme un linge, s'empressa de téléphoner à tout ce que le pays comptait d'assommeurs patentés pour que l'un ou l'autre acceptât de rencontrer le Sanglant, à la place de Joe. De coup de fil en coup de fil, la prime était doublée, atteignant bientôt une somme mirobolante. Tout le monde se défila. Les derniers de la liste lui raccrochèrent au nez avant même d'avoir entendu la fin de son boniment. Yagel m'affirma que, dans les jours qui suivirent, on vit des hommes détaler droit devant eux dès qu'ils apercevaient sa décapotable rose à l'autre bout de la rue. Les types en ciré, au contraire, ne le lâchaient pas d'une semelle. Ils montaient la garde à la porte du camp. Sur le paillasson des officines où il traitait ses affaires. Aux issues des brasseries, des cabarets et même des urinoirs publics qu'il fréquentait. Ils faisaient le pied de grue toute la nuit sous les fenêtres de sa chambre d'hôtel. Pour se rendre d'un endroit à un autre, le malheureux était obligé de défiler sous leurs yeux vides, lugubres à force d'être inexpressifs. « Les macchabées du cimetière, disait mon frère, ne puent pas autant la mort que ces vicieux-là. »

A trois jours de la rencontre, on n'avait toujours pas trouvé de partenaire pour Yoyo Tartoffl. C'est alors que le manager, en désespoir de cause, supplia Yagel de signer le contrat.

— Eh! m'sieur Karlo, j' demande pas mieux que d' vous sauver la mise, vous avez toujours été correc' avec moi. Mais j' sais pas boxer! J'apprends seul'ment.

— Qui te parle de boxer?

— Ah bon? Mais alors, qu'est-ce que j' fais?

— Comme d'habitude : t'en prends plein les gencives.

— Evidemment, ça c'est dans mes cordes...

— Tu as dit le mot juste, petit! soupira le manager. Alors, c'est oui?

— Ben, ce Tartoffl, quand même... paraît qu' c'est un vrai tueur?

— Il y a plus vrai, crois-moi! (Le manager lança un coup d'œil anxieux par-dessus son épaule et s'épongea le front avec son écharpe de soie mauve.)

— Y va m' dégringoler en cinq sec!

— Comme ça, t'en auras plus vite fini! Qu'on sorte tous de ce bain-là le plus vite possible, je n'en demande pas plus!

— Sûr, m'sieur Karlo, mais quand même pas les pieds d'vant !

— Ecoute-moi et tout se passera bien. C'est simple comme bonjour : dès qu'il te touche, tu fais le mort. Comme ça, tout le monde sera content. Marché conclu ?

— Ma foi, grommela mon frère en serrant la main du manager, espérons qu' ça s' pass'ra comme vous dites...

Il n'en était pas absolument convaincu. A peine M. Karlo l'avait-il quitté que les types en ciré surgissaient de nulle part, le prenaient en sandwich entre leurs épaules et l'entraînaient sans un mot dans une ruelle avoisinante.

— On a quelque chose à te dire. Attention, parce que je répéterai pas, coco ! souffla le petit lorsqu'ils se furent arrêtés.

— Nous fais pas répéter ! ajouta le grand d'une voix plus étouffée encore.

— On n'est pas des perroquets ! dit le petit.

— On n'a pas l'habitude de parler pour ne rien dire ! dit le grand.

— Ecoute, dit le petit.

— Attention à ce qu'il va te dire, dit le grand.

— Je répéterai pas ! dit le petit.

— T'as compris ? dit le grand.

— « Je répéterai pas », dit mon frère.

— Vaut mieux pas essayer ! Tu répètes : t'es mort, dit le grand.

— On n'aime pas les perroquets ! dit le petit.

— T'as compris ? dit le grand.

— « On n'aime pas les perroquets », dit mon frère.

— Nous non plus, dit le petit.

— Il ne te le répétera pas, dit le grand.

— T'as bien compris ? Répète, dit le petit.

— « T'as bien compris ? » dit mon frère.

— Oui, dit le grand.

— Non, dit le petit. C'est lui qui doit répéter.

— C'est toi qui dois répéter, dit le grand.

— Répète, dit le petit.

— « C'est toi qui dois répéter », dit mon frère.

— Qu'est-ce que je dois répéter ? dit le grand.

— Non, dit le petit. Pas toi, lui.

— Qu'est-ce que tu dois répéter ? dit le grand à mon frère.

— « Je répéterai pas », dit le petit.

— « Je répéterai pas », dit mon frère.

— Moi, je te dis de répéter ! s'échauffa le grand.

— Non, il ne doit pas répéter ! dit le petit.

— Attends un peu, dit le grand. Qu'est-ce qu'il ne doit pas répéter ?

— Justement, dit le petit. C'est ça qu'il doit répéter.

— Quoi ?

— « Je ne dois pas répéter. »

— Alors, comment veux-tu que je le sache ? Tu le sais toi, coco ? Répète.

— « Tu le sais, toi, coco ? » dit mon frère.

— Moi ? Non, puisqu'il ne veut pas me le répéter ! dit le grand.

— Mais je n'arrête pas de te le répéter ! dit le petit.

— Quoi ? dit le grand.

— « Je répéterai pas », dit le petit.

— Eh ben garde-le pour toi ! Qu'est-ce que tu veux que ça me foute, après tout ? dit le grand.

— Mais puisque je te répète... ! dit le petit.

— Pas la peine de me le répéter ! dit le grand. J'ai compris.

— Qu'est-ce que t'as compris ?

— Je répéterai pas, là !

— Tu vois que t'as compris !

— Qu'est-ce que j'ai compris ?

— « Je répéterai pas. »

— Mais tu l'as pas encore dit !

— J'arrête pas de le répéter !

— Alors répète-le une fois de plus !

— « Je répéterai pas ! » Il faudra te le répéter combien de fois ?

— Va te faire foutre !

— On réglera ça plus tard entre quat' z'yeux, grinça le petit entre ses dents. Maintenant, c'est à ce connard-là que je parle : jeudi, coco, tu te couches. Compris ?

— Jeudi, m'sieur, je peux pas : j'ai un match avec Yoyo Tartoffl, le Sanglier des Carpates.

— Très bien. Jeudi, tu te couches.

— Vous voulez pas qu' j' le rencontre ?

— Tu le rencontres pas, t'es mort, dit le grand.

— Alors, où j' me couche ?

— Sur le ring, crétin !

— Sur le ring ! Comment qu'y pourra m' dégringoler, si j' me couche ?

— Discute pas, coco. Je ne vais pas te le répéter ! Ou tu t' couches, ou on t' descend. C'est clair ?

— Répète-lui, dit le grand. Parce qu'on n' l' lui dira pas deux fois !

LXII.

LE FER À REPASSER TRAVAILLE SES RÉFLEXES

Des affiches sont apparues sur les murs. On y voit mon frère déguisé en boxeur. En position de garde, il semble défier les passants. L'artiste a rehaussé sa composition de couleurs vives qui relèvent davantage de l'interprétation subjective que de l'observation commune. Jamais Yagel n'a eu cette peau ocre marbrée de reflets pourpres et vert pomme, ni ces lèvres vermillon, ni ces terribles yeux lie-de-vin. Si l'ombre qu'il projette ressemble à une flaque de sang, je ne m'en étais pas encore aperçu. Quant au sens des proportions, on est en droit d'avancer que ce n'est pas le fort de ce hardi barbouilleur. Avec de telles épaules, mon frère éprouverait de la difficulté à franchir les portes : il faudrait les lui élargir spécialement. Le charpentier en profiterait pour étayer son corps, car un homme dont les biceps sont plus gros que les cuisses doit éprouver quelques difficultés à conserver son équilibre. Encore heureux que sa tête, réduite à la taille d'une orange, ne risque pas de l'entraîner en avant dès qu'il éternue.

Cette œuvre puissante, illustre l'annonce de la rencontre prochaine entre Yoyo Tartoffl, le Sanglier des Carpates, et « Yagelito le Fer à repasser ». Certaines personnes passent devant les affiches sans leur accorder le plus petit coup d'œil. Quelques-unes préfèrent changer de trottoir. D'autres s'arrêtent et commentent.

— Mon Dieu ! Il n'est pas gâté, celui-là ! On dirait l'aîné des Naftali.

— Mais pourquoi « le Fer à repasser » ?

— On dit dans le journal que c'est parce que ces coups feraient penser qu'il a un fer à repasser à l'intérieur de chaque gant...

— Ça n'aurait rien d'étonnant, avec la tête qu'il a !

Une heure plus tard, toute la ville sait que ce Yagelito aux poings ravageurs n'est autre que mon frère. Je ne prétends pas qu'à cette époque deux millions de personnes se représentaient un individu précis quand on prononçait devant elles le nom de Yagel Naftali. Mais toutes comprenaient instantanément qu'il s'agissait d'un fils de notre peuple, ce qui était amplement suffisant pour déclencher ici des réactions de sympathie et là des manifestations d'hostilité. Tout ceci se passait, ne l'oublions pas, au plus fort de la querelle éléphantoscopique.

Jamais auparavant un match de boxe n'avait à ce point déchaîné les passions. La lupionerie désire si ardemment la défaite de mon frère qu'elle ne peut même pas imaginer une autre issue au combat. En masse, elle parie sur le Sanglier. La veille du combat, celui-ci est donné vainqueur à cinquante-sept contre un ; sa cote ne cessera de grimper jusqu'au coup de gong. Les nôtres ne demanderaient pas mieux que de placer leurs espoirs en Yagel (pour lequel, soudain, ils se sont pris d'affection), mais ils gardent en mémoire les assauts de « Punching Bill » avec Alexandor Neglatkine « la Locomotive », assauts qui pas une seule fois n'avaient tourné à l'avantage du premier nommé. Il est peu probable que mon frère fasse meilleure figure devant un champion confirmé que devant un simple amateur, d'autant que le premier pèse deux fois autant que le second. Aussi, ceux qui se décident à risquer quelques sous sur le Fer à repasser préfèrent-ils consacrer cet argent à faire dire des prières par l'exemplaire Luudi Schmur plutôt qu'à prendre des paris. J'ai su par la suite que le boucher Ztalmna avait organisé une collecte auprès de ses clients. Pour payer les frais d'hôpital de Yagel. « S'il tient plus de trois rounds, s'était écrié le vieux Mordyklow derrière son comptoir, j'offre une tournée générale ! »

Mon frère n'est pas insensible à toute cette atmosphère, assez décourageante il faut bien le reconnaître. Les lupionistes voudraient le voir en menus morceaux. Les gardes du corps en ciré noir de M. Zoratchev, le Roi du racket, lui ont ordonné — il a fini par le comprendre — de ne pas résister à Yoyo Tartoffl, conseil déjà prodigué à son endroit par le manager Karlo. Ses supporters eux-mêmes n'envisagent pas sa victoire à moins d'une intervention miraculeuse. Quant à lui, il ne se fait aucune illusion sur ses chances (plus exactement sur ce qu'elles seraient si le combat, de surcroît, n'était pas truqué). On toucherait à moins le fond de l'amertume.

Certes, Yagel n'encaissera qu'un minimum de coups : s'il tarde à s'allonger, les types aux cirés lui demanderont des comptes. Mais, en dépit de sa remarquable expérience en la matière, il redoute énormément ces coups-là. Conscient de répondre à l'attente d'une foule haineuse dont il partage d'ailleurs le préjugé, sûr de sa supériorité et de son impunité, le Sanglant va probablement donner libre cours à ses mauvais instincts et porter son attaque avec plus de fougue qu'il ne serait nécessaire. Il est bien capable de laisser mon frère sur le carreau — et d'être traité pour cela en bienfaiteur du genre humain par la gueusaille raciste et les protégés de M. Zoratchev.

Au surplus, le sang de Yagel bout dans ses veines à la seule idée de servir les intérêts de la lupionerie, de devenir, en somme, l'instrument de notre humiliation. Quitte à avoir toute la pègre de la ville à ses trousses, il infligerait volontiers à son adversaire une correction dont tous les ennemis de notre peuple conserveraient longtemps le cuisant souvenir. Malheureusement, il n'en a pas la capacité. L'arbitre ne lui permettrait même pas, comme à

David affrontant Goliath, d'apporter une fronde sur le ring.

— Le mieux, déclara mon frère au petit déjeuner, c't' encore que j' prenne modèle sur Joe Boloczec et que j' me tire des flûtes. J' gar'rai mes oss et j' f'rai pas honte à la communauté !

Pour la première fois depuis sa mésaventure du champ de foire, notre père lève les yeux vers lui et sort de son mutisme :

— Tu n'y penses pas ! dit-il d'une voix étrangement aimable. Tu as vu les affiches ? Tu as entendu les gens dans la rue ? Il est trop tard pour reculer, mon cher fils. Il te faut accomplir ton devoir quoi qu'il t'en coûte, quoi qu'il en coûte à ton père et aux tiens, quoi qu'il puisse en coûter à ceux qui te soutiennent, après que le Sanglier des Carpates aura mis un terme brutal, mais pugilistiquement adéquat, à leurs vaines espérances.

— Eh ! proteste mon frère. J' voudrais bien vous y voir. Puligistrique mes fesses ! Vous savez qu'on l'appelle le Sanglier des quat' pattes, ce gouillant-là ?

Un sourire angélique fleurit les lèvres d'Ardamet Naftali.

— Je sais, je sais, murmure-t-il avec onction.

J'ose à peine imaginer les idées qui lui trottent par la cervelle.

— Aurais-tu peur ? reprend-il.

On dirait un gros chat proposant un morceau de fromage à une souris.

— C'te blague ! J' les ai à zéro, oui ! Y va m' massacrer, c'te vache-là !

Une expression extatique passe sur les traits de notre père.

— Pas forcément, susurre-t-il. Ne me dis pas que tu ne sais pas te défendre, Yagelito. Le quartier tout entier t'a vu à l'œuvre, quand tu défiais vaillamment jour après jour cet Othello de l'uppercut, le moricaud de ta sœur.

— Justement, père ! Rapp'lez-vous ! Je prenais la pâtée à chaque fois !

— Je me rappelle. Je me rappelle. Comment pourrais-je oublier une chose pareille ? (Il rayonne littéralement.) Tu étais sur la bonne voie, mon fils. L'appréhension qui te mord aujourd'hui les entrailles vient de ce que tu n'as pas persévéré. Mais il n'est jamais trop tard pour bien faire. Relève la tête ! Fais face ! Sois un homme ! Nous sommes jeudi matin : le combat n'a jamais lieu que demain soir. Tandis que cette outre de Yoyo Tartoffl se gave de friture et s'enivre dans les caboulots, nous allons mettre ce laps de temps à profit pour reprendre l'entraînement que tu as malencontreusement interrompu. Je vais chez Mordyklow téléphoner au bureau que je suis souffrant. Le Seigneur me pardonnnera cette légère entorse à la vérité : c'est pour la bonne cause. En attendant, monte dans la chambre de ta mère et mets-toi en petite tenue devant l'armoire à glace ; j'arrive. Nous commencerons par quelques exercices de gymnastique suédoise, en guise d'échauffement.

Ils s'activent là-haut toute la matinée. Aux bruits qui nous parviennent, on pourrait s'imaginer que Nathanaël Proboskiphore est enfermé dans cette chambre et charge les murs afin d'y ouvrir une brèche. Arrive l'heure du déjeuner. « Yagel ne prendra rien, maman ! hurle notre père penché sur la rampe de l'escalier. Ce n'est pas le moment d'interrompre l'entraînement ! Je mangerai sa part : toute cette agitation m'a ouvert l'appétit. » Le soir, pendant que nous dégustons des crêpes à la confiture, l'un des mets préférés de mon frère, celui-ci marche en canard autour de la table, les mains aux hanches, les épaules chargées de mon cartable dans lequel notre père a fourré les poids de la pendule.

— Tu lambines ! Tu lambines ! s'écrie le manager personnel du Fer à repasser. Ça va te faire perdre tout le bénéfice du mouvement ! Allons, une-deux, une-deux, le dos droit, bon sang ! Une-deux, une-deux... (Il s'interrompt pour enfourner une autre crêpe.)

A minuit, ils y sont encore. Mon frère, titubant, lève à bras tendus tous les sièges de la maison l'un après l'autre. Quand je m'éveille, vers sept heures, l'entraînement a déjà repris (si même il s'est arrêté !). Yagel fait le poirier dans le couloir ; notre père empile des dictionnaires sur les semelles de ses pantoufles. C'est à peine s'ils répondent à mon salut. Vers midi, je rentre de l'école pour constater qu'un attroupement s'est formé devant chez nous, qui bloque pratiquement la circulation dans la rue.

La porte d'entrée est grande ouverte. On aperçoit en enfilade le couloir parsemé d'ustensiles dont le volume va décroissant, depuis le seuil jusqu'à la cour de derrière où mon frère, nu-tête, en maillot de corps et caleçon court, halète dans la position du coureur de fond sur la ligne de départ.

Sur le trottoir, où il a hissé un guéridon du Grand Café Mordyklow surmonté d'une chaise de même provenance, notre père explique obligeamment :

— Dès la plus haute Antiquité, le saut d'obstacles avec difficultés graduelles était connu comme la clé de voûte d'un entraînement intensif bien compris. L'athlète y éprouve non seulement ses capacités, mais encore son endurance. Mieux, il y prend la mesure de ses ressources dynamiques (ce que j'appellerais son énergie de réserve). Car point ne suffit, pour remporter une compétition au plus haut niveau telle qu'un championnat de boxe, d'être le plus fort. Il faut encore l'être le plus longtemps ! Aussi, la course dite « de steeple » à laquelle nous allons assister constitue-t-elle l'épreuve de vérité par excellence. Si Yagelito, que vous distinguez en bout de piste, franchit aisément la casquette, le moulin à café, le petit banc, le fait-tout de cuivre, nous pourrons simplement en conclure qu'il n'est pas moins doué que n'importe lequel d'entre nous. Mais s'il passe dans la foulée le tabouret de cuisine et le porte-parapluies tout hérissé de manches et de becs, attention ! tout espoir n'est peut-être pas perdu. Qu'il escamote maintenant le fauteuil crapaud, puis, pratiquement sans élan comme vous pouvez voir, le guéridon avec la chaise : nous aurons l'assurance de ne pas avoir affaire à une simple baudruche qui se dégonfle au premier coup d'épingle. Es-tu prêt, Yagel ? Cinq. Quatre. Trois. Deux. Un. Partez !

Si je ne craignais pas les euphémismes, je dirais que mon frère s'élance vers nous. En vérité, il se meut avec toute la détente et la grâce d'un ivrogne assoupi que l'on aurait poussé dans le dos. Il trébuche. Il vacille. Il chavire. On dirait que ses genoux cherchent à s'enrouler l'un autour de l'autre. Il s'en faut d'un cheveu qu'il ne percute de plein fouet le chambranle de la porte de derrière. « Le voilà parti ! » annonce mon père à la cantonade. La foule tend le cou pour mieux voir. « Premier obstacle ! » La foule retient son souffle. Yagel effectue une nouvelle embardée, suivie d'un bond dérisoire au terme duquel il reprend contact avec le sol non derrière sa casquette, mais en plein dessus. Elle ripe. Il se retrouve étendu de tout son long sur le carrelage, le nez dans le tiroir du moulin à café qui s'est ouvert sous l'impact.

— On doit admettre que l'essai n'est pas absolument concluant, commente flegmatiquement notre père. Est-ce la valeur intrinsèque du champion qui est en cause ? Est-ce seulement sa technique de saut ? De toutes les manières, je n'ai pas dit mon dernier mot. Il nous reste encore près de huit heures avant la rencontre. Nous allons tout simplement accélérer l'entraînement et passer sans attendre aux choses vraiment sérieuses. Tant pis pour le repas du Fer à repasser. D'ailleurs, la nourriture ne ferait que l'alourdir, il n'a nul besoin de cela !

— Vous êtes sûr, monsieur Naftali ? intervient timidement une dame de nos voisines. Franchement, il n'a pas l'air dans son assiette...

— Ce sera bien pire après le combat, s'il ne s'y prépare pas méthodiquement, réplique notre père avec la paisible autorité de qui possède une longue expérience.

— Après tout, soupira quelqu'un avec résignation, peut-être que le Sanglant se cassera une jambe d'ici ce soir...

— Eh ! s'insurge l'homme au derby. Ne parlez pas de malheur, voulez-vous !

Il ramasse Yagel avec mon aide et l'invite aussitôt à exécuter quelques pompes. « Pompes funèbres ! lance un mariole. Ça lui conviendrait mieux ! » Mais il en faudrait plus à mon père pour qu'il se trouble.

— Vimlo, me dit-il, j'aurai besoin de toi : pas d'école cet après-midi. Je te ferai un mot demain pour Mazavdi Kbol.

— Zohobar Kuusch, père, depuis mardi.

— Peu importe ! Ce sont les deux mêmes canailles. Va chercher le balai, mon petit, nous allons improviser une barre fixe.

Plus tard, Alexandor Neglatkine venant à passer sous nos fenêtres, il sollicite également son concours, dans la perspective, explique-t-il, de faire travailler ses réflexes au Fer à repasser. Moyennant quoi, durant trois heures d'horloge, le nègre va pilonner du gauche et du droit la face tuméfiée de mon frère. Selon moi, si Yagel possède un seul réflexe efficace, c'est celui de glisser à terre dès que nous cessons de le soutenir aux aisselles, son manager et moi.

J'avoue être sceptique sur les qualités d'entraîneur de notre père, qui ne me paraissent pas à la hauteur de l'enthousiasme avec lequel lui-même les considère. Pour dire toute la vérité, l'air de triomphe qu'il arbore au moment où nous quittons la maison pour rejoindre le Palladium est à mes yeux en flagrante contradiction avec la piètre apparence du champion. L'œil vitreux, le genou plus cotonneux que jamais, Yagelito le Fer à repasser n'offre guère l'image d'un athlète en pleine possession de ses moyens. En regardant ses plaies, ses bleus, son menton couvert de sang, on songe davantage à l'épilogue malheureux d'un combat qu'à son préambule plein de promesses. Son obstination à demander d'une voix mourante où il se trouve, à ne pas nous reconnaître et à déplorer la mort des petits lapins en manifestant un chagrin disproportionné à l'événement, ne me disent rien qui vaille.

— Père, suggéré-je, si nous prenions un taxi ou un fiacre ?

— Voulez-vous que j'appelle une ambulance, monsieur Naftali ? s'empresse Alexandor Neglatkine.

— Mais pourquoi, pourquoi ils tuent les petits lapins ? sanglote mon frère.

— Une voiture pour nous rendre au Palladium ? s'exclame notre père comme si je venais de l'insulter. Alors que nous avons l'occasion de parachever l'entraînement du Fer à repasser en couvrant les trois kilomètres qui nous séparent de cet amphithéâtre au pas de course ! Vous ignorez donc les avantages de la petite foulée ! Cet ultime effort, en stimulant la moelle épinière, va dégripper les centres nerveux et décupler l'acquis des précédents exercices.

— Ils sont si doux ! balbutie Yagel qui a profité de notre inattention pour s'asseoir dans l'eau du caniveau. Je ne veux pas qu'on fasse de mal aux petits lapins...

Son manager hoche la tête avec satisfaction.

— Voyez, déclare-t-il, le champion se purge de ses émotions. Il fait le vide dans son esprit pour mieux se concentrer sur la performance à accomplir. Bien. Très bien ! Le sport de haute compétition exige une totale inhibition de l'affectivité — l'agressivité exceptée, qui se traduit par la volonté de surclasser l'adversaire, indispensable si l'on veut gagner. Allons, ne perdons pas de temps. Rien de tel qu'un repos abusivement prolongé pour vous casser les jambes !

A ce compte, on jurerait que mon frère n'a fait que se prélasser sur un lit de roses depuis sa naissance.

Je préfère ne pas lever le voile sur ces trois kilomètres

d' « ultime effort ». S'il me fallait en tirer une leçon, elle serait de portée très générale : c'est qu'à plat ventre, on est sensiblement plus à l'aise pour pratiquer la brasse que la petite foulée.

LXIII.

OUT !

L'immense salle du Palladium est bondée, à croire que la ville tout entière s'entasse sur les gradins, dans un grand déploiement d'excitation et de vulgarité. On y respire un air chargé d'électricité, vicié par le puissant remugle qui s'élève des corps moites et mêle aux relents intimes une brûlante odeur de fièvre. Des banderoles, çà et là, réclament l'extermination de mon frère et saluent en Yoyo Tartoffl la race aryenne à son plus haut degré de perfection, ce qui, me semble-t-il, n'est pas d'excellente propagande pour cette élite. Reconnaissables aux uniformes qu'ils ont adoptés depuis qu'ils se sont constitués en milice (avec culotte de cheval, brassard et baudrier de cuir verni), les amis du gros Weber occupent tout un secteur de l'amphithéâtre ; ils ont même apporté leur drapeau. Ailleurs, ce sont les nôtres qui se serrent les coudes. Je reconnais l'exemplaire Luudi Schmur, le vieux Mordyklow et sa femme, l'agent Klëpko en vêtements civils, Itchelion flanqué de Kval Lipora, le boucher Ztalmna coiffé d'un shako de papier à l'enseigne de sa maison, M. Kuusch et, sur un strapontin à côté de lui, l'instituteur Kbol portant respectueusement le vestiaire de son supérieur. Kryla Krylakuri est perché tout en haut des gradins et promène sur l'assemblée un regard où se lit une cynique euphorie. M'apercevant tout à coup, il se lève, m'adresse un salut joyeux et m'invite par gestes à le rejoindre, mais je lui tourne ostensiblement le dos.

En me retournant, j'aperçois Lileth et Mlüka Bourbaki à quelques pas de moi. Ils gagnent leurs places aux deuxième rang, juste derrière le banc de la presse et s'installent à côté d'un personnage bouffi de graisse, en qui Alexandor m'a désigné tout à l'heure Zoratchev, le Roi du racket. Submergé de honte au souvenir du préjudice que j'ai porté à la famille de Glora, je voudrais me dissimuler à leurs yeux, mais je n'en ai pas le temps. Mme Eglantine m'a reconnu et me fixe droit dans les yeux. Pour me foudroyer du regard, bien sûr. Eh bien non, pas du tout ! Elle me sourit nuageusement, comme au temps de nos beaux jeudis, porte sa main gantée de mousseline à hauteur de son épaule et remue le bout des doigts d'une façon charmante. Tout décontenancé, la figure cramoisie, j'ébauche une caricature de révérence, qui doit m'aller comme une redingote à un veau. Ridicule, Vimlo Naftali ! Grotesque, mon pauvre garçon, une fois de plus ! Mais Seigneur, quelle femme extraordinaire !

Je ne suis pas au bout de mes émotions. A présent, c'est Josef Kansel qui pénètre dans mon champ de vision et rejoint ses confrères. Quatre ou cinq mètres seulement nous séparent. Aussitôt qu'il aura remarqué ma présence, je m'avancerai pour lui serrer la main. Vite, il me faut trouver quelque chose d'intelligent à lui dire, pour amorcer cette conversation si longtemps remise et dont je me promets tellement ! J'en oublie presque les circonstances qui nous réunissent.

Hélas ! elles se rappellent à moi de la façon la plus impérieuse. Une houle soulève le Palladium. Voici le Sanglant des quat' pattes, précédé du drapeau national et d'un grand crucifix porté par un loustic qui ressemble davantage à un tueur des abattoirs qu'à un enfant de chœur. Les milices cagoulardes se mettent au garde-à-vous. La lupionerie pousse ses cris de guerre. Le gros Weber salue à l'hitlérienne. Paraît alors mon frère qui tangue entre ses soigneurs, empêtré dans un peignoir de soie rouge deux fois trop grand pour lui, sur les épaules duquel s'étale le nom de Joe Boloczec. Je passe sur le flot d'injures et de lazzis libéré par la claque tartofflienne et la plus grande partie de la foule survoltée. Les nôtres ont beau s'époumoner, ils ne sont pas de force. Un coup d'œil en direction du vieux Kryl me le montre plié en deux par l'hilarité. Je hais, j'exècre cet homme !

Alexandor et moi, nous nous joignons aux aides de M. Karlo qui, bizarrement, affiche une totale sérénité. Pourtant, il vient d'entendre comme moi l'un des juges dire que le Sanglier, au dernier pointage, est donné à cent vingt-sept contre un. Dieu du ciel, ce n'est plus un match, c'est une exécution capitale ! Et mon père qui a disparu...

Nous ne sommes pas trop de cinq pour hisser le Fer à repasser sur le ring. Une fois là-haut, le plus dur est de le maintenir dans la ligne de mire de son adversaire, comme l'impose le règlement dans toute sa barbarie. Dès que nous le lâchons, Yagel fait demi-tour et se dirige comme un somnambule vers son coin, sous les rires et les sifflets de la lupionerie. A la dernière seconde, la cote de Yoyo Tartoffl grimpe d'une trentaine de points supplémentaires. Heureux encore que le public n'entende pas comme nous mon frère marmonner à chacune de ses volte-face qu'il est l'heure de porter l'herbe aux petits lapins !

— Les soigneurs sont priés de quitter le ring ! vocifère l'arbitre sur un signe des juges.

Je m'exécute la mort dans l'âme. Au coup de gong, Yagel est en train de rôder dans un coin où il n'a rien à faire, tel un aveugle abandonné par son guide en territoire inconnu. C'est un spectacle à vous serrer le cœur. Ses bras pendent le long de son corps. Ses jambes flageolantes manquent à tout instant de se dérober sous lui. Yoyo Tartoffl danse lourdement autour de cet ectoplasme réincarné. On se demande pourquoi il multiplie les feintes de la tête, du buste et des jambes. J'imagine que c'est une espèce de tic, ou bien la force de l'habitude. En dépit des exhortations de ses supporters, il se contente de chasser vaguement les mouches devant son visage, sans même allonger les bras : il n'a encore porté aucun coup à Yagel. Ne nous en réjouissons pas. A mon avis, il calcule le meilleur angle de frappe pour lui faire sauter la tête du col. Dieu de miséricorde ! Pourquoi n'ai-je pas encouragé mon frère à se soustraire au carnage comme il en nourrissait l'intention ? Je pense que notre père, où qu'il se trouve, doit regretter amèrement de l'avoir poussé à combattre.

Sans crier gare, le Sanglant exécute un petit saut de côté et, dans le mouvement, décoche une droite formidable au Fer à repasser. Qu'est-ce que je disais !

Il a fort mal visé, cependant, et Yagel n'aurait même pas été touché si, à la seconde précise, il n'avait tourné la tête en direction d'une voix qui vient de hurler à travers le tumulte : « Attention ! » Le gant de Yoyo lui rabat l'oreille. A côté de moi, M. Karlo se dresse, les yeux exorbités, laissant échapper son cigare. C'en est brusquement fini de sa belle assurance. Les soigneurs échangent des regards consternés. Maintenant, tout le Palladium est debout. Mais mon frère tient encore sur ses jambes. Simplement, il s'est mis à tourner comme un toton. Yoyo le regarde faire, comme pétrifié. Sans doute ne comprend-il pas comment il a pu rater son coup, en face d'un adversaire aussi docile. Tourbillonnant toujours, Yagel s'approche de lui, l'effleure du coude. Et voilà le Sanglant des quat' pattes qui part à la renverse et s'écroule sur le ring les bras en croix. Il ne bouge plus. L'arbitre se précipite et compte d'une seule traite « dix-neuf-huit-sept-six-cinq-quatre-trois-deux-un-OUT ! » Le tout n'a pas dû lui prendre plus d'une seconde et demie. Il s'empare du bras droit de mon frère et le lève au-dessus de sa tête juste avant que le Fer à repasser, nouveau tenant du titre, ne perde connaissance.

LXIV.

L'AUBE LA PLUS SOMBRE

Ceux qui, d'aventure, s'interrogeraient encore sur l'imprévisible issue de ce match souffrent à coup sûr d'un grand manque d'imagination (ou jouissent d'une naïveté très supérieure à la moyenne). Ils découvriront le pot aux roses au chapitre 26 des Mémoires de Josef Kansel. L'écrivain y démontre le mécanisme qui fit d'un garçon groggy au point de ne plus savoir qu'il se trouvait sur un ring, l'étoile naissante du monde pugilistique.

Zoratchev, qui eût truqué les concours de pâtés de sable au jardin d'enfants si ses autres activités lui en avaient laissé le loisir, avait exigé que le Fer à repasser baissât les bras devant Yoyo Tartoffl (comme il l'avait exigé peu avant de l'orgueilleux « Marteau de Krazkoch », lequel, plutôt que de connaître semblable déshonneur, s'était fondu dans la nature).

Là-dessus, le trésorier des Cagoulards avait généreusement graissé la patte à M. Karlo pour que son poulain, repoussante émanation d'une sous-humanité aux ourlets d'oreille infâmes, se laissât corriger par le représentant de la race supérieure — qui d'ailleurs, argumentait cet homme, l'eût emporté de toutes les manières, en raison même de sa transcendance génétique.

Pour le manager, c'était tout bénéfice. Il était hors de question qu'un outsider sans expérience et sans dispositions tînt plus d'une minute en face du Sanglant. M. Karlo ne prit même pas la peine d'informer mon frère de l'arrangement qu'il venait de conclure. S'il lui conseilla de ne pas résister à son adversaire, ce fut seulement par souci de sa santé, car il était plus charitable qu'intègre. En allant au tapis le plus tôt possible, Yagel s'en tirerait à meilleur compte et comblerait les vœux d'un grand nombre de gens : les gangsters, la milice et la lupionerie, Yoyo Tartoffl, son équipe et M. Karlo lui-même. Quant aux supporters du Fer à repasser, ils seraient déçus, mais nullement étonnés : s'ils avaient cru en la victoire de leur champion, ils auraient gagé sur lui.

Comme je l'ai dit, ce n'était pas du tout le cas. En trente-cinq ans de carrière, jamais M. Karlo n'avait entendu parler d'une cote pareille. Il en fit un soir la réflexion à la brasserie Würlzstetter, devant un auditoire de journalistes où figurait Josef. « Les gagnants ne ramasseront que des clopinettes ! déclara-t-il. Mais imaginez un peu ce que palperaient le tondu et les trois pelés qui ont parié sur mon homme, si ce gros sac à merde de Sanglier, avec ces kilos de friture et ces bonbonnes de blanc sec qu'il avale tous les jours, faisait une attaque alors que le Fer, par inadvertance, viendrait justement de lui caresser le menton ! » Ce n'était qu'une boutade, une hypothèse de comptoir. Yoyo possédait de notoriété publique une constitution assez robuste pour engouffrer tous les poissons de la Wevra, avec la peau et les arêtes, vider la cave de l'aubergiste, et commander par là-dessus une double choucroute garnie, arrosée d'une ou deux bouteilles d'alcool à brûler. Pourtant, l'idée fit son chemin dans la tête du manager. Et le matin de la rencontre, il alla réveiller le Sanglant avec un grand cornet de frites suantes, une caisse de vin gris et une proposition intéressante. Une heure plus tard, il sonnait à la porte de l'arbitre.

Nous avons vu avec quel zèle les nouveaux partenaires de M. Karlo remplirent leur contrat. Le manager, qui avait beaucoup tremblé au moment où le poing du Sanglier s'était involontairement écrasé sur l'oreille de mon frère, eut toutes les raisons d'être satisfait de leur collaboration. Toutes sauf une : sitôt le vainqueur proclamé, les miliciens foncèrent sur lui la trique haute, sans même prendre le temps d'écouter les explications qu'il avait préparées à leur intention, selon lesquelles le Fer à repasser, dopé par une main traîtresse, aurait été imbattable ce soir-là. Poursuivi par la meute, il quitta la ville en telle hâte qu'il dut renoncer à percevoir les bénéfices de la combine, dans laquelle il avait engagé son dernier sou et celui de ses assistants.

Il ne fut pas le seul à connaître la ruine. Ce que Josef ne raconte pas dans son livre, c'est que mon père Ardamet Naftali perdit dans cette histoire plus de plumes encore que M. Karlo.

Quand enfin nous le retrouvâmes, Alexandor et moi, alors que trois mille personnes se disputaient l'honneur de tabasser l'arbitre et de fournir au surnom du Sanglant une justification évidente, il était entre deux sergents de ville, les menottes aux poignets, imparfaitement protégé par le gros Weber des jets de salive et des mornifles que lui destinaient un groupe de citoyens en furie. On l'enfourna dans le panier à salade avant que j'aie pu échanger la moindre parole avec lui. Je ne pense même pas qu'il m'eût aperçu. Quant à moi, je n'oublierai jamais son regard d'animal traqué, qui reflétait la détresse, la terreur, le désespoir et, par-dessus tout, l'incompréhension — une incompréhension trop vaste pour un seul homme. Que l'Eternel me pardonne si, ce soir-là, pour lui faire rentrer son rire dans la gorge, j'ai frappé mon vieux Kryl sur la bouche de toutes mes forces, et même lancé la pointe de mon soulier dans les côtes de Son Excellence.

Le jour de son procès, l'accusation produisit contre mon père des preuves accablantes : les billets de banque qu'il avait perdus, après les avoir misés sur Yoyo Tartoffl, étaient des faux criants. Peut-être s'en fût-il aperçu s'il avait eu l'occasion d'en voir davantage au cours de son existence. Du banc où nous avions pris place dans la salle d'audience, Anhla, Yagel et moi (nous n'avions pu convaincre notre mère de sortir de sous le lit où elle s'était retranchée depuis l'arrestation de son époux), je reconnus sans peine les coupures toutes neuves que l'agent Klëpko avait dénichées dans les poches de mon aîné, le matin où celui-ci avait été surpris en train de creuser le sol au pied des établissements Prokochniev.

La défense se contenta d'en appeler à la mansuétude du tribunal, qui n'en tint aucun compte. Il faut dire qu'à l'exception de notre communauté, murée dans un silence consterné (seul Josef Kansel avait eu le courage de publier un éditorial en faveur de l'inculpé), toute la ville, lupionistes en tête, réclamait un châtiment exemplaire. Ce qu'on reprochait surtout à mon père, sans jamais le dire clairement, c'était Yagelito le Fer à repasser : sa victoire, même s'il n'en était pas directement responsable, avait coûté trop cher à trop de gens. Les avocats ne réussirent même pas à écarter de leur client l'absurde accusation d'avoir lui-même fabriqué les billets ; ils citèrent à comparaître l'agent Klëpko, mais les chefs de ce dernier le consignèrent, alléguant sans autre précision l'intérêt supérieur de l'Etat. Mon père fut condamné comme faux-monnayeur au maximum de la peine : les travaux forcés à perpétuité, bien que Yagel eût sacrifié tout son pécule pour dédommager les victimes. Le visage inondé de larmes, je voulus quand même aller remercier Josef (qui suivait le procès pour son journal) de ce qu'il avait fait pour nous, mais un garde m'empêcha d'approcher les gens de presse et, comme j'insistais, m'obligea manu militari à battre en retraite.

Le lendemain, je rendis visite à mon père. Il devait séjourner une dizaine de jours encore dans la prison qui avait naguère abrité Yagel, avant d'être conduit au bagne. J'étais seul. Anhla s'occupait de notre mère, laquelle, si je puis m'exprimer ainsi, se trouvait toujours au plus bas.

Mon frère cherchait une nouvelle fois du travail, car nous étions dans le plus absolu dénuement, notre père ayant engagé le vendredi du combat non seulement les faux billets, mais aussi tout le bon argent qu'il possédait à cette date.

Dès son arrivée à la centrale, le Pète-en-n'dans l'avait reconnu. Il lui menait la vie dure, tout le temps sur son dos sans un seul instant de répit, mais le chef de notre famille ne s'en plaignait pas. Pas plus qu'il ne protestait contre l'injuste sentence qui le frappait. Avait-il perdu le sens de l'indignation ? Nullement, mais c'était contre sa seule personne qu'il tournait ses griefs.

— Vimlo, mon pauvre enfant, me dit-il, pardonne-moi de te présenter mon crâne nu, mais ils m'ont retiré mon derby, pour toujours je le crains. Quant à exposer ma face à tes regards innocents, je ne le puis. Le cœur me manque. J'ai trop honte du mal que j'ai fait. Si tu savais, mon petit, comme le remords me brûle ! Les flammes de la Géhenne ne m'infligeront pas de plus cruelles morsures ! Ah, Vim, quel blasphématoire orgueil fut le mien ! Te rappelles-tu ? Un jour, mon enfant, j'en vins à me targuer à la face du Ciel d'être le bras de la Rédemption, et j'essayai de t'entraîner dans ma folie. Aussitôt l'esprit malin fondit sur moi : j'étais devenu une proie facile. Pour mieux me perdre, il se servit de toi, que j'aimais par-dessus tout. Il mit à profit ta candeur pour troubler mon esprit et mes sens. J'idolâtrai le Veau d'or sous la forme d'un éléphant chimérique. Le diable avait profité de l'occasion pour réunir dans la même tentation tous les pécheurs de notre communauté. Mais tandis qu'ils regagnaient l'un après l'autre l'amour du Très-Haut et se délivraient grâce à lui du sortilège, je m'obstinais dans ma faute, avec le concours de cette âme perdue, ton frère Yagel. Et voilà où j'en suis ! Encore l'infamie que je connais ici-bas n'est-elle qu'une mesure de clémence, comparée à ce qui m'attend le jour du Jugement !

Ces paroles me déchiraient le cœur.

— Père ! fis-je, en refoulant mes larmes du mieux que je pouvais. Ne vous désespérez pas ainsi ! Ce serait échanger un péché contre un autre. Infinie est Sa miséricorde ! Et puis — me forçai-je à ajouter — qui vous dit que Nathanaël n'était qu'un mirage ?

— Qui me le dit ? Mais j'en suis la preuve vivante, car l'Eternel m'a puni par où j'avais péché ! Ne le comprends-tu pas ? Comme si ce n'était pas assez d'adorer une idole, j'ai redoublé mon sacrilège en adorant les représentations et les effigies de cette idole, des idoles d'idoles ! C'est pour posséder ces objets démoniaques, ces éléphants de bois, de cire, de fer, de peluche, de carton, que sais-je, ces éléphants charitablement soustraits à mon désir impur par tes camarades, que j'ai parié toutes les économies de ta mère et même ces billets que m'avait glissés dans la main ton frère Yagel, la créature du Tentateur ! Dans ma folie, dans la corruption de mon âme, je m'imaginais que j'allais les faire fructifier et pourrais ainsi racheter toutes ces figures hideuses !

— Ce n'était pas de la folie ! m'écriai-je. Le Fer à repasser aurait dû perdre de toute façon. Vous l'avez vu comme moi : il ne savait même plus où il se trouvait ! Yagel n'est pas si mauvais, père, je vous conjure de me croire ! Il ne l'a pas fait exprès. Ce n'est pas lui qui a truqué le match.

— Non, hélas, c'est moi ! C'est moi qui, méthodiquement, ai réduit mon propre fils à l'état de loque afin de précipiter sa défaite ! Ce que voyant, le Dieu de courroux a retiré toute force à Yoyo Tartoffl, le Sanglier des Carpates, faisant de moi tout ensemble le bourreau de ma femme, l'affameur de mes enfants, un joueur sans parole et un trafiquant de fausse monnaie !

— Ce n'est pas vrai ! Ce n'est pas vrai ! m'écriai-je (aussitôt menacé d'expulsion par le Pète-en-n'dans).

— J'ai été condamné à perpétuité par des juges scrupuleux, comme je le serai pour l'éternité par le Tout-Puissant.

— Vous avez été condamné pour complaire à un tas de canailles, voilà tout ! On vous envoie au bagne en tant que faux-monnayeur : vous savez bien que vous ne l'avez jamais été !

— Je l'ai été, bien sûr ! Ma fausse monnaie à moi, ce n'étaient pas des billets de banque, hélas ! répliqua-t-il d'un ton grandiloquent. Mais l'amour, la protection, la fidélité que j'avais jurés au miens ! Et tu fus, Vimlo, ma principale victime. Puisses-tu me pardonner, lorsque tu auras compris vers quel précipice, vers quel sombre abîme je t'attirais !

Je ne parvins pas à le raisonner. Il ne cessait au contraire de s'inventer des vices et des errements, n'acceptant d'en partager si peu que ce fût le fardeau qu'avec mon frère, accusé d'être la réincarnation de Caïn.

Je quittai la prison en titubant de chagrin. Quand je retournai voir notre père la semaine suivante, il refusa de me rencontrer. Le Pète-en-n'dans, d'un air mutin, me fit connaître cette décision irrévocable, prise dans le but de me soustraire définitivement à l'influence maligne d'Ardamet Naftali. Yagel (me faisait dire celui-ci) était la seule personne qu'il aurait pu approcher sans la contaminer, mais aussi la dernière dont il souhaitât la présence à ses côtés.

— Mon Dieu ! m'exclamai-je en me tordant les mains. Mais c'est un suicide moral ! Il va dépérir. Au moins, prenez bien soin de lui, Monsieur le Pè... gardien !

— Ne t'inquiète pas pour ça ! ricana le fonctionnaire. Avec moi, il sera traité selon ses mérites, ce gros vicelard ! Je m'occupe tout spécialement de son cas.

Trois jours plus tard, le prisonnier devait être transféré au bagne. Un cas de force majeure obligea l'administration pénitentiaire à différer cette opération.

Depuis la rencontre du Palladium, la Cagoule, les lupionistes et tous ceux qui avaient perdu plus ou moins gros dans la combine de M. Karlo réclamaient vengeance et réparation. La condamnation de mon père les avait réjouis sans calmer pour autant leurs ardeurs. Ayant appris — par les indiscrétions du Pète-en-n'dans, je suppose — que, du fond de sa geôle, le convict voyait dans l'éléphantoscopie l'origine de son crime, ils reprirent, avec plus de férocité que jamais, leur campagne contre nous. On commença de construire autour de notre quartier l'enceinte que le gros Weber préconisait depuis longtemps. L'humiliation devint notre pain quotidien. Mais cela ne leur suffisait pas encore. Ils multiplièrent les provocations de toutes sortes et nous accusèrent ensuite de fomenter des troubles, d'ourdir un complot contre la nation. Un peu partout dans le pays, des manifestations monstres rassemblaient nos ennemis, chaque jour de plus en plus nombreux. Il y eut des magasins mis à sac, des autodafés de livres, des agressions nocturnes, des lynchages. Nous étions tenus pour seuls responsables de ces excès. Si les grèves déclenchées par les fascistes et orchestrées par leurs milices paralysaient peu à peu l'activité économique, c'était notre faute. Cernés de toute part, incapables de lever le petit doigt sans risquer la corde ou le bâton, nous étions censés nous acharner à perdre une patrie dont on ne nous reconnaissait plus le droit d'être les fils. Le chancelier du Reich se saisit de ce prétexte pour mettre ses menaces à exécution. Une nuit, sans aucun avertissement, ses troupes passèrent notre frontière, militairement saluées par nos douaniers au garde-à-vous. A l'aube, elles défilaient dans les rues de la capitale.

Alors que nous nous terrions dans les caves et les égouts, l'un des nôtres parvint à tromper la vigilance des sentinelles et s'échappa du ghetto. Il se rendit devant le palais du Gouvernement pour applaudir les envahisseurs et danser de joie au passage des emblèmes à croix gammée. Les S.S. le prirent pour un perturbateur. On l'abattit sur-le-champ. Cet homme était Kryla Krylakuri.

LXV.

TÉMOIGNAGE

« Tu verras des choses, avait dit le vieux Kryl, dont l'idée n'est même pas venue aux tyrans les plus fous, dans leurs rêves les plus sanglants. »

Je les vis.

« Tu verras naître une race d'ingénieurs et de mathématiciens du massacre », avait-il ajouté.

J'assistai pareillement à cela.

Et à pire.

Et à pire encore.

Ils prirent la colombe, le bœuf et la brebis, et ils en firent un sacrifice. Ils revêtirent les dépouilles ruisselantes et donnèrent un bal masqué, un carnaval d'horreurs, dans leurs abattoirs offerts aux regards du Très-Haut.

Durant près de six années, une nuit d'apocalypse s'étendit sur nous, les assassins y voyaient comme en plein jour. Mais le vieux Kryl se trompait : le monde ne s'arrêta pas de tourner.

Ils instituèrent le travail qui rend libre, la liberté qui rend mort et la mort qui rend utile, sous forme de savon, d'abat-jour et d'engrais.

Aux condamnés de la veille, ils faisaient jouer par ceux du lendemain des chansons douces, des chansons d'amour et des musiques de chevaux de bois.

Il était interdit d'être triste.

Il était interdit de rire dans les rangs, car ce lieu était aussi une école, où l'on apprenait des choses si singulières qu'elles réclamaient le plus grand sérieux et la plus grande attention.

Le ciel ne s'ouvrit pas. La terre ne s'ouvrit pas. Il y avait des soirs où la lumière, contre les cheminées des fours, était franchement magnifique.

LXVI.

DES TEMPS NOUVEAUX SONT VENUS

Dans notre quartier, les survivants ne sont pas plus d'une centaine. On m'a assuré que Mme Eglantine, par la grâce de Dieu, avait rendu l'âme avant d'arriver là-bas. Elle n'était pas taillée pour les agonies au long cours. D'autres m'ont raconté que le corps de Son Excellence Pirojski, suspendu par la gorge à un croc, avait été longtemps exposé dans la vitrine du boucher Ztalmna. Mais si je devais dire le nom de tous les morts, il me faudrait un autre livre. C'est bien assez qu'ils soient gravés dans nos mémoires.

Josef Kansel est toujours là. Avec l'aide de ses protecteurs, il trouva refuge en Espagne. Gédéon et Glora sont vivants. Ainsi que ma sœur, mon frère et plusieurs de mes condisciples (mais pas Gusto Kolynine, fusillé en tant que terroriste contre le mur du temple). Alexandor réussit à nous faire quitter le ghetto, puis la ville, par des boyaux immondes, et nous confia à des paysans qui nous cachèrent dans leurs granges ou nous firent passer pour leurs propres enfants.

Mazavdi Nöshgo a rouvert l'école de la rue Panelka, du moins ce qu'il en reste, mais il n'a que trois élèves et, souvent, perd le fil de ce qu'il est en train d'expliquer. Il paraît qu'il lui arrive de trembler sans raison et de se mettre à pleurer en pleine classe. Zohobar Kuusch n'est pas revenu. En revanche, nous avons eu la joie de retrouver mon père, que nous avions cru mort lui aussi.

Condamné de droit commun, ses « origines ethniques » lui valurent d'échapper au bagne. Pour être dirigé sur Oświecim. Jamais il n'aurait dû en réchapper. Ce fut la mention « faux-monnayeur », inscrite sur son dossier, qui le sauva. On l'envoya du côté de Berlin, dans un atelier où l'on fabriquait des livres sterling, puis des dollars, destinés à déséquilibrer les économies alliées. Les authentiques criminels qu'il y rejoignit le prirent en pitié et, trente-huit mois durant, au prix d'astuces quotidiennes, dissimulèrent à leurs gardiens qu'il aurait tout juste été capable de falsifier une feuille de papier blanc. Les soldats de Joukov les délivrèrent en avril 1945. Moins d'un an plus tard, avec la complicité d'un tailleur roumain, il parvenait à cisailler les barbelés du camp d'hébergement et à s'enfuir.

C'est aujourd'hui un homme brisé, voûté, frileux, qui se déplace d'un pas traînant et perd le souffle au moindre effort. Il n'ouvre guère la bouche, sinon pour me dire d'une voix spectrale : « Il ne faut pas croire aux éléphants, Vimlo. Ni à rien de ce qui porte l'espoir et le réconfort. Satan est notre maître. Lassé de nos offenses, l'Eternel nous a abandonnés entre ses mains. » Il vivote de sa paie d'employé aux bains-douches municipaux et du cours particulier de gymnastique qu'il donne, dans la plus complète illégalité, à un gamin déjeté, le fils de notre concierge (car nous logeons à présent dans un minuscule deux-pièces, au sixième étage d'un immeuble en béton de la périphérie). Il se ronge les sangs à l'idée que la mère du petit, informatrice notoire de la milice, pourrait à tout instant le dénoncer. Les autorités actuelles ne tolèrent plus le port du melon, qui symbolise, paraît-il, toute la morgue bourgeoise. Nous l'aidons comme nous pouvons. Je suis conducteur de tramway. C'est une bonne place et qui convient à mon tempérament rêveur. Je me promène toute la journée aux frais de la compagnie. J'enregistre, non sans plaisir, que notre ville se reconstruit peu à peu.

Yagel est censé trimer sur un de ces chantiers mais, sauf notre père, tout le monde à la maison sait qu'il tire l'essentiel de ses revenus du marché noir. Les appartements sont rares et hors de prix. Aussi, Anhla et son nègre vivent-ils avec nous. Ils se sont mariés le jour même où s'acheva la conférence de Postdam et ils ont déjà deux enfants : Burulie (ainsi nommée en souvenir de notre mère) et le jeune Benazar-Ardamet (ce sont les prénoms de ses deux grands-pères). Ma nièce a sept ans ; son petit frère vient d'entrer à l'école maternelle. De Yagel et de moi, je ne sais qui les gâte le plus.

Le charbonnier Itchelion, Zurbaï-la-malportante et Kval Lipora ont trouvé une mort en complète harmonie avec ce qui les avait fait vivre : ils ne sont plus aujourd'hui que cendre et fumée. Mais notre sœur travaille toujours dans le coke et la briquette. On ne vend plus le charbon à présent : l'Etat le distribue gratuitement, selon les besoins de chacun. Anhla occupe les fonctions de secrétaire auprès du fonctionnaire chargé de la répartition. Il se nomme Perlo Khalukra et c'est un bon vivant. Sa tâche n'est pas simple cependant, mais il a trouvé le moyen de résoudre ses problèmes. Comme il n'y a pas assez de charbon pour tout le monde, il garde le contingent entier pour lui seul. On étouffe dans son appartement, mais il éprouve une satisfaction spéciale à déambuler d'une pièce à l'autre en bras de chemise, au plus fort de l'hiver. Au demeurant, ce n'est pas un égoïste : il est rare que, chez nous, pendant la mauvaise saison, nous manquions de charbon plus d'une semaine sur deux. Perlo Khalukra accepte même de rétrocéder le reliquat de son stock. Comme il ne veut pas d'histoires, il abandonne les lots au plus offrant, si bien que le charbon gratuit coûte environ cinq fois plus cher que lorsqu'il était payant, mais n'est-ce pas toujours le cas lorsqu'un produit de première nécessité se raréfie ?

De nos jours, heureusement, les gens ont moins de besoins que pendant la période de décadence et d'avachissement qui précéda la guerre. La preuve est d'ailleurs faite que si un produit manque, c'est qu'il n'est pas de première nécessité. Seuls, des esprits dépravés s'étonnent que la plupart des boutiques soient vides. S'il y a des queues d'un kilomètre pour acquérir du superflu, ce n'est pas à l'honneur de ceux qui les forment et la milice a bien raison de les disperser à coups de bâton. Nous sommes en train de remporter une grande bataille économique, qui exige de chacun des sacrifices à la mesure de l'enjeu.

On pourrait être surpris qu'en ce temps d'austérité, les journaux soient pleins de réclames pour des marchandises qu'on ne peut trouver nulle part. Il s'agit là d'une ruse qui s'inscrit dans le cadre de la lutte idéologique que les autorités sont contraintes de mener contre les ennemis du régime. Les critiques stériles et hystériques de ces provocateurs s'effondrent d'elles-mêmes devant le démenti des faits : il suffit de leur fourrer ces réclames sous le nez pour leur clouer le bec, lorsqu'ils prétendent que nos responsables organisent la pénurie. L'effet sur les étrangers de passage, également, est tout à fait positif ; les guides font le reste, en expliquant aux touristes que s'il n'y a plus rien dans les magasins, c'est parce que la population a désormais les moyens (contrairement à ce qui se passait autrefois) d'acheter tout ce qu'ils exposent et, en conséquence, les met régulièrement à sac. Rarement j'ai entendu dire quelque chose qui reflétât la vérité avec autant d'exactitude. Nous pouvons acheter tout ce qu'ils proposent, et même un peu davantage, puisqu'ils ne proposent à peu près rien. Les mettre à sac est l'affaire d'une seconde.

Je bénéficie d'informations de première main sur les réactions des touristes. Mon beau-frère Alexandor, après avoir passé un concours parmi plus de quatre cents candidats (mais tous n'étaient pas mariés à la secrétaire de Perlo Khalukra), a été engagé comme guide officiel du ministère des Echanges internationaux, baptisé des « Mensonges internationaux » par les mauvaises langues. Apprendre la liste de ce qu'il faut montrer aux voyageurs ne fut pour lui qu'un jeu d'enfant. Il eut bien du mal, en revanche, à mémoriser celle de ce qu'on doit leur dissimuler, afin de prévenir les interprétations tendancieuses. Une heure avant l'épreuve, il n'avait encore retenu que le quart environ de cet interminable inventaire. Il fut reçu quand même et le patron d'Anhla réunit le jury dans son appartement surchauffé pour un vin d'honneur qui dura jusqu'à l'aube et nous coûta les yeux de la tête. Auprès des touristes, il paraît que le talent de mêler la fiction à la réalité — que nous admirions déjà chez Alexandor lorsqu'il était notre moniteur — fait merveille. Ses descriptions des cités de banlieue sont si enchanteresses qu'on se prend parfois à regretter qu'elles ne soient pas plus véridiques. Je le sais d'expérience. Je l'écoute discourir lorsqu'il a fait monter son groupe de capitalistes éberlués dans mon tramway. Si, comme plusieurs de ses confrères, il devait être traduit en justice pour commerce avec des agents d'une puissance étrangère, je témoignerais qu'au moins il n'a jamais volé son salaire. Naturellement, je ne soufflerais mot des pourboires, strictement interdits par le règlement. Ce serait stupide de ma part, du moment qu'il les partage équitablement avec le receveur et avec moi.

Il n'est pas sûr, au demeurant, qu'Alexandor Neglatkine soit inquiété par la milice. Ce serait d'une ingratitude flagrante car, chaque soir, jusqu'à minuit passé, il rédige avec un soin infini, sur chacun de ses clients, les rapports confidentiels qu'on lui demande. Un autre bâclerait le travail, mais mon beau-frère, comme l'on sait, met énormément de cœur à tout ce qu'il entreprend. Il s'est aménagé un coin-bureau à côté de l'évier.

Certaines nuits, mon père, hâve, en chemise, déjà pareil à un fantôme, vient me secouer par l'épaule dans mon lit.

— Vimlo, me dit-il d'une voix accablée, viens voir. Je crois bien qu'il y a un nègre dans notre cuisine.

Rien à faire, il n'a plus l'esprit aussi vif qu'autrefois.

J'ai évoqué tout à l'heure les placards publicitaires des journaux : c'est un sujet qui me touche de plus près qu'on ne pourrait croire. On a retiré à Josef Kansel son éditorial quotidien. Le style n'était pas en cause (encore qu'il trahît un penchant équivoque pour des formes de littérature excessivement superficielles et passéistes). Mais les idées n'apparaissaient pas toujours assez constructives. Par exemple, pourquoi écrire que les hôpitaux manquaient de plus en plus de chirurgiens, quand on pouvait se féliciter que le nombre des opérations fût en baisse constante ? Pourquoi signaler le fait qu'à Kolonice, un immeuble neuf venait mystérieusement de s'écrouler sur ses habitants, au lieu d'annoncer au public que le même entrepreneur s'apprêtait à bâtir tout un quartier résidentiel à Pkrolwric ? Josef Kansel était aveugle aux conquêtes sociales du gouvernement parce que son farouche individualisme petit-bourgeois lui brouillait la vue. Il n'y avait aucune raison d'infliger à la collectivité les lubies d'un seul homme.

Pour subsister, le journaliste a donc dû accepter de composer les textes de ces fameuses réclames, qu'il soumet chaque soir à la censure. Cette dernière est si pointilleuse qu'il faut à Josef trois semaines de labeur acharné pour annoncer au public que les Grands Magasins Peszczynski vont vendre à des prix défiant toute concurrence un lot de bouées de sauvetage. Les droits que lui envoient ses éditeurs étrangers sont confisqués par l'administration des douanes, selon la loi en vigueur. Un groupe d'écrivains d'Etat est en train de corriger entièrement ses œuvres, de manière à en effacer toute trace de dilettantisme et d'« esthétisme décadent » (Hitler est mort, mais l'expression vient de renaître chez nous). Sa pièce sur Samson et Dalila raconte à présent les amours mouvementées, mais toujours chastes, d'une ouvrière des filatures et d'un caporal-chef de la milice, appelé à l'usine pour y enquêter sur le non-respect des normes de production. On la donne au Palladium, tous les dimanches en matinée. Je me suis laissé dire que Gédéon l'a vue plus de quinze fois. Les spectateurs en sortent rassérénés, car elle se termine bien. C'est-à-dire que, le matin des noces, alors qu'il contemple droit dans les yeux un portrait de notre bien-aimé maréchal-président Apalad Ronjochk, le jeune homme a la révélation soudainc que sa fiancée est une contre-révolutionnaire qui sabote les machines : il court la dénoncer au poste le plus proche. On trouve sur elle un plan détaillé des bâtiments de la coopérative laitière, qu'elle s'apprêtait à faire passer à l'Ouest. Nous l'avons échappé belle !

J'aimerais bien dire à Josef que je ne l'ai pas oublié, que je l'admire de tout mon cœur, aujourd'hui comme hier, et que je suis sincèrement navré de ce qui lui arrive. Mais j'ai peur, en allant le voir, de le mettre dans l'embarras. Pour rien au monde je ne voudrais qu'il éprouve de la honte en ma présence. Alors, je continue à penser à lui de loin et à espérer qu'un jour s'accomplira enfin, en toute sérénité, cette rencontre dont je rêve depuis près de seize ans.

Nous devons à ceux qui nous gouvernent des mutations profondes au sein de notre société. Ainsi, les crépuscules ne sont plus ni mauves ni orange, comme autrefois, mais d'un brun fatigué. On dirait qu'ils veulent prendre la couleur de nos vies. L'exemple le plus frappant de ces transformations, cependant, est celui du gros Weber. Peu de gens ont, du jour au lendemain, autant changé que lui. Il a suffi qu'Apalad Ronjochk s'installe au pouvoir pour que, de fasciste qu'il était, il devienne le plus zélé pourfendeur, non seulement du fascisme, mais encore de toutes les conceptions politiques qui s'écartent un tant soit peu de l'idéologie du Parti Unique (il est unique, puisqu'il est le seul à avoir raison ; à quoi bon accréditer des partis dont on sait d'avance qu'ils ont tort ?). C'est parce qu'il a tellement évolué, je suppose, que notre commissaire occupe toujours son poste. En outre, il exerce comme autrefois de hautes fonctions dans la milice, mais ne nous y trompons pas, si les miliciens sont souvent les mêmes hommes qu'avant-guerre, leur organisation, elle, a complètement viré de bord, ce qui prouve bien la puissance de l'idéal révolutionnaire et le caractère radical des transformations qui affectent notre société. Autrement, verrait-on des cagoulards, anciens auxiliaires de la gestapo, se promener aujourd'hui la tête haute (et la même matraque à la main) ? Il paraît d'ailleurs, d'après certains bruits qui circulent, que si l'on analyse la situation objectivement, sans romantisme ni sensiblerie, il vaudrait mieux avoir appartenu à la Cagoule qu'être de notre peuple. Apalad Ronjochk, dit-on, ne croit pas beaucoup à notre loyauté. Il aurait commandé au professeur Morszük, le nouveau secrétaire d'Etat à la Santé publique, un rapport circonstancié sur nos ganglions.

Bien des nôtres s'inquiètent depuis qu'on leur a retiré leur passeport. Hier encore, une petite vieille toute cassée est montée dans mon tram ; j'ai eu du mal à reconnaître la mère Mordyklow. Elle est restée assise derrière moi jusqu'au terminus et là, elle a attendu à sa place que le receveur descende de la voiture. J'ai compris qu'elle avait quelque chose à me dire en particulier. Et en effet, quand nous fûmes absolument seuls, elle s'est penchée en avant et a collé sa bouche contre mon oreille.

— Vimlo Naftali, mon fils, ai-je entendu, ne te retourne pas. La paix soit avec toi et avec tous les tiens. Dis, mon fils, est-ce que tu ne pourrais pas faire revenir l'éléphant, s'il te plaît ? C'est maintenant que nous en aurions besoin.

J'étais abasourdi.

— Besoin, madame Mordyklow ?

— N'avons-nous pas besoin de sentir sur nous la main de Dieu, mon fils ?

Elle s'est levée. A travers la vitre du tram, je l'ai vue s'éloigner dans la rue de l'Homme Rouge. Elle ne s'est pas retournée.

Depuis 1943, le carrefour de la Pendule n'est qu'un champ de décombres. On sait que quelques personnes isolées habitent encore dans ce coin, généralement au fond de caves sans lumière ni chauffage où l'on accède par des échelles. Les autorités se proposent de faire déguerpir ces asociaux et de les regrouper dans les baraques de bois sévèrement gardées qui, à l'une des sorties de la ville, accueillent différentes sortes d' « inadaptés » et en épargnent le spectacle aux touristes que promènent Alexandor Neglatkine et ses collègues.

Ce qui me trouble le plus, dans les paroles de l'ancienne cafetière, c'est qu'elles reproduisent, à peu de chose près, un discours qui m'a déjà été tenu cinq fois depuis hier matin, et toujours dans les mêmes conditions. L'une des premières personnes qui me contactèrent fut Turlo Wuhkavaï, que je n'avais pas revu depuis l'école. Il portait l'uniforme brun des tankistes.

Entendre reparler de Nathanaël... Pouvais-je imaginer cela ? Allons, ce n'est pas possible ! Et pourtant, je ne saurais dire pourquoi, mais je souhaite de toute mon âme que ce ne soit pas un rêve. De même, ma foi religieuse est devenue branlante et cependant j'ai le cœur serré quand mon frère m'apprend que, dans les ruines de la maison de prière, des offices clandestins sont parfois célébrés. Nous avons pris tous les deux la décision de nous y rendre, même si le thermomètre, la nuit, descend à moins 40, et si notre logement se trouve à cinq kilomètres de marche de notre ancien quartier. Ronjochk et sa clique accusent les nôtres de faire bande à part. Bientôt, ils n'auront pas tort. Mais à qui la faute, une fois de plus ? Nous nous soutenons les uns les autres ? Qui, plus que nous, a besoin d'être soutenu ? Certainement pas les miliciens ni les huiles du Parti Unique. Je passe chaque jour devant leur magasin réservé, avec mon tramway : je puis vous assurer que mon beau-frère n'aurait pas de salive à dépenser pour convaincre les étrangers que notre économie est florissante, s'il pouvait leur montrer cet établissement qui, hélas, figure sur la liste des lieux censurés par le ministère des Echanges internationaux...

Quand l'un des nôtres me regarde, je sais qu'il voit en

moi ce qu'il a de meilleur : notre commune souffrance et notre commun désir de la vaincre. Les autres, eux, voient ce qu'ils ont de pire et me rendent insupportable à moi-même. De tous nos frères « de race », comme dit le professeur Morszük, le seul qui ne se reconnaisse ni en moi ni en n'importe quel autre s'appelle Gédéon Reinlich. Autrefois, c'était Gédéon Bourbaki mais, à la fin de la guerre il a adopté le nom de jeune fille de sa mère.

Kryla Krylakuri avait certainement tort de voir en la connaissance l'origine de tous nos maux. Une meilleure connaissance des hommes, notamment, lui eût peut-être évité d'être abattu comme un chien par ceux qu'il venait congratuler devant le palais du Gouvernement. Il reste que dans le cas du vieux Géd (qui oserait encore le désigner ainsi, à présent ?) la connaissance semble n'avoir exercé que des ravages. Il est resté, à travers toutes les tourmentes que nous avons essuyées, le bon élève docile et empressé dont il offrait l'exemple dans la classe de l'instituteur Kbol. Ceux qui l'ont baptisé « le Chien de garde » n'ont pas eu à fournir un grand effort d'imagination. S'il avait été déporté comme ses parents, on peut parier, hélas ! qu'il serait devenu en un clin d'œil l'homme de confiance du commandant S.S. et le domestique préféré de sa femme.

Dès 1947, voyant le vent tourner, il donna des gages aux fondateurs du Parti Unique, lequel n'était encore qu'un des courants majoritaires de la vie politique. Deux ans après, il publiait à son de trompe l'ouvrage monumental qui devait faire de lui l'un des principaux (et des plus intransigeants) doctrinaires de ce qu'on a appelé le « ronjochkisme » — encore que le vieil Apalad, à ce qu'on murmura, n'eût pas compris un traître mot du livre en question. Pour les initiés, il n'y avait là (je cite Josef Kansel) « que des bourgeons de nietzschéisme étrangement greffés sur des principes égalitaires ». Après l'accession au pouvoir du maréchal-président, en janvier 1951, le dévouement de Gédéon Reinlich lui valut d'être nommé à la tête du haut-commissariat aux minorités. En dernier ressort, c'est donc à lui qu'il revient d'apprécier, de contrôler, voire de sanctionner notre loyauté envers l'Etat, tâches dont il s'acquitte avec une application tatillonne, ne laissant à personne le soin d'exécuter les multiples opérations qu'il met sur pied. Avec sa réputation d'intellectuel (et le lourd handicap du ganglion morszükien, que le changement de patronyme n'abolit pas entièrement), il redoute beaucoup que la coterie d'analphabètes à préjugés dont Ronjochk s'est entouré ne finisse par le perdre aux yeux de ce dernier. Aussi se fabrique-t-il, fort habilement, une image d'homme de terrain.

Combien de fois ne l'a-t-on pas vu présider en personne à ces perquisitions qu'il ordonne régulièrement chez tel ou tel de ses anciens condisciples ? Il est bien rare qu'un mois entier se passe sans qu'il débarque chez nous au beau milieu de la nuit avec une brigade de la milice. Il oblige notre père à se lever pour fouiller son lit. Il épluche les papiers d'Anhla et d'Alexandor, demande à voir le livret scolaire de ma nièce. Yagel est soumis à un interrogatoire encore plus poussé. Quant à moi, je reste bras ballants devant lui, les pieds nus sur le carrelage de la cuisine. Il me couve d'un regard glacé, derrière ses petites lunettes rondes cerclées d'acier dont les verres lancent des reflets plus froids encore. Il garde son chapeau sur sa tête ; ses mains sont enfoncées dans les poches de son manteau de cuir.

— Naftali, dit-il finalement, allez chercher vos vêtements et videz vos poches sur la table.

Et moi je réponds, une fois que j'ai fini d'avaler ma salive :

— Certainement, monsieur Reinlich.

— On ne vous demande pas votre avis, dit-il sans hausser le ton, immobile comme une statue.

S'il s'amène le jour où nous serons au temple, Yagel et moi, notre compte est bon. On prétend que la semaine dernière, il a perquisitionné chez sa sœur, mais je n'arrive pas à y croire. Mon frère prétend qu'il finira par faire fouiller son propre appartement, un douze-pièces donnant sur le parc Ghloty.

Glora, chère Glora... Souvent son visage m'accompagne lorsque je traverse la ville aux commandes de mon tramway. Je sais par Alexandor qu'elle travaille à la voirie municipale. Mon cœur se serre, chaque fois que je croise un de ces groupes de femmes sans âge et sans regard, aux cheveux masqués par des fichus gris, dont les formes disparaissent sous des bottes de caoutchouc, des pantalons de velours à côtes et des canadiennes matelassées de papier journal. Elles pataugent dans la gadoue, armées de pelles de bois et s'écartent des rails au coup de sifflet, pour livrer passage au tram. Plus d'une fois, j'ai dû la voir sans la reconnaître. J'espère qu'elle ne me reconnaît pas non plus. Il y a si longtemps ! Mais l'éternité ne parviendrait pas à effacer le mal que je lui ai fait.

Et puis, ce matin, à l'arrêt « Seglü Würlszchick », une jeune femme que je n'avais pas remarquée sur le trottoir grimpe dans ma voiture vide et s'installe juste derrière moi.

— La paix soit avec vous et avec tous les vôtres, monsieur Naftali. Ne vous retournez pas. Je suis venue vous dire qu'il faut ramener l'éléphant parmi nous.

Je dois me concentrer sur la conduite du tram, parce que, tout à coup, j'ai la vue brouillée et les oreilles qui bourdonnent.

— J'ai autre chose à vous dire. Ne vous retournez pas. Quelque chose de personnel, cette fois. J'ai déjà essayé mais, avec vous, les choses ne sont jamais faciles. Je voulais vous remercier pour cette lettre, vous vous souvenez ? (Si je me souvenais !) Grâce à vous, j'ai échappé à cet affreux collège. C'était une très belle lettre. On ne m'en a jamais plus envoyé de pareille. Maman disait qu'une femme peut être fière de recevoir une lettre pareille, quel que soit son âge. Maman vous aimait beaucoup, monsieur Naftali.

Je tremblais comme une feuille.

— Vous ne dites rien, monsieur Naftali ? Non, ne dites rien. Ne vous retournez pas, s'il vous plaît. Je voulais seulement vous remercier. Je vais descendre là. J'ai été si contente de vous parler. Vous vous rappellerez, pour Nathanaël ?

LXVII.

UNE NUIT, UNE ROUTE, UN TALUS, UN AMI

Un mois s'écoule. Encore un autre. Au retour du cimetière, mon frère me prend à part et me dit :

— Maintenant qu'il nous a quittés, Vim, j' vais partir. J' pouvais pas lui faire ça, malade comme il était : ça l'aurait tué. Mais maint'nant, c'est décidé. J'ai le fric. Je m' barre en Amérique. Faudra qu' tu viennes aussi, dès qu' tu pourras. Faudra tous que vous v'niez, Anhla, la Loco et les p'tits. J' s'rai pas trombone ni rien, j' le sais à présent. J' s'rai p't-êt' qu'un zéro comme ici, mais ici, c' pas une vie, t' comprends ? J' veux pas vous faire de peine, à vous non plus. Ça m' f'ra mal de plus vous voir. Mais ici, c' pas une vie. Je m' tire d'main soir, tout est prêt.

Le lendemain, par une nuit sans lune, visqueuse et glacée, nous nous retrouvons à un carrefour en pleine campagne, près d'un blockhaus à moitié bombardé. C'est là qu'un type qui livre de l'acier à Berlin doit venir prendre Yagel pour lui faire franchir la frontière dissimulé dans son camion, au milieu du chargement. Les douaniers et les hommes de la milice le connaissent bien, ça devrait marcher comme sur des roulettes.

En m'approchant de mon frère, j'ai un haut-le-corps car je viens de distinguer une silhouette dans l'ombre du blockhaus. Yagel sourit.

— Aye pas peur ! Tu connais bien Josef Kansel ? C'est Vim, m'sieur Kansel.

L'écrivain et moi, nous nous serrons la main pour la première fois de notre vie. J'ai l'impression qu'une lumière vient d'exploser dans mon crâne. Ainsi, nous nous sommes quand même rencontrés...

— Vous... vous accompagnez mon frère, monsieur Kansel ?

— Non. J'ai simplement quelque chose à lui confier. Un manuscrit qu'il a fort aimablement accepté d'emporter avec lui, car je crains que la publication dans notre pays n'en soit indéfiniment ajournée.

— Un roman ?

Il ébauche un sourire plein de tristesse.

— Je le voudrais bien, mais c'est malheureusement un ouvrage où la réalité l'emporte de beaucoup sur la fiction.

— C'est terrible ! intervient Yagel. J'en ai lu quèques pages. Y raconte tout c' qui s'est vraiment passé ! Mon procès, même, t' rends compte ! Et tout c'te cirque autour du buffant ! Et pis... (Il se rembrunit un peu.) ... tout c' qu'y a eu d'puis, quoi... Ah, c'est l' Ronjochk qui prendrait un sacré coup d' sang, si qu'y lirait ça !

— Vous êtes trop indulgent avec moi, dit Josef. Ce ne sont jamais que quelques notes prises au jour le jour...

— Mon œil ! Allez don' d'mander t'à Géd Reinlich si c' sont qu' des notes !

Toutes ces choses qui se bousculent dans ma gorge, que je voudrais dire à Josef... Mais pas dans un moment pareil ! Pourquoi faut-il que notre rencontre ait lieu dans un moment pareil ? Du coup, je reste muet comme une carpe. Ils doivent se demander ce qui me prend.

— Fais pas la tête, 'Bépin ! proteste mon frère d'une voix curieusement rauque. On se r'verra là-bas, j' te l' promets !

Il n'en faut pas plus pour que je fonde en larmes. On entend alors un bruit de moteur. La minute d'après, le camion s'arrête près de nous. Le chauffeur a soulevé un coin de la bâche. Yagel s'apprête déjà à rejoindre sa cachette. Brusquement, il s'immobilise, se retourne vers moi et m'empoigne de toutes ses forces.

— Vim ! hurle-t-il d'une voix brisée. Vim !

— Tu es le meilleur d'entre nous, Yagel... (C'est tout ce que je parviens à balbutier.)

— Dis pas ça ! Dis pas ça ! sanglote mon frère. J' suis l' pire, justement ! Il faut qu' tu saches tout, tant pis ! Je pourrais pas m'en aller sans t' l'avoir dit. Le buffant, tu sais ? C'était moi...

— C'était toi ?

— C'est moi qui l'a vendu ! J' suis l' pire des salauds. Tu t' souviens d' la fois où Klëpko m'a ram'né à la maison ?

Je fais oui de la tête, hébété.

— J'étais pas allé au Kursaal, tu penses bien ! Moi, l' poisson d'eau douce... Bref. En sortant du caf'conc', j' prends la rue Panelka et, d'vant l'école, j' tombe en plein sur une bande d'encagoulés qu'étaient là à vouloir enlever l' buffant et à pas savoir par quel bout s'y prend'e, étant donné qu' le buffant, ces cons-là, y pouvaient même pas l' voir ! T'as d'jà essayé d'enl'ver quèque chose qu' tu vois pas ? J'aurais pu m' filer en douce ou ameuter l' quartier, qu' tout l' monde leur fasse leur fête, mais j' t'ai dit, j' suis l' dernier des salauds ! C'te buffant, y m'emmerdait, là ! Y m' compliquait trop la vie, t' comprends ? A cause de lui, j'arrivais plus à faire mon beurre ! Et pis, j'avais b'soin d' fric, pour l'Amérique ! Alors voilà... J' leur ai proposé d' les aider s'y m' donnaient la somme qu'y m' fallait. Y z'avaient guère le choix. Moi, j' le voyais, l' bestiau, j' pouvais les guider. Leur montrer où qu'y d'vaient pousser, où qu'y d'vaient tirer. Sans moi, y z'auraient même pas pu l' faire sortir d' la cour, c'était pas pour réussir à l' coller dans l' camion ! — Un camion juste comme çui-là, tiens ! — Est-ce que j' pouvais m' douter qu'y s'raient encore plus salauds qu' moi et qu'y m' paieraient en monnaie d' singe ? L' Klëpko m'a piqué juste au moment où j' planquais mes sous dans l'impasse !

— Je comprends pourquoi mon frère montrait de l'embarras chaque fois qu'il était question de Nathanaël ! soupirai-je après que les feux du véhicule eurent disparu dans la nuit, tout là-bas, dans la direction du couchant. Je comprends pourquoi, jusqu'au bout, il a soutenu que l'éléphant n'était pas un leurre. Croyez-vous qu'il surmontera son remords, monsieur Kansel ? L'Amérique l'a tant fait rêver ; j'aurais voulu qu'il parte la joie au cœur, qu'il abandonne ici toute la souffrance, toute l'amertume, tous les regrets !

— Les regrets sont faits pour être emportés avec soi, Vimlo, répliqua Josef d'une voix très douce, en posant délicatement sa main sur mon épaule.

Nous marchions au beau milieu de cette route de campagne. Il y avait très loin devant nous une lueur floue, un peu mauve, qui était la ville.

— Sans la nostalgie de ce qu'on quitte, dit-il encore, à quoi servirait de partir ?

Et un peu plus tard :

— Ne soyez pas si triste, Vim — si vous permettez que je vous appelle Vim ? Merci. En toute chose réside au moins une occasion de rire, qui est le signe d'amitié, le clin d'œil que le Très-Haut adresse aux vrais croyants — ceux qui peut-être ne croient pas en Lui, mais croient que, malgré toute la souillure du monde, une âme d'homme peut rester belle. Songez à ces malheureux qui, un beau soir, ont entrepris de voler un animal dont ils niaient farouchement l'existence...

Je m'arrêtai pour scruter son visage à travers la noirceur. Il souriait et je lui rendis son sourire.

— C'est mieux, fit-il. Et sais-tu pourquoi, Vim, ces pauvres fous ont organisé cet enlèvement ? Je te le donne en mille. (Une force inconnue tirait sur les commissures de mes lèvres et les remontait irrésistiblement vers mes oreilles. A mesure, le sourire de Josef s'élargissait lui aussi.) Eh bien, ils ont fait cela pour prouver qu'ils avaient raison, pour nous forcer à reconnaître que Nathanaël n'avait aucune réalité ! Leur raisonnement était simple. Eux-mêmes ne croyaient pas à l'éléphant du fait qu'ils ne le voyaient pas. Donc, se dirent-ils, si nous cessions de le voir à notre tour, nous serions bien obligés de conclure à son inexistence. Ainsi en arrivèrent-ils à former le projet de le faire disparaître... (Mes lèvres s'étaient mises à trembler ; j'éprouvais un picotement de plus en plus intense à l'intérieur du nez.) ... uniquement parce qu'ils étaient convaincus de son irréalité et voulaient nous faire partager cette conviction inébranlable, comprends-tu ? (C'était le fond de mes yeux, à présent, qui me piquait.) C'est un peu comme si je te disais : « Ce poteau télégraphique n'existe pas, j'en ai l'absolue certitude ; je vais d'ailleurs l'ôter de ta vue, afin que tu en conviennes avec moi. » (Le rire me jaillit tumultueusement par la bouche, les yeux, les narines.) En conviendrais-tu, Vim ? poursuivit avec peine mon ami (car lui-même s'était mis à pouffer). Les nôtres, vois-tu, ce peuple élu de Dieu dont la finesse et la ruse sont célébrées tout autour de la terre, marchèrent comme un seul homme, à de rares exceptions près. Ils tombèrent dans ce grossier panneau avec empressement, enthousiasme et même gratitude ! A croire qu'ils n'attendaient que cette occasion de démontrer qu'ils étaient plus naïfs et malléables qu'un enfant de l'école maternelle ! (Des larmes brûlantes me roulaient sur les joues. Je pleurais de rire mais tout au fond de moi, je le savais, je pleurais aussi de pitié et d'amour pour mon peuple.) Les cris d'admiration que les lupionistes vinrent pousser devant la cour vide de l'école, les photos honteusement truquées qu'ils publièrent dans leurs journaux, avant d'en effacer toute trace — cela ne visait qu'à provoquer notre indignation, nos protestations. Là encore, nous sommes tombés dans le panneau à pieds joints !

Etait-ce cocasse ? Etait-ce pathétique ? Ce soir, il fallait que ce fût cocasse. Sous l'effet de notre hilarité, nous tanguions tels deux ivrognes, agrippés l'un à l'autre pour ne pas perdre l'équilibre. Nous titubions comme si cette chaussée eût été le pont d'un navire chahuté par les flots. Nous dûmes nous asseoir dans l'herbe et tirer nos mouchoirs.

— Seulement voilà, reprit Josef après s'être épongé les yeux, pour ceux qui triomphaient ainsi de nous, il y avait un petit ennui, oh ! trois fois rien... Tout en continuant d'être incapables de le voir, ils venaient de se prouver à eux-mêmes que l'éléphant existait bel et bien ! Faute de quoi, n'est-ce pas, ils n'auraient pas pu le dérober à nos regards... Mais lorsqu'ils comprirent cela, le mal était fait : ils s'étaient laissé prendre à leur propre piège.

C'était trop. Le rire — le rire ou autre chose ? — me fouillait les entrailles comme un poignard. Je voulais demander grâce, mais j'avais le souffle coupé et la gorge prise dans un étau. Josef Kansel ne valait guère mieux que moi. Tant pis pour nos vêtements ! De concert, nous nous allongeâmes le dos contre le talus gorgé d'eau, car il avait plu sans discontinuer ces trois derniers jours. Dans l'épais silence de cette nuit, nos halètements et nos spasmes devaient s'entendre à des kilomètres.

— De sorte, continua mon ami lorsque nous fûmes un peu calmés, qu'ils sont devenus fous furieux. Ils nous reprochaient tout à la fois d'avoir cru en Nathanaël et de le renier. D'avoir entretenu une chimère qui, comble d'insolence, n'en était une que pour eux. Plus nous contestions la réalité de l'éléphant, plus ils se persuadaient de son existence ; plus ils s'en persuadaient, plus ils auraient voulu qu'il n'existât pas, du moment qu'il n'existait que pour nous — que pour nous qui niions son existence, prouvant en cela la perversion innée de nos âmes ! Ainsi, plus nous disions comme eux, plus se creusait le fossé qui les séparait de nous. Et plus il se creusait, plus nous nous efforcions de dire comme eux, afin de le combler ! Ne viens pas me raconter après cela,

Vim, que Dieu n'est pas un extraordinaire humoriste! « Dieu est humour », voilà ce qui devrait être écrit...

Quand mes yeux cessèrent tout à fait de couler, je vis que le ciel n'était plus aussi sombre. Il défilait majestueusement. Ou plutôt non. Il ne défilait pas. Il était immobile et c'était la Terre qui bougeait. C'était le monde qui nous entraînait dans sa course, sous le ciel immobile.

— La Terre tourne, Jo. C'est vrai ! Ce soir, enfin, je vois que la Terre tourne.

Mon ami ne dit rien. Il tapota seulement mon poignet avec le bout de ses doigts. La Terre allait d'un côté, les nuages fuyaient de l'autre. Mais l'important, c'était que nous étions dessus, lui, moi, et tous les autres. Sur ce qui va, et tourne, au gré de l'humour divin, parfois tendre, parfois cruel ou miséricordieux. Fol que j'avais été naguère ! Ils ne s'en allaient pas, ceux que j'aimais. Nous tournions ensemble, jamais ils ne me quitteraient. Ni les jours ni les gens ne s'achèvent. Ils vont et viennent. Rien n'est jamais terminé. Ce monde est là pour toujours. Tout reste à faire. On ne meurt pas. On ne meurt jamais. Sauf ceux qui ont fait de leur propre vie un sépulcre, tels le maréchal-président Apalad Ronjochk et mon ancien ami Gédéon Reinlich, que je peux ressusciter quand je veux, parce que je l'aime encore. Les autres sont tous là. Ils aident à faire tourner ce monde en courant dessus, dessous, au travers, tout partout. Et si Dieu a de l'humour, c'est seulement l'homme qui sait en rire. Que ferait-Il sans nous ?

J'ai dit :

— Tu vois, Jo, il va falloir que je raconte cette histoire à mon tour. Mais je ne sais pas écrire. A l'école, j'étais parmi les derniers. Tu m'aideras ?

— Evidemment, je t'aiderai. Dès demain, si tu veux.

— Pas demain. D'abord, il faut que je fasse quelque chose...

La Terre. Les nuages. Dieu. Et nous. Nous d'abord. Nous quand même.

— Jo ?

— Oui.

— Tu ne me demandes pas ce qu'il faut que je fasse de si urgent ?

— Que dois-tu faire de si urgent, Vim ?

— Je dois faire la cour à Mlle Bourbaki, Jo. Voilà ce qu'il faut que je fasse.

— C'est bien, Vim. C'est très bien comme cela.

Je redressai mon buste lentement. Il m'imita presque aussitôt.

— Je ne sais pas faire la cour, Jo. J'ai toujours été un vrai nigaud avec les filles. Tu me montreras ?

— Tu seras parfait, Vim, ne t'inquiète pas. Tu n'as pas besoin d'apprendre quoi que ce soit.

— Tu m'aideras quand même ?

— Je t'aiderai si tu le souhaites, mais ça ne sera pas nécessaire.

— Tu m'aideras à lui écrire une lettre, une petite lettre bien gentille...

— D'accord, puisque tu y tiens. Dès demain, si tu veux.

— Non, pas demain. Pas tout de suite. J'ai encore quelque chose à faire avant.

— Qu'est-ce que tu dois faire avant, Vim ?

— Je vais aller chercher Nathanaël Proboskiphore, Jo. Les gens en ont besoin. Je ne sais pas où ces idiots de lupionistes l'ont mis, mais je finirai bien par mettre la main dessus.

TABLE DES MATIÈRES

Achevé d'imprimer le 13 juillet 1984
sur presse CAMERON
dans les ateliers de la S.E.P.C.
à Saint-Amand-Montrond (Cher)
pour le compte des éditions Robert Laffont
6, place Saint-Sulpice - 75279 Paris Cedex 06

Dépôt légal : août 1984.
N° d'édition : K 819. N° d'impression : 1016-723.